Mari Rudolph

Cherry Blossom Waves

One Year In Wild Mallow Lake

FSC
www.fsc.org
MIX
Papier aus verantwortungsvollen Quellen
Paper from responsible sources
FSC® C105338

Impressum

Cherry Blossom Waves

Mari Rudolph
c/o WirFinden.Es
Naß und Hellie GbR
Kirchgasse 19
65817 Eppstein

Lektorat & Korrektorat: Stephanie Schmid – Lektorat Lieblingssatz
Buchcover & Umschlagsgestaltung: Sandra Maier – Einzigartig Buchdesign
Buchsatz: Acelya Soylu
ISBN: 9783757985080

Bibliografische Information der Deutschen Nationalbibliothek: Die Deutsche Nationalbibliothek verzeichnet diese Publikation in der Deutschen Nationalbibliografie; detaillierte bibliografische Daten sind im Internet über http://dnb.d-nb.de abrufbar.

Herstellung und Druck über tolino media GmbH & Co. KG, München.
Printed in Germany

Wild Mallow Lake

Mari Rudolph

MARI RUDOLPH

Cherry Blossom Waves

ONE YEAR IN
WILD MALLOW LAKE

Dieses Buch ist für alle Menschen,
die sich trauen, ihre Träume Wirklichkeit werden zu lassen.

Playlist

Lana Del Rey – White Dress
Rüfüs Du Sol – Next To Me
Kings Of Leon – Use Somebody
Shawn Mendes – In My Blood
Lana Del Rey – Ride
Muse – Starlight
Bring Me The Horizon – Follow You
James Arthur – Car's Outside
Deftones – Sextape
Billie Eilish – When The Party's Over
Ellie Goulding – All By Myself
Coldplay – Yellow
Deftones – Entombed
Metallica – Nothing Else Matters
Deftones – Cherry Waves
Sugarbabes – Too Lost In You
Placebo – Running Up That Hill
The Wombats – Tokyo (Vampires & Wolves)
Laura Jansen – Use Somebody
Taylor Swift – Cardigan
Lana Del Rey – Video Games
Linkin Park – In The End
Depeche Mode – In Your Room
Placebo – Every You Every Me
The Killers – When You Where Young
Red Hot Chilli Peppers – Dani California
Katy Perry – Firework
Robyn – Dancing On My Own
Roger Sanchez – Another Chance
Lana Del Rey – Cinnamon Girl

Anne, Rosie, Lucas & Olivia
Bodies & Ellies Eltern
Bonfire
Espens & Aidens Büro
DRUGSTORE
Season
GROOVY
MALLOW EVENT
MM
Julie & Owen
W-R
Maras
Maras
Espen & Aiden
Espens & Aidens Eltern
Wild Mallow Lake

Kapitel 1

Endlich angekommen! Endlich in den USA! Und endlich alles auf Neustart!

Ich sehe mich in der großen Ankunftshalle um und stoppe den Song *»All By Myself«* von Ellie Goulding auf meiner Spotify-Playlist, um die Geräusche des Flughafens um mich herum aufzunehmen. Begeistert lausche ich dem Mix aus Stimmengewirr, rollenden Koffern und lauten Durchsagen, in denen fehlende Passagiere aufgerufen werden. Der Flughafen in San Francisco ist schon viele Male mein Zwischenstopp gewesen, aber bisher bin ich nie allein gereist, sondern hatte meine Eltern und meine Brüder an meiner Seite. So allein in die USA zu reisen, ist ungewohnt, aber ich genieße das Gefühl von Freiheit und fühle mich so erwachsen wie nie zuvor. Erwachsen und frei! Ich bin gespannt auf die nächsten Monate. Der Zeitpunkt ist perfekt, um meinen ersten richtigen Job in den USA anzutreten. Die wahnsinnige Aufregung, die sich in Deutschland wie ein Mantel um mich gelegt hat, schiebe ich nun beiseite und ich will nichts mehr von ihr wissen. Nicht jetzt!

Nun bist du endlich hier und kannst alles so machen, wie du es willst. Das wird der beste Frühling deines Lebens, spreche ich mir selbst Mut zu, aber auch diesen Gedanken verdränge ich wieder. Nur das Hier und Jetzt ist wichtig.

Der Weiterflug nach Portland startet in einer Stunde. Ich nutze die Zeit und kaufe mir eine Kleinigkeit zum Lunch, da mein Magen seit der Landung ein lautes Knurren und Grummeln von sich gibt. Im Flugzeug habe ich vor Vorfreude keinen Bissen herunterbekommen und nur in der matschigen Spaghetti Bolognese herumgestochert. Im Flughafengebäude gibt es eine riesige Auswahl an Coffeeshops. Meine Entscheidung fällt auf *Green Forrest Coffee.* Ich wähle ein saftiges Truthahnbrust-Sandwich aus und dazu einen schwarzen Kaffee. Hauptsache, ohne Milch und extragroß. Auch wenn ich die letzten vierzehn Stunden im Flugzeug nur gesessen habe, fühle ich mich übermüdet, da ich kein Auge zugetan habe. Ich setze mich direkt vor das große Terminalfenster, um die ersten wärmenden Frühlingssonnenstrahlen aufzufangen und so meinen Vitamin-D-Haushalt aufzufüllen. Hamburg ist bei meinem Abflug von dicken schwarzen Wolken überzogen gewesen, die es der Sonne unmöglich gemacht haben durchzubrechen. Das Wetter in Oregon ist ebenfalls nicht so sommerlich wie im sonnigen Kalifornien, aber hoffentlich besser als im Norden Deutschlands. Ich brauche den Frühling dieses Jahr so viel mehr als sonst in meinem Leben – die Sonne, die länger werdenden Tage und die Unbeschwertheit.

Ich trinke einige Schlucke von dem kräftig gerösteten Kaffee, ziehe mein Handy aus meinem Rucksack und schalte es ein.

Rosie, meine quirlige Cousine, hat mir eine Nachricht geschrieben.

»Hi, Livy. Bist du schon gelandet? Ich freue mich so. Bald bist du hier bei uns in Wild Mallow Lake. Wir sind pünktlich am Flughafen. Du wirst mich nicht übersehen. Nachher drücke ich dich so fest, dass du nicht mehr atmen kannst. XO – Rosie«

Das ist typisch für meine lebenslustige Cousine. Ich höre immer noch Rosies freudiges Jubeln aus meinen Notebooklautsprechern dröhnen, als ich ihr beim Skypen erzählt habe, dass ich den Job habe und wirklich in die USA ziehe.

»Das ist wie ein Hauptgewinn. Du solltest einfach hierherkommen! Das ist Schicksal, Olivia.«

Zufall oder Schicksal – das ist mir egal, Hauptsache, es geht weiter. Ich habe meine Heimatstadt Hamburg verlassen, um in meine Geburtsstadt Wild Mallow Lake zurückzukehren. Meine Mutter stammt von dort und dort hat sie meinen Vater während des Studiums kennen und lieben gelernt. Nach meiner Geburt zogen meine Eltern nach Hamburg. Meinem Vater wurde dort eine Stelle als Umweltforscher in einem Institut angeboten, die er nicht ausschlagen wollte. Meine Mutter fasste dort in der Werbebranche Fuß und somit blieben wir in Deutschland. Meine Brüder, zweieiige Zwillinge, wurden sechs Jahre später geboren. Seit ich denken kann, flogen wir jeden Sommer nach Wild Mallow Lake, um unsere Familie zu besuchen. Nur in den letzten zwei Jahren haben wir das nicht getan. Stattdessen besuchte uns unsere amerikanische Familie in Deutschland während der kompletten Sommerferien. Wir reisten allesamt von der Nordsee zur Ostsee und weiter nach Bayern. Rosie und ich ließen in dieser Zeit kaum ein Festival aus. Wir fuhren zu Rock am Ring, Deichbrand und zum Roskilde-Festival nach Dänemark. Im darauffolgenden Jahr flog zwar meine Familie nach Wild Mallow Lake, aber ich blieb in Deutschland. Vorgeschoben hatte ich mein Studium, für das ich viel lernen musste, aber in Wahrheit habe ich mich zu sehr von meinem Ex-Freund Marc beeinflussen lassen. Marc hatte Flugangst und überredete mich dazu, andere Reisen zu unternehmen. Die Trips waren zwar schön und ich habe die Fjorde in Norwegen und Österreich besser kennengelernt, aber mir fehlte Wild Mallow Lake, die beschauliche Kleinstadt in Oregon. Sie hat die perfekte Lage – in der Nähe von Portland, der Ozean nicht weit weg und die Berge zum Greifen nah. Ja, die Stadt und die Bewohner fehlen mir sehr und Marc … der fehlt mir gar nicht.

Ich antworte meiner Cousine und stecke mein Handy wieder in meinen Rucksack, um mein Sandwich weiterzuessen, damit mein Magen endlich Ruhe gibt.

Kapitel 2

Eine erstaunte Stimme reißt mich aus meinen Gedanken: »Olivia?«

Ich verschlucke mich fast an dem Sandwich, als ich ihn an der Stimme erkenne. Schnell wische ich meinen Mund ab und drehe mich etwas umständlich zu ihm um, da ich meinen Kaffeebecher fest zwischen die Knie geklemmt habe.

Hinter der Sitzreihe steht Aiden Hays, ein guter Freund von Rosie, und sieht mich mit seinen strahlenden tiefgrünen Augen, deren Farbe mich an die Wälder Oregons erinnert, an.

»Aiden?« Ich starre ihn einige Sekunden regungslos an.

»Ja, ich bin es und stehe wahrhaftig vor dir«, antwortet er mit einem schiefen Lächeln und nimmt seine In-Ear-Kopfhörer aus den Ohren.

»Hey, Aiden.« Ich stelle meinen Becher auf den freien Sitz neben mir, gehe um die Sitzreihe herum zu ihm. Durch eine Mischung aus Vorfreude und Erleichterung, eine bekannte Stimme zu hören, umarme ich ihn spontan.

»Hi, Olivia.« Überrascht von meinem Überfall, lacht er kurz auf, drückt mich fest, bevor er die Umarmung löst und mich von Kopf bis Fuß mustert.

Verlegen wegen meines ungewohnten Gefühlsausbruchs und seiner intensiven Musterung, weiche ich automatisch einen Schritt zurück. »Was machst du hier?«

»Herzlich willkommen in den USA. Ich würde mal sagen, das mit dem Empfangskomitee hat nur mäßig funktioniert. Ich bin hier, aber leider verspätet sich der Rest.« Aiden blickt mich gespielt bedrückt an. »Auf niemanden ist Verlass, aber du hast ja mich.«

Ich schaue ihn ungläubig an. Er ist bestimmt nicht wegen mir hier. Schüchtern betrachte ich ihn. Er ist groß, trägt sportliche Kleidung und sein schwarzes Shirt lässt seine trainierte Figur erahnen. Seine dunkelbraunen Haare passen perfekt zu seinem sonnengebräunten Gesicht und betonen seine eindrucksvollen grünen Augen.

Aiden setzt sich neben mich auf die Sitzbank.

Ich wickle mein halb aufgegessenes Sandwich wieder ein und stecke es in meine Tasche, da ich jetzt viel zu nervös zum Essen bin.

»Und warum bist du tatsächlich hier in San Francisco? Mein Empfangskomitee wartet in Portland am Flughafen. Bist du alleine hier?«, frage ich ihn und bin froh, Wörter wieder sinnvoll zusammensetzen zu können.

»So viele Fragen, Olivia. Ich bin ganz alleine hier. Und du hast recht, leider bin ich nicht das offizielle Empfangskomitee. Rosie hat mir erzählt, dass du über San Francisco fliegst. Aber meine Anwesenheit ist tatsächlich nur Zufall. Ein sehr erfreulicher Zufall. Ich war in Santa Cruz, um dort ein Video zu drehen, aber das hätte ich mir schenken können.« Aiden seufzt und blickt auf seine Uhr. »Mein Rückflug geht in fünfundvierzig Minuten. Ist das auch dein Flug?«

»Ja, das ist er«, bestätige ich. Bei dem Gedanken, mit Aiden zusammen nach Portland zu fliegen, werde ich schlagartig nervös.

»Sehr gut.« Er setzt ein selbstsicheres Lächeln auf und wirkt plötzlich so vertraut auf mich.

Aiden Hays hat in der Highschool schon damit begonnen, seine ersten Youtube-Videos zu drehen, und ist mittlerweile ein erfolgreicher Youtuber mit über eineinhalb Millionen Followern. Die Kunst, sich selbst darzustellen, verbunden mit einer angeborenen Selbstsicherheit, hat er schon immer besessen, aber er hat in den letzten Jahren eine große Portion an Charisma hinzugewonnen.

Ich streiche über meine Haare und fühle mich etwas blass neben ihm. Vielleicht liegt es mit daran, dass ich schon einen Vierzehn-Stunden-Flug hinter mir habe und ich meinen Haaren, die wahllos zusammengebunden sind, lange keine Beachtung mehr geschenkt habe.

»Was war in Santa Cruz? Ein Surfwettbewerb oder …?« Ich kann meinen Satz nicht beenden, da wir von zwei aufgekratzten Teenager-Mädchen unterbrochen werden, die aufgeregt nach einem Selfie mit Aiden fragen.

»Na klar«, antwortet er den beiden und steht auf, grinst professionell in die Kamera, verabschiedet sich und setzt sich wieder. So als würde er nie etwas anderes machen. Wahrscheinlich ist das auch so.

»Die beiden hast du sehr glücklich gemacht.« Ich beobachte, wie die Mädchen mit einem breiten Grinsen zurück zu ihrem Platz gehen.

»Ich könnte dich auch glücklich machen und dir ein Selfie anbieten.« Er lächelt mich auffordernd an.

»Eigentlich brauche ich kein …« Ich überlege kurz und denke wieder über meine Frisur nach. Aber das ist mir egal. Neustart. Jetzt. Sofort. »Ja, lass uns ein Selfie machen. Vielleicht bin ich danach genauso glücklich wie die Mädchen«, sage ich lachend und hole mein Handy aus der Tasche.

»Oh, das wirst du bestimmt sein – versprochen.« Aiden rutscht näher zu mir heran, legt den Arm um mich und lächelt in die Kamera. »Schaltest du bitte den Beauty-Modus aus? Den brauchen wir nicht.«

Ich werfe einen letzten Blick auf mein weichgezeichnetes Gesicht, schalte den Filter aus und drücke auf den Auslöser. Aidens Lächeln sieht viel natürlicher aus als auf dem Foto mit den Teenies. Ohne Filter glänzt mein Gesicht sehr und wirkt blass. Im Gegensatz dazu glühen meine Wangen leuchtend rot, wodurch man nicht einmal meine Sommersprossen erkennen kann. Meine hellbraunen, welligen Haare habe ich zu einem schiefsitzenden Dutt gebunden, an dessen Seiten sich einzelne Strähnen kräuseln. Ich betrachte meinen lächelnden Mund im Handydisplay und stelle wieder fest, dass ich meine geschwungenen Lippen am liebsten an mir mag. Mir fällt auf, wie glücklich ich aussehe – meine bernsteinfarbenen Augen glänzen freudig.

»Schickst du mir das Foto zu? Ich gebe dir meine neue Handynummer. Vielleicht brauchst du sie bald häufiger.« Aiden holt sein Handy aus der Tasche, um seine Nummer nachzuschlagen.

Ich nutze den Moment und betrachte ihn von der Seite. Seine Haare sind verwuschelt, sein Ausdruck im Gesicht wirkt etwas belustigt und sein Dreitagebart steht ihm unglaublich gut. Aiden ist der perfekte Frauenschwarm. Und er gehört nicht zu diesen Männern, die keine Ahnung haben, wie attraktiv sie sind. Nein, ihm ist das mehr als bewusst.

Er hält mir sein Handy entgegen, auf dessen Display seine Nummer steht.

Verlegen speichere ich sie ein und rufe ihn an, damit auch er meine Telefonnummer hat. Dann versuche ich, das Thema zu wechseln. »Und warum warst du in Santa Cruz?«

»Eigentlich ist es nicht der Rede wert. Das Event war mehr als überflüssig. Ich weiß gar nicht, was sich die Organisatoren dabei gedacht haben. Ich war bei einem Sandburgen-Wettkampf. Frag nicht …« Aiden verdreht die Augen und hebt die Hände, als wäre ihm sein Ausflug unangenehm. »Ich habe es mir wirklich lustiger vorgestellt, also verrückt-lustig, aber es war nur traurig. Fünf Teilnehmer, denen sechsjährige Konkurrenz hätten machen können.«

»Das hört sich wirklich nicht spannend an.«

Er setzt ein überhebliches Gesicht auf und erklärt: »Aber selbst das schlechteste Event kann ich in einem Video gut vermarkten. Hauptsache, meinen Followern gefallt es. Mich hat es genervt, aber was soll's, es kommen wieder andere Zeiten.«

In Aidens Youtube-Videos reist er an die verschiedensten Orte, um diese zu erkunden oder verrückte Aktivitäten auszuprobieren. Egal ob sechsfacher Looping, Hochseeangeln, Wakeboarding, eine Reportage über verschiedene Festivals oder ein Praktikum bei einer Müllentsorgungsfirma – er probiert alles aus und ist sich für keine Aufgabe zu schade. Seine Videos sind witzig, verrückt und auch informativ, aber hauptsächlich besticht er durch seinen Charme. Mittlerweile hat er feste Sponsoren und lukrative Werbedeals. Zumindest wird bei seinen Videos mehr Werbung eingespielt als noch vor einigen Jahren. Ich denke, er kann inzwischen sehr gut davon leben.

Er senkt sein Handy und beugt sich zu mir rüber. »Und nun zu dir. Freust du dich schon, in Wild Mallow Lake zu leben?«

»Sehr. Am meisten freue ich mich auf meine Familie und besonders auf Rosie.«

Rosie und ich, wir sind beide dreiundzwanzig Jahre alt und wie beste Freundinnen aufgewachsen, obwohl wir vom Äußeren und vom Charakter her nicht unterschiedlicher sein könnten. Rosie ist ein typisches Sommerkind. Sie ist fröhlich, spontan, offen für neue Wege, dadurch auch mal etwas chaotisch, verirrt sich in ihren Ideen und genießt ihr Leben. Meine Cousine nennt mich eine verkopfte Romantikerin, die sich ohne einen Plan hilflos fühlt. Sie meint, ich höre zu sehr auf meinen Kopf statt auf meinen Bauch und mein Herz würde ich komplett missachten.

»Und sie freut sich sehr auf dich. Aber mehr Informationen habe ich nicht. Was genau hast du denn in Wild Mallow Lake vor? «

»Ich hatte viel Glück und habe spontan einen Job bekommen: als Eventmanagerin. Der Freund meiner Tante Julie hat dort eine Eventagentur eröffnet und dort war eine Stelle frei.«

Vor gerade einmal zwei Wochen habe ich mein Bachelorstudium im Eventmanagement abgeschlossen. Das Jobangebot ist ein riesiger Zufall gewesen und ohne lange nachzudenken, habe ich die Chance ergriffen.

»Das hört sich gut an. Ein Glücksfall für uns alle.« Er fixiert mich mit seinen grünen Augen.

Für uns alle? Verlegen räuspere ich mich. »Ja, ein neuer Mitarbeiter kündigte nach vier Wochen der Liebe wegen und ist spontan nach Texas gezogen. Meine Tante hat ein gutes Wort für mich eingelegt.«

»Und außerdem hast du das studiert. Also nicht so zurückhaltend«, fügt Aiden hinzu.

Ich lächle ihn an. »Ja, da hast du recht.«

»Und du wirst die Events bestimmt besser planen als die Typen in Santa Cruz. Da bin ich mir sicher.«

»Das hoffe ich auch.« Ich trinke meinen letzten Schluck Kaffee und schmeiße den Becher in den Mülleimer neben der Sitzreihe. »Nicht dass auch ich am Ende Youtuber enttäuschen muss.«

Aiden und ich lachen zwar darüber, aber meine Angst ist nicht unbegründet. Ich bin eine absolute Anfängerin und habe großen Respekt vor der Aufgabe. Ich spreche fließend Englisch, da ich zweisprachig aufgewachsen bin, trotzdem habe ich fast mein ganzes Leben in Deutschland verbracht. In den USA würde einiges anders laufen. Während meines Studiums habe ich zwar ein mehrmonatiges Praktikum bei einem Konzertveranstalter absolviert, nur ging es da natürlich weniger um private oder geschäftliche Events.

»Ich freue mich, aber ich bin auch nervös. So ein richtiger Job … vorbei mit dem Studentenleben. Ich werde bestimmt meine Familie vermissen, aber sie kommen im Sommer zu Besuch.«

»Ich glaube, Wild Mallow Lake wird dich genug ablenken«, raunt er mir zu und holt abermals sein Handy aus der Tasche, um seine Nachrichten zu checken. Ich frage mich, wie es wohl mit seiner täglichen Bildschirmzeit aussieht.

»Hat sich viel verändert in Wild Mallow Lake?«, fragte ich ausweichend, als Aiden zu mir sieht, damit er nicht merkt, dass ich ihn beobachte.

»Nicht viel. Es sind ein paar neue Läden eröffnet worden: ein Musikladen, ziemlich retro, und wir haben jetzt tatsächlich ein Sushi-Restaurant in der Stadt. Das Kino mit Bedienung wurde komplett umgebaut und dann gibt es natürlich noch das coole Café deiner Tante, aber das muss ich dir ja nicht erzählen.« Aiden lächelt mir zu. »Die Lage ist echt perfekt. Du kennst es ja noch gar nicht. Es liegt direkt am See, da wo der lange Steg ist. Früher war dort das Diner der Johnsons, die sind aber in Pension gegangen.«

»Ich habe bisher nur die Fotos gesehen. Ich bin echt gespannt und freue mich vor allem auf Julies New York Cheesecake.«

»Oh ja, auf den kannst du dich mehr als freuen und wenn du Getratsche hören willst …« Er überlegt kurz. »Bodie und seine College-Liebe haben sich getrennt. Das macht ihm ganz schön zu schaffen, aber das wird schon. Ich bringe ihn auf andere Gedanken.

Und Espen hat eine Freundin. Eine echte Freundin. Unglaublich, aber wahr.«

Espen. Ich halte die Luft an, sammle mich kurz und frage überrascht: »Wow, eine Freundin? Seit wann?«

»Erst seit ein paar Monaten. Wir waren mit Samira zusammen auf der Highschool. Sie haben sich auf einer Weihnachtsparty letztes Jahr wiedergetroffen. Samira war schon immer sehr an Espen interessiert oder eher ziemlich heiß auf ihn, aber er ist wohl erst vor Kurzem auf den Geschmack gekommen. Espen erzählt nicht so viel, aber Samira umso mehr. Bei ihr ist alles etwas zu viel. Ich bin aber froh, dass er mal etwas wagt und sich darauf einlässt. Auch wenn es ausgerechnet mit einer wie Samira sein muss.«

Samira und Espen. Davon hat Rosie nichts erzählt.

»Und wo ist Espen? Hat er nicht deine Videos gefilmt?«, frage ich zaghaft, um meine Gedanken neu zu ordnen. Ich blicke über meine Schulter, um sicherzugehen, dass er nicht gerade hinter mir steht.

Espen und Aiden Hays sind zweieiige Zwillinge, beste Freunde und arbeiten zusammen. Espen ist der Kamera- und Technikmann seines Bruders. Er filmt alle Videos, schneidet sie und fotografiert ihn nebenbei noch. Streng genommen ist er Aidens Angestellter.

»Er ist mit Samira noch für ein paar Tage in Santa Cruz geblieben und ich konnte nicht schnell genug wegkommen. Ich bin mir nicht sicher, ob es an Santa Cruz oder an Samira lag. Na ja, du wirst sie noch kennenlernen«, berichtet er.

»Ja, bestimmt. Rosie hat mir noch nichts von Espen und seiner Freundin erzählt.«

»Er freut sich sicher, dich zu sehen. Er wird überrascht sein, da er noch gar nicht weiß, dass du hierherziehst.« Aiden schielt in meine Richtung.

Äußerlich ist meine Reaktion ein hoffentlich unauffälliges Lächeln, aber in meinem Kopf überschlagen sich die Gedanken. Bei Espen wird mein Herz ganz warm. Wir haben schon seit unserer Kindheit eine besondere Beziehung zueinander. Distanziert, aber dennoch vertraut. So hat es sich jeden Sommer, wenn ich zu Besuch in Wild Mallow Lake gewesen bin, angefühlt. Irgendwann überschritt Espen die unsichtbare Grenze zwischen uns. Darüber wurde aber nie gesprochen. Nur in dieser einen Nacht, als Rosie und ich mit sechzehn viel zu lange wach waren. Sie vertraute mir an, dass er in mich verknallt sei. Mir war das Thema Liebe unangenehm und ich konnte mich nicht darauf einlassen, auch wenn Espen für mich stets eine besondere Rolle gespielt hat. Somit ignorierte ich das Ganze einfach. Nicht nur ich tat das, sondern auch Rosie, Aiden und sogar Espen selbst. Aufgrund seiner Gefühle wurden wir auch nie wirklich Freunde, sondern wir schwirrten stetig nebeneinanderher und waren doch auf eine besondere Art miteinander verbunden. Wir tauschten keine Handynummern aus, wir folgten uns nicht gegenseitig auf Instagram und Rosie vermied es, mit mir über ihn zu sprechen, und anscheinend war es auch andersherum so. Ich war die Begleitung von Rosie und Espen die von seinem Bruder. Wir haben uns nun eine sehr lange Zeit nicht mehr gesehen. Schon vor meiner Abreise dachte ich immer wieder an Espen und überlegte, wie es werden würde, wenn ich in Wild Mallow Lake leben würde und nicht nach sechs Wochen wieder abreisen müsste. Auf eine seltsame Art gönne ich ihm, dass er eine Freundin hat und dass er glücklich ist, aber die Neuigkeit hinterlässt einen klobigen Stein in meinem Magen. Ich kann zwar auch nicht behaupten, dass Aiden und ich befreundet sind, aber in der Vergangenheit habe ich mit ihm und natürlich mit Rosie unbeschwerte Zeiten verbracht. Er ist nicht so unnahbar wie sein Bruder und durch seine positiv einnehmende Art habe ich mich schnell dazugehörig gefühlt. Auch wenn ich immer nur für wenige Wochen in der Stadt war. Obwohl Aiden so attraktiv ist, kann ich mich an keinen Moment erinnern, in dem ich mich zu ihm hingezogen gefühlt habe, und ich glaube, ihm erging es genauso. Ich kann mich auch nicht daran erinnern, dass wir uns jemals so locker wie heute unterhalten haben, und ich stelle fest, wie gut es mir gefällt. Ich weiß nicht, ob es an seinem Aussehen, seinem Interesse an mir oder an seiner dazugewonnenen Reife liegt, aber mein Herz schlägt schneller, als es sollte.

»Und was sagt dein Freund zu deinem Job? Er wollte dich doch bestimmt nicht einfach so gehen lassen?« Aiden und ich schlendern langsam zum Terminal.

»Ich glaube, das interessiert ihn nicht mehr. Wir sind nicht mehr zusammen«, antworte ich rasch.

Zum Glück erreichen wir gerade das Gate und reihen uns in die Schlange ein. Aiden kramt abgelenkt seine Bordkarte hervor und stellt keine weiteren Fragen. Ich habe gar keine Lust, über Marc zu reden. Ich möchte mich auf meine Zukunft in Wild Mallow Lake freuen – auf das Hier und Jetzt. Nur noch ein Flug. Dann werde ich da sein und ich bin bereit für alles, was kommt!

Kapitel 3

Das Flugzeug hebt sanft für den zweistündigen Flug nach Portland ab. Aiden überredet meinen Sitznachbarn, einen älteren Herrn um die siebzig, die Plätze zu wechseln. Dieser nimmt das Angebot freudig an und tauscht seinen unbeliebten Mittelplatz gegen einen am Fenster ein. Wieder einmal hat es Aiden geschafft, sich mit seiner überzeugenden Art ein Vorteil zu verschaffen.

»Das ging leichter als erwartet.« Aiden versucht, seine langen Beine auszustrecken.

»Du hättest bestimmt auch nicht lockergelassen, oder?« Ich nehme meine Beine zur Seite, um ihm Platz zu machen. Es gibt viele Situationen, in denen ich mir wünsche, größer zu sein, aber im Flugzeug sind meine ein Meter einundsechzig wiederum mehr als praktisch.

»Jedenfalls nicht so schnell. Ich möchte doch nicht, dass du dich langweilst«, raunt er mir zu.

Ich lächle ihn an.

Für einen Moment schaue ich mir die immer kleiner werdende Landschaft Kaliforniens an. Ich freue mich auf Oregon, die großen grünen Wälder, die Berge und die rauen Strände, die Ruhe, aber auch Wildheit ausstrahlen.

Ein junger Steward reicht uns unsere Getränke.

Aiden löst seinen Gurt und dreht sich zu mir. »So, Olivia. Jetzt haben wir Zeit, über deinen deutschen Freund zu reden.«

Auch wenn ich keine Lust habe, über Marc zu sprechen, kann ich mich nicht aus der Affäre ziehen. »Ach, in den letzten Monaten lief es nicht mehr so gut zwischen uns.« Gefühlt hat der Transatlantikflug meinen Ex-Freund aus meinem Gedächtnis gelöscht. Die Erinnerungen an ihn kommen mir so unwirklich vor.

»Das kann doch nicht alles gewesen sein?« Aiden sieht mich skeptisch an. »So eine langweilige Lovestory?«

»Er war immer hinter anderen Mädchen her und wollte mich kleinhalten, wenn du weißt, was ich meine«, platzt es aus mir heraus. »Keine Ahnung, ob er wirklich etwas mit anderen hatte, aber vor acht Wochen habe ich mich einfach getrennt. Der Job in den USA kam gerade rechtzeitig.«

»Du hast die einzig richtige Entscheidung getroffen. Er war nicht der Richtige für dich!« Er schaut mich ernst an.

»Ja, er war eindeutig der Falsche. Ich habe eben kein gutes Händchen, was das betrifft«, sage ich und seufze.

»Du musst das machen, was dich glücklich macht«, rät er mir eindringlich.

»Genau. Ich möchte meine eigenen Entscheidungen treffen und mich nicht mehr durch Zufälle irgendwohin treiben lassen.« Ich habe Marc während des Studiums kennengelernt und mich in ihn verliebt. Jedenfalls dachte ich, es wäre Liebe. Ein Paar sind wir eher beiläufig geworden, nicht wirklich gewollt, und diese Beiläufigkeit zog sich durch unsere ganze Beziehung.

Aiden lächelt mich triumphierend an. »Darauf stoßen wir an – auf die Freiheit, Ungebundenheit und Leidenschaft.« Er stößt mit seiner Cola gegen meinen Orangensaft und schaut mich intensiv an.

Ich erwidere seinen Blick und versinke für einige Sekunden in seinen grün funkelnden Augen. Meine Wangen glühen heiß auf. Für meine Rettung sorgen einige Luftlöcher. Die Anschnallzeichen blinken über uns auf und ich nutze die Chance, mich abzuwenden, um meinen Gurt anzulegen.

Den restlichen Flug unterhalten wir uns über Musik und Aidens Youtube-Videos. Nach der Landung kann ich es kaum erwarten, Rosie und meine Tante Anne zu sehen, die versprochen haben, mich abzuholen, und eile mit Aiden zügig zum Gepäckband.

»Meinst du, dein Koffer kommt noch?«, fragt mich Aiden und steht startklar mit Handy und Koffer neben mir.

Neben meinem Rucksack als Handgepäck habe ich einen großen Koffer und eine kleine, vollgestopfte Reisetasche mitgenommen. Die Tasche kam gleich als Erstes auf dem Gepäckband herausgefahren. Aber mittlerweile drehen nur noch ein alter roter Koffer und ein Kinderbuggy ihre Runden.

»So ein Mist. Da ist meine ganze Kleidung drin. Ich habe extra für den Job neue Klamotten gekauft, damit ich nicht nur Jeans und Shirt trage!« Langsam bin ich wirklich verzweifelt.

Aiden zieht einen Mundwinkel hoch und zuckt mit den Schultern. »Er wird dir bestimmt nachgeschickt.«

Gefrustet gehe ich zum Informationsschalter. Die blonde Flughafenmitarbeiterin mit piepsiger Stimme forscht nach meinem Koffer und teilt mir mit, dass dieser noch in San Francisco sei und die Fluggesellschaft ihn mir nachschicken werde. Ich schreibe ihr Rosies Adresse auf, die zukünftig auch meine Anschrift sein wird, und bedanke mich. Die Frau nickt mir kurz zu, hat ansonsten nur Augen für Aiden, der direkt hinter mir steht. Aiden zwinkert und wirft ihr ein strahlendes Grinsen zu, das sie mit einem seligen Lächeln erwidert. Aidens Ausstrahlung wirkt nicht nur auf mich, sondern auf alle Frauen in seinem Radius.

Ich verdrehe genervt meine Augen. Ihre Flirterei und der verlorene Koffer lassen mich innerlich brodeln. Wütend werfe ich meinen Rucksack auf die Schultern und greife nach meiner kleinen Reisetasche. So habe ich mir meine Ankunft nicht vorgestellt. Ganz und gar nicht. Ich hoffe nur, dass das kein schlechtes Zeichen für meinen Neustart ist. Aber auch den Gedanken schiebe ich weit nach hinten, da ich mich nun darauf freue, endlich meine Familie zu sehen.

»Auf geht's, Olivia. Dein neuer Lebensabschnitt wartet. Nur ohne Kleidung …«, zieht Aiden mich auf, steckt sein Handy in die Hosentasche und nimmt wie selbstverständlich meine Hand, um mit mir zum Ausgang zu gehen.

Überrascht betrachte ich unsere verschränkten Finger. Seine Hand schließt sich warm und fest um meine. Aiden läuft zielstrebig neben mir her, als wäre es das Normalste auf der Welt, mit mir Händchen zu halten. Ich widerstehe dem Drang, ihm aus Verlegenheit meine Hand zu entziehen. Die Nähe fühlt sich in diesem Moment genau richtig an und gibt mir den nötigen Halt.

Die Atmosphäre des Flughafens in Portland ist komplett anders als die in San Francisco. Das Gebäude ist modern und lichtdurchflutet und hier geht es allgemein entspannter und ruhiger zu. In der Ankunftshalle warten bereits Rosie und meine Tante Anne. Rosie hat eine monströse gelbe Schaumstoffhand über ihre eigene gezogen, mit der sie hin und her winkt. Sie trägt ihre langen goldblonden Locken offen und dazu ein blaues Basecap der *New-York-Yankees*, eine eng sitzende Bluejeans und einen weißen Hoodie. Als sie mich entdeckt, leuchten ihre blauen Augen schon von Weitem und ein überschwängliches Lächeln lässt ihr Gesicht erstrahlen. Sie sieht wie der Prototyp eines amerikanischen Footballfans aus. So sehr ich mich über das Wiedersehen freue, ist mir diese riesige Hand unangenehm. Ich falle nicht gern auf und mag es nicht, wenn viele Menschen mich ansehen. So wäre es wahrscheinlich in Deutschland gewesen. Doch hier scheint so ein aufsehenerregender Auftritt völlig normal zu sein.

»Siehst du, hier ist dein wirklicher Empfang«, flüstert Aiden mir zu und zieht mich weiter Richtung Rosie.

»Livy, hier sind wir«, ruft meine Cousine laut und winkt immer schneller mit der riesigen Hand. Vor lauter Aufregung und in der Hoffnung, sie würde die Hand runternehmen, laufe ich zügig auf sie zu, ohne weiter an Aidens Hand zu denken. Mein Plan geht auf und Rosies riesige Hand wird langsamer, aber nicht, weil wir sie erreichen, sondern weil sie verdutzt auf unsere verschränkten Hände blickt.

Tante Anne schenkt meiner seltsamen Ankunft keine Beachtung und zieht mich einfach in ihre Arme. »Willkommen, Livy. Schön, dass du da bist. Wie war der Flug? Deine Mom hat schon mehrfach bei mir angerufen und gefragt, ob du gut angekommen bist.«

Meine Tante trägt ihre aschblonden Haare kürzer als bei meinem letzten Besuch – bis zur Schulter – und sie sieht fantastisch damit aus. Ich bin jedes Mal überrascht, wie ähnlich sie meiner Mutter sieht. Mit ihren warmen braunen Augen betrachtet sie mich voller Zuneigung. Sie trägt einen businessmäßigen und zugleich modernen beigen Blazer mit passender Hose, daher nehme ich an, dass sie direkt aus dem Büro kommt.

»Hey, Tante Anne. Der Flug war gut, aber trotzdem anstrengend.« Ich drehe mich zu Rosie und umarme sie fest. »Rosie, ich freu mich so.«

»Schön, dass du da bist!« Sie wirbelt mich herum und flüstert in mein Ohr: »Und das mit Aiden musst du mir so schnell wie möglich erklären. Ich platze sonst. Wie ist *das* passiert? Warum habt ihr …«

Aiden unterbricht Rosie und legt einen Arm um sie. »Das passt wunderbar. Ihr habt doch bestimmt noch einen Platz frei, oder? Dann könnten Olivia und ich uns die Rückbank teilen.« Aiden zwinkert mir zu und setzt ein selbstsicheres Grinsen auf.

Ich presse lächelnd beide Lippen aufeinander und schaue in Rosies aufgerissene Augen.

»Natürlich. Kommt, wir starten.« Anne schnappt sich meine Reisetasche und fragt mich verwundert: »Mehr hast du nicht mit?«

»Eigentlich schon. Nur das hier ist mitgekommen, den Koffer haben sie verloren. Der ist noch in San Francisco und wird mir nachgeschickt. In der Reisetasche habe ich aber nur Schuhe und meinen Kulturbeutel.« Die Unterwäsche verschweige ich, da Aiden interessiert zuhört. »Rosie, ich glaube, ich müsste nachher mal an deinen Schrank.« Bittend schaue ich sie an und flehe innerlich, dass mir überhaupt ein Kleidungsstück von ihr passt. Ich bin mit meinen ein Meter einundsechzig nicht besonders groß und habe eine weibliche Figur. Rosie ist mehr als zehn Zentimeter größer und ein sportlicher Typ.

Die Augen meiner Cousine blitzen gefährlich auf, als sie erwidert: »Sicher. Aber nur gegen alle Einzelheiten.«

Kapitel 4

Die Rückfahrt dauert knapp eine Stunde. Eine Stunde, in der Aiden viel erzählt, Tante Anne ihm geduldig zuhört, ich meinen Eltern eine lange Nachricht schreibe und Rosie immer unruhiger wird, da sie endlich eine Erklärung haben möchte. Ungeduldig dreht sie sich gefühlt im Minutentakt zu uns um, in der Erwartung, uns knutschend auf dem Rücksitz vorzufinden. Ich denke darüber nach, welche Geschichte sie sich in ihrem Kopf zurechtgelegt haben könnte, und stelle mir vor, wie enttäuscht sie sein wird, wenn ich ihr die wahre Version erzähle. Insgeheim freue ich mich sogar über Aidens Aufmerksamkeit, auch wenn mir diese Situation unangenehm ist und mir schleierhaft ist, warum er überhaupt meine Hand genommen hat. Nur hier im Auto kann ich Rosie nicht aufklären. Nicht vor Aiden. Ich bin nur froh, dass Tante Anne die Situation nicht als seltsam wahrnimmt. Wahrscheinlich spricht sie mich aber nur aus Höflichkeit nicht darauf an. Mir reichen schon Rosies misstrauische Blicke. Das Gefühl, beobachtet zu werden, reißt mich aus meinen Gedanken. Aiden betrachtet mich von der Seite und sein Gesicht erhellt sich mit einem strahlenden Lächeln, als ich zu ihm sehe. »Und, Olivia, hast du schon Pläne für die nächsten Tage?«

»Ja, hat sie, Aiden. Sie wird die Zeit erst einmal mit mir verbringen. Vielleicht – aber auch nur vielleicht – kannst du irgendwann mal mitkommen.« Rosie streckt Aiden die Zunge heraus.

Er schnippt ihr gegen den Arm und stellt klar: »Du wirst Olivia nicht nur für dich haben. Sie hat hier einiges nachzuholen.«

»Gehen wir heute noch in das Café von Julie? Ich freue mich schon so auf sie!« Ich wechsle schnell das Thema, um von mir abzulenken.

»Heute nicht. Sie ist bei uns zu Hause bei Lucas und ins Café wollte sie heute nicht mehr«, erklärte mir Anne. »Es gibt sowieso eine Planänderung. Die hat sich ganz spontan ergeben. Der Mitarbeiter, der unsere neue Filiale in San Diego eröffnen sollte, ist erkrankt und wird für mindestens acht Wochen ausfallen. Jetzt werde ich das selbst übernehmen, damit dort alles glattläuft.«

Tante Anne ist die Inhaberin des Möbelunternehmens *Somervell Interior* und betreibt mehrere Standorte im Westen der USA.

»Bist du dann die ganzen acht Wochen lang weg?« Ich stelle mir gerade vor, wie Rosie und ich das Haus für uns allein haben. Eine WG in einem riesigen Haus. Aber was ist mit Lucas? Mein Cousin ist erst dreizehn Jahre alt und kann nicht immer allein bleiben, wenn Rosie und ich zur Arbeit gehen.

»Ja, ich werde fast die ganze Zeit über weg sein und ich habe mit Julie besprochen, dass sie euch so lange unterstützt. Sie wird sehr häufig am Nachmittag und Abend bei euch sein, um sich um Lucas zu kümmern. Ihr beide seid bestimmt nicht immer pünktlich zu Hause oder wollt nach der Arbeit etwas unternehmen«, erklärt mir Anne.

Rosie und ich nicken gleichzeitig eifrig.

»Ihr könntet euch morgens um Lucas kümmern, damit er auch pünktlich zur Schule kommt. Und achtet darauf, dass er etwas isst. Nicht nur Kekse. Und die Cornflakes mit Milch, nicht ohne Milch«, fügt sie angespannt hinzu.

Ihre Stimme hat einen besorgten Unterton. Es fällt ihr bestimmt nicht leicht, wegzugehen und nicht für ihre Familie da zu sein. Lucas ist zehn Jahre jünger als wir und wird von Tante Anne sehr behütet. Das erfolgreiche Möbelunternehmen haben Anne und ihr Mann Phil von meinen Großeltern übernommen und stetig vergrößert. Aus dem Möbelgeschäft in Wild Mallow Lake ist mittlerweile ein über zehn Standorte großes Imperium geworden und ein Onlineshop ist hinzugekommen. Mein Onkel Phil ist vor sechs Jahren bei einem Autounfall gestorben und Anne musste viele Aufgaben allein bewältigen. Rosie ist ihr bis heute eine große Hilfe – zu Hause und in der Firma. Seit dem Ende ihres Innenarchitekturstudiums arbeitet sie mit in dem Familienunternehmen und betreut den kompletten Interiorbereich. Sie ist für alles von der Produktbeschaffung bis hin zum Marketing zuständig. Wenn Tante Anne nicht verfügbar ist, vertritt meine Cousine ihre Mutter und ich denke, ihr steht durch Annes Abwesenheit genug Arbeit bevor.

»Mom, wir werden uns gut um Lucas kümmern. Er ist kein Baby mehr«, beruhigt Rosie ihrer Mutter.

»Er wird nicht verhungern, das ist klar, aber er wird das Internet leersaugen und bis spät in die Nacht Computerspiele spielen.« Anne blickt durch den Rückspiegel zu mir.

»Tante Anne, wir passen auf. Ich kenne das doch von Ben und Luke«, verspreche ich. Meine Brüder sind siebzehn und ich weiß noch genau, wie anstrengend sie am Anfang ihrer Pubertät gewesen sind.

»Das kriegen wir hin, Mom«, stimmt Rosie mir zu.

»Wohnt Julie auch bei uns? Und Owen?« Es ist schon seltsam, dass der neue Chef der Freund der eigenen Tante ist, da möchte ich nicht auch noch mit ihm zusammenwohnen.

»Nein, nein. Er bleibt in der Wohnung von den beiden. Julie wird hin und wieder bei uns übernachten, wenn wir beide abends länger weg sind«, antwortet mir Rosie lachend. Sie ahnt wohl, was ich gerade gedacht habe.

Wir verlassen den Freeway und ich entdecke das erste Schild auf dem »Wild Mallow Lake« steht. Kribbelige Vorfreude breitet sich in meinem ganzen Körper aus. Ganz bald werde ich wieder in meiner Lieblingsstadt sein.

Aiden, der die ganze Zeit über ungewöhnlich still gewesen ist, fixiert mich fordernd mit seinem Blick. »Kommst du Samstag zum Bonfire?«

»Bonfire?« Ich bin noch nie im Frühling in Wild Mallow Lake gewesen.

»Sicher kommt sie mit! Das wird cool. Hauptsache, es stürmt

nicht wieder so wie letztes Jahr.« Rosies Augen leuchten begeistert auf. »Das ist doch das große Lagerfeuer zum Frühlingsbeginn.«

»Ja, ich komme zu dem Bonfire«, sage ich lächelnd.

»Sehr gut. Vielleicht sehen wir uns auch schon früher.« Sein Blick durchbohrt mich intensiv.

Ich schlucke, wende mich aber nicht ab.

»Oh, das ist wichtig.« Aiden bricht den Blickkontakt ab, holt sein vibrierendes Handy aus seiner Tasche und lehnt sich entspannt im Sitz zurück, um zu telefonieren.

Tante Anne und Rosie unterhalten sich über die Hausaufgaben von Lucas.

Ich lehne mich an die Scheibe, lausche dem Stimmenmix und betrachte die vorbeiziehende Landschaft, die aus tiefgrünen Wäldern, kleineren Seen und weitläufigen Grasweiden besteht. Es ist Mitte März und die Natur erwacht aus dem Winterschlaf. Die Knospen der japanischen Kirschbäume sind noch nicht geöffnet und ich freue mich, wenn meine Lieblingsbäume in voller Blüte stehen und rosa Tupfen in die Landschaft zaubern. Die Pflanzenwelt des Frühlings wirkt wohl sehr einschläfernd auf mich und so verschlafe ich die restliche Fahrt bis Wild Mallow Lake.

»Wir sind da, du kleine Schlafmütze.« Rosies Stimme lässt mich aufwachen.

Ich öffne die Augen und brauche einen Moment, um zu realisieren, wo ich gerade bin. Mein Gehirn ist vom Powernapping leicht vernebelt und ich brauche einige Sekunden, um mich zu orientieren. Als ich wieder in der Realität ankomme, stelle ich fest, dass wir in Wild Mallow Lake angekommen sind und mein Kopf auf Aidens Schulter liegt.

»Ich muss kurz eingeschlafen sein«, murmle ich erschrocken. Unauffällig wische ich über meinen Mund und untersuche heimlich Aidens Schulter auf Sabberflecken, die ich glücklicherweise nicht entdecken kann.

»Ich muss leider aussteigen, Olivia. Aber wir sehen uns spätestens beim Bonfire«, Aiden lächelt mich wieder mit seinem schiefen, aber wirklich attraktiven Lächeln an.

»Ja, bestimmt«, antworte ich verschlafen.

Er lehnt sich zu mir herüber und flüstert in mein Ohr: »Kläre gleich Rosie darüber auf, dass wir beide kein Paar sind. Sonst explodiert sie noch. Aber die Chance, sie zu ärgern, konnte ich nicht verstreichen lassen. Und, Olivia, es hat mir überraschenderweise sehr gefallen, dein Freund zu sein.«

Ich nicke verlegen und schaue sprachlos zu, wie er aus dem Wagen steigt.

»Danke, Anne, und bis Samstag, Rosie.« Aiden wirft die Autotür zu, holt seine Tasche aus dem Kofferraum und läuft in Richtung See zu einem Anleger.

»Wohnt Aiden hier am See?« Ich versuche, mehr zu erkennen, aber Aiden ist aus meinem Blickfeld verschwunden. Vielleicht lenkt die Frage Rosie ab, die durch Aidens Flüstern wohl bald in den Wahnsinn getrieben worden wäre.

Mit zusammengekniffenen Augen schaut sie mich an, aber sie weiß, dass wir in einigen Minuten zu Hause sind, und sagt erst einmal nichts. Vor meiner Tante möchte sie mich wohl nicht ausfragen. »Ja, er wohnt seit fast einem Jahr mit Espen zusammen auf einem Hausboot. Es ist superschön. Nicht groß, aber gemütlich.« Sie wedelt aufgekratzt mit der Riesenhand. »Wir sind gleich daaahhhaa.«

»Ich kann es kaum erwarten«, sage ich und freue mich. »Vor allem muss ich mich dringend etwas bewegen. Ich kann nicht mehr sitzen.« Unruhig rutsche ich von einer Pobacke auf die andere.

Rosie grinst mich über die Schulter an. »Perfekt, Livy. Dann joggen wir gleich noch eine Runde.« Sie ärgert mich, da sie genau weiß, wie sehr ich das Laufen hasse. Ich bin Sport nicht komplett abgeneigt, gehöre nur eher zu den Zumba- oder Yogatypen. Ich brauche einen Vorturner, dem ich einfach folgen kann.

»Ich glaube, nicht. Vielleicht irgendwann … ein anderes Mal.«

Rosies Augen leuchten und sie grinst. »Vielleicht irgendwann nie, oder?«

Gespielt verärgert rümpfe ich meine Nase und drohe, »Wer weiß … Warte mal ab.«

Sie dreht sich schallend lachend wieder nach vorn und fährt sich einmal durch die unbändigen Haare.

Meine Cousine ist ein richtiger Wildfang und hält seit Kleinkindtagen ihre Umgebung auf Trab. Ihre langen aschblonden Locken, die merkwürdigerweise immer makellos sitzen, passen perfekt zu ihrem Wesen. In unserer Familie ist sie einfach der Sonnenschein.

Begeistert betrachte ich durch das Autofenster die vorbeiziehenden Gebäude von Wild Mallow Lake. Da ist das neue Sushi-Restaurant, von dem Aiden erzählt hat, und der kleine Supermarkt *Mallow Market* mit den vollgepfropften Regalen, in dem alles zu kaufen gibt, was man so braucht. Wir fahren weiter durch die Wohngegend, in der das Elternhaus von Aiden und Espen steht. Ich frage mich, wie es auf dem Hausboot aussieht und wie die beiden eingerichtet sind. Ich kann mir Aiden gar nicht auf einem Hausboot vorstellen, sondern eher in einem schicken Appartement. Espen kann ich mir umso besser auf dem Boot vorstellen. Vor meinem inneren Auge sehe ich, wie er mit dieser Samira, die ich nicht einmal kenne, auf dem Schiff sitzt und sie ihre Zeit zusammen verbringen. Der Gedanke stört mich und macht mich gleichzeitig verlegen.

Ich verdränge die Vorstellung schnell wieder, da Annes Auto jetzt in die St. Helens Avenue abbiegt und ich bereits mein neues Zuhause am Ende der Straße entdecken kann.

Kapitel 5

Das Haus sieht so einladend aus wie immer und ich fühle mich gleich wie zu Hause. Meine Tante hat ein typisch amerikanisches Haus, wie man es aus Filmen und Serien kennt, mit einer großen Veranda, die sich fast um das komplette Gebäude zieht. Auf der einen Seite der Terrasse hängt eine weiße Holzschaukel und auf der anderen steht eine gemütliche Sitzecke aus Korbmöbeln. Viele Blumenkübel und Windlichter zieren die Veranda, die durch die opulente Dekoration aussieht wie aus einem Katalog. Verkleidet ist das Haus mit hellgrauem Holz und das Dach hat einige Erker.

Wir parken auf der langen Kiesauffahrt, die noch Platz für mindestens drei weitere Autos neben Rosies Minivan und Tante Julies Mini Cooper bieten würde. Julie kommt mit Lucas aus dem Haus und ich beeile mich mit dem Aussteigen, um ihnen entgegenzulaufen. Meine Füße fühlen sich vom langen Sitzen schon geschwollen an und ich kann es kaum abwarten, meine Sneaker auszuziehen.

»Livy, da bist du endlich.« Julie zieht mich in ihre Arme und drückt mich fest.

Meine Tante Julie ist über fünfzehn Jahre jünger als meine Mutter und Tante Anne. Meine Großeltern haben sie spät bekommen, aber trotz des Altersunterschieds sind die drei Schwestern ein Herz und eine Seele. Meine Großeltern unternehmen die nächsten Wochen eine Rundreise durch Florida mit ihrer Seniorengruppe. Rosie und ich haben uns darüber lustig gemacht und behauptet, dass Granny und Grandpa nur am Springbreak teilnehmen wollten. Ich freue mich schon, sie zu sehen, wenn sie zurück sind.

»Hey, Julie. Es ist so schön, dich zu sehen«, begrüße ich sie freudig.

»Tja, dann bin ich jetzt mal eure Ersatz-Mom. Hier weht ab jetzt ein anderer Wind.« Sie schaut mich streng an, aber schon im nächsten Moment zeigt sie mir ihr sympathisches, perfektes Lächeln. »Kleiner Scherz. Wir freuen uns, dass du da bist.«

Meine Tante Julie ist mit Anfang dreißig eher Cousine als Tante und ich spreche sie auch nie mit »Tante« an. Ihre langen mittelbraunen Haare hat sie zu einem hohen Pferdeschwanz zusammengebunden. Mit ihren weißen Sneakers, der schwarzen Jeans und dem coolen Croptop, sieht sie immer noch mehr nach New York als nach Wild Mallow Lake aus. Nach der Schule hat Julie in New York ein College besucht und ist dort für viele Jahre geblieben. Erst wegen des Großstadtfeelings, dann wegen der guten Jobs und später wegen der Liebe. Julie hat in mehreren Cafés in New York als Bedienung, als Konditorin und zuletzt als Managerin gearbeitet und erfüllt sich nun in Wild Mallow Lake den Traum von einem eigenen Laden.

»Hi, Olivia«, sagt Lucas.

Mein kleiner Cousin ist gar nicht mehr so klein, wie ich ihn in Erinnerung habe. In den zwei Jahren ist er bestimmt zwei Köpfe gewachsen und er überragt mich jetzt. Seine blonden Haare kringeln sich durcheinander auf seinem Kopf und er sieht aus wie eine jüngere Version von Rosie – nur als Junge.

»Hey, Lucas. Wow, du bist wirklich groß geworden.« Ich drücke ihn kurz und gluckse. »Ich höre mich wie eine alte Tante an.«

»Das wäre eher mein Job.« Nun muss auch Julie lachen.

»Kommt, lasst uns reingehen«, drängelt Rosie und schiebt mich Richtung Haustür.

»Ich muss meine Tasche noch holen.« Ich gehe zum Kofferraum, um ihn zu öffnen.

Rosie drängt sich vorbei, schnappt meine Tasche und läuft zielstrebig zum Haus. »Ich bringe Livy in ihr Zimmer.«

Ich zucke mit den Schultern und laufe Rosie hinterher, die vermutlich so schnell wie möglich nach einer Erklärung verlangen wird.

Im Haus duftet es vertraut und ich fühle mich sofort an meine letzten Besuche erinnert. Neben einem herrlichen Duft von Kaffee und Kuchen riecht es nach Holz, Vanille und Frühlingsblumen. Ich schiele zur Küche und kann es kaum erwarten, den Kaffee zu trinken. Schwarzer Caffè Crema ist meine Leidenschaft. Ein schwarzer Filterkaffee ist ebenso gut – Hauptsache, ohne Milch. Und zu Kuchen kann ich auch nie nein sagen. Meine Tante kann sich einer neuen Stammkundin sicher sein.

»Wir gehen erst einmal hoch. Der Kaffee läuft nicht weg«, bestimmt Rosie, als hätte sie meine Gedanken gelesen.

Schnellen Schrittes rennt sie die geschwungene Holztreppe zum Gästezimmer hoch. Das Zimmer samt kleinem Bad liegt im Dachgeschoss des Hauses. Alles sieht aus, wie ich es in meiner Erinnerung habe, und ich fühle mich gleich wohl. Der Raum ist nicht groß, aber liebevoll mit einem Bett, Kleiderschrank und Schreibtisch eingerichtet. Das Highlight ist der wunderschöne Erker mit Sitzbank direkt vor dem Fenster. Schon als Kind habe ich den Ort geliebt und ewig aus dem Erkerfenster nach draußen geschaut. Es riecht nach frischer Bettwäsche und milder Frühlingsluft, die durch die großen Fenster hereinströmt.

»Du siehst: Es ist alles wie immer. Ich wollte es erst für dich dekorieren. Aber ich glaube, das machst du doch lieber selbst, oder?« Rosie sieht sich im Zimmer um.

»Nichts lieber als das. Fast alle meine Sachen aus dem WG-Zimmer habe ich meiner Nachfolgerin vermacht. Und wenn die eigene Familie ein Möbelunternehmen hat, dann muss man das doch ausnutzen.«

»Genau und du hast immer eine patente Beraterin an deiner Seite«, witzelt Rosie.

Ich grinse sie an und schaue mich weiter im Zimmer um.

»So, Olivia. Es gibt kein Entkommen mehr«, sagt Rosie gespielt bedeutungsvoll und stellt meine Reisetasche neben den Schrank. »Jetzt möchte ich alles, wirklich alles wissen. Warum bist du Hand in Hand mit Aiden Hays in Portland am Flughafen angekommen?«

Ich schaue Rosie ein paar Sekunden schweigend an und überlege, wie ich ihr die Geschichte am unspektakulärsten erzählen könnte.

»Und?«, drängelt sie weiter.

»Als ich in San Francisco ankam, tauchte plötzlich Aiden auf. Er war in Kalifornien, um ein Video aufzunehmen. Wir hatten den gleichen Rückflug und ich glaube, er wollte mir einfach etwas Mut zusprechen«, rattere ich meinen Text herunter. Ich setze meinen Rucksack ab, fische mein Handy heraus und schaue Rosie zufrieden an. Das ist doch gut und einfach erklärt.

»Das kann doch nicht alles gewesen sein? Ihr habt wie ein Pärchen ausgesehen. Livy, das nehme ich dir nicht ab«, entgegnet Rosie entrüstet. »Und außerdem sehe ich dein Lächeln. Es hat dir gefallen.«

»Vielleicht …« Ich schmunzle. Ich möchte sie noch einen Moment zappeln lassen, weiß aber genau, so schnell würde sie nicht lockerlassen.

Aufgebracht erwidert sie: »Ja, und es war Aiden. Ich kenne ihn und …«

»Rosie, er wollte einfach nur freundlich sein und hat sich einen Witz daraus gemacht. Wirklich. Ich glaube, er wollte dir eins auswischen.«

Sie kneift die Augen zusammen. »Und du hast mitgespielt?«

»Nein. Im Flughafen war ich so nervös, dass mich die Aktion überrumpelt hat. Und bis Aiden aus dem Auto gestiegen ist, war mir selbst nicht klar, warum wir Hand in Hand gelaufen sind.«

»Darum also das Flüstern«, stellt sie wie ein Polizist bei einer Befragung fest.

»Ja, mehr nicht.«

Sie grinst mich an. »Aber du musst dir mal vorstellen, wie das aussah.«

»Siehst du: alles ziemlich unspektakulär.« Ich reibe über mein müdes Gesicht. »Ich gehe nur eben ins Bad und komme gleich zu euch. Bis gleich.«

»Alles klar und nachher durchsuchen wir zusammen meinen Kleiderschrank«, ruft Rosie mir zu, »und reden weiter über Aiden.«

Schnell verschwindet sie durch die Tür und zieht diese hinter sich zu.

Ich rolle mit den Augen.

Meine ruhigen Minuten sind mit Rosie an meiner Seite ab sofort gezählt. Ich bin aber auch mehr als dankbar für meine umwerfende Cousine, nur ihre Verhör-Bombardements nerven und überfordern mich. Ich habe selbst keine Antworten auf ihre Fragen. Heute soll mein Neustart beginnen und mein Job steht für mich an erster Stelle. Aber noch nicht einmal drei Stunden nach meiner Ankunft in den USA spuken nur Aiden und die Frage, wann ich ihn wiedersehen werde, anstelle meines Jobs in meinem Kopf herum. Und während ich über Aiden nachdenke, wandern meine Gedanken weiter zu seinem Bruder. Espen, der jetzt eine feste Freundin hat. Espen, der nicht weiß, dass ich wieder in Wild Mallow Lake bin. Espen, der irgendwie immer präsent gewesen ist, aber nicht als Bestandteil meines Lebens, sondern eher als Wolke, die immer über mir geschwebt hat. Ein seltsames Gefühl breitet sich in mir aus. Undefinierbar.

Ich beeile mich zu duschen, damit der Kaffee nicht zu lange warten muss.

Kapitel 6

Als ich in die große Küche komme, sitzen die anderen bereits an dem großen, reichlich gedeckten Tisch. Julie schneidet den herbeigesehnten Cheesecake an und legt jedem ein Stück auf den Teller. Die großzügige helle Holzküche bildet das Herzstück des Hauses. Alle Zimmer des Untergeschosses sind mit dem Raum verbunden und trotz des offenen Ambiente wirkt die Küche warm und gemütlich. Neben dem Esstisch steht ein alter Büfettschrank aus Eichenholz, den meine Tante von meiner Urgroßmutter zu ihrer Hochzeit geschenkt bekommen hat. Samt einem Satz alter Teetassen. Ich sehe Rosie und mich als Kinder vor dem Schrank sitzen und mit jeweils einer Tasse in der Hand feine Dame spielen.

»Da kommst du genau im richtigen Moment«, sagt Julie und reicht mir eine große Tasse Kaffee. »Extrastark. Der wird dir bei deinem Jetlag helfen.«

»Vielen Dank, das sieht toll aus. Tante Anne, wann fliegst du morgen los?«

»Um sechs Uhr. Es ist alles schon gepackt.« Anne deutet auf den silbernen Hartschalenkoffer im Flur. »George, meine rechte Hand, wird mich zum Flughafen bringen. So haben Rosie und du Zeit für andere Dinge.«

»Schade, dass wir uns nur so kurz sehen«, bedauere ich und blicke auf ihren kleinen Trolley. Wo wohl mein riesiger Koffer gerade ist? Ich hoffe inständig, dass ich ihn jemals wiedersehen werde.

»Die acht Wochen gehen bestimmt schnell vorbei und Ostern bin ich auf jeden Fall zu Hause.« Anne lächelt Lucas liebevoll an, der sich schon das zweite Stück Kuchen nimmt.

»Mom, was ist eigentlich mit deinem Auto? Leiht George sich das aus oder kann es Olivia nehmen?«, will Rosie wissen.

»George braucht es. Sein Auto hat komplett den Geist aufgegeben. So kann ich ihn etwas unterstützen, bis er ein neues hat. Livy, du kannst dir bestimmt Rosies Van leihen, wenn du ihn brauchst.« Anne schaut ihre Tochter erwartungsvoll an und lässt keine Widerworte zu.

Ich schmunzle bei dem Gedanken, wie ähnlich sich die beiden in ihrer Art sind.

»Sicher. Das bekommen wir hin«, sichert Rosie ihr zu und verdrückt den Rest von ihrem Kuchen.

Ich probiere mein Stück und der Cheesecake ist so cremig wie in meiner Erinnerung. »Der ist in deinem Café bestimmt die Sensation. Morgen komme ich dich dort besuchen.«

»Ich bin morgen den ganzen Tag im Laden. Am besten kommst du gegen Mittag vorbei, dann ist Owen auch da. Dann könnt ihr euch endlich persönlich kennenlernen und nicht nur online.« Julie lehnt sich im Stuhl zurück und zieht ihren Pferdeschwanz straff. »Freust du dich schon auf Montag? Owen kann deine Hilfe gut gebrauchen. Die Agentur bekommt immer mehr Aufträge.«

»Auf jeden Fall. Nur wenn mein Koffer nicht rechtzeitig kommt, dann müsste ich noch shoppen gehen.«

»Sind in dem Koffer eigentlich meine Gummibärchen drin?« Rosie zieht skeptisch eine Augenbraue nach oben.

Meine Cousine liebt Gummibärchen und könnte eine riesige Tüte davon an einem Tag verdrücken.

»Ja, ich musste extra zwei Jeans zu Hause lassen, damit die Tüten nicht das zulässige Höchstgewicht sprengen«, scherze ich.

»Der Koffer mit der wertvollen Fracht kommt bestimmt morgen und wenn nicht, dann gehen wir eben shoppen. Gibt Schlimmeres«, entgegnet Rosie begeistert. »Ich habe morgen frei und wir können den ganzen Tag etwas unternehmen. Nur am Nachmittag muss ich noch Hausaufgaben-Babysitter spielen.«

»Die kann ich auch alleine machen«, erwidert Lucas maulig.

»Ja, das könntest du, aber du musst noch für deine Prüfung nächste Woche lernen. Außerdem sitzt du, schneller als ich gucken kann, wieder am Controller und spielst Fortnite.«

»Genau das werde ich jetzt tun. Ich bin nämlich schon fertig mit meinen Hausaufgaben«, murmelt Lucas und verschwindet aus der Küche.

»Arrr … War ich auch so schlecht gelaunt, als ich ein Teenager war?«, fragt Rosie. »Besser gelaunt schon, aber viel wilder. Und … wie soll ich es nett ausdrücken … unternehmungslustiger.« Anne kann sich ein Grinsen nicht verkneifen.

Rosie wirft mir einen vielsagenden Blick zu und wir können das Lachen nicht mehr zurückhalten. Wir sitzen noch lange in der Küche und erinnern uns an viele lustige Momente aus unseren Teenager-Sommern, die Partys am See oder eine heimliche Shoppingtour nach Portland mit fünfzehn Jahren. Julie versorgt uns mit Wein und mit einigen Snacks, die sie aus dem Nichts hervorzaubert. Meinen Wein trinke ich nur mit Wasser verdünnt, da Alkohol bei mir viel schneller wirkt als bei anderen und ich Schorle in jeglicher Form sowieso am liebsten habe. Anne und Julie erzählen ebenfalls von ihrer Teenagerzeit, verraten lustige Geschichten von meiner Mutter und wir unterhalten uns fast bis Mitternacht.

»Ich glaube, ich muss ins Bett. Ich bin total erledigt.« Ich gähne und stehe schwerfällig auf, um mein Geschirr in die Spüle zu stellen.

»Lass das stehen. Ich mache das gleich«, sagt Julie zu mir. »Du hast gut durchgehalten. Vielleicht kannst du so den Jetlag austricksen.«

Tante Anne steht ebenfalls auf. »Ich gehe jetzt auch ins Bett. Sonst verpasse ich noch meinen Flug. Und danke, Julie, für alles. Livy, ich sage jetzt schon mal Auf Wiedersehen zu dir. Vielleicht sehen wir uns morgen früh nicht mehr.«

»Viel Erfolg, Anne. Und vielen Dank, dass ich hier wohnen darf.« Ich drücke meine Tante herzlich und gehe nach oben.

»Das ist doch selbstverständlich«, antwortet Anne.

Rosie läuft mir schnell, immer eine Stufe überspringend, hinterher. »Livy, warte. Ich komme mit. Wir wollten doch noch etwas zum Anziehen heraussuchen.«

»Ich bin gleich bei dir. Ich hole nur mein Handy. Mom wollte mir noch schreiben«, rufe ich ihr zu und verschwinde in meinem Zimmer. Ich schnappe mein Handy, das auf dem Bett liegt, ohne vorher einen Blick darauf zu werfen, und gehe zurück zu Rosie.

Ihr großes Zimmer ist modern mit Vintage-Elementen im Boho-Stil eingerichtet. An der linken Wand steht Rosies gemütliches Himmelbett, das perfekt zu ihrer leichten Art passt, ohne kitschig zu wirken. Auf der anderen Seite befinden sich der Eingang zu ihrem begehbaren Kleiderschrank und ihr Schreibtisch mit einem wunderschönen Rattan-Bürostuhl. An den Wänden hängen Spiegel, einige selbstgemalte Bilder und ein riesiges, signiertes Bandposter von Coldplay. Die Fensterfront ist bis auf ein riesiges Aquarium mit ihren zwei geliebten Axolotl und eine grüne Monstera-Pflanze frei.

Rosie liegt bereits langgestreckt auf ihrem Bett und wirkt schläfrig. »Ich glaube, ich hatte ein Glas Wein zu viel. Bin ich froh, wenn ich schlafen kann.«

Ich setze mich neben sie und entsperre mein Handy. Wie erwartet habe ich eine lange Nachricht von meiner Mom bekommen, eine Sprachnachricht von meiner Freundin Jana aus Hamburg und eine Nachricht von Aiden. Aiden! Eilig schließe ich die App, bevor Rosie seinen Namen sehen kann, aber ich bin nicht schnell genug.

»Steht da Aiden? Was schreibt er?« Rosie ist wieder hellwach.

»Bestimmt nichts Besonderes. Ich kann mir das nachher ansehen.«

Den Versuch hätte ich mir sparen können, da ich Rosie mit solchen Ausreden nie abwimmeln kann.

»Los, öffne die Nachricht. Von mir kommt kein Kommentar.« Rosie legt ehrfürchtig ihre Hand auf ihr Herz. »Versprochen.«

Ich drehe mich etwas von ihr weg und fühle mich etwas kindisch dabei, da ich genau weiß, dass Rosie erst Ruhe geben wird, wenn sie den Inhalt der Nachricht kennt.

»Hi, Olivia. Bist du gut angekommen oder bist du sofort wieder eingeschlafen? Du hast mir wirklich den Trip nach Kalifornien versüßt. Schickst du mir noch unser Foto? Keine Angst, ich poste es auch nicht. See you!«

»Welches Foto?«, fragt Rosie, die erwartungsgemäß mit langem Hals mitgelesen hat.

»Foto?«, wiederhole ich unwissend.

»Livy, verkauf mich nicht für blöd. Bitte, bitte, bitte.« Rosie schaut mich mit ihrem Welpenblick an.

»Rosie, lies nicht meine Nachrichten mit!«

»Okay, okay, ich konnte ohnehin nur Foto und Angst lesen. Ich kann so nicht schlafen, Olivia. Bitte!«

Rosie ist die einzige Person, die mich so bedrängen darf. Im Gegenzug erzählt sie mir auch immer alles und wir haben nie Geheimnisse voreinander. Rosie ist mir schon immer vertrauter gewesen als irgendeine Freundin in Hamburg. Wir wussten immer, was die andere gerade machte oder was im Leben der anderen los war. Ich war dabei, als Rosie mit fünfzehn Jahren ihren ersten Liebeskummer verarbeitete, und sie musste sich mit achtzehn meine Schwärmereien über meinen ersten richtigen Freund anhören. Sie wusste über alles Bescheid und jeden Sommer, wenn ich in Wild Mallow Lake war, wurde das vergangene Jahr aufs Neue durchgesprochen.

»Aber erst erzählst du mir von Espen und seiner Freundin«, platzt es aus mir heraus.

Ich bin selbst überrascht von mir, das Thema Espen angesprochen zu haben, da ich dieses früher immer vermieden habe.

»Espen? Warum Espen? Wir wollten doch über Aiden reden«, versucht Rosie, das Thema zu wechseln.

»Nein, erst über Espen. Kennst du seine Freundin?« Ich wundere mich selbst über meine Vehemenz. »Du hast es noch gar nicht erwähnt«, lege ich sanfter nach.

»Na ja, erstens gibt es da gar nicht so viel zu erzählen und zweitens wusste ich nicht, dass dich das interessiert.«

»Du hast sie doch bestimmt schon mal gesehen, oder nicht?«

»Ja klar. Sie war in unserem Jahrgang. Samira Hammersmith heißt sie. Bisschen kleiner als ich, tolle Figur, sportlich, blonde Haare. Nur viel heller als meine und glatt. Aber ihr Gesicht sieht ein bisschen wie das eines Chipmunks aus. Ehrlich.«

Ich schmunzle bei dem Gedanken. »Und ist sie nett? Kennst du sie gut?«

»Olivia, das sind ganz schön viele Fragen.«

»Das sagt die Richtige …«

»Sie ist irgendwie nett-nervig. Manchmal auch sehr überheblich. So viel rede ich mit ihr meistens nicht.«

»Nett-nervig passt ja gut zu einem Chipmunk.«

»So viel hast du mit mir noch nie über Espen gesprochen.«

»Es hat mich einfach interessiert. Aiden hat es im Flugzeug erwähnt. Die beiden sind noch in Kalifornien geblieben«, erzähle ich beiläufig.

»Ha, da sind wir wieder bei der richtigen Person: Aiden«, ruft Rosie, steht auf und setzt sich wie bei einem Verhör auf ihren Bürostuhl gegenüber des Bettes. »So kann ich dir besser in die Augen sehen. Also, was hat Aiden dir geschrieben?«

Ich bedauere, dass wir nicht weiter über seinen Bruder reden.

»Hier. Lies selbst.« Ich halte ihr mein Handy hin, damit sie die Nachricht lesen kann.

»Ich sag es doch: Er hat Interesse an dir. Und wo ist das Foto?« Rosie fühlt sich und ihre Liebestheorie bestätigt.

»Er war einfach nur freundlich. Außerdem will ich mich gerade nicht verlieben oder überhaupt einen Freund haben. Aber weißt du was? Vielleicht gefällt es mir ja … so ganz spontan und unverbindlich.« Ich schaue ihr fest in die Augen und wir beide müssen laut lachen.

»Ist die falsche Olivia Somervell hier angekommen? So kenne ich dich gar nicht.« Rosie steht auf und rüttelt behutsam an meinen Kopf herum. »Nein, du bist echt. Keine Kopie.«

»Sehr witzig. Hier ist das Foto.« Ich reiche ihr erneut mein Handy.

»Wow, das sieht gut aus und irgendwie passt ihr zusammen. Du bist noch nicht einmal ein paar Stunden hier und es wird spannend. Das kann ja etwas werden.«

»Ja, wir werden Spaß haben. Am Montag muss ich aber erst einmal meinen ersten Arbeitstag überstehen.« Ich stehe auf und gehe zu ihrem Aquarium, um die zwei kleinen Axolotl zu beobachten, die Rosie erst seit wenigen Wochen hat. Diese ungewöhnlichen Haustiere passen perfekt zu ihr.

»Endlich sehe ich die beiden in echt.« Ich betrachte das pinke

Weibchen und das lilablaue Männchen, wie sie durch das Becken schwimmen.

»Tom und Lily haben sich mittlerweile gut eingelebt. Ich würde dich zwar gern weiter ausquetschen, aber ich denke, wir sollten jetzt schlafen. Ich verpasse sonst Mom morgen früh. Komm, lass uns schnell die Klamotten raussuchen.« Rosie geht in den kleinen Ankleideraum. »Erst einmal gebe ich dir ein großes T-Shirt zum Schlafen. Mal sehen … Wie wäre es mit dem grauen Sweatshirt oder willst du lieber ein Kleid?«

»Nein, das graue Sweatshirt ist toll. Dazu trage ich meine Jeans. In deine passe ich niemals rein.«

Rosie reicht mir grinsend die Kleidung. »Zumindest müsstest du sie fünf Mal umkrempeln.«

»Mindestens.« Ich gehe kichernd zur Tür. »Gute Nacht, Rosie.«

»Schlaf gut und träum nicht zu viel von Aiden«, witzelt sie.

»Wer weiß«, sage ich und schließe ihre Tür.

In dem kleinen Hausflur, der zu meinem Zimmer führt, hängen viele Familienfotos: Kinderbilder von Rosie und Lucas und auch ein Foto von meinen Eltern, mir und meinen Brüdern. Neben einem Bild von meinen Großeltern entdecke ich Rosies Highschool-Abschlussfoto. Ich suche sie auf dem Bild und entdecke die Zwillingsbrüder, die direkt hinter ihr stehen. Espen und Aiden sehen sich sehr ähnlich, aber wirken doch so unterschiedlich. Mein Versuch, Samira auf dem Foto zu finden, scheitert, da ich auf Anhieb keinen Chipmunk erkenne, und blonde Frauen gibt es auf dem Foto reichlich. Grinsend nehme ich mir vor, sie auf Instagram zu suchen.

Nach dem Zähneputzen breite ich mich auf meinem Bett aus und starte meine Onlinesuche nach ihr. Auf der Social Media-Plattform gibt es leider etliche Samira Hammersmiths mit mehr oder weniger identifizierbaren Bildern und da mir kein weiterer Suchbegriff außer »Samira Chipmunk« oder »Samira Espen« einfällt, rufe ich Espens Account auf. Das hilft mir aber auch nicht weiter, da wir beide uns nicht gegenseitig folgen und man seine Kontakte nur sehen kann, wenn man mit ihm befreundet ist. Ich habe mich nie getraut, den Abonnieren-Button zu klicken, und werde es jetzt bestimmt nicht tun. Aiden folge ich hingegen, er hat jedoch zu viele

Follower, um eine einzelne Person ausfindig machen zu können. Aber vielleicht könnte ich sie über Rosies Abonnenten finden. Jedes Profil mit einer blonden Frau klicke ich erfolglos an und erst kurz vor dem Listenende entdecke ich ein vielversprechendes Foto. Bingo. Das muss Samira sein – blond, tolle Figur und ihr zuletzt hochgeladenes Bild zeigt sie und Espen in Santa Cruz. Es ist ein typisches Instagram-Pärchenbild. Samira läuft auf den Pazifik zu und zieht offenbar einen Mann, von dem nur der Arm zu sehen ist, hinter sich her. Das ist mit Sicherheit Espen. Auf keinem der inszenierten Bilder, die – das muss ich zugeben – ansprechend aussehen, kann ich Samiras Gesicht erkennen. Mit Espen zusammen gibt es nur ein weiteres Bild, auf dem sie einen Mann umarmt und ihr Gesicht in seinem Hals vergräbt. Es ist laut Datumsanzeige über dem Bild am Valentinstag aufgenommen worden. Meine Recherche hilft mir nicht weiter, ich werde eher missmutig beim Betrachten der Bilder. Genervt lege ich mein Handy auf das Bett und starre einen Moment aus dem Fenster.

Ich wollte doch Aiden noch antworten, schießt es mir durch den Kopf. Ich nehme wieder mein Handy in die Hand, öffne den Chat und beginne zu schreiben, zu löschen und wieder zu schreiben, bis ich endlich die Nachricht fertig habe.

»Hey, Aiden. Danke, ich bin gut angekommen und bin tatsächlich wach geblieben. Käsekuchen und Kaffee haben geholfen.
Ich bin auch froh, dass ich dich am Flughafen getroffen habe.
Wir sehen uns beim Bonfire. Gute Nacht – Livy«

Ich sende die Nachricht und das Foto ab, kuschle mich in eine Decke auf dem Kingsize-Bett ein und schlafe zufrieden ein.

Kapitel 7

Am nächsten Morgen wache ich von der Frühlingssonne, die durch einen Spalt zwischen den Gardinen in mein Gesicht scheint, auf. Ich fühle mich ausgeschlafen wie nie und freue mich auf meinen ersten richtigen Tag in Wild Mallow Lake.

Ich gehe zu dem großen Erkerfenster, öffne es und setze mich mit angezogenen Beinen gemütlich auf die Sitzbank. Heute ist ein wolkenloser Frühlingstag und die Luft strömt angenehm klar in mein Zimmer. Ich denke an meine Freundin Jana. Wir haben geplant, dieses Wochenende zusammen auf eine große Open-Air-Party an der Elbe zu gehen. Ich sehe noch ihren traurigen Blick vor mir, als ich ohne Vorwarnung verkündet habe, in die USA auszuwandern. Vielleicht kann sie mich irgendwann in Wild Mallow Lake besuchen. Und anstatt auf die Party an der Elbe werde ich am Samstag zu diesem Bonfire gehen. Gedankenverloren schaue ich auf mein Handy und erschrecke, als ich die Uhrzeit sehe. Es ist schon fast Mittag. Ich muss mich beeilen, um pünktlich im Café zu sein. Schnell lese ich meine Nachrichten. Eine ist von meiner Mom, die ich gleich noch anrufen möchte, bevor es in Deutschland mitten in der Nacht ist. Die andere ist von Aiden. Seine Antwort ist das Emoji mit der Sonnenbrille und ein Link zu seinem neuesten Youtube-Video. Das ist bestimmt das Video aus Santa Cruz. Ich bin überrascht, wie schnell der Clip nach dem Dreh veröffentlicht worden ist, und vermute, Espen hat es noch in Santa Cruz geschnitten.

Das Video muss leider ebenfalls warten, da ich mich schnell fertig machen muss. Im Bad genieße ich trotz der Eile die heiße Dusche und mit frisch gewaschenen Haaren fühle ich mich wie neugeboren. In dem grauen Sweatshirt von Rosie fühle ich mich wohl, obwohl es sehr locker sitzt. Mit nassen Haaren gehe ich die Treppe nach unten, um nachzusehen, ob Rosie zu Hause ist. Tante Anne ist bestimmt schon in San Diego angekommen, Lucas ist bis nachmittags in der Schule und Julie bereits im Café.

»Rosie?«, rufe ich in die Küche, aber niemand antwortet. Auf dem Küchentisch entdecke ich einen Zettel mit einer Nachricht: *»Ich bin einkaufen. Komme aber gleich wieder. R.«* Mein Blick fällt auf den riesigen Kaffeevollautomaten, den ich gestern schon aus der Ferne bewundert habe, als Julie mir meinen Kaffee zubereitet hat. Allein der Anblick schreit förmlich nach gutem Kaffee. Ich tüftle an der Maschine herum und nach einigen Fehlversuchen kommt mein geliebter Caffè Crema aus der Maschine. Ich bin froh, ihn stets schwarz zu trinken, da der Milchaufschäumer mehr als kompliziert aussieht. Ich schnappe mir einen Vanillejoghurt aus dem Kühlschrank und rufe meine Eltern an. Als sie meinen Videoanruf annehmen, sehe ich sofort, dass sie es sich schon auf dem Sofa gemütlich gemacht haben. Auch wenn ich sie gefühlt gestern zuletzt gedrückt habe, fehlen sie mir und ich hätte sie am liebsten hier bei mir in Wild Mallow Lake. Mein Vater erzählt mir von Luke und Ben, die gerade auf einem Hip-Hop-Konzert sind und meine Mutter möchte jede Kleinigkeit über Tante Anne und die neue Filiale wissen. Ihre Stimme zu hören, ist nur ein kleiner Trost, aber es hilft für den Moment und ich freue mich auf den Sommer, wenn ich alle vier wiedersehe.

Nach dem Gespräch öffne ich Aidens Youtube-Link und starre gespannt auf das sich drehende Rädchen, bis das Video sich öffnet. Ich schaue mir zwar regelmäßig seine Filme an, nur dieses Mal bin ich aufgeregter und erwartungsvoller als sonst. Die letzten Jahre ist Aiden nur ein Youtuber gewesen, den ich persönlich kenne, aber uns verbindet keine wirkliche Freundschaft. Nach unserer Begegnung und den gestrigen beiläufigen Berührungen fühlt es sich so anders an, sein Video anzusehen. Ich nehme ihn ganz anders wahr. Wie ein zweidimensionales Haus in einem Buch, das sich plötzlich aufbaut und vor einem steht. Ich ertappe mich dabei, wie ich manchmal auf »Pause« klicke, um mir Aiden genau anzusehen. Sein Video ist gut gelungen und es fällt nicht auf, wie unorganisiert und langweilig das Event in Wirklichkeit gewesen ist. Gut gelaunt steht er in Shirt und Shorts am Strand, um die Besucher dort zu interviewen. Mit einer Mischung aus Humor, Sarkasmus und Freundlichkeit stellt er die – ehrlicherweise misslungenen – Sandburgen vor und die Erbauer stehen ihm bereitwillig Rede und Antwort. Dies mag wohl ebenfalls an seinem attraktiven Aussehen und seiner charmanten Art liegen. In dem Video nehme ich ganz andere Merkmale wahr, die mir vor unserer Begegnung nicht aufgefallen sind: seine schönen Hände, seine gebräunten Arme und seine dunkle Stimme. Während ich ihm lausche, sehe ich ihn automatisch wieder neben mir im Flugzeug sitzen, wie er mich mit seinen intensiven grünen Augen ansieht. Der Gedanke daran lässt meinen Bauch verdächtig kribbeln und Vorfreude auf ein Wiedersehen breitet sich in mir aus. Aus Verlegenheit lasse ich das Video weiterlaufen, ohne es nochmals anzuhalten. Ich erwische mich dabei, wie ich darauf hoffe, auch Espen oder Samira zu sehen. Doch das ist totaler Quatsch, da Espen der Kameramann ist. Und wenn Aiden Samira wirklich so unausstehlich findet, warum sollte sie dann vor der Kamera zu sehen sein? Ich like das Video und scrolle durch die Kommentare. Aiden ist bei Männern wie Frauen gleichermaßen beliebt. Die Männer finden ihn witzig und cool, während ihm die weiblichen Follower sehr eindeutige Kommentare hinterlassen und wohl auf eine Reaktion von ihm hoffen. Ich lese noch immer die Kommentare, als ich ein Auto die Auffahrt hochfahren höre.

Ich schaue aus dem Fenster, sehe Rosie aussteigen und einige Supermarkt-Tüten aus dem Kofferraum holen. Ich laufe ihr entgegen, um ihr etwas abzunehmen.

»Hi. Ich war noch kurz einkaufen. Irgendwie fehlte doch einiges. Und ich habe uns leckere Sachen für unseren ersten Netflix-Abend mitgebracht.« Rosie stellt die vollen Tüten auf der Arbeitsfläche ab.

»Hey. Das hört sich super an. Was wollen wir denn schauen?«, frage ich und räume die Lebensmittel in den Kühlschrank. »Wo kommen die Spaghetti und der Reis hin?«

»Am besten da hinten in den unteren Schrank.« Rosie zeigt auf einen großen Küchenschrank mit Flügeltüren und räumt weiter ihre Taschen aus. »Wollen wir noch mal mit *»Bridgerton«* starten? Oder mit dem neuen Film mit Ryan Gosling?«

»Klingt beides gut. Das können wir spontan entscheiden. Ich bin noch länger da und das bedeutet: ganz viele Netflix-Abende.« Ich trinke den letzten Schluck von meinem mittlerweile kalten Kaffee. »Du musst mir bitte noch mal erklären, wie die Kaffeemaschine funktioniert.«

Rosie lacht. »Ja, dieses Monster macht, was es will. Mittlerweile habe ich einige Kniffe raus, aber insgeheim wünsche ich mir unsere alte Maschine zurück. Aber Julie wollte uns eine Freude machen und darum bleibt *La Monstera* jetzt bei uns.«

»Ist deine Mom gut angekommen? Ich habe leider heute Morgen nichts mitbekommen.«

»Ja, sie ist früh los. Vielleicht tut ihr die Auszeit in San Diego gut. Einfach mal rauskommen. Sie hat in letzter Zeit viel gearbeitet und so gut wie keine Freizeit gehabt. Aber sie wird mir fehlen und vor allem Lucas. Er gibt das nur nicht zu. Aber wir bekommen das hier schon hin. Die nächsten Wochen sind ganz schön vollgepackt, wenn ich Mom in der Firma vertrete und auf Lucas aufpasse.« Rosie wird nachdenklich.

»Ich helfe dir. Bei Lucas und auch hier im Haus«, versichere ich ihr. »Wann ist er wieder zu Hause?«

»Erst gegen sechs, da er noch Sporttraining hat. Livy, ich habe so viel mit dir vor. Ich weiß gar nicht, wann wir das machen sollen.«

»Das bekommen wir schon hin. Ich muss doch auch bald arbeiten und dann gehen wir eben am Wochenende aus.«

»Oder ich schlafe einfach nicht mehr.« Sie grinst mich an.

Ich lache auf. »Oder so. Rosie, ich glaube, ich muss bald los zum Café. Du kommst doch mit, oder?«

»Na klar, ich will dir doch alles zeigen. Hast du schon etwas von deinem Koffer gehört?«

»Nein, ich rufe noch mal bei dieser Hotline an.« Ich wähle die Nummer, die ich in meinem Handy abgespeichert habe, und lande direkt in der Warteschleife. Nach einer gefühlten Ewigkeit meldet sich ein Mitarbeiter des San Francisco International Airport und erklärt, mein Koffer sei noch nicht angekommen und in maximal drei Tagen solle er in Portland sein.

»Vielen Dank.« Enttäuscht lege ich auf. »Vielleicht noch drei Tage. Shit.«

»Ja, das ist ungünstig«, stimmt Rosie mir zu, grinst aber gleichzeitig breit. »Das bedeutet, wir gehen heute doch noch shoppen.«

Kapitel 8

Wir fahren auf den großen Parkplatz neben dem Café. Mit meinem Handy mache ich Fotos durch die Autoscheibe.

»Wow. Ich habe mir das Gebäude viel kleiner vorgestellt. Das ist riesig«, rufe ich begeistert.

»Du verhältst dich wie ein Tourist«, neckt mich Rosie.

»Wie seht ihr Deutschen noch mal im Urlaub aus? Socken mit Sandalen?«

»Jaja … sehr witzig.« Ich ziehe eine Grimasse in Rosies Richtung. »Ich glaube, amerikanische Touristen stehen den deutschen im Urlaub in nichts nach.«

Rosie streckt mir ihre Zunge raus und parkt ihren großen weinroten Van neben dem Café. »Drinnen ist es noch viel schöner und warte erst ab, bis du den Außenbereich siehst.«

Wir steigen aus und gehen über den Parkplatz direkt zum Außenbereich. Von hier aus wirkt das alte Gebäude imposanter und größer als in meiner Vorstellung. Große Fensterscheiben mit weißen Holzsprossen bilden einen Wintergarten, der zur Seeseite ausgerichtet ist. Der Haupteingang befindet sich direkt am Parkplatz, aber durch eine schwingende Flügeltür können die Besucher auch von der Terrasse aus in das Café gehen. Über der Tür hängt ein Schild, auf dem mit schwungvoller Schrift *Seasons Coffee Bar* geschrieben steht. Auf der Kiesterrasse stehen viele kleine Tischgruppen aus Holz und Korb. Am Ende der Terrasse erkenne ich den alten Holzsteg. Einige Gäste mit Kaffeetassen in den Händen lassen ihre Beine übers Wasser baumeln oder sie haben es sich mit Decken gemütlich gemacht.

»Wie viel Arbeit hat Julie hier reingesteckt?«, frage ich staunend.

»Viel Arbeit und viel Geld. Und sie hat alles alleine finanziert. Ein bisschen Geld hat sie ja, so wie auch unsere Moms, von Tante Betty geerbt.« Rosie zieht die Augenbrauen hoch. »Ich könnte so etwas nicht auf die Beine stellen. Und so viel älter als wir ist Julie auch nicht.«

»Das stimmt. Ich habe noch nicht viel eigenes Geld verdient außer in meinen kleinen Nebenjobs während des Studiums.«

»Frag mich mal. Ich arbeite seit dem College in Moms Firma.«

Wir schauen uns an und müssen lachen.

»Aber du liebst es, dort zu arbeiten!«

»Das stimmt. Mom wird mich nicht so schnell loswerden.« Rosie kichert.

»Außerdem hast du früher auch Zeitungen ausgetragen«, erinnere ich sie.

Rosie nickt lächelnd.

»Und du hast immer kleine Geschäfte an der Straße aufgebaut, um Steine und Blumen zu verkaufen«, ergänze ich.

»Richtig! Und du warst sogar Babysitter«, fügt Rosie hinzu und muss nun richtig lachen.

»Ja, von dem Geld konnte ich mir gerade einmal eine Zeitschrift und ein paar Süßigkeiten kaufen.«

»Wir sind schon zwei … aber das wird schon. Irgendwann werden auch wir groß sein.« Rosie schießen vor Lachen die Tränen aus den Augen.

»Das hoffe ich. Spätestens am Montag werde ich wissen, ob ich das Zeug dazu habe.« So schön das Lachen auch ist, ist es mir doch unangenehm, da meine Wangen nun regelrecht glühen.

»Oder vielleicht auch jetzt schon.« Rosie legt ihre Hände auf meine Schultern und dreht mich in Richtung Flügeltür.

Julie und Owen stehen dort und winken in unsere Richtung.

»Oh nein …« Mein Lachen bleibt mir im Hals stecken. »Und ich sehe bestimmt aus wie eine Tomate.«

»Nein. Eher wie ein Truthahn«, erwidert meine Cousine trocken.

Ich kichere kurz auf und kann glücklicherweise einen weiteren Lachanfall unterdrücken. »Solange mein Hals nicht genau so runterhängt …«

»Na ja, du wirst auch nicht jünger.«

»Ich bin kaum älter als du.«

»Vier Monate immerhin. Du siehst toll aus. Mach dir keine Gedanken.« Rosie lächelt mich ermutigend an und geht zielstrebig auf Julie und Owen zu.

»Na, ihr beiden. Mal wieder nur am Kichern«, begrüßt uns Julie fröhlich.

»Hey, Julie. Es sieht so toll hier aus.« Ich drücke sie und wende mich dem Mann an ihrer Seite zu. »Hi, Owen. Schön, dich persönlich kennenzulernen.«

Owen ist groß, trainiert und hat lange dunkle Haare, bis zu den Oberarmen, die genau so schwarz sind wie seine Kleidung. Er sieht aus wie ein Mitglied einer Metalband. Beim Skypen war er mir immer viel kleiner vorgekommen, aber genauso freundlich wie in diesem Moment.

Owen streckt mir seine Hand, deren Finger viele silberne Ringe zieren, entgegen. »Auch schön, dich kennenzulernen, Olivia. Wir sind froh, dass du die Stelle spontan angenommen hast und einfach so in die USA ziehst.«

Ich nicke lächelnd und bin erleichtert über Owens aufgeschlossene Art. Es ist seltsam, den Freund der eigenen Tante kennenzulernen, der auch gleichzeitig mein neuer Chef ist. Ich hoffe, ich sehe nicht so verkrampft aus, wie ich mich fühle.

Julie bemerkt meine Unsicherheit und springt ein. »Kommt rein. Wir essen alle etwas zusammen.«

»Ich habe auch echt Hunger«, merkt Rosie an und stößt mich leicht von hinten an. »Du schaffst das. Du bist eine Somervell.«

Alle Mitglieder in meiner Familie tragen den Namen Somervell. Mein verstorbener Onkel und auch mein Dad haben den Namen unserer Mütter angenommen.

»Auf in den Kampf, Ms. Somervell«, schiebt sie noch beherzt hinterher.

Ich grinse sie an und bin froh, Julie und Rosie bei unserem ersten Treffen dabeizuhaben. Owen wirkt keineswegs furchteinflößend, ganz im Gegenteil. Er macht einen lockeren und offenen Eindruck auf mich. Wir werden bestimmt gut miteinander klarkommen, aber mein Plan ist, unbedingt einen guten ersten Eindruck zu hinterlassen. Als neue Mitarbeiterin und auch als Nichte.

»Das ist mein Lieblingsplatz im Laden. Wäre ich Gast, würde ich immer versuchen, hier zu sitzen.« Julie zeigt auf eine gemütliche Sitzecke zwischen Theke und Wintergarten. Owen und ich rutschen jeweils in die Mitte der beiden Sitzbänke, während Rosie und Julie sich auf die äußeren Plätze setzen. Nicht nur Owen sehe ich zum ersten Mal von Angesicht zu Angesicht, auch das Café ist neu für mich. Mein Blick schweift durch den großzügigen Raum. Julie hat es geschafft, einen Hauch von New York mit der nostalgischen Bauweise des alten Gebäudes zu verbinden. Das dunkle Holzparkett, die sanft hellgrau gefärbten Wände, die vielen großen Sprossenfenster und die kugelförmigen Pendellampen, die von den hohen Decken baumeln, verleihen dem Café eine warme Atmosphäre. Die Tische haben allesamt eine rustikale Holzplatte und schwarze, eiserne Tischbeine. Auch die Stühle und Barhocker an der ausladenden Bar sind aus Holz und mit einem braunen Leder bezogen. Ich fühle mich in dem gut besuchten Café gleich wohl und bin mir sicher: Rosie und ich werden hier sehr viel Zeit verbringen.

»So, Olivia. Ist denn bei deiner Abreise in Deutschland alles gut gelaufen?«, fragt mich Owen und reicht mir die Speisekarte.

»Ja, es hat alles geklappt. Vielleicht ein bisschen überstürzt, aber ich bin jetzt hier. Wann soll ich denn am Montag anfangen?« Ich überfliege die angebotenen Speisen und werde wohl Wochen brauchen, um alle Leckereien auf der Karte zu probieren.

»Komm am Montag am besten gegen neun vorbei. Dann sind Victoria und Steven auch da«, sagt Owen und fügt grinsend hinzu: »Ich beginne meistens erst nach zehn.«

»Oder elf oder zwölf«, berichtigt Julie ihn lachend.

»Ja, oder so. Besonders an einem Montag«, gesteht Owen. »Aber dieses Mal werde ich pünktlich in der Firma sein und dir alles zeigen. Vici und Steven präsentieren dir später einige unserer aktuellen Projekte.«

»Was soll ich euch bringen?« Julie steht auf und schaut uns erwartungsvoll an.

»Bring mir einfach irgendetwas. Eine Überraschung«, schlage ich vor, da ich mich momentan nicht auf die Speisekarte konzentrieren kann.

»Wow, eine Überraschung, du bist ja mutig«, entgegnet Rosie und erklärt Owen: »Olivia umgeht normalerweise ungeplante Dinge. Denn sie macht liebend gern Pläne, Pläne über die Pläne und plant die Pläne für weitere Pläne.«

»Rosie!« Ich boxe mit meinem Ellenbogen leicht in ihre Rippen. Sie kann von Glück reden, nicht allein mit mir zu sein. Ich funkle sie wütend an. Aber ja, sie hat recht, ich plane gern. Und ja, ich fühle mich immer wohl mit einem gut durchdachten Plan. Ich bin aber nicht abhängig davon.

Ich versuche, mich rauszureden. »Also, ganz so ist es auch nicht …«

Owen beruhigt mich. »Passt doch perfekt. Bei *Groovy Mallow Event* können wir sehr gut einen Profiplaner gebrauchen und außerdem ist es von Vorteil, wenn ein Eventplaner planen kann.«

»Siehst du, das passt doch perfekt.« Rosie lächelt mich versöhnlich an.

Ich zucke mit den Schultern. »Aber ab und zu kann eine Überraschung auch nicht schaden.«

»Du machst es richtig, du Draufgängerin. Einfach mal etwas wagen. Nur was wird es? Ein Cupcake oder vielleicht ein Sandwich?«

»Vielleicht auch nur ein Cookie«, versuche ich, unkreativ zu kontern.

»Oder ein Maple Pecan Pie für alle.« Julie stellt vor jeden von uns einen Teller mit einem leckeren Pekannusskuchenstück mit einer klebrigen Zuckerschicht darauf. Der Kuchen sieht verlockend und nach über eintausend Kalorien aus, aber das ist mir egal. Vielleicht sollte ich in den nächsten Wochen doch nicht so viel Zeit im Café verbringen, sonst könnte es notwendig sein, mein Sportpensum, das aktuell sehr niedrig ist, hochzuschrauben.

»Den Kaffee bringt uns gleich Natalie.« Julie setzt sich wieder zu uns. »Ah, da kommt sie schon.«

Eine hübsche blonde Bedienung Mitte zwanzig balanciert gekonnt ein volles Tablett zu uns.

»Bitte schön. Hier kommt euer Kaffee. Lasst ihn euch schmecken«, wünscht sie uns mit einer rauen tiefen Stimme, die ich nicht erwartet habe, und serviert die Getränke. Ihre langen Haare hat sie zu einem Zopf geflochten und im Gesicht glänzen mindestens fünf Piercings, die an ihr unglaublich gut aussehen.

Geschäftig kehrt sie wieder an den Tresen zurück, an dem schon weitere Gäste auf ihren Kaffee warten. Wir probieren den saftigen Kuchen. Derweil erzählt Owen von seiner Zeit als Werbemanager in New York und davon, wie sein Interesse für das Eventmanagement geweckt worden ist, bis er sich in Wild Mallow Lake den Traum einer eigenen Agentur verwirklicht hat. In seinen Erzählpausen wirft er meiner Tante immer wieder verliebte Blicke zu. Sie passen wirklich gut zusammen. Mir fällt ein riesiger Stein vom Herzen, da ich Owen als Chef sowie als neuen Onkel sehr sympathisch finde. Nun freue ich mich noch mehr auf meinen ersten Arbeitstag und meine Ängste davor werden immer kleiner. Das Café füllt sich mit neuen Gästen, die Coffee to go mitnehmen, es sich in kleinen Gruppen in den Sitzecken gemütlich machen oder teilweise allein mit einem Buch oder Notebook ihren Kaffee trinken.

»Was habt ihr beide denn heute noch vor?«, fragt Julie und nimmt sich das letzte Kuchenstück. »Ich werde mich gleich im Büro auf den Papierkram stürzen. Das schiebe ich schon viel zu lange auf.«

»Rosie und ich wollen shoppen gehen«, antworte ich und ergänze für Owen: »Mein Koffer ist nicht angekommen und es wird noch etwas dauern, bis er nachgeschickt wird.«

»Und sie möchte am Montag nicht nackt erscheinen.« Rosie legt noch mal nach und ignoriert meinen bösen Blick.

Owen schmunzelt. »Mach dir keine Sorgen. Du kannst bei uns tragen, was du willst. Vielleicht nur nicht unbedingt gar nichts …«

Rosie lacht schallend auf. »Dann müssen wir uns heute um Klamotten kümmern. Wollen wir zu den kleinen Geschäften in Downtown fahren? Es haben viele neue Läden eröffnet.«

»Aber die Auswahl in der Mall ist doch viel größer, oder?«, überlege ich laut, da ich auf jeden Fall etwas finden möchte.

»Ja, das stimmt. Aber du brauchst doch nicht so viel. Irgendwann kommt dein Koffer an. Komm, lass uns in die Stadt fahren. Da ist es auch viel gemütlicher.«

»Abgemacht. Wollen wir bald los?« Eigentlich wäre mir die Mall lieber gewesen, aber kleine Geschäfte sind auch gut.

Ich blicke zur Eingangstür, die sich in diesem Moment öffnet. Ein Händchen haltendes Pärchen in meinem Alter, einige ältere Damen und Aiden mit Bodie kommen herein. Überrascht starre ich die beiden an und beobachte, wie sie zielstrebig zur Theke gehen und sich mit Natalie unterhalten. Mein Blick wandert hoffnungsvoll zurück zur Tür, um zu sehen, ob Espen und seine Freundin dabei sind. Enttäuscht stelle ich fest, dass Espen nicht nachkommt. Rosie bemerkt die beiden Jungs ebenfalls und grinst mich wissend an. Ich kann mir genau vorstellen, was sie denkt. Ich schiele wieder zu Aiden hinüber und frage mich, ob ich hingehen oder mich einfach so verhalten soll, als hätte ich ihn nicht gesehen. Kaum habe ich den Gedanken zu Ende gedacht, höre ich schon Rosies Stimme.

»Hey, Aiden, Bodie«, ruft meine Cousine aus voller Kehle durch den ganzen Laden.

Aiden lässt seinen Blick durch das Café schweifen. Als er uns entdeckt, hellt sich seine Miene auf. Lässig winkt er uns, sagt etwas zu Bodie und zeigt in unsere Richtung, bevor er uns direkt ansteuert.

»Das ist ja eine Überraschung«, sagt Aiden und fixiert mich mit seinem einnehmenden Blick.

»Hi, Aiden«, antworte ich.

»Hey. Wie geht's?« Rosie schnappt sich ihre Handtasche und steht auf. »Livy, ich muss mal kurz verschwinden. Danach können wir los.«

»Komm, wir machen Platz«, schlägt Owen vor und stupst Julie an.

»Ja klar. Wie gesagt, mein Büro ruft. Bis heute Abend.« Auch meine Tante verabschiedet sich.

Julie und Owen rutschen aus der Sitzecke.

»Viel Spaß beim Einkaufen und bis Montag, neue Mitarbeiterin.«

Owen winkt zum Abschied und geht Arm in Arm mit Julie in ihr Büro.

»Ihr wollt shoppen gehen?« Aiden setzt sich auf den Platz von Owen und sitzt nun nah neben mir.

»Ja, Rosie möchte mit mir die Geschäfte Downtown abklappern. Yay, amerikanische Geschäfte.« Ich freue mich und erwidere seinen Blick.

»Hast du die erste Nacht gut geschlafen? Wovon hast du geträumt?«, fragt er, ohne den Blickkontakt abzubrechen. Seine Augen leuchten schelmisch auf.

»Bestimmt nicht von dir«, grätscht Bodie dazwischen und reicht Aiden seine Coke. »Hallo, Olivia. Bist du schon lange in der Stadt?«

Aiden verdreht genervt die Augen. »Ich habe dir doch gestern erzählt, dass ich mit Olivia im Flugzeug saß. Vielleicht hättest du doch ein paar Shots weniger trinken sollen.«

»Du hast nicht weniger getrunken«, blafft Bodie zurück und stützt müde seinen Kopf auf die Hand.

Bodie ist wie Rosie seit der Vorschule mit den Zwillingsbrüdern befreundet. Seine hellbraunen Haare stehen wild ab und er wirkt auf mich immer sehr unbedarft und freundlich. Sein Markenzeichen ist seine schiefe Nase, die er sich als Teenager beim Skateboardfahren gebrochen hat. Auf eine tollpatschige Art ist auch er sehr attraktiv.

»Du hättest früher aufhören sollen oder ich vertrage einfach mehr als du. Du bist Partys einfach nicht mehr gewohnt und warst zu lange mit Tara zusammen. Wie gut, dass Schluss zwischen euch ist«, ätzt Aiden und klopft seinem Freund auf die Schulter.

»Du kannst mich mal.« Bodie blickt ihn verärgert an.

Ich erinnere mich daran, dass Aiden mir im Flugzeug von der Trennung von Bodie und seiner Collegefreundin erzählt hat. Das muss wohl diese Tara sein. Bodie lehnt sich betrübt zurück. Er tut mir leid. Gleichzeitig denke ich wieder an Espen und seine neue Freundin. Bei dem Gedanken, ihn bald wiederzusehen, zieht sich mein Magen zusammen.

»Noch drei solche Partys und es wird wieder besser. Das war ein guter Anfang«, redet Aiden seinem Freund gut zu.

»Was für Partys?« Rosie setzt sich wieder zu uns an den Tisch und ich schaue überrascht in ihr geschminktes Gesicht. Sie hat Eyeliner, Lidschatten sowie ein Lipgloss aufgetragen und auch ihre Wangen sehen rosiger aus. Meine Cousine bemerkt, wie ich sie anstarre, und lächelt mich gewinnend an. Warum hat sie sich für unsere Shoppingtour so sehr zurechtgemacht?

»Wir waren gestern auf einer Party in der Pinestreet und es war ziemlich verrückt«, berichtet Bodie und trinkt einen großen Schluck von seiner Coke.

»Du bist gestern noch auf eine Party gegangen?«, fragt Rosie und funkelt ihn zornig an.

»Ja, hätte ich dich um Erlaubnis fragen sollen?«, fragt Aiden belustigt zurück.

»Nein, aber du hättest Olivia einladen können! Und du hast auf der ganzen Fahrt kein Wort darüber verloren.«

Aiden schaut von Rosie zu mir und wieder zurück zu Rosie. »Bodie hat mich gestern spontan gefragt und Olivia ist gerade erst angekommen.«

»Aber Olivia hätte sich bestimmt gefreut und wäre gerne auf eine Party gegangen.« Rosie setzt sich aufrechter hin.

»Olivia war doch sehr müde und ihr wirktet gestern nicht sehr partywillig.«

Mein Blick wechselt irritiert zwischen den beiden hin und her. Ärger steigt in mir auf, da sie über mich in der dritten Person sprechen.

»Olivia war hellwach und ihrem Jetlag hätte es auch geholfen«, legt Rosie nach.

»Na ja … hellwach war Olivia nicht. Und eine Party wäre bestimmt zu anstrengend gewesen.«

Mir platzt der Kragen und ich werde stinksauer. »Hey! Olivia ist hier mit am Tisch und kann selbst reden. Erstens ist es okay, dass Aiden mich nicht gefragt hat. Warum auch? Er wollte mit Bodie zur Party gehen. Zweitens war es mein erster Abend hier und ich musste wirklich erst einmal ankommen. Und drittens hatte ich vielleicht auch gar keine Lust, auf eine Party zu gehen. Viertens: Sprecht bitte nicht über mich, als wäre ich nicht hier. Und fünftens …« Da mir zu fünftens überhaupt nichts einfällt, sage ich entnervt auf Deutsch: »... nervt mich so ein Scheiß.«

Ich merke, wie die Hitze in meine Wangen steigt, und notiere in meinem Kopf, dass ich mir später im Drugstore extradeckendes Make-up kaufen muss.

Alle schauen mich einen Moment schweigend an und Rosie ist die Erste, die grinsen muss. »Hast du gerade etwas mit *Scheiße* gesagt?«

»Scheiße?« Bodie wiederholt das Wort mit einem starken amerikanischen Akzent und fragt: »Was bedeutet das?«

»Scheiße bedeutet Shit«, erklärt Rosie ihm. Sie kennt nur ungefähr fünfzehn deutsche Vokabeln und über die Hälfte davon sind Schimpfwörter.

»Scheiße! Das muss ich mir merken.« Bodie freut sich über das dazugelernte Wort.

»Klingt schön, wenn du Deutsch sprichst. Melodischer als bei anderen Deutschen, die ich schon einmal gehört habe.« Aiden meldet sich nun auch zu Wort. »Ich hätte dich schon gefragt wegen der Party. Nur gestern wäre der Zeitpunkt nicht passend gewesen.«

»Und wann wäre der passende Zeitpunkt für dich?«, hakt Rosie nach.

»Alles gut, Aiden. Das war nur Rosies Idee.« Ich frage mich, warum sie immer wieder die Party zur Sprache bringt. Vielleicht wäre Rosie gern mitgegangen?

»Weißt du was? Rosie hat recht. Wollen wir am Samstag zusammen zum Bonfire gehen?«, fragt Aiden schließlich.

Etwas überrumpelt antworte ich: »Gerne, aber Rosie und ich wollten auch hingehen.«

»Dann nehmen wir Rosie und Bodie einfach mit. Wahrscheinlich ist Espen am Samstag auch wieder da. Also wären er und Samira ebenfalls dabei.« Aiden schaut mich abwartend, ob ich nicht noch ablehne, an. »Ich hole euch beide ab. Gegen sieben?«

»Abgemacht.« Ich lächle ihn an und freue mich tatsächlich schon auf den nächsten Samstag. Nur die Vorstellung, Espen zu treffen, macht mir einen Strich durch die Rechnung. Irgendwie fürchte ich diese Begegnung, kann sie aber gleichzeitig kaum abwarten.

»Livy, ich glaube, wir müssen jetzt los. Sonst wird unsere Shoppingzeit zu knapp. Ich muss wegen Lucas pünktlich zu Hause sein«, ermahnt mich Rosie.

»Ich komme gleich wieder. Dauert nicht lange.« Ich gehe in den Keller zu den Toiletten und bin begeistert. Auch die Toiletten im Café sind stylisch und stilvoll eingerichtet. Ungewöhnlich ist nur, dass diese unisex sind, also von Männern und Frauen gemeinsam genutzt werden. Julies New Yorker Einfluss ist hier überall zu entdecken. Als ich wieder zum Tisch zurückgehe, bemerke ich, wie Rosie und Aiden angeregt über etwas diskutieren. Rosie sieht dabei vorwurfsvoll aus und Aiden eher genervt, Bodie dagegen versucht offenbar, dem Gespräch müde zu folgen. Trotz seiner Übermüdung bemerkt er mich als Erstes und ich kann die Worte von seinen Lippen ablesen: *»Olivia kommt zurück.«* Rosie und Aiden beenden schlagartig ihre Diskussion, lächeln in meine Richtung und tun so, als wäre nichts gewesen. Ich bin verwirrt und neugierig, worum es in der Auseinandersetzung ging, und nehme mir vor, Rosie später zu löchern. Aber erst, wenn wir wieder zu Hause sind. Es scheint mit Aiden zusammenzuhängen und vielleicht mag Rosie ihn mehr als gedacht?

»Ich bin startklar. Bis bald.« Ich winke zum Abschied.

Rosie rutscht von der Bank. »Macht's gut.«

»Bye«, ruft Bodie müde.

Aiden steht auch auf, kommt auf mich zu und raunt: »Bis Samstag, Olivia. Ich kann es kaum erwarten.«

»Bis Samstag«, antworte ich erstickt und schaue ihm für einen Moment fest in seine einnehmenden Augen. Die aufsteigende Hitze erfasst mich unvermittelt und verteilt sich in meinem ganzen Körper. Mit einem Lächeln löse ich den Blick und verlasse mit Rosie das Café.

Kapitel 9

Wild Mallow Lake ist eine Kleinstadt und die Wege sind kurz. Wir erreichen mit dem Auto innerhalb weniger Minuten die Geschäfte Downtown, die sich wie ein Hufeisen an der Mainstreet um einen großen Platz herum verteilen. Den Mittelpunkt des Festplatzes bildet ein wunderschöner weißer Pavillon, der im Sommer umrahmt von Malven jeglicher Farben ist. Jedes Mal fühle ich mich wie nach Stars Hollow gebeamt und erwarte, jeden Moment auf die Gilmore Girls, Lorelai und Rory, zu treffen.

»Okay. Wo wollen wir anfangen?« Ich entdecke viele neue Geschäfte, von denen Rosie mir erzählt hat. »Vielleicht erst im Drugstore?«

»Oder zum Schluss? Das *Maras* ist gleich hier. Eins von den neuen Geschäften«, bestimmt Rosie und zeigt auf ein Geschäft auf der anderen Straßenseite.

»Auch gut. Ich habe mir aufgeschrieben, was ich alles brauche.«

Rosie rollt mit den Augen. »Natürlich hast du eine Liste.«

»Na klar«, sage ich und wedle mit dem Zettel. Ich werde mich nicht von ihr ärgern lassen.

Rosie schnappt meinen Arm und wir laufen zügig auf die andere Straßenseite. »Ich muss auch noch etwas Neues für das Bonfire haben.«

Beim Stichwort Bonfire sehe ich direkt wieder Aiden vor mir und die Diskussion zwischen den beiden. Ich habe mir zwar fest vorgenommen, nicht zu fragen, lieber zu warten, aber ich kann nicht anders.

»Rosie«, sage ich gedehnt.

Meine Cousine bleibt abrupt stehen und sieht mich skeptisch an. »Was ist los?«

»Bei Julie im Café vorhin hatten Aiden und du eine Diskussion. Als ich zum Tisch zurückkam, habt ihr plötzlich aufgehört zu sprechen.«

»Ach, er hat wieder irgendeinen Blödsinn erzählt«, lenkt Rosie vom Thema ab.

»Bodie hat euch darauf hingewiesen, dass ich wiederkomme. Das macht man bei keinem Thema, das nicht wichtig ist«, hake ich entschlossen nach.

»Wirklich! Das war nicht der Rede wert. Komm, wir gehen, deine zukünftige Kleidung wartet.« Rosie läuft weiter zu dem Geschäft.

Ich entdecke das *Maras* neben dem neuen Musikladen, von dem Aiden erzählt hat, stoppe aber plötzlich. »Ich glaube dir nicht.«

»Mmmhh? Was ist denn los?«, fragt sie mich verwundert.

»Wir sind immer ehrlich. Stört es dich, dass Aiden mit mir flirtet?«

»Was? Nein! Warum sollte mich das stören?« Rosie blickt mich verwirrt an.

Ich denke an die bisherigen Situationen zwischen den beiden und habe eine Vermutung. »Bist du in Aiden verliebt?«

Das ist die Lösung und Rosies Reaktionen sind dadurch auch völlig nachvollziehbar. Warum bin ich nicht früher darauf gekommen?

Rosies verwirrter Blick wandelt sich zu einem belustigten. »Verliebt? Livy, nein. Wie kommst du denn darauf?«

»Es ist mir erst jetzt aufgefallen. Du neckst Aiden immer. Dir passte es nicht, dass wir Hand in Hand aus dem Flughafen gekommen sind. Er kommt ins Café und du springst auf, um dich zu schminken. Er flirtet mit mir und dir gefällt das nicht. Und auch die Sache mit der Party … Ich glaube, du wolltest da mit ihm hingehen und hast mich vorgeschoben.« Ich ziehe eine Augenbraue hoch und schaue sie an wie ein Detektiv, der gerade einen Fall gelöst hat.

Rosie starrt mich einen Moment gedankenversunken an, als würde sie meine Worte noch mal durchgehen. Plötzlich prustet sie los. »Nein, so ist das nicht. Theoretisch könnte deine Vermutung stimmen und von außen betrachtet wäre das auch nachvollziehbar. Aber nein, nein und nochmals nein«, widerspricht Rosie mir vehement.

»Du kannst mir die Wahrheit sagen. Das wäre doch toll und du würdest mit ihm zum Bonfi…«

Meine Cousine unterbricht mich mitten im Satz. »Olivia, wirklich. Ich bin nicht in Aiden verliebt! Komm mal mit.«

Sie schnappt meine Hand und geht mit mir in den Musikladen.

In den Schaufenstern hängen viele Bandposter und Plakate mit Konzertankündigungen für Portland und das angrenzende Vancouver. Wir betreten einen großen Raum, der vollgestopft mit CD-Ständern ist. An der Wand ist eine Wall of Fame der Musikgeschichte installiert und es gibt Regale mit Vinylplatten. Jetzt verstehe ich, was Aiden mit *retro* gemeint hat. Der Laden ist brechend voll und es gibt in Wild Mallow Lake offenbar noch viele Musikliebhaber, die Musik auf Tonträgern einem Streamingdienst vorziehen. Im hinteren Ladenteil gibt es einen gemütlichen Bereich, in dem die Kunden Musik hören und chillen können. Dieser Teil des Ladens ist mit verschiedenen Sitzkissen oder Sesseln bestückt und zwischendrin stehen Musikanlagen zum Probehören von CDs.

»Schöner Laden. Was machen wir jetzt hier?« Fragend schaue ich Rosie an.

»Das ist der neue Musikladen in Wild Mallow Lake.«

»Ja, der ist cool. Bist du häufig hier?«

»Sehr häufig und …«, antwortet sie leise, bricht den Satz aber ab, als ein Mann den Musikständer mit Country-Musik-CDs neben uns durchsuchen möchte.

Rosie zieht mich am Arm in den Sitzeckenbereich, zeigt unauffällig auf den Verkaufstresen und flüstert: »Das ist Corey McLean.«

Ich blicke zu dem attraktiven Mann hinter dem Tresen. Er hat dunkelblonde, halblange Haare, die er hinter seine Ohren gestrichen hat, gebräunte Haut und er trägt ein lässig geschnittenes Holzfällerhemd. Die Ärmel sind hochgekrempelt und geben den Blick auf sportliche Unterarme frei, die beide mit einen Sleevetattoo bedeckt sind. Eine Art rockiger Surfertyp.

»Okay?«, antworte ich und zucke mit den Schultern.

»Ich habe mir in den letzten Wochen ziemlich viele unnötige CDs gekauft, weil ich andauernd hier im Laden war«, erklärt sie mir verschwörerisch.

»Warum?« Stutzig drehe ich mich zu ihr und entdecke das verräterische Leuchten in ihren Augen. »Oh, er?«

»Ja, ich bin total verknallt in Corey. In Corey und nicht in Aiden.« Rosie setzt sich auf einen der Sitzhocker.

Ich tue es ihr gleich und lasse mich auf einen gemütlichen Sessel direkt daneben fallen.

»Siehst du? Ich habe wirklich gar kein Interesse an Aiden. Wir sind einfach nur befreundet und wir ärgern uns schon immer gegenseitig. Außerdem hat er auch überhaupt kein Interesse an mir. Ich habe mich nur geärgert, dass er im Auto nichts von einer Party erzählt hat.«

»Du hast bisher nichts von Corey erzählt. Wie hast du es überhaupt ausgehalten, nichts zu sagen? Und habt ihr schon miteinander gesprochen?« Ich bin begeistert und bin mir nicht sicher, warum. Freue ich mich nur für Rosie oder bin ich wegen Aiden erleichtert? Ich habe keine Ahnung und das ist jetzt auch egal. Rosie muss mir alles erzählen.

»Miteinander gesprochen schon: ›*Zehn Dollar, bitte*‹ oder ›*Nein, die CD haben wir leider nicht*‹. « Meine Cousine wirft mir einen missmutigen Blick zu. »Ich weiß es nicht. Ich glaube, er hat einfach kein Interesse. Aber sieh ihn dir an.« Rosie atmet tief ein und lächelt. »Und er ist immer – wirklich immer – freundlich und cool.«

Ich grinse sie an. »Dich hat es ja wirklich erwischt. Kennt ihn denn niemand hier in der Stadt?«

»Nein, ich glaube, er ist erst seit der Eröffnung des Ladens hier.«

Ich beschließe, dass die beiden sich dringend kennenlernen müssen. Spontan stehe ich auf, schnappe die erstbeste CD und gehe zu Rosies Verwunderung auf den Verkaufstresen zu.

»Hi. Meine Cousine würde gerne diese CD Probe hören, aber der Player spinnt. Kannst du ihr helfen?«

Corey reckt seinen Hals in Rosies Richtung. »Klar, vorhin lief da noch alles. Ich schaue mir das mal an.« Er sagt seinem Kollegen Bescheid und geht mit mir in die Lounge-Ecke zu Rosie, die uns mit großen Augen ansieht.

»Hi. Du wolltest diese CD hören?« Corey hält eine Techno-CD aus den Neunzigern in die Luft. »Sind auch alle Kabel im Gerät?«

»Ja. Richtig. Techno.« Wenn sie könnte, würde sie mich mit ihrem Blick umbringen.

Rosie liebt Musik über alles, aber nur die mit Gitarren und Schlagzeug. Elektronische Musik ist ihr persönlicher Horror.

Corey zuckt mit den Schultern und legt die CD ein. Natürlich ist mein Plan nicht besonders ausgereift und der Player spielt sofort das erste Lied ab. »Läuft ohne Probleme.«

»Seltsam. Eben funktionierte es nicht. Na ja, vielleicht haben wir auch die falschen Knöpfe gedrückt. Das kommt davon, wenn man Musik nur noch streamt.« Ich muss ihn nun irgendwie in ein Gespräch mit Rosie verwickeln.

Die nickt eifrig. »Ja, eben klappte es nicht.«

Corey grinst uns an und dreht sich zu meiner Cousine.

»Dafür sind wir ja da. Warst du nicht schon häufiger bei uns im Laden? Hattest du nicht einen ganz anderen Musikgeschmack?«

»Das stimmt. Ich mag eher Rock und auch Pop. Und ja, ich war schon häufiger hier.« Sie lächelt Corey entschuldigend an.

»Dann viel Spaß beim Hören und frag einfach, wenn du wieder Probleme damit hast.« Corey grinst und geht zurück zum Verkaufstresen.

»Warte! Ich habe noch eine Frage. Gibt es in Portland bald gute Konzerte? Kannst du mir welche empfehlen?« Die Rosie, wie ich sie kenne, ist wieder da. Sie will ihre Chance nicht verstreichen lassen.

Nun kann ich mich wieder in dem gemütlichen Sessel zurücklehnen und schaue mir beiläufig einige CDs an, die neben mir auf dem Tisch liegen.

»Ja tatsächlich. In vier Wochen geben Thirty Seconds to Mars ein Konzert in Portland und Ende Mai findet am Pier ein kleines Rockfestival statt«, antwortet er begeistert.

Rosie hat ihm genau die richtige Frage gestellt, da Corey beim Thema Konzerte merklich aufblüht.

»Wow, das klingt toll. Besonders das Rockfestival.« Meine Cousine ist in Hochstimmung.

»Moment. Ich habe davon einen Flyer. Ich komme gleich wieder.« Corey verschwindet hinter dem Tresen.

Rosie grinst mich über beide Ohren an und beißt auf ihre Lippe.

»Hier. Da stehen alle Bands drauf, die mit dabei sind.« Corey gibt Rosie einen bunten Zettel und zeigt auf die Kunden, die am Tresen warten. »Ich muss leider weiterarbeiten. Aber wir sehen uns bestimmt bald wieder. Bye.«

»Bye«, ruft Rosie ihm hinterher. »Wollen wir auch los? Ich glaube, ich muss hier erst einmal raus.«

»Und los«, stimme ich zu und wir gehen zügig, ohne ein Wort zu wechseln, aus dem Laden.

Draußen können wir uns nicht mehr zurückhalten und reden wie wild durcheinander.

»Unglaublich, dass das geklappt hat«, sagt Rosie aufgekratzt.

»Und das war ein ziemlich stumpfer Plan. Aber er hat funktioniert!«

»Vor allem, dass du dich das traust … Sehr ungewöhnlich für dich.«

»Die große Liebe sollte siegen«, erkläre ich bedeutungsvoll.

»Ach, Livy, du und die große Liebe. Du wirst die Hoffnung nicht aufgeben, oder?« Rosie schaut mich mitfühlend an.

»Niemals. Ich habe dafür zwar kein Händchen, aber du sollst glücklich werden.«

»Sehr aufopferungsvoll«, scherzt sie und betrachtet das Flugblatt. »Oh mein Gott, er hat seine Handynummer auf den Flyer geschrieben.«

»Jetzt kann dich nichts mehr aufhalten.«

»Ich rufe ihn morgen Abend an.« Rosie hält den Zettel hoch in die Luft wie eine Trophäe. »Komm, und jetzt gehen wir shoppen.«

Kapitel 10

Unsere Shoppingtour ist nicht nur ein voller Erfolg in Sachen Verkuppeln gewesen, auch unsere Kleiderschränke wurden aufgefüllt. Bei *Maras* gibt es nicht nur tolle Klamotten, sondern auch Schuhe und Accessoires. Neben einer schwarze Jeans und einem modern geschnittenen Blazer, den ich mit einem schlichten Shirt kombinieren will, kaufte ich mir ein Frühlingskleid mit Blumenmuster und eine leichte Bluse. Mit diesen Outfits kann ich die Zeit ohne Koffer perfekt überbrücken. Rosie hat sich mit einigen bunten Shirts eingedeckt, die allesamt toll an ihr aussehen, sowie einer kurzen Jeansshorts, die sie auf dem Rockfestival tragen will. Am Abend waren wir vom Einkaufen so erschlagen, dass wir nur noch eine Lasagne für das Abendessen zubereiteten. Zusammen mit Lucas machten wir es uns mit unserem Essen auf der Couch gemütlich und suchten wahllos eine Serie auf Netflix aus. Weit kamen wir aber nicht, da Rosie diese wiederholt stoppte, um mit mir über Corey und das Rockfestival zu sprechen. Lucas verließ nach der vierten Unterbrechung augenrollend das Wohnzimmer und verabschiedete sich mit den Worten: »Das ist mir definitiv zu viel Mädchenkram und irgendwie wird mir schlecht. Ich gehe nach oben.« Meine Cousine ließ sich davon nicht beirren und schwärmte weiter, bis sie es nicht mehr aushielt und Corey noch spät am Abend anrief. Am Freitag berichtete sie mir beim Frühstück aufgeregt jedes Detail. Sie kannte Coreys Lieblingsbands, seinen kompletten Lebenslauf und schwärmte von seiner positiven Aura, die laut ihr durch das Telefon während des zweistündigen Telefonats eindeutig zu spüren gewesen sei. Er hat sie so sehr überzeugt, dass sich die beiden noch gestern Abend nach seiner Schicht im Laden verabredet haben, nur um zusammen Burger essen zu gehen. Aufgeregt und ausgelassen hat sie das Haus verlassen und ist erst mitten in der Nacht wiedergekommen, als der Burgerladen schon längst geschlossen hatte. Meinen Abend habe ich mit Lucas und einigen Switch-Games verbracht. Meine freie Zeit habe ich dafür genutzt, einige Unterlagen aus dem Studium zu wiederholen, um an meinem ersten Arbeitstag einen guten Eindruck zu machen. Mein Traumberuf ist es, seit ich denken kann, eine Veranstaltungsplanerin zu sein. Schon in der Schule habe ich gern die Planung für anstehende Feste übernommen, die Listen geschrieben und Aufgaben verteilt oder sie zur Not auch alle selbst übernommen. Im Studium fanden regelmäßige Partys in einem Keller des Studentenwohnheims statt, die ich nur mit Hilfe einiger Kommilitonen geplant habe.

Es ist Samstag und heute findet das große Bonfire am Wild Mallow Lake zum Frühlingsanfang statt. Wie Rosie immer wieder betont, ist das große Lagerfeuer eins der Highlights des ganzen Jahres. Sie sitzt mit Lucas am Esstisch und sie üben seit zwei Stunden lineare Gleichungen. Meine Cousine ist in der Schule ein regelrechtes Mathe-Ass gewesen, während ich nur um das bloße Bestehen der Prüfungen gekämpft habe. Ich habe gerade über eine Stunde mit meiner Mutter telefoniert und wollte das Gespräch nicht beenden. Ich weiß nicht, ob es an der Aufregung wegen des Bonfires, meinem neuen Job oder einfach an dem Fakt, dass meine Familie über achttausend Kilometer von mir entfernt ist, liegt. Ein bedrückendes Gefühl von Heimweh überkommt mich. Ich setze mich auf mein Bett und schaue mich in meinem Zimmer um. Es ist ein gemütlich eingerichteter Raum, mir fehlt nur meine persönliche Note. Alle Einrichtungsgegenstände, die ich mitgenommen habe, verweilen in meinem abtrünnigen Koffer, aber zum Dekorieren hätte ich im Moment auch keine Zeit, da ich das Wochenende ebenfalls zur Vorbereitung nutzen möchte. Doch jetzt gerade habe ich nur den heutigen Abend im Kopf. Ich freue mich auf das Feuer, bin aber gleichzeitig sehr aufgeregt, da wir mit Aiden verabredet sind. Oder besser gesagt: ich. Neben Aiden sehe ich heute Espen wieder, sofern er wirklich aus Kalifornien zurück ist und auch zum Bonfire geht. Allein der Gedanke an die beiden lässt meine Wangen aufglühen und vertreibt mein Heimweh für einen Moment.

Am frühen Abend kommt Rosie mit einigen Kleidungsstücken über dem Arm in mein Zimmer gelaufen und wedelt mit zwei Oberteilen herum.

»Livy, möchtest du das schwarze Top anziehen oder lieber das weiße Shirt? Das weiße würde gut zu deiner Jeansjacke passen.«

»Ja, das gefällt mir gut«, antworte ich zustimmend.

»Na, aufgeregt? Oder warum hast du wieder so rote Wangen?« Mit einem amüsierten Grinsen reicht sie mir das Oberteil.

Ich betrachte mich resigniert in dem Spiegel. »Ich denke, ich lege lieber noch eine Schicht Make-up auf. Zum Glück ist es dort eher dunkel.«

Mit dem Schwämmchen tupfe ich noch etwas Foundation auf meine Wangen. Leider verschwinden dadurch meine Sommersprossen, die jeden Frühling durch die ersten Sonnenstrahlen wieder zum Leben erweckt werden. Ich mag meine Sommersprossen sehr an mir und als Kind habe ich jedes Frühjahr angefangen, die zu zählen, die täglich hinzukamen.

Ich lächle meine Cousine an. »Hat sich Corey noch mal gemeldet?«

»Ja, aber leider nur kurz. Es war gestern Abend so schön mit ihm.« Sie strahlt mich an und schließt ihre Augen. »Und er kann so gut küssen. Das glaubst du gar nicht. Ich kann es kaum abwarten, ihn wiederzusehen.«

Rosie hat bereits den ganzen Vormittag von ihrer Verabredung mit Corey geschwärmt – über seine tolle Wohnung, die laut ihrer Erzählung fast ausschließlich aus Gitarren, CDs und Büchern besteht.

»Und heute Abend siehst du ihn schon wieder.«

»Oh ja, er wird etwas später kommen. Aber Hauptsache, ich sehe ihn.« Sie zuckt mit den Schultern. »Aber egal, dann habe ich mehr Zeit für dich. Sofern Aiden dich nicht komplett in Beschlag nimmt.«

»Für dich habe ich immer Zeit«, verspreche ich ihr.

Es vergehen zehn Minuten, bis Aiden uns abholt. Meine Haare trage ich heute offen und ich streiche mit meiner Hand über die leichten Wellen. Der Wetterbericht hat für heute trockenes Wetter vorausgesagt. Gut für das Bonfire und noch besser für meine Haare, die bei Feuchtigkeit anfangen, wie kleine Antennen hochzustehen.

»Ich gehe schon mal runter.« Rosie schnappt ihre Lederjacke und läuft nach unten.

»Ich komme gleich nach.« Ich werfe einen letzten Blick in den Spiegel und bin zufrieden. Ob Aiden das Outfit gefallen wird? Ich ärgere mich sofort über den Gedanken, der mich gleichzeitig auch verlegen macht. In den USA will ich ein neues Kapitel aufschlagen und das soll mit meinem Job beginnen. Nicht mit Aiden oder gar Espen. Ich habe mir in Deutschland fest vorgenommen, die Finger von der Liebe zu lassen und mich ausschließlich auf meine neue Stelle zu konzentrieren. Der Glaube an die große Liebe hat mich in den letzten Jahren viel zu sehr abgelenkt und ich bin immer enttäuscht worden. Zeit kann ich mit Aiden verbringen, meinetwegen auch flirten, mehr aber nicht.

»Aiden ist da«, ruft Rosie laut von unten herauf. »Bist du fertig?«

»Ich bin auf dem Weg.« Ich ziehe schnell meine Jeansjacke, Schal und meine Boots an. Bevor ich aus dem Zimmer gehe, schaue ich vorsichtig aus dem Fenster nach unten. Aidens Auto, ein schicker schwarzer Dodge Pick-up, parkt direkt an der Treppe vor der Haustür und Aiden lehnt an der Beifahrertür. Vor Aufregung fühlt sich mein Magen wie ein gigantischer Steinklotz an und mir kommt es so vor, als wäre ich noch nie in meinem Leben mit anderen Menschen ausgegangen. Ich fühle mich fehl am Platz und hoffe, das Gefühl löst sich bald in Luft auf.

Kapitel 11

Aiden stößt sich von seinem Auto ab und schlendert auf uns zu, als Rosie und ich die Veranda betreten.

»Hey, ihr beiden. Ihr seht fantastisch aus«, begrüßt er uns charmant. Mit seiner Bikerjacke, seiner schwarzen Jeans und den robusten Lederstiefeln sieht er einfach umwerfend aus.

Ich bin sehr froh, zusammen mit Rosie mit ihm zu fahren und nicht allein. Meine Aufregung bringt mein Herz fast zum Stillstand und ich frage mich ernsthaft, wie ich bisher andere Dates überstanden habe.

»Hi, Aiden. Danke, dass du uns abholst«, begrüße ich ihn höflich, ich wäre aber gern etwas abenteuerlustiger.

»Das mache ich doch gerne, Olivia«, antwortet er mit rauer Stimme.

Wir gehen zum Auto und ich bemerke, wie er mich von der Seite betrachtet. Ich nehme allen Mut zusammen und sehe ihn direkt an. Unsere Blicke treffen sich, bis ich mich mit einem unsicheren Lächeln abwende, um ins Auto zu steigen. Rosie setzt sich wie selbstverständlich auf den Beifahrersitz und ich bin nicht böse, mich nach hinten in die Komfortzone zu setzen, um Rosie die Gesprächsführung zu überlassen.

»Lässt du dein Auto dort stehen?«, fragt sie, während sie sich anschnallt.

»Ja, das hole ich morgen ab.«

»Kommt Bodie direkt dahin oder fahren wir jetzt zu ihm?«

»Den holen wir jetzt ab. Er hatte heute einen längeren Ausflug mit vielen europäischen Touristen und war erst spät zu Hause.«

»Was macht Bodie denn?« Mir fällt auf, dass ich gar keine Ahnung habe, was sein Beruf ist.

»Er ist Touristenguide. Die meisten Touren macht er in den Großräumen Portland und Vancouver, aber manchmal ist er auch in ganz Oregon oder Washington unterwegs.«

»Wie cool. Vielleicht kann ich bei ihm mal eine Tour buchen.« Ich bin begeistert von der Idee, da Ausflüge auf meiner To-do-Liste ganz oben stehen.

»So eine richtige Touri-Tour?« Aiden blickt mich durch den Rückspiegel an. »Vielleicht kann Bodie für uns eine Privattour organisieren?«

»Ja, oder so.« Ich würde Bodie später ansprechen, aber eher auf die gewöhnliche Touristenvariante und nicht auf eine Privattour.

Es dauert nicht lange, bis wir sein Haus erreichen.

»Bodie wohnt seit der Trennung wieder bei seinen Eltern. Seine Freundin ist in der Wohnung geblieben«, klärt mich Aiden mit einem leicht überheblichen Ton auf.

»Ja, aber er hat ein eigenes Reich über der Garage. Das ist ganz cool. Bodies jüngere Schwester ist kurz vor der Trennung dort ausgezogen und er konnte direkt dort einziehen«, ergänzt Rosie und motzt Aiden an. »Und übrigens wohne ich auch noch zu Hause.«

»Bei dir ist das etwas anderes. Ich meine das auch nicht böse. Bodie weiß das. Wo wohnt Ellie jetzt eigentlich?«

»Ellie wohnt im College-Wohnheim. Sie wollte mit einer Freundin zusammenziehen.«

»Wer sich das freiwillig antut?«, überlegt Aiden laut.

»Aiden und Ellie mögen sich nicht so gerne«, klärt mich meine Cousine auf.

»Mögen sich nicht so gerne? Ich hasse seine kleine Schwester. Sie war ein nerviger kleiner Quälgeist und der ist sie immer noch – nur in größer.« Aiden schnaubt. »Ellie hat uns früher immer – aber wirklich immer – verpetzt.«

»Ooohhh, armer Aiden.« Rosie tätschelt seinen Kopf. »Da kommt Bodie.«

Er rennt zum Auto und schwingt sich energiegeladen zu mir auf die Rückbank. Seinem Kleidungsstil fehlt nur noch ein Skateboard und er wäre auf einer Halfpipe optisch am besten aufgehoben.

»Hi, Leute. Sorry, aber schneller ging es nicht«, entschuldigt er sich.

»Alles gut. Der Abend beginnt gerade erst«, beruhigt ihn Rosie.

Aiden startet den Motor und fährt mit quietschenden Reifen los.

Keiner erwähnt Espen und ich werde bestimmt nicht nachfragen, ob er mit Samira zum Bonfire kommen wird.

Rosie dreht sich zu Bodie um. »Und wie war deine Tour heute?«

»Die war gut. Europäer stellen nur immer so wahnsinnig viele und vor allem schlaue Fragen. Da muss ich häufig etwas länger überlegen.«

»Aus welchen Ländern kamen sie denn?«, frage ich interessiert.

»Hauptsächlich waren es Italiener, Dänen und ein paar Deutsche.«

Während der Fahrt erzählt Bodie von den Eigenarten verschiedener Nationalitäten und berichtet von den Touren, die nächste Woche auf dem Plan stehen. Er freut sich, in mir so eine begeisterte Zuhörerin zu haben, da Rosie und Aiden nicht besonders an Ausflügen interessiert sind. Bodie blüht dagegen auf und erklärt mir einige Sightseeing-Must-Sees bis ins kleinste Detail. Ich kann ihm nur schlecht folgen, da mich Aiden immer wieder durch den Rückspiegel ansieht. Von der Komfortzone bin ich auf den Präsentierteller gewechselt. Erst bin ich mir nicht sicher, ob er nur sorgfältig den Verkehr beobachtet, aber sobald ich in den Spiegel sehe, blickt er mich herausfordernd mit seinen tannengrünen Augen an. Mein Blick wechselt zwischen Bodie, dem ich mittlerweile nicht mehr zuhöre, und den auffordernden Blicken im Rückspiegel hin und her. Der Blickkontakt macht mich verlegen und es fällt mir schwer, diesen länger zu halten. Nach ein paar Anläufen nehme ich allen Mut zusammen und sehe ihm fest in seine lächelnden Augen, ohne meinen Blick zu senken. In diesen Moment verschwindet meine Aufregung und sie wandelt sich in ein angenehmes Bauchkribbeln. Ich freue mich sehr auf den Abend und Aidens Anwesenheit beruhigt mich unabhängig von seiner Absicht. Vielleicht möchte er wirklich nur nett sein, aber vielleicht verspricht er sich auch mehr. Darüber werde ich jetzt nicht nachdenken, sondern das Fest genießen. Meinen ersten Date-Abend mit Rosie, Aiden und Bodie in Wild Mallow Lake.

Aiden parkt auf einem großen Schotterplatz, der bereits voller parkender Autos ist. Nachdem wir zügig aus dem Auto ausgestiegen sind, zupfe ich noch an meiner Kleidung herum, damit alles gut sitzt. Ich atme tief ein und bedaure fast, dass die Autofahrt schon vorbei ist. Nun müsste ich meine passive Rolle hinter mir lassen und ein bisschen aufgeschlossener werden. Würde es mir nur nicht so unglaublich schwerfallen. Ich blicke zu Aiden, der gelassen mit Bodie spricht und sich suchend zu mir umdreht. Als sich unsere Blicke wieder treffen, vergesse ich meine Zweifel, lächle zurück und laufe den drei Freunden wie automatisch aufgezogen hinterher. Das große Bonfire ist der Mittelpunkt der großen Wiese und brennt schon lichterloh, als wir den Platz erreichen. Die Wiese am See ist voller Menschen, die sich das Ereignis nicht entgehen lassen wollen. Viele Besucher stehen in Grüppchen um das Feuer herum und genießen die Atmosphäre, andere grillen über kleinen Feuerschalen Marshmallows. Der Platz sieht wunderschön aus. Die Bäume am See sind mit Lichterketten geschmückt und auf dem Wasser schippern kleine Boote, die mit Lampions dekoriert sind. In sicherer Entfernung zum Feuer sind mehrere Foodtrucks aufgebaut, vor denen die Menschen Schlange stehen, um Hamburger, Eis oder Softdrinks zu kaufen. Auf der anderen Seite des Feuers ist ein großes Zelt neben einer großen Scheune aufgebaut, in dem sich die Bonfire-Bar befindet und später eine Band spielen wird. Nur dort können die Besucher alkoholische Getränke kaufen. Rosie hat mich zu Hause schon genaustens über den Lageplan und den Ablauf des Bonfire aufgeklärt. Ich trinke nicht viel Alkohol, trotzdem muss ich mich erst einmal daran gewöhnen, dass man ihn in den USA nicht öffentlich trinkt. Im Hamburg ist es normal, ein Bier am Ufer der Alster zu trinken oder einen Drink in der Hand zu haben, wenn man nachts durch die Straßen zieht.

»So, hier wären wir. Das ist das legendäre Bonfire von Wild

Mallow Lake.« Rosie reißt ihre Arme nach oben und jubelt. »Yeah!«

»Wow. So habe ich es mir hier nicht vorgestellt«, rufe ich begeistert. Ich liebe die Osterfeuer in Deutschland und das ist mehr als ein guter Ersatz.

»Kommt, wir gehen zum Feuer«, sagt Aiden zu uns allen, schaut aber nur mich an.

»Gute Idee«, stimmt Rosie ihm zu und läuft mit Bodie vor.

Ich schaue zaghaft zu Aiden und gehe neben ihm her. »Es gibt wohl so einiges, was ich in Wild Mallow Lake verpasst habe. Ich wünschte, ich wäre schon früher im Frühling hergekommen.«

»Tja, das kannst du jetzt alles nachholen. Ich glaube, du bist hier in den besten Händen.« Aidens Schritt wird immer langsamer, sodass wir fast stehen bleiben.

»Ich glaube, das Ambiente ist kaum zu übertreffen. Es ist so schön«, schwärme ich weiter und verlangsame ebenfalls meinen Schritt.

Er bleibt abrupt stehen und schaut mich mit leicht zugekniffenen Augen an. »Schön ist es hier. Das stimmt. Aber ich bin an etwas viel Schönerem interessiert und das ist nicht das Ambiente.«

Ich starre ihn einen Moment lang reglos an und mein Kopf braucht einige Sekunden, bis ich verstanden habe, dass er mich meint. Mit so einem Anmachspruch, bei dem ich in Hamburg schnellstens Reißaus genommen hätte, habe ich nicht gerechnet. Nur hier in dieser atemberaubenden Atmosphäre und vielleicht auch mit der passenden Person erzielt der Spruch eine Wirkung bei mir. Mein Magen zieht sich angenehm zusammen und kleine Hitzefunken durchfahren meinen gesamten Körper. Verlegen suche ich nach den richtigen Worten. Mein Gehirn lässt mich komplett im Stich und findet keine passende Antwort, die nur im Geringsten angebracht wäre. Stattdessen lächle ich ihn unsicher an. Von einer Flirtexpertin bin ich so weit entfernt wie die Erde von der Sonne, aber so stümperhaft habe ich mich bisher noch nie angestellt.

»Alles gut, Olivia. Es ist deine erste Woche und noch viele werden folgen. Ich bin selbst überrascht darüber«, klärt Aiden mich auf. Er wirkt in diesem Moment ganz anders. Anders als im Flugzeug und komplett anders als in seinen Youtube-Videos.

»Aiden, weißt du …« Ich suche immer noch nach den passenden Worten. Ich fühle mich in seiner Gegenwart wohl und ich kann das angenehme Ziehen in meinem Bauch nicht leugnen. Aber mehr weiß ich gerade nicht, außer dass ich mein neues Leben erst einmal neu ordnen muss.

»Kommt ihr?« Rosie taucht wieder neben uns auf. »Ich habe so einen Hunger. Wollen wir nicht zu den Foodtrucks? Es gibt bestimmt wieder diese leckeren Burritos.«

»Wollen wir nicht erst zum Feuer? Uns einmal umschauen?«, entgegnet Aiden und will schon loslaufen.

»Ich sterbe vor Hunger!« Meine Cousine hält sich gespielt leidend den Bauch.

»Komm, Rosie. Wir kaufen deinen Burrito und kommen gleich nach. Okay?«, schlage ich vor.

Aiden nickt. »Dann bis gleich.«

»Bringst du mir einen Burrito mit?«, fragt Bodie, bevor die beiden losgehen.

»Mir auch – mit viel Chili«, ruft Aiden uns lachend zu.

»Das war so was von klar«, flüstert Rosie mir zu und hakt sich bei mir unter. »Los geht's.«

Kapitel 12

Vor dem Foodtruck erwartet uns eine gefühlt endlose Schlange. Die Burritos scheinen am beliebtesten zu sein und Rosie hat nicht zu viel versprochen, das mexikanische Essen duftet herrlich und sieht noch köstlicher aus. Mit jeweils einem Burrito in jeder Hand laufen wir zurück zu den anderen. Die Sonne ist untergegangen und das Feuer hüllt den Platz in einen flackernden Orangeton. Immer mehr Besucher drängen sich um die lodernden Flammen. Wir irren durch die Menschenmenge, bis wir die Jungs in den Rauchschwaden wiederfinden. Etwas abseits vom Feuer entdecke ich Aiden und Bodie, die bei einer großen Gruppe stehen und sich angeregt unterhalten.

»Da sind sie.« Ich stoße Rosie an und deute mit meinem Burrito in deren Richtung.

Rosie nickt. »Ach da. Sind wir da eben nicht schon vorbeigelaufen?«

Ich zucke unwissend mit den Schultern, da ich mittlerweile die Orientierung verloren habe. Meine Cousine geht voran und schlängelt sich gekonnt an den anderen Besuchern vorbei. Ich bemerke, wie sich mein Burrito langsam auflöst und die üppig aufgebrachte Soße an der Seite herausläuft. Um Schlimmeres zu vermeiden, beiße ich einen großen Bissen ab und versuche gleichzeitig, Rosie, die immer weiter aus meinem Blickfeld verschwindet, auf dem unebenen Rasen zu folgen. In der Eile übersehe ich eine tiefe Bodenwelle, fange an zu taumeln, sodass mir Aidens Burrito aus der Hand rutscht. Ich kann ihn vor dem Absturz retten, aber durch das feste Zugreifen zermatscht der Fladen und der Inhalt läuft an beiden Seiten heraus. Erleichtert, ohne Sturz wieder auf beiden Beinen zu stehen, bemerke ich, dass ich die Gruppe bereits erreicht habe. Meine Aktion ist bei den Anwesenden nicht unbemerkt geblieben und ich habe wider Willen einen großen Auftritt hingelegt. Peinlich berührt versuche ich, den Blicken auszuweichen, und ziehe mich in die zweite Reihe zurück. Glücklicherweise ist das Interesse der Gruppe nicht besonders groß. Die meisten sehen mich nur kurz an und setzen dann ihre Gespräche fort.

Aiden läuft mir entgegen und greift stützend meinen Ellenbogen. »Alles okay?«

»Warte, ich gebe dir ein Tuch.« Rosie drückt Bodie seinen Burrito in die Hand und wühlt einhändig in ihrer Handtasche, darauf bedacht, ihr Essen nicht auch noch zu zerquetschen.

In diesem Moment weiß ich gar nicht, ob ich lieber lachen oder vor Scham im Boden versinken möchte.

Ich reiche Aiden seinen deformierten Burrito, presse meine Lippen aufeinander und schaue ihn entschuldigend an. »Tut mir leid, aber das Chili ist noch drauf. Ich würde dir meinen geben, aber ich habe schon abgebissen.«

»Das macht nichts. Danke, Livy«, flüstert er mir zu, nimmt seinen klebrigen Burrito und beißt unverzüglich hinein. »Schmeckt gut. So muss ich gar nicht mehr viel kauen.«

Ich lächle ihn gelöst an und bin dankbar dafür, dass er alles so locker nimmt.

»Hier sind die Tücher.« Rosie verteilt einige an Aiden und mich.

Ich säubere umständlich meine verschmierte Hand und nehme zaghaft einen Bissen von meinem Burrito, obwohl mir der Appetit vergangen ist.

Neben Rosie ist eine kleine Lücke. Ich stelle mich hinein und mische mich so wieder unter die Gruppe.

»Hi!«, rufe ich den anwesenden Personen zu, deren Gesichter in der Dunkelheit nicht eindeutig zu erkennen sind.

Viele grüßen zurück oder heben kurz ihre Hände zur Begrüßung. Alle unterhalten sich angeregt, so nutze ich die Zeit, um mich zu sammeln, den Burrito aufzuessen und so meine Hände wieder freizubekommen. Mit der Zeit gewöhnen sich meine Augen immer besser an die Dunkelheit und mein Puls pendelt sich wieder im Normbereich ein. Ich betrachte die einzelnen Gesichter, einige von ihnen erkenne ich von früheren Besuchen wieder, aber die meisten habe ich noch nie gesehen. Ich halte die Luft an. Ein Gesicht würde ich immer wiedererkennen. Warum habe ich ihn nicht schon eher bemerkt? Mein Blick bleibt an einem mir mehr als bekannten Augenpaar hängen. Er sieht mich erwartungsvoll an, als hätte er nur auf meinen Blick gewartet. Ich zucke unmerklich zusammen, als ich Espen erkenne. Auch wenn mir im Vorhinein bewusst gewesen ist, dass ich ihn beim Bonfire treffen werde, erwischt mich dieser Moment eiskalt. Er steht wie versteinert da und seine Augen verengen sich kritisch. Da er zu weit weg ist, um mich zu hören, lächle ich flüchtig und hebe zaghaft die Hand, um ihm zuzuwinken. Durch meine Begrüßung kommt wieder Bewegung in sein Gesicht und für einen kurzen Moment ist Unglaube in seinem starren Blick zu erkennen. Unser Augenkontakt bleibt für scheinbar unendliche Sekunden bestehen, bis Espen sich abwendet und seinen Bruder fragend ansieht. Ich folge seinem Blick und bemerke, dass Aiden uns betrachtet. Aidens stille Antwort an seinen Bruder ist ein entschuldigendes Schulterzucken. Mir wirft er ein angedeutetes Lächeln zu, das ich automatisch erwidere. Die Situation ist surreal und seltsam. Espens Blick verdunkelt sich in einem seltsamen Mix aus Neugier und Ablehnung und richtet sich wieder auf mich. Durch diese eigenartige Situation fühle ich mich verlegen, fremd und plötzlich unerwünscht. Ich entscheide mich für die Flucht und entziehe mich den Blicken der Brüder, indem ich mich zu Rosie drehe, die sich gerade mit einer sympathischen jungen Frau mit kurzen roten Haaren unterhält. Der Versuch, mich an dem Gespräch zu beteiligen, scheitert komplett. Ich kann mich nicht konzentrieren, da mein Herz rast und ich mich fehl am Platz fühle.

»Rosie, wo sind die Toiletten?«, frage ich meine Cousine.

Ich kann keinen Moment länger hier stehen.

»Die sind direkt hinter den Foodtrucks. Soll ich mitkommen?« Sie zeigt in die Richtung, aus der wir gekommen sind.

»Nein. Kein Problem. Die finde ich«, antworte ich eilig.

Fluchtartig laufe ich los und im Augenwinkel kann ich erkennen, wie beide Brüder mir nachsehen. Ich ignoriere die Blicke und habe nur mein Ziel im Kopf – einen Moment Ruhe zu haben. Die Toilettenwagen sind leicht zu finden. Ich stelle mich an ein freies Waschbecken und halte meine Hände unter das erfrischende Wasser. Die Kälte beruhigt mein Herz und lässt es weniger rasen. Am liebsten würde ich den Toilettenwagen nicht mehr verlassen, nur wird die Schlange hinter mir länger und ich muss meinen Platz am Waschbecken räumen. Ich nehme mir fest vor, mich nicht von Espen einschüchtern zu lassen. Widerwillig gehe ich zurück zu den anderen. Ich finde den Weg auf Anhieb, stelle aber erschrocken fest, dass die Gruppe nur noch aus Aiden, Bodie, Espen und zwei weiteren Jungs besteht. Auch Rosie ist verschwunden. Vielleicht sucht sie Corey? Ich spiele mit dem Gedanken, sie zu suchen und einfach an der Gruppe vorbeizulaufen. Die Rechnung habe ich nur ohne Aiden gemacht, der mich sofort entdeckt. Er macht für mich Platz zwischen ihm und Bodie und ich stehe nun unmittelbar gegenüber von Espen.

»Wo ist Rosie?«, frage ich Aiden.

»Die wollte eigentlich nach dir sehen. Sie kommt bestimmt gleich wieder.« Aiden schaut mich abwartend an. »Alles okay bei dir?«, fragt er etwas leiser.

»Ja, alles gut. Ich musste nur meine Hände nach dem Burritounfall waschen.«

Ich versuche, gelassen zu wirken, und blicke mich immer wieder um, in der Hoffnung, Rosie zu entdecken. Leider ist sie nirgends zu sehen. Ich wende mich wieder der Gruppe zu und stelle erleichtert fest, dass alle in ihre Gespräche vertieft sind. Aiden zeigt seinen beiden Bekannten ein Video auf seinem Handy und Espen, der nur einen halben Meter von mir entfernt steht, unterhält sich mit Bodie. Ich nutze den Moment, um ihn genauer zu betrachten. Er hat sich gar nicht viel verändert. Seine dunkelbraunen, gelockten Haare sind hinten kurz und fallen an der Stirn locker zu einer Seite weg. Er ist groß, so wie Aiden, nur seine Haut ist blasser. Sein Kleidungsstil ist lässig und würde optisch gut zu einem Engländer passen. Seinen halblangen Mantel trägt er zusammen mit einem Schal, Jeans und Sneakern. Ich mustere sein konzentriertes Gesicht und stelle fest, wie aufmerksam er Bodie zuhört. So sehr er auch in das Gespräch vertieft ist, bemerkt er, dass ich ihn beobachte, und er blickt mich unmittelbar an.

Ich nehme meinen Mut zusammen und spreche ihn an. »Hallo, Espen. Wie geht es dir?«

»Hi, Olivia!« Espens Stimme klingt rau. »Ich wusste gar nicht, dass du in Wild Mallow Lake zu Besuch bist. Seit wann bist du hier?« Er fixiert mich ruhig aus seinen dunklen Augen heraus.

Bodie stellt sich zu den anderen, um sich ebenfalls das Video anzusehen.

»Seit ein paar Tagen. Ich habe spontan einen Job angenommen. Am Montag beginne ich in einer Agentur als Eventmanagerin. Und ich bleibe dieses Mal länger als sonst«, berichte ich ihm mit tonloser Stimme.

Er spricht nun etwas leiser. »Ist das ein Geheimnis? Oder warum müssen wir flüstern?« Er behält mich weiter im Blick, kann sich aber ein Grinsen nicht verkneifen. »Bist du mit deinem Studium fertig?«

»Ja, aber verrate es keinem, damit niemand weiß, warum ich hier bin«, scherze ich. Ich räuspere mich und erzähle lauter weiter: »Die Agentur gehört dem Freund meiner Tante Julie. Die Stelle hat sich sehr kurzfristig ergeben.«

»Können wir mal eben tauschen?« Bodie schiebt mich neben Espen, um besser auf Aidens Handy sehen zu können.

»Und hier bist du nun – in Wild Mallow Lake.« Er schaut gedankenverloren auf mich herunter und ich kann keinerlei Emotionen erkennen.

»Ja, hier bin ich.« Ich blicke ihn an und betrachte sein Gesicht, seine feinen Bartstoppeln, seine Locken. »Wie geht es dir? Aiden hat erzählt, dass du mit deiner Freundin noch in Kalifornien geblieben bist?«

»Ja. Ich … Wir waren noch für ein paar Tage an der Küste. Dort ist es schon wesentlich wärmer als hier.«

Ich merke, wie er sich distanziert und seine Körperhaltung sich verändert.

»Wir sind erst heute Morgen wiedergekommen.« Die anderen lachen laut auf und ich drehe mich neugierig zu ihnen um. Diesen Moment nutzt Espen aus, um sich wieder zu seinen Freunden zu gesellen und mir den Rücken zuzuwenden. Aiden und Bodie sind in ihr Gespräch vertieft, aber Espen hat mich absichtlich von der Unterhaltung ausgeschlossen. Perplex und sprachlos von der ausgrenzenden Aktion gehe ich ein Stück von der Gruppe weg und sehe mich um, ohne zu wissen, wo ich überhaupt hinwill. Ich fühle mich ausgeschlossen und die Ablehnung hinterlässt einen faden Beigeschmack in meinen Mund. Zum ersten Mal zweifle ich daran, ob es einfach so möglich ist, in einer anderen Stadt neu anzufangen und ob mein Schritt überhaupt richtig gewesen ist. Glücklicherweise kommt Rosie schwungvoll durch die Menschenmenge auf mich zugelaufen. Ich freue mich immer, meine Cousine zu sehen, und in diesen Moment umso mehr.

»Da bist du ja. Ich habe dich schon gesucht.« Rosie strahlt über beide Ohren. »Corey ist da.«

»Und wo ist er?« Ich schaue mich um.

»Er unterhält sich noch mit Kollegen aus dem Laden und kommt später nach.« Sie quietscht und umarmt mich vor Freude.

»Wer kommt nach?«, will Espen wissen.

Auch Aiden und Bodie werden aufmerksam. »Ja, wer kommt nach?«, hakt Aiden nach.

»Corey aus dem Musikladen«, schwärmt meine Cousine und dreht mit dem Finger eine Haarsträhne auf. »Der mit den längeren Haaren. Also der besonders Coole, Sympathische und Gutaussehende.«

»Ach, der …«, antwortet Espen lachend. »Ich habe keine Ahnung.«

»Das habt ihr auch nicht. Livy und ich wissen aber, was gut ist.«

»Und, Olivia, was ist gut bei Männern?«, fragt mich Aiden und alle sehen mich erwartungsvoll an.

Er hat mich eiskalt erwischt. »Gut ist …« Ich breche den Satz wieder ab, da mir keine passende Antwort einfällt.

»Gut ist, wenn ein Mann nett ist, umwerfend aussieht, witzig und charmant ist. Intelligenz sollte nicht fehlen. So etwas gefällt uns«, springt Rosie für mich ein. »Und er muss auch einen guten Musikgeschmack haben und immer Lust zu tanzen oder …«

»Ich denke, man sollte den Mann so sehen, wie er ist. Und nicht, wie man ihn gerne hätte«, platzt es aus mir heraus und ich ärgere mich prompt über meine ernste Antwort.

Abrupt wird es still in unserer Runde.

»Ich hatte mal so eine Karte, auf dem dieser Spruch stand«, nuschle ich und versuche, vom Thema abzulenken.

Ich nehme mir fest vor, im Internet nach *»Schlagfertigkeit für Dummies«* zu suchen. Das würde mir bestimmt helfen, nicht mehr so seltsame Stimmungskiller von mir zu geben. Vielleicht liegt es aber einfach nur daran, dass ich bisher kein Glück mit meinen Freunden gehabt habe und ich insgeheim keine Ahnung habe, was einen guten Partner ausmacht. Viele Eigenschaften, von denen ich gedacht habe, sie wären positiv, waren genau das Gegenteil. Bei Marc war es die Freiheitsliebe, die mich zuerst faszinierte, die sich aber als *»Ich nehme mir alles raus und du wartest auf mich«* herauskristallisierte. Oder seine spendable Art, die ich so großzügig fand. Nur dass ich am Ende alle Rechnungen von uns bezahlte und er mit seinem Geld lieber andere Personen einlud.

Auf Rosie ist Verlass und sie löst die peinliche Stille auf. »Genau, Livy, das sehe ich auch so. Einen Mann, der nett, gutaussehend, witzig, charmant und intelligent ist. Und das ist Corey! Ihr werdet es sehen«, verkündet sie euphorisch und lässt die Situation wieder aufleben.

»Wir können es kaum erwarten«, erwidert Aiden lachend.

Die anderen stimmen ihm zu.

Rosie boxt Aiden auf die Schulter und stimmt aber in das Lachen mit ein, da sie genau weiß, wie wichtig sie ihren drei Freunden ist.

Espen blickt zu mir und sein fröhliches Gesicht wird finster.

Unsicher wende ich meinen Blick von ihm ab und hole mein Handy aus der Tasche, um meine Nachrichten zu checken.

»Hi, Leute. Ich konnte euch erst gar nicht finden.«

Eine unbekannte Stimme lässt mich von meinem Handy aufblicken. Neben Espen steht eine blonde, hübsche Frau und ich weiß sofort, wer sie ist. In meinem Kopf höre ich unwillkürlich die Titelmelodie der Chipmunks. Ich glaube, dass Rosie die Melodie auch hört, denn wir schauen uns an und müssen uns beherrschen, nicht zu grinsen. Aber das fröhliche *»We're the Chipmunks«* verstummt in meinem Kopf, als Samira ihrem Freund einen innigen Begrüßungskuss auf den Mund gibt. Sie lächelt mit perfekt weißen Zähnen in die Runde und umarmt Espen. Dieser legt fest seinen Arm um sie, streichelt ihre Schulter und blickt sie an.

»Kennen wir uns?«, fragt sie mich, schaut aber Espen an, als würde sie die Antwort nur von ihm erwarten.

Er fühlt sich wohl angesprochen und stellt uns gegenseitig vor. »Das ist Olivia. Sie ist Rosies Cousine aus Deutschland. Und, Olivia, das ist Samira. Meine Freundin.«

Samira blickt mich erfreut an und reicht mir ihre grazile Hand. »HALLO, OLIVIA. WILLKOMMEN IN DEN USA!« Zur Verdeutlichung öffnet sie ihre Arme und zeigt mit ihren Handflächen nach oben.

Perplex über diese skurrile Willkommensgeste, antworte ich gedehnt: »Hallo«, und bin irritiert, dass sie mit mir spricht, als würde ich kein Wort Englisch verstehen und gleichzeitig von einem fremden Planeten kommen.

»FEUER.« Sie zeigt auf das Bonfire, legt die gefalteten Hände an eine Wange und lächelt dabei entzückt.

Ich nehme an, sie möchte mir pantomimisch darstellen, wie schön das Feuer ist. Ihre Darbietung verwundert mich so sehr, dass ich sie nur anstarre.

»Olivia versteht uns sehr gut. Du kannst normal mit ihr reden. Sie ist hier in Wild Mallow Lake geboren und in Deutschland aufgewachsen«, erklärt Espen seiner Freundin mit einem belustigten Lächeln.

»Und selbst ein verwirrter Besucher aus der letzten Höhle der Welt müsste nicht so beknackt begrüßt werden«, fügt Aiden abfällig hinzu und erhält einen bösen Blick von seinem Bruder. »Außerdem ist sie nicht blöd im Kopf«, schiebt Aiden noch murmelnd hinterher.

Samira ignoriert ihn und lässt sich nicht von ihrem Willkommensritual abbringen. »Wie schön, dass du uns verstehst. Du wirst dich bestimmt schnell einleben. Was möchtest du hier machen?«, fragt sie mich weiter betont langsam.

»Am Montag beginne ich als Event... Event...« Das Wort *Eventmanagerin* kommt einfach nicht vollständig aus meinem Mund. Ich verdrehe die Augen und räuspere mich, aber irgendwie will meine Zunge gerade nicht so wie ich.

»Sie wird als Eventmanagerin arbeiten. Das hat Olivia auch studiert«, springt Espen für mich ein und beendet grimmig meinen Satz. Er dreht sich, ohne mich anzusehen, wieder zu Samira.

»Ja, genau … Das stimmt.« Ich würde mir am liebsten selbst in den Hintern beißen. Mittlerweile komme ich mir wie eine Hinterwäldlerin aus Deutschland vor. Ich atme einmal tief ein und frage etwas selbstbewusster: »Samira, was machst du beruflich?«

»Ich arbeite als persönliche Assistenz eines Geschäftsführers bei einem großen Holzlieferanten im Großraum von Portland. Ist eine sehr anspruchsvolle Stelle, aber sie ist wie geschaffen für mich«, rühmt sich Samira und blickt mich mit ihren eisblauen Augen an. Ihre hellblonden Haare fallen lang und glatt über ihre Schultern. Sie trägt unter ihrem Mantel ein enges Kleid, das erahnen lässt, wie sportlich sie ist. Samira ist ohne Zweifel eine attraktive Frau, wäre nur nicht dieser Chipmunk-Ausdruck in ihrem Gesicht und ihre seltsame Art.

Rosie, die neben ihr steht, rollt mit den Augen und zieht dabei eine Grimasse.

Ich unterdrücke ein Grinsen und antworte: »Das hört sich toll an. Holz und so … nicht schlecht.« Nervös streiche ich meine Haare, die sich mittlerweile wieder kräuseln, hinter die Ohren. Okay. Ich werde heute nicht mehr sprechen. Ich nehme mir vor, einfach nur stehen zu bleiben und freundlich zu lächeln. Das sollte doch zu schaffen sein.

Espens Blick richtet sich zum ersten Mal, seit Samira neben ihm steht, unmittelbar auf mich. Seine Mimik ist wie versteinert, aber in seinen Augen kann ich eine seltsame Mischung aus Mitleid, Ablehnung und Interesse erkennen.

Zum Glück ergreift Samira wieder das Wort und er richtet seine Aufmerksamkeit wieder auf sie. »Wollen wir ins Zelt? Die Band spielt gleich.«

»Sehr gute Idee. Ich freue mich schon auf das Bier«, stimmt Bodie ihr zu. »Komm, Aiden.«

»Los geht's. Ich will ja nicht, dass du das ganze Bier alleine trinkst.« Aiden wendet sich an Rosie und mich. »Kommt ihr auch mit?«

»Aiden Hays, natürlich kommen wir mit. Ich verpasse doch nicht die Willow Hunters.« Rosie spielt die Empörte.

Sie hat mir schon den ganzen Nachmittag von der besten Coverband aus Wild Mallow Lake erzählt, die beinahe jedes Lied nachspielen kann.

»Hätte ich auch niemals angenommen. Bis gleich.« Aiden läuft den anderen hinterher zum Zelt, dreht sich im Gehen noch einmal zu uns um und ruft: »Olivia, wir tanzen nachher. Ich melde mich hiermit schon einmal an. Rosie hat ja Corey.«

»Oh ja«, ruft Rosie freudig. »Livy? Wollen wir?« Sie legt ihren Arm um meine Schultern und betrachtet mich mitfühlend.

»War es so schlimm?«

Sie unterdrückt ihr Lachen.

»So schlimm? Denkst du, es kann noch furchtbarer werden?«

»Schlimmer geht es immer. Aber ich glaube, den Tiefpunkt hast du heute schon überwunden. Der Samiranator kennt kein Erbarmen.«

»Das möchte ich hoffen«, stöhne ich und fasse an meine glühenden Wangen. Ich bin dankbar für die Dunkelheit und für mein neues Make-up. »Rosie, komm. Sonst verpasst du deine Band noch.«

»OLIVIA! SPAß HABEN MIT MUSIK.« Rosie prustet geräuschvoll.

Laut lachend über ihre Samira-Imitation, laufen wir schnell zu dem Zelt.

Samira ist mir in diesem Moment mehr als egal.

Kapitel 13

Im Zelt kocht schon die Stimmung und die Luft riecht nach einem Mix aus Rauch vom Bonfire, Alkohol und den Ausdünstungen einer großen Menschenansammlung. Auf der kleinen Bühne aus Sperrholzplatten spielt die heiß angepriesene Band Willow Hunters. Auf die Tanzfläche quetschen sich viele Leute, während die Band *»Dani California«* von Red Hot Chilli Peppers spielt.

An der Bar herrscht großes Gedränge, denn jeder will sich etwas zu trinken kaufen. In der Nähe der Bar finden wir unsere Gruppe wieder, die mittlerweile bis auf Aiden, Bodie, Samira und Espen zusammengeschrumpft ist.

»Wow, warm hier drin«, sagt Rosie und zieht ihre Lederjacke aus, um sich diese um ihre Hüfte zu knoten.

»Ich denke, da wäre ein kühles Bier die Lösung«, wirft Bodie in die Runde. »Wollen wir uns etwas holen, Espen?«

»Samira, einen Wein für dich?«, fragt er seine Freundin.

Sie nickt ihm bestätigend zu.

»Bodie, ich nehme das Gleiche wie ihr«, ruft Aiden seinem Freund zu, der schon auf dem Weg zur Bar ist. »Ich verschwinde mal kurz. Komme gleich wieder.«

Espen schaut Rosie an, die gerade mit Corey Textnachrichten schreibt. »Nimmst du auch ein Bier?«

»Na klar. Danke«, antwortet sie abgelenkt und tippt weiter.

Espen läuft, ohne mich eines Blickes zu würdigen, zügig zu

Bodie, der sich schon in die Schlange an der Theke eingereiht hat.

Verdutzt schaue ich ihm mit einem dumpfen Gefühl im Magen hinterher. Mittlerweile wünsche ich mir immer mehr das Ende des Abends herbei. Es geht mir nicht um das Getränk, denn das kann ich mir selbst kaufen, es ist die Missachtung, die mich verunsichert. Ärger über mich selbst steigt in mir auf, da ich sein Desinteresse so persönlich nehme und es mich einschüchtert.

»Möchtest du nichts trinken?«, will Samira von mir wissen und reißt mich damit aus meinen Gedanken.

»Ich kaufe mir gleich etwas. Ich wollte erst sehen, was es hier so gibt«, antworte ich lässig und freue mich darüber, wieder normale Sätze von mir zu geben.

»Es gibt hier viele verschiedene Biersorten aus Portland. Hier gibt es sehr viele kleinere Brauereien. Die Jungs lieben es. Espen liebt das dunkle Bier aus der Russell Brewery. Ich kenne die Russells schon, seit ich ein Kind gewesen bin. Meine Eltern sind mit ihnen zusammen im Country Club«, erklärt mir Samira etwas überheblich.

»Mein Vater freut sich auch jedes Jahr auf die verschiedenen Biersorten hier«, antworte ich, aber gedanklich bin ich noch bei Espens Lieblingsbiersorte.

»Die Russells …«, setzt Samira an, wird aber von Rosies Aufschrei unterbrochen.

Meine Cousine wird von hinten umarmt und einmal durch die Luft gedreht. Dabei juchzt sie und schreit: »Corey, lass das!«

Corey dreht sie extra noch eine weitere Runde und drückt ihr einen langen Kuss auf den Mund, den Rosie sichtlich gern erwidert. Als die beiden sich voneinander lösen, zieht er sie vor sich und umarmt sie von hinten.

Fröhlich begrüßt er uns: »Hi.«

»Hey, Corey.« Ich lächle das verknallte Paar an.

»Hallo. Ich bin Samira«, stellt sich der Chipmunk wieder vor und streckt elegant ihre Hand aus, die Corey verwundert schüttelt.

»Ist das Corey?« Aiden taucht neben mir auf.

»Ja, ich habe nicht zu viel versprochen, oder?«, erwidert Rosie mit leuchtenden Augen.

»Nein, nein. Darum habe ich ihn auch sofort erkannt«, witzelt Aiden und begrüßt Rosies Freund.

»Wollen wir tanzen?«, fragt Corey und will schon zur Tanzfläche gehen.

»Nichts lieber als das. Wir müssen aber kurz warten. Ich bekomme gleich noch ein Bier. Wollen wir danach? Wir teilen es uns einfach.« Rosie wirkt überglücklich.

Ich beobachte, wie Espen und Bodie mit einem Tablett voller Getränken wiederkommen. Espen überreicht seiner Freundin ein Glas Rotwein und Bodie verteilt das Bier. Ich will gerade zur Bar loslaufen, um mir ebenfalls etwas zu kaufen, als mir Espen einen Becher hinhält. Ich schaue irritiert auf und blicke in seine fast schwarzen Augen, mit denen er mich ruhig fixiert.

Perplex nehme ich das Getränk.

»Das ist ein Shandy«, klärt er mich auf. »Das trinkst du doch gerne, oder?«

»Was ist ein Shandy?«, fragt Samira unverzüglich.

»Das ist ein Bier mit Zitronenlimonade«, erklärt er nüchtern.

»Ja, das trinke ich tatsächlich am liebsten. Vielen Dank«, sage ich überrascht zu Espen, der mich mit seinem Blick immer noch gefangen hält. Ich kann meinen Blick nicht von seinen Augen, die keinerlei Hinweis darauf geben, was er denkt, lösen.

Ein lautes »Prost« von Bodie beendet den Blickkontakt abrupt. »Auf den Frühling und alles, was dazugehört.« Er hebt sein Glas und nimmt theatralisch einen großen Schluck Bier.

Espen trinkt ebenfalls von seinem Bier und blickt mich abermals flüchtig an. Diesmal ist sein Blick nicht unergründlich, sondern abweisend und kühl. Es scheint fast so, als wäre er genervt von meiner Anwesenheit in Wild Mallow Lake.

Ich nehme mehrere große Schlucke aus meinem Becher und fühle mich immer unerwünschter. Was habe ich mir eigentlich davon versprochen? Wie, habe ich gedacht, würde unser erstes Wiedersehen ablaufen? Aber das ist nun auch nicht wichtig. Espen ist in einer Beziehung und ich will keine. Am Montag wird mein erster Arbeitstag sein. In meinem Job werde ich genug zu tun haben und so muss ich nicht mehr über ihn oder uns nachdenken.

Samira beobachtet mich skeptisch und fragt: »Schmeckt dein Shandy?«

»Sehr gut. In Deutschland sagt man dazu Alster oder Radler«, erkläre ich ihr und frage mich, ob sie den Blickkontakt zwischen Espen und mir bemerkt hat.

Samira scheint aber nicht verärgert oder verwundert zu sein, denn sie lächelt mich eher desinteressiert an. Sie dreht sich zu Espen und flüstert ihm etwas zu.

Bodie und Aiden sind mit einigen aufgekratzten Frauen beschäftigt, die offenbar Fotos mit Aiden machen wollen und sich in den Kopf gesetzt haben, mit den beiden zu flirten.

»Oh, zu dem Lied müssen wir tanzen«, ruft Rosie begeistert Corey zu.

Die Band fängt nach einer kurzen Pause an, *»Every You Every Me«* von Placebo zu spielen, und die Tanzfläche füllt sich wieder.

Meine Cousine hält ihrem neuen Freund das fast leere Bierglas hin und fragt ihn damit stumm, ob er noch etwas trinken möchte. Corey lehnt kopfschüttelnd ab und Rosie leert das Glas zügig. Arm in Arm geht das verliebte Paar auf die Tanzfläche.

Ich schaue beiden hinterher und bewundere Rosie für ihre lockere und ausgelassene Art. Sie stürzt sich einfach ins Leben und genießt jede Minute davon. Gedankenversunken nehme ich einen weiteren Schluck von meinem Shandy und betrachte den roten Kunststoffbecher. Es verwundert mich, dass Espen sich daran erinnert, welches Getränk ich am liebsten mag.

»So, Olivia, genug geträumt. Komm, wir tanzen!« Aiden steht wieder neben mir, während sich Bodie weiter mit den Frauen unterhält, die Aiden nicht aus den Augen lassen.

»Sicher«, antworte ich ihm freudig und bin erleichtert, aus der Samira-Espen-Zone herauszukommen. Aiden nimmt wieder meine Hand wie am Flughafen und geht mit mir zielstrebig zur Tanzfläche. Wir tanzen zu den Klängen der Willow Hunters*, die »Use Somebody«* von Kings Of Leon spielen. Rosie und Corey tanzen direkt neben uns, ohne uns zu bemerken, da sie so ineinander verschlungen sind.

»Und wie gefällt dir das Bonfire?« Aiden kommt bei seiner

Frage sehr nahe an mich heran. Ich kann das Bier riechen, das er getrunken hat, aber auch den herben maskulinen Duft seines Aftershaves. Er riecht nach Zedernholz und das erinnert mich an einen Waldspaziergang. Am liebsten würde ich mit der Nase zu seinem Hals wandern, um den Geruch intensiv einzuatmen.

Er bemerkt, wie ich ihn anstarre, und fragt mich schmunzelnd: »Habe ich etwas an meinem Hals?«

Verlegen räuspere ich mich. »Äh nein, ich war kurz abgelenkt.«

Aiden zieht auffordernd die Augenbrauen nach oben und mir fällt wieder seine Frage ein.

»Es ist toll hier. Am besten gefällt mir das Feuer selbst und die Laternen am Ufer. Und die Musik.«

»Und die Leute?« Aiden tanzt wieder ein Stück näher an mich heran.

»Die Leute? Ja, ganz schön viele Leute hier«, entgegne ich, angespannt durch seine Nähe.

»Und sind auch interessante Leute hier?« Aiden steht jetzt genau vor mir.

Um in seine grünen Augen zu sehen, muss ich meinen Kopf in den Nacken legen. Mein Blick wandert von ihm zu Espen, der flüchtig zu mir sieht, nur um dann mit Samira das Zelt zu verlassen.

Aiden dreht seinen Kopf, um meinem Blick zu folgen, und lächelt mich schief an. »Olivia, manchmal muss man einfach nur etwas Spaß haben. Ohne großartige Verpflichtungen, Bindungen, Ansprüche oder Bedenken. Einfach nur Spaß und etwas Leidenschaft. Oder auch etwas mehr Leidenschaft.«

Ich verstehe, was er meint und was er mir sagen will, aber es ist nicht das, was ganz oben auf meiner Liste steht. Nicht das, was ich möchte. »Ja, das wäre schön. Aber manchmal kann man nicht anders.«

»Warum kann man nicht?«, fragt er mich eindringlich.

Ich atme tief ein und schließe kurz die Augen. Es fällt mir schwer, mich ihm zu entziehen. »Aiden, ich …« Ich versuche, mich zu erklären.

»Ich verstehe das, Olivia, es liegt an mir und nicht an dir«, witzelt er und ich bin dankbar für seinen Rückzieher.

»Danke, Aiden«, sage ich und streiche flüchtig mit meinen Fingerspitzen über seine Wange.

»Du weißt schon, dass es das nicht besser macht, oder?«, raunt er mir zu.

Ich nicke. »Aiden, gib mir einfach etwas Zeit. Das ist mir zu schnell. Ich habe keinen Plan, was ich will oder wen ich will. Den hatte ich auch nie. Ich möchte mich auf meinen Job konzentrieren und mich nicht ablenken lassen.«

»Du bist wirklich mehr als bezaubernd. Ich glaube, das ist dir nur nicht ganz klar. Ich weiß gar nicht genau, warum ich dich in den letzten Jahren nicht so gesehen habe. Du warst immer nur die Cousine von Rosie. Das Mädchen aus Deutschland. Die, die immer so schnell rot wurde. Ich kann nun wirklich verstehen, warum Espen …« Er bricht mitten im Satz ab.

Ich gehe ein Stück zurück, da seine Ehrlichkeit mich überrascht. »Ich wusste nie …«

»Ich weiß. Und du musst jetzt gar nichts entscheiden. Überhaupt nichts«, unterbricht er mich.

Ich nicke stumm.

Er sieht mich eindringlich an. »Olivia, wenn ich dich jetzt auf der Stelle küssen würde …«

Nun stoppe ich ihn. »Wenn du mich jetzt küssen würdest, dann würden mich hier im Zelt mindestens fünf Frauen hassen. Wahrscheinlich tun sie das jetzt schon.«

Wir drehen uns zu Bodie um, der vergeblich versucht, die Frauenhorde zu bespaßen, die wiederum nur missmutig zu uns schaut.

»Tja, dieses Risiko …« Aiden blickt zu den Frauen rüber und nickt ihnen lächelnd zu. Ihre Gesichter hellen sich wieder auf. »... würde ich in Kauf nehmen. Ohne Zweifel.«

»Bist du so mutig?«, hake ich leise nach, ohne eine Ahnung zu haben, in welche Richtung ich gehen möchte.

»Tatsächlich würde ich das Risiko nur in Kauf nehmen, wenn du dir sicher bist. Sonst möchte ich es nicht.« Er schaut mich entschieden an und berührt meine Wange mit seinen Fingern, wie ich es getan habe.

Ich erschaudere bei seiner Berührung. »Aiden …«

»Ich wollte fühlen, wie warm deine Wangen wirklich sind«, sagt er lachend.

»Und?« Angespannt schaue ich ihn an.

»Deine Wangen sind nicht warm, sie glühen. Und du siehst so unglaublich gut damit aus.« Aidens Finger ruhen immer noch auf meinen Wangen.

Ich nehme seine Hand und halte sie für einen Moment fest. »Also, Aiden, wie fandest du denn das Bonfire?«

Aiden lächelt mich entwaffnet an und überlegt. »Am besten haben mir das Feuer, der zermatschte Burrito und das Bier gefallen.«

»Und die Leute?«, löchere ich ihn weiter.

»Die Leute waren okay.«

»Und waren auch interessante Leute dabei?« Ein gutes Gefühl, selbst die Fragen zu stellen. Mir ist bewusst: Die Fragen werden mich wieder in die Enge drängen. Vielleicht will ich genau das?

»Ja, sogar mehr als interessant.« Er grinst mich amüsiert an. »Sandy Miller – die fand ich schon immer richtig heiß, aber irgendwie wollte sie heute nicht mit mir reden und … Ich muss kurz überlegen … Und du, Olivia. Und du!«

Ich fühle mich verwirrt und geschmeichelt zugleich. Es wäre so einfach, ihn zu küssen und alles andere zu vergessen. Mein Kopf rattert und mein Bauchgefühl kann ich wie immer nicht richtig deuten. Die eine Olivia möchte sich schnell der Situation entziehen. Die andere Olivia genießt es und würde am liebsten unverzüglich die Arme um Aiden schlingen und ihn küssen. Manchmal verfluche ich mich für meine romantischen Ambitionen. Verlieben steht gerade nicht auf meinem Plan. Eigentlich sollte es gar nicht auf meinem Plan stehen, aber irgendwie hat sich Espen von Anfang an mit auf die Liste geschummelt. Nach heute müsste ich ihn eigentlich unverzüglich streichen. Und steht Aiden auf der Liste?

»Wollen wir einfach mal rausgehen? Da ist es etwas leiser.« Aiden blickt zu den Frauen, die noch von Bodie unterhalten werden. »Und wir haben weniger Zuschauer.«

»Ja, lass uns gehen.« Mir ist bewusst, dass ich den Weg in Richtung Küssen gewählt habe. Ich winke Rosie zu, die uns mittlerweile auch bemerkt hat.

»Rosie, wir gehen kurz raus. Bis später«, rufe ich ihr laut zu, damit sie mich trotz der lauten Musik hören kann.

Sie schaut uns kritisch an und kommt näher zu mir. »Ich wünsche dir viel Spaß. Mache nichts Unüberlegtes.«

»Du kennst mich doch«, versichere ich ihr mit einem Lächeln und gehe mit Aiden aus dem Zelt.

Ja, sie kennt mich und weiß, ich mache niemals etwas Leichtfertiges, sondern nur tausendmal durchdachte Dinge, die ich außerdem zehnmal durchgeplant habe. Und das ist mein persönliches Problem. Denn Dinge, die man immer wieder zerdenkt, werden dadurch nicht besser.

Kapitel 14

Die Luft draußen ist angenehm kühl, wenn auch rauchig von dem fast heruntergebrannten Feuer, dennoch habe ich das Gefühl, wieder durchatmen zu können. Aiden und ich schlendern zu den großen Ufersteinen des beleuchteten Sees und setzen uns darauf. Die Schiffe mit ihren Laternen kommen in der Dunkelheit noch besser zur Geltung und die Lichter spiegeln sich glitzernd auf der Wasseroberfläche.

»Der See ist noch viel schöner als vorhin«, stelle ich begeistert fest und muss an Hamburg und den Hafen denken. »Die Schiffe sehen so toll aus mit ihren Beleuchtungen. Ich muss an das Hafenfest bei mir zu Hause denken.«

»Dort hinten am See wohne ich auf einem Hausboot.« Aiden deutet nach rechts über das Wasser. »Aber es ist gerade nicht beleuchtet. Außer Espen ist schon wieder zu Hause.«

Ich stelle mir Espen zusammen mit Samira auf dem Boot vor. »Rosie hat mir erzählt, dass du mit Espen dort wohnst. Ich finde ein Hausboot spannend. Ich war einmal für ein Wochenende auf so einem in Amsterdam mit ein paar Freundinnen. Das war aber sehr klein. Nur ein Raum mit einem Mini-Badezimmer. Wie ist es, dort zu leben?«

»Es ist entspannt. Mir gefällt die Wassernähe. Ich muss ehrlich zugeben, dass Espen für die Idee gebrannt hat und mich überreden musste, dort hinzuziehen. Ich hatte eher etwas Moderneres und

Größeres im Sinn. Aber mein Bruder hatte recht, es ist toll, auf der *Caspian* zu leben, und wir beide kommen gut klar.«

»Hieß das Schiff schon so oder habt ihr es so genannt?«

»Ich könnte dir jetzt eine Seemannsgeschichte erzählen oder … Ja, das Schiff hieß von Anfang an so.« Aiden zieht belustigt einen Mundwinkel hoch.

Ich grinse ihn an. »Hat jeder von euch ein Zimmer dort?«

»Ja. Das gemeinsame Zimmer mit einem Etagenbett haben wir schon vor dem College aufgegeben«, feixt Aiden und dreht sich zu mir.

»Habt ihr ein Wohnzimmer?« Ich komme mir etwas lästig vor, aber mich interessiert es wirklich.

Aiden lächelt, als er meinen fragenden Blick sieht. »Ein Wohnzimmer mit Küche und ein Bad. Und draußen so etwas wie eine Terrasse. Aber alles etwas kleiner als in einer echten Wohnung. Am besten kommst du bald zu Besuch. Ganz bald.«

»Das mache ich«, antworte ich ihm ehrlich.

»Ich hoffe, du kommst nicht nur vorbei, um dir unseren Grundriss anzusehen, sondern auch aus anderen Gründen. Um Zeit mit jemandem zu verbringen …«, raunt Aiden mir zu und kommt verführerisch dicht an mich heran. Er möchte wieder da anknüpfen, wo wir im Zelt aufgehört haben.

Mein Blick fällt auf seinen Mund, während er spricht.

»Da bin ich mir ganz sicher«, versichere ich ihm atemlos und schlucke schwer.

»Ich bin froh, dass du dir sicher bist.« Aidens Worte sind nicht mehr als ein Flüstern, während sein Gesicht immer näher kommt.

Mein Mund ist so dicht an seinem, dass ich seinen Atem spüren kann.

Ich stelle mir vor, wie Aiden an dem Anleger auf mich wartet und wir zusammen auf das Boot gehen. Plötzlich wird meine romantische Vorstellung von einem Gedankenblitz unterbrochen. Mein Gehirn, mein Herz und mein Bauch sind sich für eine Zehntelsekunde einig und schreien unerwartet: Espen! Alles, was ich nun auf dem Boot sehe, ist er, der allein auf der Terrasse steht und mich erwartungsvoll ansieht. So schnell der Gedanke gekommen ist, so schnell ist er auch wieder verschwunden.

Ich schließe die Augen. »Aiden, ich glaube, ich bin nicht bereit. Ich …« Ein dumpfer Schlag gegen meinen Kopf lässt mich stocken.

»Hey, du Spinner! Was war das?«, ruft Aiden verärgert einer Gruppe von Teenagern zu. »Olivia, geht es dir gut?«

»Das wollten wir nicht«, jammert ein aufgeregter Junge in heftigem Stimmbruch.

»Olivia? Das ist meine Cousine.« Es ist Lucas, der neben dem Jungen steht.

Ich schaue meinen Cousin irritiert an.

»Das war eine blöde Idee«, rechtfertigt er sich und setzt sich neben mich.

»Ja. Das tut mir leid. Wir haben uns nur etwas gegenseitig geschubst und aus Quatsch mit Steinen geschossen«, entschuldigt sich der rothaarige Junge, bei dem der Stimmbruch wohl gerade erst eingesetzt hat.

»Entschuldigung.« Lucas senkt seinen Blick.

Ich begreife erst gar nicht, was los ist. »Ist doch nichts passiert. Alles gut.«

»Alles gut? Du blutest am Kopf«, sagt Aiden aufgeregt zu mir und wendet sich den Jugendlichen zu. »Hat einer von euch ein Tuch oder so etwas?«

Ein Mädchen reicht uns einige Servietten eines Burger-Foodtrucks.

Aiden nimmt sie und drückt sie sanft auf die Wunde an meiner rechten Schläfe. »Geht es? Tut es weh?«

»Ja, alles gut«, wiederhole ich und berühre vorsichtig meine Schläfe, als könnte ich fühlen, wie groß die Wunde ist.

»Aiden? Ist Olivia verletzt?« Wie aus dem Nichts stehen Espen und Samira neben mir. Espen blickt grimmig auf mich herunter und fragt seinen Bruder: »Wie ist das passiert?«

»Die Kinder haben mit Steinen herum geschossen und dabei Olivia getroffen.«

»Wir sind keine Kinder, sondern schon Teenager«, erwidert mein Cousin trotzig.

»Komm mir nicht so. Ihr seid eher Babys«, faucht Aiden ihn an.

»Das ist bestimmt nur eine Schramme. Nicht schlimm.« Ich versuche, die Situation herunterzuspielen, da ich mich nicht schlecht fühle. Ausschlaggebend ist auch die Menschentraube um mich herum, die immer größer wird und dabei die Aufmerksamkeit weiterer Besucher anzieht. Eine Aufmerksamkeit, die mir unangenehm ist.

»Nicht schlimm? Und das kann nicht einfach so passieren! Olivia, du machst mich verrückt.« Aiden tupft vorsichtig mit einem weiteren Tuch auf die Wunde.

Ich betrachte ihn, wie fürsorglich er sich um meine Verletzung kümmert, und bin ihm in diesem Moment unendlich dankbar.

Espen beobachtet seinen Bruder eine Zeit lang und kniet sich plötzlich neben ihn, um in mein Gesicht zu sehen. »Darf ich mir mal die Wunde ansehen?«

Aiden nimmt das blutige Tuch von meiner Verletzung.

Kritisch begutachtet Espen die Wunde, ohne mir in die Augen zu blicken. »Das sollte sich besser ein Arzt ansehen. Ich glaube, du musst damit ins Krankenhaus. Zur Sicherheit. Es blutet auch sehr stark.«

»Ist das nicht nur eine kleine Wunde?« Ich hoffe noch darauf, das Krankenhaus zu umgehen.

»Nein. Vielleicht musst du genäht werden«, widerspricht mir Espen mit ruhiger Stimme.

»Okay. Ich fahre in die Klinik. Ich versuche, meine Tante zu erreichen, damit sie mich fahren kann.« Ich krame mein Handy aus der Tasche.

Espens Hand schießt vor, um mich davon abzuhalten weiterzusuchen. Er stoppt aber abrupt ab und zieht sie unauffällig wieder zurück. Stattdessen schlägt er grimmig vor: »Ich kann dich fahren. Mein Bier habe ich vorhin nicht ausgetrunken. Das geht schneller. Aiden, kommst du mit?«

Sein Bruder drückt eine neue Serviette auf die Wunde. »Auf jeden Fall komme ich mit.«

Da Aiden meinen Kopf mit dem Tuch auf der Wunde fixiert, kann ich diesen nicht bewegen. So schaue ich die beiden Brüder, die nebeneinander auf dem Stein vor mir sitzen und meine Wunde betrachten, an. Von allen existierenden Möglichkeiten hätte ich diesen Verlauf des Abends niemals in Betracht gezogen. Ich lächle über diesen Gedanken.

Espen fängt meinen Blick auf und über sein ernstes Gesicht huscht ein zaghaftes Lächeln, das so kurz ist, dass ich im Nachhinein nicht sagen kann, ob es wirklich da gewesen ist.

»Muss ich auch mit ins Krankenhaus fahren? Das dauert bestimmt ewig dort. Außerdem beginnt gleich das Feuerwerk. Das möchte ich nicht verpassen«, höre ich Samiras nörgelige Stimme aus dem Hintergrund.

»Nein, musst du nicht. Du suchst am besten Rosie und sagst ihr Bescheid. Und Bodie auch«, schlägt Espen seiner Freundin vor.

»Klar. Wo auch immer die beiden sind?« Samira willigt missmutig ein.

»Beide waren eben noch im Zelt«, sage ich zu ihr.

Sie nickt widerwillig und marschiert los.

Espen schaut ihr hinterher, atmet tief ein und schaut wieder zu mir. »Ich glaube, wir sollten los. Kannst du aufstehen? Mein Auto ist nicht weit entfernt.« Er wirkt nun viel aufgeschlossener und freundlicher auf mich.

Aiden hilft mir hoch und erst jetzt merke ich, wie schwindelig mir ist und dass die Wunde mehr schmerzt, als ich am Anfang gedacht habe. Ich hake mich bei Aiden ein, damit ich nicht das Gleichgewicht verliere.

Espen fixiert ernst meinem Cousin. »Lucas, dich nehmen wir auch gleich mit!«

»Und ihr geht am besten alle nach Hause. Ist viel zu spät für euch«, fügt Aiden energisch hinzu.

Maulig verabschieden sich die Teenager, bevor sich die Gruppe auf dem Platz zerstreut.

»Warum muss ich denn mit ins Krankenhaus? Ich kann doch auch gleich nach Hause fahren mit den anderen«, argumentiert Lucas, während er uns hinterherläuft.

»Auf gar keinen Fall. Olivia ist deine Cousine und Rosie

bringt uns um, wenn wir dich jetzt gehen lassen«, erwidert Espen entschlossen.

Auf dem Weg zum Auto bleibt Espen auf Abstand und läuft allein vornweg. Ich bin erleichtert, dass er keinerlei Anstalten macht, mir zu helfen, da Aidens Nähe mich schon nervös genug macht. Er hat seinen Arm unter meinen gehakt und ich spüre seinen warmen Körper an meiner Seite. Die Nähe fühlt sich angenehm an, trotzdem bin ich erleichtert, als wir den alten Chevrolet erreichen. Das Auto passt perfekt zu Espen und erinnert mich an das von Dean Wincester aus *Supernatural*.

»Lucas, du sitzt vorne. Dann können Aiden und Olivia hinten sitzen. Falls die Wunde wieder mehr blutet.« Espen schließt vorsichtig meine Tür und setzt sich ans Steuer.

Als der Motor startet, lehne ich meinen Kopf an die kühle Autoscheibe und schließe die Augen, da der pochende Schmerz stetig mehr pulsiert und ich Sorge habe, eine Gehirnerschütterung zu haben. Niemand spricht während der Autofahrt und ich bin dankbar dafür. Nach zehn Minuten sehe ich schon die Lichter des kleinen Krankenhauses außerhalb von Wild Mallow Lake.

Kapitel 15

Rosie schaut vorsichtig in mein Zimmer. »Guten Morgen, Livy. Bist du schon lange wach?«

»Guten Morgen. Nein, erst seit ein paar Minuten.«

»Wie geht es dir? Konntest du schlafen?« Sie setzt sich zu mir auf das Bett, streicht über meinen Arm und blickt mich besorgt an.

»Ich konnte zwar schlecht einschlafen, habe aber bis eben durchgeschlafen.« Ich setze mich langsam auf und fühle mich leicht benommen. Ich fasse an meine Schläfe. Der Bereich um die Wunde schmerzt zwar noch, aber glücklicherweise ist das Pochen in der Stirn über Nacht verschwunden. Durch den Schmerz muss ich wieder an meinen Krankenhausbesuch zurückdenken. Im Krankenhaus bin ich ohne lange Wartezeit an die Reihe gekommen. Außer mir waren dort nur eine Frau, die gestürzt ist, und ein paar Besucher vom Bonfire, die zu viel getrunken haben. Glücklicherweise konnte meine Wunde geklebt und eine Gehirnerschütterung ausgeschlossen werden. Rosie, Aiden und Espen warteten die ganze Zeit im Warteraum auf mich und als ich wieder entlassen wurde, fuhr Espen uns wieder nach Hause. Ich muss mich heute unbedingt bei beiden bedanken.

»Das ist ein gutes Zeichen. Ich hole dir etwas zum Frühstück. Wir haben schon gegessen.« Rosie bindet sich ihre Haare zu einem Dutt und springt vom Bett auf.

»Warte … Ich kann mit nach unten kommen.« Ich schlage die Decke zurück.

»Nein, nein. Du ruhst dich noch etwas aus. Der Rosie-Bringdienst erledigt alles«, bestimmt sie und schüttelt lachend den Kopf. »Außerdem sind wir unten nicht ungestört und ich brauche alle Infos von gestern. Und ich möchte sie ungefiltert. Unser Zwillingspärchen war gestern nicht so gesprächig und ich muss wissen, was genau passiert ist. Mein letzter Stand ist, dass du mit Aiden – wie soll ich sagen – intensiver getanzt hast.«

Ich gebe mich geschlagen. »Dann freue ich mich sehr über den Rosie-Bringdienst und der Kaffee darf bitte extragroß sein.«

»Extragroß und extralecker. Wird gemacht.« Rosie läuft schnell die Treppe nach unten.

Ich strecke mich und fühle mich wie eine alte Frau. Wackelig gehe ich in mein Badezimmer, um mich frisch zu machen. Im Spiegel betrachte ich meine Wunde, die nicht so schlimm aussieht, wie ich befürchtet habe. Zwar ist die Haut drumherum blau-grün gefärbt, aber dank meiner ins Gesicht fallenden Strähnen ist sie nicht auffällig. Ich putze meine Zähne und wasche mein Gesicht, da ich mit der Wunde nicht duschen darf. Im *Mallow Market* werde ich mir später wasserdichte Pflaster kaufen. Zu gern würde ich heiß duschen, da meine Haare nach Rauch stinken. Mein Gesicht sieht blass aus und die Augenringe sitzen geschwollen und lila schimmernd unter den Augen. Ich hoffe inständig, dass ich morgen an meinem ersten Arbeitstag wieder gesünder aussehen werde.

»Ich habe hier eine Bestellung für Olivia Somervell.« Rosie kommt mit einem riesigen Tablett in mein Zimmer.

»Wow. Vielen Dank.« Ich betrachte das volle Tablett, auf dem Rührei, ein Bagel mit Marmelade, Obstsalat, ein Turm von Pancakes sowie ein übergroßer Kaffeebecher stehen. »Ich glaube, da musst du mir helfen.«

»Kein Problem.« Rosie greift sich einen Pancake, setzt sich im Schneidersitz an das andere Ende des Bettes und klemmt sich ein großes Kissen zwischen ihren Rücken und das Kopfteil.

Ich stelle das Tablett in die Mitte und mache es mir ebenfalls gemütlich.

»Wird dein Kopf schon besser?«

»Er tut nur noch ein bisschen weh, aber nicht mehr so sehr wie gestern. Die Schmerzmittel haben gut geholfen und ich hoffe, ich komme heute ohne aus.« Ich halte den Kaffeebecher mit beiden Händen fest und genieße die Wärme.

»Livy, wo willst du anfangen zu erzählen – Aiden oder Espen?« Rosie schiebt sich den letzten Bissen Pancake in den Mund und reißt erwartungsvoll die Augen auf.

»Bei Corey«, beschließe ich grinsend und schmiere weiter meinen Bagel.

»So habe ich mir das aber nicht vorgestellt«, widerspricht sie mir.

»Du fängst an. Ich muss erst einmal etwas essen.«

»Na gut, aber nur, wenn du später kein Detail auslässt.«

»Abgemacht. Und?« Ich lege meinen Kopf schief.

»Es war toll. Er ist toll. Ich glaube, ich bin wirklich verknallt. Und er tanzt so gut«, schwärmt sie mit leuchtenden Augen.

»Das hat man gestern gesehen. Ich freue mich so für dich.« Es ist schön, Rosie so glücklich zu sehen.

Sie dreht eine Locke mit dem Finger auf. »Wenn Samira mich gestern nicht abgefangen hätte, wäre ich bestimmt mit zu ihm nach Hause gegangen.«

»Tut mir leid.« Ich presse die Lippen aufeinander.

»Ach, du kannst doch nichts dafür. Ich habe heute Morgen schon mit Lucas ein ernstes Wort gesprochen. Es ist ihm sehr unangenehm. Er wollte gleich noch hochkommen. Hauptsache, dir geht es besser.«

»Triffst du Corey heute?« Ich beiße in den leckeren, selbstgemachten Bagel von Julie.

»Heute Nachmittag fahre ich zu ihm. Ehrlich … Ich kann es kaum abwarten«, schwärmt sie verliebt.

»Und dann habt ihr hoffentlich mehr Zeit und werdet nicht von nervigen Cousinen gestört.« Ich grinse sie an.

»Das möchte ich wirklich hoffen.« Rosie nimmt sich einen weiteren Pancake.

»Was hat Samira gestern noch so gemacht? Sie fand es überhaupt nicht gut, dass Espen uns gefahren hat.«

»Sie war sehr kurz angebunden. Ich bin aber schnell los zu dir und habe sie nicht mehr gesehen.« Rosie zuckt mit den Schultern. »Ich finde sie echt anstrengend. Auch schon damals auf der Highschool. Wie sie mit dir gesprochen hat …«

»OLIVIA«, ahme ich sie nach und wir prusten los.

»Keine Ahnung, was Espen an ihr findet. Vielleicht hat sie andere Qualitäten?«, mutmaßt Rosie lachend. »Oh Gott, das möchte ich mir gar nicht vorstellen.«

»Ich auch nicht«, murmle ich, das Lachen ist mir aber vergangen. Allein der Gedanke an die beiden zusammen verwandelt meinen Magen in einen schweren Steinklotz.

»Es ist doch gut, dass Espen jetzt jemanden hat und glücklich ist. Sollen sie doch Spaß haben. Oh, schon wieder diese Bilder.« Rosie hält sich übertrieben den Kopf mit den Händen.

»Hatte Espen noch nie eine Freundin?«

»Nur so kurze Geschichten auf dem College. Nie so richtig. Er spricht nie viel über Frauen. Hat er noch nie. Außerdem, weißt du, war er früher immer an einer gewissen Person interessiert.« Rosie blickt mich abwartend an und fügt schnell hinzu: »Aiden ist da ganz anders. Von ihm weiß ich leider zu viel und ich hätte manchmal gerne weniger gewusst. Und da sind wir wieder bei Aiden. Was war da gestern Abend los? Das war teilweise ganz schön eindeutig.«

Ich kann nicht anders, ich muss abermals das Thema Espen ansprechen. »Aber so wirklich wusste diese Person das auch nicht. Es war doch nie offensichtlich«, erwidere ich energischer, als ich möchte.

»Nicht offensichtlich?«

»Wir haben nie darüber gesprochen. Espen hat nie irgendeinen Versuch gestartet, überhaupt in meine Nähe zu kommen und ich … ich habe doch sowieso keine Ahnung von der Liebe.«

»Livy, es ist doch alles gut. Du hast doch gefragt. Das hat sich mittlerweile erledigt und ist gefühlt hundert Jahre her«, versucht Rosie, mein Gemüt wieder zu beruhigen.

»Richtig.« Mehr kann ich gerade nicht dazu sagen.

»Und?« Rosie setzt sich erwartungsvoll aufrecht hin.

»Und was?« Ich trinke einige Schlucke von meinem Kaffee.

»Lass dir nicht alles aus der Nase ziehen. Was ist mit Aiden und dir?«

»Es war ein schöner Abend. Na ja, bis auf den Stein und Samira.« Ich verdrehe dabei die Augen. »Soll ich ehrlich sein?«

»Raus damit.« Meine Cousine kann schon nicht mehr ruhig sitzen.

»Ich genieße die Zeit mit Aiden. Es ist leicht mit ihm. Er ist aufmerksam und irgendwie fordernd, aber trotzdem auf eine lockere Art. Weißt du, was ich meine?«

»Du meinst, du musst nicht viel machen? Er kommt dir entgegen und fragt danach, aber bedrängt dich nicht.« Rosie fasst meine Gedanken erstaunlich präzise zusammen.

»Ja. Irgendwie ja. Es wäre so einfach, sich darauf einzulassen. Ich war gestern so kurz davor. Es fühlte sich aber nicht richtig an und ich möchte gerade auch gar keine Beziehung. Ich bin erst ein paar Tage hier und hatte noch nicht einmal meinen ersten Arbeitstag. Kannst du das verstehen?«

»Ja, das verstehe ich und du brauchst dich nicht zu rechtfertigen. Weißt du, ich kenne Aiden gut. Er findet dich wirklich toll. Das merkt man. Aber bei ihm sollte man nicht gleich von einer Beziehung sprechen. Ich glaube, er ist ein hoffnungsloser Fall. Nenne es lieber ein Abenteuer oder so etwas.« Rosie stellt das Tablett zur Seite und rutscht neben mich.

»Ein Abenteuer?«

»Ja, Spaß miteinander haben, eine schöne Zeit haben, aber nicht das volle Programm. Willst du das?«

Gedankenverloren betrachte ich den Kaffeebecher in meinen Händen. »Keine Ahnung. Ich war gestern so kurz davor, ihn zu küssen, und ich wollte es auch. Aber dann wiederum doch nicht. Ich möchte auch nichts kaputt machen. Es macht nämlich Spaß, mit Aiden Zeit zu verbringen.«

»Das ist doch völlig in Ordnung.«

»Ich glaube, Aiden will mehr. Er hat gestern die Initiative ergriffen und geht nicht gerade langsam vor.«

»Aiden geht bei so etwas nie langsam vor, Livy. Die meisten

Frauen, die an ihm interessiert sind, genießen das. Er hat ziemlich viele weibliche Fans.«

»Ja, die habe ich beim Bonfire schon im Zelt bemerkt. Die hätten ihn am liebsten mit Haut und Haaren verspeist.«

»Eigentlich waren da gestern wenig Frauen, die um ihn herumschwirrten. Das sind sonst mehr. Tja, aber er hatte nur Augen für dich.« Rosie lächelt wissend.

»Mir hat das auch gefallen«, gebe ich ehrlich zu.

Rosie dreht sich zu mir »Olivia Alice Somervell!«

Mein ganzer Name verheißt nichts Gutes und ich schaue sie gespannt an.

»Übereile es nicht mit Aiden. Ich kenne dich und auch ihn schon so lange. Vorweg will ich dir sagen, dass du machen kannst, was du willst. Ich möchte nur nicht, dass du dich verrennst. Mit Aiden könntest du eine kurze Affäre beginnen, aber ich weiß nicht, ob das jetzt das Richtige wäre. Andererseits sagst du, dass du keine Beziehung möchtest. Somit würde so ein Techtelmechtel super passen. Außer du möchtest momentan gar nichts. Das ist auch okay.«

»Jetzt bin ich nicht schlauer.«

»Möchtest du wirklich einen ehrlichen Rat?«

Ich nicke eifrig. »Irgendwie schon.«

»Dann mach erst einmal gar nichts. Du beginnst morgen mit deinem Job und wirst da bestimmt genug zu tun haben. Warte ab und versuche herauszufinden, was du möchtest.«

»Wird gemacht.« Ich nehme einen Löffel von dem köstlichen Obstsalat. Julies Kochkünste sind wirklich beeindruckend, da selbst ein schlichter Obstsalat so besonders schmeckt.

In diesem Moment öffnet sich die Tür und Julie kommt mit Lucas in mein Zimmer.

»Guten Morgen, Livy. Geht es dir heute schon besser?«, fragt sie mich besorgt.

Gestern Abend hat meine Tante Lucas aus dem Krankenhaus abgeholt und gewartet, bis wir wieder zu Hause waren.

»Schon viel besser. Allein schon wegen deines leckeren Essens. Vielen Dank.« Ich lächle meine Tante an.

»Das freut mich.« Julie sieht meinen Cousin auffordernd an und schiebt ihn ein Stück vor.

»Olivia, es tut mir leid. Wir wollten das wirklich nicht. Finn ist es ganz unangenehm«, entschuldigt sich Lucas.

»Angenommen und es ist alles in Ordnung. Das habt ihr doch nicht mit Absicht gemacht.«

»Da hätte noch viel Schlimmeres passieren können«, mischt sich Rosie ein.

»Ich weiß«, antwortet Lucas kleinlaut.

»Mom erzählen wir besser nichts davon, oder?«, fragt er zögerlich.

»Ich denke auch. Sie soll sich voll und ganz auf das Geschäft konzentrieren«, stimmt Rosie ihm zu.

Julie setzt sich zu mir ans Bett. »Kann ich deine Wunde mal sehen? Geht es?«

»Es ist wirklich schon viel besser. Ich werde mich jetzt anziehen und aufstehen. Rosie, wollen wir gleich zum *Mallow Market* laufen? Ich brauche noch wasserfeste Pflaster.«

»Klar. Dann lassen wir dich jetzt allein, damit du dich anziehen kannst. Wenn du fertig bist, gehen wir los.«

»Perfekt. Ich will morgen doch halbwegs frisch aussehen«, scherze ich.

»Da bin ich mir sicher. Mach dir keine Gedanken«, sagt Julie, als sie zur Tür geht. »Ich fahre gleich ins Café, aber ich schaue heute Abend noch mal vorbei.«

»Rosie, ich beeile mich. Du bist noch mit Corey verabredet.«

»Keine Eile. Bis heute Nachmittag haben wir genug Zeit.« Rosie schnappt Lucas am Ärmel und geht mit ihm aus dem Zimmer.

Bevor ich ins Badezimmer gehe, entscheide ich mich, doch erst Aiden zu schreiben, um mich zu bedanken. Ich nehme mein Handy vom Nachttisch, öffne den Chat mit Aiden und tippe ohne Zögern eine Nachricht an ihn.

»Hey, Aiden. Ich möchte mich bei dir für gestern Abend bedanken. Vielen Dank! Ich bin froh, dass du da warst. Mir geht es heute schon viel besser. Ich hoffe, ihr seid gut nach Hause gekommen. Wir sehen uns – Olivia«

Zufrieden lege ich mein Handy beiseite. Espen kann ich keine Nachricht schicken, da ich seine Handynummer nicht habe. Ich werde später Rosie danach fragen.

Es dauert keine Minute, bis Aiden antwortet.

»Hi, Olivia. Schön zu hören, dass du noch lebst, und noch lieber hätte ich deine Stimme gehört. Und ich habe mich sehr gerne um dich gekümmert. Ich hätte mir nur einen anderen Ausgang des Abends gewünscht. Aber das holen wir bald nach. Vielleicht nächstes Wochenende? Gruß – A.«

Verlegen bemerke ich, wie sich mein Gesicht beim Lesen der Nachricht erwärmt. Ich überlege, wie ich ihm am besten antworten kann, um keine falschen Hoffnungen zu wecken und gleichzeitig nicht ablehnend zu sein. Mit einem Lächeln auf dem Gesicht tippe ich zügig meine Nachricht.

»Warum nicht? Hast du eine Idee? Ich freue mich darauf, heute nicht viel zu tun, da ich morgen halbwegs fit sein muss.«

Prompt kommt seine Antwort.

»Stimmt, du hast deinen ersten Arbeitstag. Viel Erfolg. Ich lass mir etwas einfallen und vielleicht sehen wir uns schon vorher im Café? Vielleicht in deiner Mittagspause?«

Die nächsten Nachrichten gehen wie selbstverständlich hin und her.

»Lunch klingt gut. Ab morgen weiß ich mehr über meine Pausenzeiten. Ich sage dir Bescheid.«

»Ich kann es kaum erwarten.«

»Was sind deine Pläne für die Woche? Ich habe übrigens dein Youtube-Video von Santa Cruz gesehen. Jetzt verstehe ich wirklich, was du am Flughafen meintest.«

»Erinnere mich nicht daran. Espen und ich wollen noch ein paar Aufnahmen machen.«

»Kannst du mir die Nummer von Espen geben?«

Aiden hat meine letzte Nachricht gelesen, nur eine Antwort bleibt aus. Da ich mich beeilen muss, gehe ich zu meinem spärlich gefüllten Kleiderschrank, um mir etwas zum Anziehen rauszusuchen. Gerade als ich den grauen Sweater ausgewählt habe, vibriert mein Handy. Aiden hat mir geantwortet und Espens Kontaktdaten geschickt:

»Warum willst du die Nummer von Espen haben? So lieb wie du bist, möchtest du dich bestimmt bedanken. Denk nur daran, dass Samira, die Schreckliche, an seiner Seite herrscht.«

Diese Nachricht hat einen faden Beigeschmack, unabhängig von der Samira-Anspielung.

»Danke für die Nummer. Ich werde mich vorsehen.«

»Das möchte ich hoffen, Olivia.«

»Rosie und ich wollen gleich etwas raus. Was hast du heute vor?«

»Abgesehen von Schlafen … ein bisschen arbeiten. Videomaterial sichten, Community-Arbeit, an dich denken und so etwas eben.«

»Überarbeite dich nicht. Seid ihr zu Hause?«

»Ja, alle auf dem Schiff – alle drei. Ich hoffe nur, dass wir hier bald wieder nur zu zweit sind. Und wenn zu dritt auf dem Schiff, dann mit dir.«

Ich sehe Aiden beim Schreiben der Nachricht schmunzelnd vor mir.

»Ich habe versprochen, zu Besuch zu kommen. Das werde ich halten. Ich muss jetzt los. Bis bald.«

»Ich kann es kaum erwarten, Olivia.«

Ich schließe den Chat, um Espens Nummer einzuspeichern. Für seine Nachricht brauche ich wesentlich länger als für die an seinen Bruder:

»Hallo, Espen. Ich möchte mich dafür bedanken, dass du mich gestern ins Krankenhaus gefahren hast. Ich und mein Kopf haben alles gut überstanden. Vielen Dank!
Liebe Grüße – Olivia«

Mit einem mulmigen Gefühl im Bauch drücke ich auf »Senden«. Jetzt muss ich mich beeilen, da meine energiegeladene Cousine bestimmt schon auf mich wartet. Bevor ich das Zimmer verlasse, checke ich noch mal mein Handy. Die blauen Haken verraten, dass Espen die Nachricht bereits gelesen, aber keine Antwort geschickt hat. Vor meinem inneren Auge sehe ich, wie Samira und Espen meine Nachricht zusammen lesen, und ich finde die Vorstellung schrecklich. Eins steht fest: Ich mag Samira nicht. Ihre Beziehung zu Espen ist eine Sache, aber menschlich liegen wir beide auf komplett verschiedenen Wellenlängen. Ich brauche nun dringend frische Luft, um wieder halbwegs klar zu denken. Ich stecke mein Handy in die Tasche und laufe nach unten zu Rosie.

Kapitel 16

Heute ist mein erster Arbeitstag. Meinen Wecker schalte ich aus, bevor dieser überhaupt eine Chance zum Klingeln bekommt. Seit den frühen Morgenstunden liege ich wach im Bett und gehe in Dauerschleife den anstehenden Tag durch. Rosie hat den gestrigen Tag bei Corey verbracht und ist erst am frühen Morgen wiedergekommen. Lucas war ebenfalls den ganzen Tag bei einem Freund zu Besuch. So konnte ich den gesamten Sonntag dafür nutzen, die restlichen Unterlagen durchzugehen, und nun bin ich gespannt, was meine erste Aufgabe heute sein wird. Owen hat mir in unseren Onlinegesprächen schon einiges über die abgeschlossenen Aufträge berichtet, um mir zu zeigen, in welchen Bereichen die Agentur tätig ist. Die Projekte waren kleinere bis mittelgroße Events, wie Geburtstage, Jubiläen oder Firmenfeiern, und meine Aufgabe nach der Einarbeitungsphase wird es sein, ein Event von der Planung bis zur Durchführung zu organisieren. Der Einzige, der mich durch gelegentliche Nachrichten abgelenkt hat, war Aiden. Entweder schickte er mir Youtube- oder TikTok-Videos zu, die ich unbedingt sehen musste, oder zweideutige Nachrichten, die ich zwar zaghaft beantwortete, die aber mein Herz flattern ließen.

Doch ab heute steht mein Job im Mittelpunkt und ich werde mich nicht von Herzensangelegenheiten ablenken lassen. Ich freue mich auf die neue Aufgabe und mir gefällt die Vorstellung, einen richtigen Job zu haben mit eigenem Schreibtisch und einem festen Gehalt.

Nach dem Duschen hole ich das neu gekaufte Midikleid in einem zarten Rosa aus dem Schrank und ziehe es eilig mit ein paar Sneakern an. Mit dem von Rosie geliehenen Glätteisen verwandle ich meine verstrubbelte Föhnfrisur in hübsche Beachwaves. Meine Wunde am Kopf verdecke ich mit einem hautfarbenen Pflaster und bemerke erfreut, dass diese nur noch bei direkter Berührung wehtut. Zufrieden betrachte ich mich im Spiegel. Heute wird ein guter Tag und ich bin bereit dafür.

Ich überprüfe die Nachrichten auf meinem Handy. Mein Messenger zeigt mir zwei ungelesene Mitteilungen an, nur keine davon ist von Espen. Immerhin habe ich mich bedankt und er hat es gelesen. Ich muss mir aber eingestehen, dass in mir, immer wenn eine Nachricht von Aiden gekommen ist, die Hoffnung aufkeimte, diese könnte von Espen sein. Die aktuellen Mitteilungen sind von meinen Eltern, die mir viel Glück wünschen, und Rosie hat mir ein Bild von einer tanzenden Kaffeetasse geschickt. Dieser Aufforderung möchte ich schnell nachkommen und laufe nach unten in die Küche.

»Guten Morgen, Livy«, begrüßt mich Julie.

Alle drei sitzen versammelt am Küchentisch und Rosie zeigt demonstrativ auf den dampfenden Kaffeebecher, der auf meinem Platz steht.

»Guten Morgen. Den brauche ich jetzt. Danke schön«, sage ich und nehme einen Schluck.

»Du siehst toll aus. Gut, dass du das genommen hast und nicht das Kleid in Beige«, bemerkt Rosie.

»Was möchtest du frühstücken?« Meine Tante steht auf und öffnet den Kühlschrank.

»Danke, aber ich bekomme nichts herunter … außer meinem Kaffee natürlich.«

»Soll ich dir etwas einpacken? Dann könntest du später etwas essen.« Julie übernimmt Annes Rolle wirklich sehr gut.

»Julie, das ist lieb. Ich denke, ich kaufe mir nachher etwas.«

»Ja, das könntest du, aber ich packe dir trotzdem ein Sandwich ein. Dann hast du etwas dabei.«

»Na gut. Vielen Dank.« Ich nehme das Angebot lächelnd an.

Die Hartnäckigkeit hat Rosie definitiv von Tante Julie geerbt, aber ich bin mir sicher, die beiden meinen es nur gut.

»Und bist du bereit für den neuen Abschnitt, Livy?«, fragt mich meine Cousine und schiebt sich einen Löffel Cornflakes in den Mund.

»Mehr als das. Wenn nur diese Aufregung nicht wäre …« Mittlerweile merke ich die Anspannung schon sehr und ein flaues Gefühl breitet sich aus.

»Es wird alles klappen. Ich habe Owen schon geweckt, damit er pünktlich im Büro ankommt«, berichtet mir Julie und schmiert mir weiter mein Frischkäsesandwich.

Angespannt schaue ich auf die Uhr. »Ich glaube, ich mache mich startklar, damit ich nicht zu spät komme.«

»Du hast doch noch über eine Stunde Zeit? Wir brauchen nur fünf Minuten mit dem Auto.« Rosie gähnt und legt ihre Beine auf den gegenüberstehenden Stuhl.

»Ich werde zur Agentur laufen. Ich brauche frische Luft und Bewegung.« Vielleicht würde sich die Anspannung durch den Spaziergang auflösen.

»Mmmhh, okay. Wie du willst. Dann muss ich mich nicht beeilen. Ich arbeite heute von zu Hause aus.« Rosie steht auf, um sich einen weiteren Kaffee zu holen. »Kennst du den Weg?«

»Nicht wirklich, aber ich hoffe auf Google Maps.« Ich winke mit meinem Handy.

»So kompliziert ist der Weg nicht. Tatsächlich kann man zu der Agentur von hier aus gut laufen. Du musst erst in Richtung *Willys Werkstatt* gehen, nach rechts und immer geradeaus quer durch die Stadt«, erklärt mir Julie, die mir ein eingepacktes Sandwich und einen Coffee to go reicht.

»Danke, Julie. Das ist toll. So, ich verschwinde eben nach oben.« Eilig schnappe ich meine Sachen und gehe in mein Zimmer.

Ich brauche nur fünf Minuten, um meine Tasche zu packen und mich zu Ende zu stylen. Ich trage heute ein leichtes Make-up und betone meine bernsteinfarbenen Augen mit Mascara.

»Bye, wir sehen uns heute Abend«, rufe ich in die Küche.

»Einmal zeigen, bitte«, fordert mich Rosie auf.

»Taaadaaa.« Ich drehe mich im Kreis.

»Sehr schön. So darfst du gehen«, meine Cousine drückt mir einen Kuss auf die Wange. »Viel Glück.«

»Viel Erfolg und vor allem viel Spaß. Mit Steven und Victoria wirst du dich verstehen«, versichert mir Julie.

»Ich hoffe es.« Ich bin zwar aufgeregt, aber kann es kaum abwarten, am Schreibtisch zu sitzen und meine erste Aufgabe zu bekommen. »Euch auch einen schönen Tag.« Ich winke und verschwinde schnell durch die Haustür.

Kapitel 17

Der Weg zur Agentur verläuft quer durch die ganze Stadt. Hinter dem Wohngebiet durchquere ich eine kleine Parkanlage, in dem die Kirschblütenbäume anfangen, ihre rosa Knospen zu öffnen, und erreiche bald darauf den kleinen Innenstadtbereich. Die frische Märzluft, die ich besonders tief einatme, belebt meinen ganzen Körper und löst die unangenehme Anspannung auf. Ich nehme mir vor, ab sofort immer zur Arbeit zu laufen. Links und rechts der Wege schießen bunte Tulpen und Krokusse aus dem Boden. Besonders schön und bunt wird die Stadt sein, wenn die wilde Malve, nach der die Stadt benannt worden ist, anfängt zu blühen. Die Blume wächst beinahe überall, daher liegt ab Mai immer eine leicht herbe Note in der Luft. Kein Bewohner der Stadt würde jemals auf die Idee kommen, eine Malve, auch wenn sie an einem komplett ungünstigen Ort wuchern würde, zu entfernen. Die Pflanzen sind hier heilig und die Menschen lieben ihre Blume.

Der Ton einer ankommenden Nachricht reißt mich aus meinen Gedanken. Ich ziehe mein Handy aus der Tasche und blicke überrascht auf das Display. Espen hat mir geantwortet.

»Schön, dass dein Kopf so robust ist. Ich habe dich und Aiden gerne ins Krankenhaus gefahren. Und weiche nächstes Mal bitte dem Stein aus …«

Perplex starre ich den kurzen Text an und lese ihn ein weiteres Mal. Ich weiß zwar nicht, was ich erwartet habe, aber nicht das. Ich muss mir eingestehen, dass ich froh bin, eine Reaktion auf meine Nachricht bekommen zu haben, aber auf irgendeine Weise klingen Espens Worte so negativ. Ein bisschen so, als wäre der Vorfall gestern meine Schuld gewesen. Ja, ich wäre gern dem Stein ausgewichen, nur gehören superheldenhafte Reflexe nicht zu meinen Stärken. Besonders ärgert mich die Aussage, er habe Aiden und mich gern ins Krankenhaus gefahren. Aiden und mich – so als hätten wir uns dort zu einem Date verabredet. Mich enttäuscht seine abweisende Art. Ich entdecke eine freie Bank auf dem Town Square, die in der wärmenden Sonne steht, und da ich noch genug Zeit habe, steuere ich diese an. Missmutig hole ich mein Handy hervor und probiere, eine passende Antwort zu verfassen. Bei dem ersten Versuch kommt ein Schimpfwort vor, bei dem zweiten schreibe ich meinen Ärger komplett herunter und bei dem dritten hört sich die Nachricht nur noch vorwurfsvoll an. Einen vierten Versuch starte ich nicht mehr, sondern lösche alles und hole resigniert mein Sandwich aus der Tasche. Gefrustet beiße ich hinein und der Kohlehydratschub lässt meinen Ärger abklingen und ich nehme mir vor, nicht weiter über die Nachricht nachzudenken. Ich trinke ein paar Schlucke aus meinem Kaffeebecher und beobachte die gegenüberliegenden Geschäfte auf der anderen Straßenseite. Vor einem kleinen Café stellt ein Mitarbeiter Terrassenmöbel auf und die ersten Kunden nutzen die Möglichkeit, um sich die morgendlichen Sonnenstrahlen in ihr Gesicht scheinen zu lassen, so wie ich auf der Bank. Ich blicke weiter durch die Gegend, bis ich ihn auf der anderen Straßenseite in meine Richtung laufen sehe. Bis eben habe ich die Sonne genossen, nun stört sie, da ich nur durch häufiges Blinzeln etwas erkennen kann. Espen überquert die Straße und kommt frontal auf mich zu. Er hat mich bisher nicht bemerkt und ich will auch, dass es so bleibt. Den Gedanken habe ich noch nicht zu Ende gedacht, da erkennt er mich und kneift genervt die Augen zusammen. Ich kann sehen, wie sein Körper sich versteift und er seinen Schritt zögerlich verlangsamt, sich aber doch entscheidet, weiter auf mich zuzulaufen.

»Guten Morgen, Olivia.« Espen steht vor mir und blickt zu mir herunter.

»Hey. So früh schon unterwegs?«, antworte ich so cool wie möglich.

»Na ja, früh ist relativ, oder?«

Meine Augen verengen sich etwas. »Kommt darauf an, was man vorhat.«

»Das stimmt. Für eine Nachtclubbesitzerin wäre neun Uhr früh oder spät. Das ist Ansichtssache. Wenn man sich einen Kaffee kaufen und danach arbeiten möchte, dann ist neun nicht zu früh. Vielleicht läuft es in Deutschland auch komplett anders.« Er sieht mich belustigt an.

Mein Ärger keimt wieder auf und ich frage mich, wann er so unfreundlich geworden ist. Vielleicht passt er doch sehr gut zu Samira.

»Sehr witzig. Ich …« Ich will zu einem Monolog über blöde Witze und die Arbeitsmoral in Deutschland ansetzen, als sich Espen ohne Vorwarnung neben mich auf die Bank setzt.

»Wie geht es deiner Wunde?«, fragt er in einem komplett veränderten, fürsorglichen Tonfall.

Irritiert von seiner abrupten Stimmungsänderung, nicke ich nur einmal kurz.

Ein amüsiertes Lächeln fliegt über sein Gesicht. »Bedeutet dein Nicken gut oder schlecht?«

»Ja.«

Espen lacht auf. »Ja, also gut?«

»Ja«, antworte ich ihm und wundere mich noch über seine plötzliche Freundlichkeit. »Ja, die Wunde ist schon viel besser.«

Er schaut mir tief in die Augen, so wie er es gestern auch beim Bonfire getan hat, nur mit einem viel offeneren, neugierigeren Blick, nicht mehr so ablehnend.

»Man sieht auch nur dein Pflaster. Ich habe eigentlich gedacht, deine Stirn würde komplett blau werden.« Sein Blick gleitet von meinen Augen wieder zu meiner Wunde.

»Ich habe auch ein extragroßes Pflaster genommen. Nochmals danke, dass du uns gestern gefahren hast.« Ich will höflich, aber auf gar keinen Fall demütig klingen, auch wenn ich für seine Hilfe dankbar bin.

»Das ist selbstverständlich. Aiden ist froh, dass ich euch fahren konnte.« Espen löst seinen Blick von der Wunde und er mustert mein ganzes Gesicht. Ich sehe, wie sein Blick zu meinem Mund, zu meinem Hals, zu meiner Nase und wieder zurück zu meinen Augen gleitet.

»Ja, Aiden«, stammle ich erstickt.

Espen Gesichtsausdruck versteinert sich. »Er hat nur von dir gesprochen. Gestern Abend und heute Morgen.«

Verlegen streiche ich meine Haare hinter die Ohren. »Ich habe mich auch bei ihm bedankt.« Ich weiß selbst nicht genau, warum ich mich rechtfertige.

»Das ist gut, Olivia. Ich glaube, er hofft auf mehr.«

Ich merke, wie die Stimmung wieder abkühlt.

Was bedeutet mehr? »Na ja, wir wollen uns diese Woche zum Lunch treffen. Ich lade ihn ein.« Ich bereue den Satz schon, bevor ich ihn komplett ausgesprochen habe. Seit ich hier bin, fühle ich mich so linkisch wie noch nie.

Espen blickt an mir vorbei und antwortet grimmig: »Das wird ihn bestimmt freuen.«

»Möchtest du auch mitkommen?«, frage ich locker, würde mich aber am liebsten verkriechen.

»Nein. Das macht ihr lieber alleine. Ich bin mit Samira einige Tage unterwegs.« Meinem Blick weicht er weiter aus.

Mehr als ein angedeutetes Lächeln kann ich nicht erwidern. Ich weiß gar nicht, wie ich auf die Idee gekommen bin, aus Espen und mir könnte etwas werden. Über die Jahre habe ich mir ein Hirngespinst zurechtgelegt. Das Verrückteste daran ist, dass Espen mit sechzehn in mich verknallt gewesen ist. Mit sechzehn! Das ist mittlerweile über sieben Jahre her und er hat eine Freundin, mit der er offensichtlich glücklich ist.

»Ist heute dein erster Arbeitstag?«

»Yep, heute ist es so weit.«

»Hast du noch so viel Zeit oder warum picknickst du hier auf der Bank?« Sein Tonfall wird wieder freundlicher.

Diese Stimmungsschwankungen à la Jekyll und Hyde verwirren mich.

»Ich wollte eigentlich zur Agentur laufen, aber muss erst um neun da sein. Siehst du? Ich habe Kaffee und gehe zur Arbeit. Also gehöre ich auch zu einer deiner Kategorien.«

Espen schmunzelt. »Beruhigt mich ja, dass du in keinem Nachtklub arbeitest.«

»Und gehörst du auch zu meiner Art?«

»Kann man so sagen. Ich bin auf dem Weg zu dem kleinen Büroraum, den Aiden und ich gemietet haben, damit ich in Ruhe arbeiten kann. Dafür ist es bei uns auf dem Boot zu klein und unruhig. Ich muss noch Videomaterial bearbeiten und schneiden.«

»Dann fehlt dir nur noch ein Kaffee«, ergänze ich.

»Das stimmt. Ich trinke nur keinen.«

Ich reiße entsetzt die Augen auf. »Ehrlich?«

»Ich trinke Tee.« Er grinst angesichts meines geschockten Gesichtsausdrucks.

»Gar keinen Kaffee?«

»Gar keinen Kaffee!«

Nun sieht Espen nicht nur englisch aus, sondern trinkt auch gern Tee.

Ich lächle über meinen Gedanken. »Okay, Tee geht auch. Herzlich willkommen in meinem Club.«

»Aber so ganz gehöre ich doch nicht dazu. So einen richtigen Nine-to-five-Job habe ich nicht. Häufig sitze ich bis spät in die Nacht an den Videos. Ich probiere vieles aus.«

»Ja, Nine-to-five wird es bei mir auch nicht sein, da die Events bestimmt nicht alle in diesem Zeitrahmen stattfinden werden.«

»Vielleicht ist die Abwechslung auch das Aufregende daran.« Er zuckt mit den Schultern.

»Macht es dir Spaß? Also, Videos zu drehen?« Ich finde das Thema spannend. In der Schule bin ich zwei Jahre lang in einem Videoclub gewesen. Der Exkurs machte mir viel Spaß, ich habe aber schnell meine mangelnde Begabung bemerkt. Danach habe ich mich wieder voll und ganz in die Organisation von Schulveranstaltungen gestürzt.

»Es ist ein Job und ich verdiene damit mein Geld. Und ich kann meinem Bruder helfen.«

»Das sind gute Gründe. Vielleicht macht ein Job auch nicht immer Spaß? Was würde dir denn gefallen?«

»Das ist nicht so wichtig. Die anderen beiden Gründe überwiegen gerade.«

»Ich verstehe«, sage ich, obwohl ich gar nichts verstehe.

Nachdenklich blickt er mich an.

»Was macht Aiden? Ist er beim Schneiden dabei?«, frage ich weiter nach.

»Der ist noch zu Hause und organisiert neue Locations für seine Videos. Er kümmert sich um die Vorbereitung und natürlich um die Durchführung. Für den ganzen Rest bin ich zuständig. Der Schnitt der Videos benötigt viel Zeit.«

»Ich sehe sie mir sehr gerne an«, gestehe ich ihm.

»Wegen des Schnitts oder wegen Aiden?«

Ich blicke auf meine Uhr und stelle erschrocken fest, dass ich in zehn Minuten in der Agentur sein muss. »Mist. Ich glaube, ich muss weiter. Am ersten Tag will ich nicht zu spät kommen.«

»Ich will dich nicht aufhalten.« Espen steht zügig auf. »Wir sehen uns.«

»Ja. Bis bald Espen.« Ich packe meine Sachen zusammen und stehe ebenfalls auf.

»Viel Erfolg, Oliv«, wünscht er mir und läuft los.

»Beides!«, platzt es aus mir heraus.

»Hm?« Er dreht sich fragend um.

»Die Videos. Beides. Aiden und dein Schnitt machen die Videos besonders«, antworte ich ihm wahrheitsgemäß.

Espen kneift die Augen zusammen, nickt kurz und verschwindet in die entgegengesetzte Richtung.

Einen Moment lang schaue ich ihm hinterher. Er hat mich Oliv genannt, stelle ich verdutzt fest. So nennt mich kaum jemand außer gelegentlich meinen Eltern. Die meisten sagen Olivia oder Livy zu mir. Noch mehr verwundert mich die Tatsache, dass er überhaupt einen Spitznamen benutzt. Oliv gefällt mir. Der Name gefällt mir sehr.

Nun muss ich mich aber beeilen. Ich schnappe meinen Kaffeebecher, blicke mich abermals flüchtig zu ihm um und laufe zügig zur Agentur.

Kapitel 18

Die Agentur befindet sich in einem alten Bürogebäude nicht weit weg von der Innenstadt. Das Gebäude besteht aus rotem Backstein und die große Holzeingangstür ist über eine breite Steintreppe zu erreichen. Auf den Stufen sitzen einige Personen, vermutlich Angestellte aus den weiteren Büros im Haus, und trinken Kaffee an der frischen Luft. Das lockere Ambiente gefällt mir sehr und ich bin gespannt, wie die Räume von innen aussehen. Das Innere des Gebäudes ist komplett renoviert, aber alte Komponenten wie die Holzbalken und der rote Backstein, der auch von innen zu sehen ist, erinnern an die frühere Optik. Anstatt des Lifts nehme ich die moderne Betontreppe und kann während des Hochlaufens einen Blick durch die Glastüren in die weiteren Büros werfen. Die Büroräume der Eventagentur befinden sich in der zweiten Etage und nehmen die gesamte linke Seite des Stockwerks ein. Ich öffne vorsichtig die große Glastür, auf der in moderner Schrift *Groovy Mallow Events* steht, und befinde mich mitten im Vorraum der Agentur. Sprachlos betrachte ich die Inneneinrichtung, die mir förmlich ins Auge springt. In meinen Gedanken habe ich mir das Büro eines gebürtigen New Yorkers in den Farben Grau, Weiß und Schwarz und mit viel Chrom vorgestellt, aber das hier ist das genaue Gegenteil davon. Der Stil der Agentur ist knallbunt – so bunt, dass bestimmt keine Farbe ausgelassen worden ist. Die einzige Konstante in diesem Büro ist der wunderschöne Holzfußboden, der, soweit ich das sehen kann, in allen Räumen verlegt ist. An den Wänden gibt es keinen Anstrich und keine Tapeten, sondern ausgefallene Graffitis zieren jede einzelne Wand. Ich betrachte die gesprayte Skyline von New York, ein Bild ähnlich einer Farbexplosion, als hätte hier heute ein Holi-Festival stattgefunden, oder eine dunkle Figur, die an der Wand zu ziehen scheint und dabei einen bunten Mix aus verschiedensten Symbolen freilegt. Neben den bequemen Sesseln in den Farben Pink, Grün und Lila stehen ein Flipper- sowie ein Kaugummiautomat. Begeistert bestaune ich jedes Detail im Raum und fühle mich gleich wohl in dieser kreativen Umgebung.

»Olivia, herzlich willkommen«, begrüßt mich Owen, der wieder komplett in Schwarz mit Ausnahme seines Metallica-Shirts bekleidet ist und aus der bunten Atmosphäre hervorsticht.

»Hallo, Owen. Danke schön.« Ich strecke ihm meine Hand entgegen.

Owen lacht fröhlich auf und drückt mich kräftig. »Nicht so förmlich, Nichte in spe. Komm, ich stelle dir deine neuen Kollegen vor.«

Ich freue mich über seine Herzlichkeit und sein Lachen lässt meine Aufregung abklingen.

Owen geht in einen großen Büroraum, in dem die Wände ebenfalls vollgesprüht sind, und die bunten Schreibtische passen sich dem Raumbild an.

»Hier ist dein Büro, das du dir mit Victoria und Steven teilen wirst. Dein Tisch ist der rosafarbene hinter Victorias«, erklärt er mir und zeigt auf eine sportliche dunkelhaarige Frau um die fünfzig, die offenbar Victoria ist. Sie trägt lange Braids und zarte Lachfalten zieren ihr Gesicht.

»Hi, Olivia. Ich bin Vici und das ist Steven«, stellt sie sich mit einer rauchigen Stimme vor und blickt zu dem Mann, der mir von seinem Schreibtisch aus zuwinkt.

»Schön, dass du hier bist. Endlich sind wir wieder zu dritt im Büro«, sagt er und gesellt sich zu uns. Steven muss knapp vierzig Jahre alt sein, ist nur ein Stück größer als ich, sein Teint ist sonnengebräunt und er trägt eine auffällige, riesige, schwarze Brille. Seine hellen Haare hat er mit reichlich Gel nach hinten gestrichen und vermutlich würde seine Frisur sogar einen starken Hurrikan überleben.

»Schön, hier zu sein. Das Büro ist toll. Damit habe ich nicht gerechnet.«

»Ja, wer hier arbeitet, darf Farben gegenüber nicht abgeneigt sein. Dein Kleid passt perfekt zu dem rosa Schreibtisch.« Vici zwinkert mir zu und wir gehen zu meinem neuen Arbeitsplatz.

»Ich sitze dir direkt gegenüber. Wir haben dein Notebook schon vorbereitet. Du kannst gleich probieren, dich anzumelden.« Victoria geht mit mir zu unserer Tischgruppe.

»Wow, der Schreibtisch ist riesig.« Ich setze mich auf den bequemen ebenfalls rosa Bürostuhl.

»Ja, genug Platz für viel Papierkram, wie du bei mir sehen kannst. Ich breite mich gerne sehr weit aus im Gegensatz zu Steven. Bei ihm steht alles an Ort und Stelle.«

»Ich könnte mich sonst gar nicht konzentrieren. Aber für Vici ist es genau richtig«, Steven kehrt an seinen ordentlichen Schreibtisch zurück.

»Ich werde Olivia erst einmal mit in mein Büro nehmen und ihr unsere Projekte zeigen«, wendet sich Owen an mich.

Ich folge ihm in sein Büro, das sich gegenüber von unserem befindet. Über die erneute Farbexplosion in diesem Raum wundere ich mich nicht mehr.

»So, und hier bin ich die meiste Zeit, wenn ich nicht mit deiner Tante zusammen bin«, scherzt Owen.

Ich setze mich auf einen der großen Plüschsessel vor seinem Schreibtisch und fühle mich sehr wohl. Meine Aufregung ist komplett verschwunden.

»Olivia, wir freuen uns wirklich sehr, dass du hier bist. Wenn ich ehrlich bin, wäre ein erfahrener Mitarbeiter besser für unsere Agentur gewesen, da wir viele Aufträge haben. Aber ich glaube, du passt perfekt hierher und du wirst die Aufgaben meistern.«

Ich nicke nur und setze mich gerader in den Sessel. Das Adrenalin schießt wieder durch meinen Körper.

Owen bemerkt meine Unsicherheit. »Das klang jetzt sehr ernst, aber du wirst es schaffen und die Aufgaben werden dir gefallen.

Dein Studium hast du mit einer guten Note abgeschlossen und laut deinen und Julies Erzählungen konntest du schon vieles auf die Beine stellen. Mach dir keine Gedanken, du kannst mich immer fragen und wenn etwas nicht funktioniert, dann finden wir eine Lösung.«

Auch wenn ich mir seit so vielen Jahren sicher bin, eine Eventmanagerin werden zu wollen und für den Job geschaffen zu sein, fühle ich mich sehr eingeschüchtert. »Danke, Owen, ich hoffe, ich kann euch schnell unterstützten.«

»Da bin ich mir sicher. Komm, ich zeige dir die aktuellen Projekte, die wir momentan betreuen, und die, die in Planung sind.« Owen dreht seinen großen Monitor, um mir die Aufgaben auf dem Bildschirm zu zeigen. Bei den Projekten handelt es sich hauptsächlich um Firmenveranstaltungen in allen Größenordnungen, Familienfeiern und einige Messeauftritte.

»Victoria wird dir ihre Projekte genauer zeigen und dir To-dos für die Einarbeitung übergeben. Viele offene Punkte gibt es noch bei einer großen Firmenfeier in sechs Wochen. Ich denke, da kannst du am besten einsteigen.«

Das sind schon wirklich viele Baustellen für eine einzelne Agentur, obwohl es neben Owen noch zwei – jetzt drei – Eventmanager gibt. Alle anstehenden Events hören sich spannend an und ich kann es kaum erwarten loszulegen. Victoria übergibt mir schnell kleinere Aufgaben, die ich zügig erledige. Ich aktualisiere Adresslisten, gebe Bestellungen bei Druckereien auf und recherchiere nach den besten Preisen für verschiedenes Partyzubehör. Je anspruchsvoller meine Aufgaben werden, desto motivierter bin ich. Mein Arbeitstag vergeht wie im Fluge. Meine Pause verbringe ich mit Steven und Victoria, in der wir uns auf die schöne steinerne Treppe vor dem Gebäude setzen. Steven erzählt mir von seinen Urlaubsplänen für den Sommer und Victoria berichtet, sie sei bereits Großmutter und wohne mit ihrer Tochter und ihrem Enkel zusammen. Ich erzähle von Deutschland, von meinem Studium und von meiner Verbindung zu Wild Mallow Lake.

Auf dem Nachhauseweg schlendere ich erleichtert in der Abendsonne und freue mich schon auf die nächsten Arbeitstage. Victoria möchte mich zu einigen Terminen mitnehmen. Diese Woche wollen wir uns zwei Locations für Familienfeiern ansehen und haben ein Meeting mit dem Geschäftsführer eines neuen Cateringunternehmens.

Ich laufe an der Parkbank, auf der ich heute Morgen gesessen habe, vorbei und denke an Espen. Beschwingt vom Tag entscheide ich für mich, mich von der besonderen Verbindung zwischen uns, egal ob es sie wirklich gibt oder nicht, zu verabschieden und meinen Blick nach vorn zu richten. Die Entscheidung hinterlässt ein befreiendes Gefühl in mir und bringt mich auch dazu, mein Handy herauszuholen und Aiden eine Nachricht zu schreiben.

»Hi, Aiden. Wollen wir uns am Donnerstag mit Rosie zum Lunch in Julies Café treffen? Mein erster Tag lief wirklich gut. Vielleicht bis ganz bald.«

Die Nachricht habe ich flott geschrieben und ich schicke diese, ohne sie noch mal zu lesen, direkt ab. Bei Aiden kann ich viel lockerer sein und ich muss mich nicht immer fragen, ob ich gerade etwas falsch mache. Es ist angenehm, mit ihm zusammen zu sein. Ich nehme mir aber vor, etwas langsamer vorzugehen, damit es bei unserem nächsten Treffen nicht wieder so weit kommt wie bei dem Bonfire. Nur Espen würde ich versuchen, komplett aus dem Weg zu gehen.

Der Moment fühlt sich wie ein Neustart an. Es ist ein Neustart. Glücklich und leichtfüßig laufe ich nach Hause.

Kapitel 19

Die nächsten Arbeitstage vergehen in rasender Geschwindigkeit. Ich beginne morgens schon sehr früh und bleibe bis zum Abend. Die Aufgaben türmen sich in der Agentur und ich kann immer effektiver mithelfen. Am Donnerstag beeile ich mich sehr, um noch halbwegs pünktlich im *Seasons* zu sein. Bis eben habe ich noch mit Owen in einer Telefonkonferenz gesessen, in der wir mit einem großen Hersteller von Arbeitskleidung ein anstehendes Firmenjubiläum besprochen haben. Der Termin dauerte länger als geplant, daher verabschiedete ich mich zügig von meinen Kollegen und warnte sie vor, dass meine Pause heute etwas ausgedehnter ausfallen könnte.

Das Café ist von der Agentur leicht zu erreichen. Ein entspannter Spaziergang dorthin dauert nur fünfzehn Minuten, nur heute laufe ich etwas schneller, um den Weg in zehn Minuten zu schaffen. Die Märzluft ist noch kühl und glücklicherweise komme ich nicht zu sehr ins Schwitzen. Mein Plan geht auf. Ich komme außer Puste und wahrscheinlich mit rotem Kopf im *Seasons* an. Ich betrete das Café durch den Haupteingang und entdecke die anderen in unserer Lieblingsnische sitzen. Auch zur Mittagszeit ist das Café regelmäßig gut besucht. Meine Tante bietet zum Lunch täglich zwei Gerichte und verschiedene Bagel an. Aiden und Rosie unterhalten sich angeregt und bei Aidens Anblick, wie er sich entspannt im Stuhl zurücklehnt, schlägt mein Herz verdächtig nervös höher. Auch wenn ich mich auf den Lunch mit ihm freue, bin ich abermals froh über die Anwesenheit von Rosie. Seit dem Bonfire habe ich ihn nicht mehr gesehen, dafür aber jeden Tag mit ihm geschrieben. Ich atme tief ein und steuere den Tisch an.

»Hi. Entschuldigt die Verspätung. Ich hatte noch eine Besprechung.« Ich sehe erst zu Rosie, bevor ich mich traue, Aiden anzusehen.

Aidens intensiver Blick erfasst mich und wandert anschließend meinen gesamten Körper entlang. »Hallo, Olivia. Die paar Tage, an denen wir uns nicht gesehen haben, kamen mir wie eine Ewigkeit vor.«

Ich habe bereits erwartet, Aiden würde sich keine Gelegenheit entgehen lassen, mit mir zu flirten, aber er lässt keine Zeit verstreichen. Nervös streiche ich meine Haare hinter die Ohren und rutsche zügig neben Aiden auf die Sitzbank, um mich seiner Musterung zu entziehen.

»Hey, Livy, endlich bist du da. Ich habe so einen Hunger. Lass uns schnell etwas bestellen.« Rosie reicht mir die Speisekarte. »Übrigens: Dein Koffer ist heute Morgen angekommen.«

»Cool. Endlich. Das sind gute Nachrichten.« Ich freue mich sehr über diese Neuigkeiten.

»Hat jemand den Koffer per Hand von San Francisco hierher gerollt?«, spottet Aiden.

»Bei der Dauer könnte man das denken«, stimme ich ihm zu.

Wir lächeln uns an und Aiden sucht meine Aufmerksamkeit mit seinen Blicken.

Ich schaue weg und versuche, mich den Beschreibungen der verschiedenen Bagel zu widmen, meine Gedanken driften aber ab und lassen keine Konzentration zu. Aiden bringt mich komplett aus dem Konzept und selbst meine Fähigkeit, ein Essen auszuwählen, ist ausgesetzt. Ich lege die Karte beiseite und frage stattdessen: »Könnt ihr mir einen Bagel empfehlen?«

»Ich esse am liebsten den mit Roastbeef oder mit dem Mozzarella-Frischkäse«, rät mir Rosie.

»Ich nehme den mit Mozzarella und einen Kaffee«, beschließe ich.

»Ich brauche etwas Warmes und nehme den Blue Cheese Burger. Rosie, bist du auch im Team Warm?«

»Nein, auch Team Kalt. Ich gehe heute Abend noch mit Corey essen.« Sie grinst uns an.

Natalie kommt zu uns an den Tisch und nimmt unsere Bestellung auf. Ihre Haare hat sie heute zu einem riesigen Dutt aufgetürmt.

»Und, Olivia, wie waren deine ersten Tage in der Agentur?« Aiden rückt ein Stück näher an mich heran.

»Wirklich gut. Es macht Spaß, dort zu arbeiten, und die Aufgaben sind spannend. Die Agentur hat momentan viele neue Projekte, in denen ich von Anfang an mitarbeiten kann. Wie war euer Videodreh vorgestern?«

»Sehr gut. Wir waren auf einem Mittelaltermarkt in Eugene. Der geht die ganze Woche, aber am Dienstag fanden die Ritterkämpfe statt.« Aiden zieht seine Augenbrauen hoch. »Und dreimal dürft ihr raten, wer eine Ritterrüstung tragen durfte.«

»Na, ich habe keine Ahnung. Samira vielleicht?«, sinniert Rosie gespielt.

Ich zucke bei dem Namen Samira unmerklich zusammen. Mich überkommt ein Gefühl von Neid, da sie so viel Zeit mit den Zwillingsbrüdern verbringen kann, und gleichzeitig ist mir der Gedanke unangenehm.

»Bloß nicht. Samira hätte ich in der Rüstung gelassen und den Drachen zum Fraß vorgeworfen.« Er lacht abfällig.

Rosie kichert ebenfalls.

»Natürlich habe ich sie getragen und ich muss sagen: Mir stand die Rüstung wirklich gut.« Er strahlt uns an und zuckt mit den Schultern. »Nein, Samira war nicht mit auf dem Markt. Frag mich nicht, warum. In letzter Zeit war sie immer mit dabei. Vielleicht muss sie zur Abwechslung mal arbeiten und nicht nur an Espens Rockzipfel hängen. Mir soll es recht sein.«

Ich entspanne mich, als ich höre, dass Samira nicht mit in Eugene gewesen ist. »Dann können wir uns auf dein Video freuen.«

»Das kannst du! Ich poste bald ein Bild von mir in Rüstung als

Teaser für mein Video.« Nun fixiert er mich mit einem Blick, den ich nicht ganz deuten kann.

»Dann freue ich mich auf das Video und wenn du Glück hast, klicke ich auch auf das Herz«, sage ich herausfordernd.

»Und wenn du Glück hast, zeige ich dir das Foto schon vorher«, kontert Aiden mit einem verführerischen Unterton.

Mein Blick sucht den seinen und mein Magen überschlägt sich beinahe, als er mich mit seinen tiefgrünen Augen einfängt. Ich frage mich, wie wir so schnell wieder an diesem Punkt angekommen sind. Durch diesen kurzen Flirt habe ich Rosie fast vergessen und schaue verlegen zu ihr. Sie hat die Szene still beobachtet und sieht mich nur mit hochgezogenen Augenbrauen an.

Scheinheilig drehe ich mich zur Theke um und plappere drauflos. »Ich hoffe, das Essen kommt gleich. Ich habe mittlerweile auch Hunger.«

Von unserem Essen ist nichts zu sehen. Am Tresen bereitet Natalie Getränke zu und unterhält sich mit einem Gast.

Aiden grinst mich amüsiert an, so als hätte er meinen Plan durchschaut. »Ja, ich freue mich auch auf den Burger. Und nicht nur auf den.«

Rosie rollt mit den Augen. »Okey-dokey. Macht ihr mal! Ich muss mal eben Corey schreiben.« Sie wühlt in ihrer Tasche und zieht ihr Handy heraus.

Da Aiden nicht daran denkt, seinen Blick abzuwenden, suche ich fieberhaft nach einem Gesprächsthema. »Was musst du jetzt machen, damit das Video hochgeladen werden kann?«

Ich sehe in seinem Blick eine Spur Enttäuschung über den Themenwechsel, er spielt aber gern die Rolle des Youtube-Profis.

»Tatsächlich übernimmt Espen ab jetzt das meiste. Die einfachen Videos, die ich früher alleine aufgenommen habe, konnte ich gut bewältigen, aber mittlerweile haben sie eine viel professionellere Qualität.«

Ich erinnere mich an das, was Espen erzählt hat, als wir auf der Parkbank gesessen haben.

»Espen hat so eine Profikamera, mit der er filmt. Ich habe damals mit meinem Handy angefangen. Er schneidet das Video und lädt es hoch. Den restlichen Social-Media-Kram übernehme ich wieder«, erklärt mir Aiden.

»Du bist der Influencer und Espen ist dein technischer Angestellter«, stellt Rosie fest und schaut nur kurz von ihrem Handy auf. Auch wenn sie beschäftigt wirkt, hört sie genau zu.

»Ja … schon. Ich bin froh, dass er so ein Profi ist. Zeitlich würde ich das gerade nicht schaffen und auch die Qualität wäre nicht die gleiche. Ich kann zwar gut vor der Kamera agieren, aber durch seine Bearbeitung werden die Videos doppelt so gut. Ich bin froh, ihn zu haben.«

Ich will gerade antworten, da kommt mir Natalie zuvor und stellt unsere Getränke auf den Tisch.

»Danke, Nat«, sagt Rosie.

Nachdem unsere Getränke verteilt sind, herrscht für einen kurzen Moment Stille am Tisch.

Aiden ergreift als Erstes wieder das Wort. »Apropos Videos. Bodie hat mich gestern angerufen. Er hat Sandboarding-Tickets für Samstag. Er wollte eigentlich mit einer Reisegruppe aus New England nach Florence fahren, aber die Reisegesellschaft hat sich komplett im Zeitplan vertan. Die Gruppe ist heute mit ihrem Bus erst in Nashville angekommen.«

»Das ist ja nicht gerade in der Nähe«, stelle ich fest.

»Darum fahren wir mit Bodie jetzt nach Florence und ich drehe da ein neues Video.«

»Seid ihr da nicht schon mal gewesen?«, fragt Rosie.

»Ja, aber nur so. Dieses Mal wäre es tatsächlich auch Arbeit. Wollt ihr nicht mitkommen? Bodie hat acht Tickets.«

»Was macht man beim Sandboarding?«, hake ich nach.

»Dort gibt es tolle Sanddünen, die man mit einer Art Snowboard heruntersurfen kann. Das macht wirklich Spaß«, erklärt mir Aiden.

»Das hört sich lustig an, obwohl ich noch nie gesurft bin oder Ähnliches gemacht habe«, überlege ich laut.

»Das schaffst du. Es gibt verschiedene Dünen, die sich im Schwierigkeitsgrad unterscheiden.« Seine Augen blitzen begeistert von seiner Idee auf.

»Kann ich Corey auch fragen? Oder passt das nicht?«, fragt Rosie.

»Das passt bestimmt. Ich rufe Bodie an und frage nach. Ihr müsst leider nur selbst fahren, da unser Auto voll ist.« Aiden sieht mich an. »Leider.«

»Ach, das ist kein Problem. Ruf jetzt Bodie an, dann kann ich gleich Corey fragen.«

»Zu Befehl, Admiral Rosie«, witzelt er und steht auf, um seinen Freund anzurufen.

»Cool, Livy. Das wird toll. Dann haben wir am Wochenende gleich etwas vor. Ich kann mir Corey schon perfekt auf dem Surfbrett vorstellen«, schwärmt meine Cousine.

Ich freue mich für sie und beneide sie gleichzeitig um ihre Aufgeschlossenheit und ihren Tatendrang. Schon wie sie mit der Beziehung zu Corey umgeht … Sie genießt den Moment und nutzt jede Gelegenheit, um glücklich zu sein. Während ich innerlich mit mir hadere und verkrampft die Plätze in Aidens Auto zähle. In seinem Wagen werden mit Sicherheit Aiden, Bodie und Espen mit Samira sitzen. Ich ermahne mich selbst, Espen aus meinen Gedanken zu streichen. Ich beobachte Aiden, wie er vor der großen Glasscheibe steht und beim Telefonieren träumend aus dem Fenster schaut. Er beendet das Gespräch mit Bodie, ertappt mich, wie ich ihn beobachte, und kommt grinsend wieder zu uns. »Das geht klar. Corey kann auf jeden Fall mitkommen. Wir treffen uns am Samstag um elf Uhr. Direkt am Eingang. Das Wetter soll gut werden.«

»Yeah. Ich gehe eben raus und rufe Corey an.« Rosie nimmt ihr Handy und geht auf die Terrasse.

Nun sitzen wir allein am Tisch und blicken uns an.

Ich ergreife die Initiative. »Dann kann ich dir mal live zuschauen, wie du ein Video drehst.«

»Ja, und noch viel besser: Du kannst mitmachen und mit mir zusammen surfen.« Aidens Augen strahlen.

»Nein, nein. Vergiss es. Ich surfe, aber nicht in deinem Video, das sich Tausende Menschen ansehen – außer du drehst eins über Pleiten, Pech und Pannen.«

Aiden erwidert gespielt drohend: »Das werden wir am Samstag noch sehen. Ich wette, ich bekomme dich dazu.«

»Wetten, nicht«, widerspreche ich standhaft.

»Wette angenommen, Olivia.«

»Und gibt es einen Wetteinsatz?« Ich presse meine Lippen zusammen und ärgere mich über meine Frage. Jetzt habe ich ihn auf eine Idee gebracht.

»Wenn du gewinnst, dann darfst du das Thema meines nächsten Videos aussuchen«, raunt er mir zu.

»Und wenn du gewinnst?«, frage ich mit erstickter Stimme.

»Wenn ich gewinne, dann gehst du mit mir aus. Ohne Rosie und ohne Bodie. Nur wir beide!« Aidens Blick ruht auf mir und ich kann seine Erwartung regelrecht spüren.

»Ein Date?«

»Ein Date!«

Wie im Bann antworte ich: »Wette angenommen!«

Aiden grinst mich nur beschwörend an.

Ich schlucke. Mich überrascht meine Antwort selbst. Mein eigenes Versprechen, Aiden auf Abstand zu halten, habe ich gleich bei der erstbesten Möglichkeit gebrochen. Ich hoffe nun, den anderen Teil meines Vorhabens, Espen komplett aus dem Weg zu gehen, standhafter durchzuziehen. Am Samstag würde ich ihn auf jeden Fall wiedersehen, ich will ihm aber auf keinen Fall in die Quere kommen. Vielleicht würde er mir ebenfalls aus dem Weg gehen und ich müsste gar nicht versuchen, einen Sicherheitsabstand einzuhalten.

Aiden lächelt mich verschmitzt an und in seinen Augen kann ich seinen Siegeswillen erkennen. Er will offenbar um jeden Preis gewinnen. Nur so leicht würde ich ihm den Sieg nicht überlassen. Gefesselt voneinander schauen wir uns an. Die hereinscheinende Sonne lässt seine dunkelgrünen Augen heller erscheinen und aus der Nähe kann ich feine braune Flecken in seiner Iris erkennen.

»Corey ist mit dabei. Er musste seine Schicht mit einem Kollegen tauschen.« Rosie sitzt wie aus dem Nichts wieder bei uns am Tisch und schaut uns mit ihrer Tasse in der Hand an.

Ich blinzle sie überrascht an und frage mich, seit wann sie wieder auf ihrem Platz sitzt. Abgelenkt von Aidens grünen Augen habe ich sie überhaupt nicht wahrgenommen. Ausweichend frage ich sie: »Dann fahren wir zusammen?«

»Ja, ich werde fahren. Müssen wir noch jemanden mitnehmen?«, überlegte Rosie laut und blickt fragend zu Aiden. »Aiden?«

»Äh, nein.« Auch er wirkt für einen kurzen Moment überrumpelt von ihrer Rückkehr. Erleichtert stelle ich fest: Auch er hat unsichere Momente und ist nicht in jeder Situation cool und entspannt. Er sucht meinen Blick und ohne Worte besiegeln wir, dass die Wette zwischen uns ein Geheimnis bleibt und niemand davon erfahren soll.

Es ist nur eine kindische Wette, die für mich im schlimmsten Fall mit einem Date enden würde. Trotzdem fühle ich mich schuldig, das Ganze vor Rosie zu verheimlichen. Sie würde mich nur löchern und Fragen stellen, die ich selbst nicht beantworten kann.

Aus meinen Gedanken reißt mich der Sesambagel, den mir Natalie serviert.

»Guten Appetit«, ruft Rosie und beißt genüsslich in ihren Bagel.

»Guten Appetit«, antworten Aiden und ich fast im Chor.

Wir drei lachen darüber und das Lachen löst den Klumpen in meinem Magen langsam auf, bis er komplett verschwunden ist.

Kapitel 20

Wir treten verschlafen, aber voller Vorfreude am frühen Samstag die Fahrt nach Florence zum Sandboarding an. Rosie und ich wollten gestern in eine Bar gehen, aber meine Cousine hat mich angebettelt, unser Date zu verschieben, da sie sich noch mit Corey treffen wollte. Ehrlicherweise war ich nicht böse, da ich die ganze Woche über jeden Tag lange im Büro gewesen bin und ich einen Abend auf der Couch mehr als nötig hatte. Rosie blieb die ganze Nacht weg und holte mich vor ein paar Minuten mit Corey zusammen zu Hause ab. In Rosies Auto läuft laut *»In The End«* von Linkin Park und das verliebte Paar kann seine Finger nicht voneinander lassen. Ich mache es mir auf der Rückbank gemütlich und schaue verträumt aus dem Fenster. Der Gedanke an die Wette mit Aiden löst ein angespanntes Kribbeln in mir aus. Egal wie motiviert Aiden ist, das Ganze zu gewinnen, es ist auch mein Plan, nicht zu verlieren. Wenn es gut läuft, werde ich mit Rosie zusammen fahren, und Aiden wird mit Sicherheit mit seinem Video beschäftigt sein und keine Zeit für andere Aktivitäten haben.

»Was hast du eigentlich an deinem Geburtstag vor? Hast du eine Idee?«, schreit Rosie zu mir nach hinten, da ein normales Gespräch bei der Musiklautstärke nicht möglich ist.

»Nein. Vielleicht gehen wir einfach ins Café?«, krähe ich gegen den tönenden Bass an.

Rosie dreht die Musik leiser. »Das ist doch okay. Oder eine Party am See mit Aiden, Bodie und so?«

Und so sind Espen und Samira? Ich will keine Langweilerin sein, nur eine Party mit ihnen wäre im Moment nicht die beste Lösung.

»Da mein Freundeskreis sich nur auf ein paar Personen beschränkt, wäre mir die Café-Variante lieber. Oder wir gehen ins Kino«, überlege ich laut.

»Kino? Du wirst vierundzwanzig. Das müssen wir feiern, und zwar nicht mit Popcorn«, protestiert Rosie und blickt mich durch den Rückspiegel an.

Ich strecke ihr die Zunge raus. »Ich überlege noch mal. Du bekommst auf jeden Fall eine Einladung.«

»Na, da bin ich aber froh«, witzelt sie.

Nach knapp drei Stunden kommen wir in der kleinen Stadt Florence an, die an der Pazifikküste liegt. Als wir auf den sandigen Parkplatz fahren, kann ich schon die Sanddünen erkennen, die orange in der Morgensonne leuchten. Im Kontrast dazu strahlt der Himmel hellblau und ist durchzogen von einzelnen Schleierwolken.

»Ladys und Gentlemen, wir sind da!« Rosie parkt ihren Van.

»Jetzt kann ich dich wieder offiziell ablenken«, raunt Corey und zieht sie zu sich, um sie innig zu küssen.

»Okay. Ich steige schon mal aus.« Fluchtartig schnappe ich meinen Rucksack und steige aus dem Auto. Auch wenn ich mich sehr für meine Cousine freue, wird mir Coreys Einsatz zu intim.

Die klare Meeresluft atme ich mehrmals tief ein und aus und ein salziger Geschmack legt sich auf meine Zunge. Nach dem Sandboarding wollen wir noch zum Ozean fahren und ich kann es kaum abwarten, die großen Pazifikstrände zu sehen. Mit meinem Handy mache ich ein Foto von den Sanddünen und schicke es meinen Brüdern, zwei Snowboard-Fanatikern, die neidisch auf meinen Ausflug sein werden. Ich bin bisher noch nie auf Skiern oder einem Snowboard gestanden, meine Brüder wiederum unternehmen mit ihrem Sportverein jedes Jahr eine Skireise nach Österreich.

Aidens dunkelgrauer Pick-up fährt rasant auf den Parkplatz, wirbelt hinter sich eine staubige Sandwolke auf und parkt direkt neben uns ein. Bodie sitzt vorn neben Aiden und auf dem Rücksitz vermute ich Espen und Samira hinter den getönten Scheiben. Wie auf dem Präsentierteller stehe ich neben Rosies Auto und hebe unsicher eine Hand zur Begrüßung. Meine Hoffnung, Rosie würde auch aussteigen, schwindet, als ich das Paar eng umschlungen im Auto sehe. Ich werde beide auf keinen Fall stören.

»Hi, Olivia. Ihr seid ja pünktlich.« Bodie steigt als Erstes wie immer fröhlich aus dem Auto.

»Ja, wir sind gut durchgekommen. Und Rosie fährt nicht gerade langsam.« Ich werfe einen unsicheren Blick zum Wagen und sehe bisher nur Aiden aussteigen, der die Rolle des Youtubers schon eingenommen hat. Er hält sein Handy hoch, redet gut gelaunt in die Kamera, schwenkt das Handy zu den Sandhügeln und wieder zurück auf sich. Diese Sequenz werde ich später sicherlich auf seinem Instagramkanal wiederfinden. Er setzt seine Sonnenbrille auf und kommt zu uns. »Hey, Olivia. Wir wären auch eher da gewesen, aber manche Frauen brauchen halt mehrere Pipipausen.«

Ich nehme an, er spielt damit auf Samira an.

Aiden stellt sich nah neben mich und flüstert: »Und bereit? Neben mir auf dem Board?«

»Auf jeden Fall bereit für das Board und meinetwegen auch neben dir. Aber nur ohne Kamera«, kontere ich lächelnd.

»Das werden wir sehen«, widerspricht er mir grinsend.

Ich beobachte, wie Espen aus dem Auto steigt, uns einen Seitenblick zuwirft und hinter dem riesigen Wagen verschwindet, um das Equipment auszuladen. Aus dem Auto höre ich Frauengelächter und es klingt nach mehr als einer Frau. Statt Samira steigen zwei junge Frauen im Collegealter aus, die ich noch nie gesehen habe.

Aiden bemerkt meinen fragenden Blick. »Das ist Bodies nervtötende kleine Schwester und ihre Freundin.«

»Sei nicht immer so. Ellie war gerade in der Stadt und wollte auch mitkommen. Du wirst es überleben«, ermahnt ihn Bodie.

»Ich hoffe es. Ich habe die nächsten Tage noch viel vor«, antwortet Aiden und blickt mich an, um offensichtlich auf den Wetteinsatz anzuspielen.

Als Ellie und ihre Freundin zu uns kommen, ergreift Aiden augenrollend die Flucht und geht genervt schnaubend zu seinem Bruder.

Ellie stellt sich neben Bodie und schaut mich aufgeschlossen an. »Hi. Ich bin Ellie. Die Schwester von Bodie. Das ist Sophie, meine Collegemitbewohnerin.«

Sophie schweigt, winkt mir aber freundlich zu. Sie hat einen blonden Pixie Cut und eine sehr durchtrainierte Figur. Ellie wirkt zart, fast wie eine Elfe neben ihrer Freundin. Sie hat mahagonifarbene Haare und einen blassen Teint, aber abgesehen von ihrem Äußeren ist ihr Auftritt eher cool und lässig.

»Bodie. Ehrlich. Nächstes Mal fahren wir alleine und nicht bei Mr. Mega-Arroganz mit.«

»Ach komm, sei froh, dass ihr den ganzen Weg nicht selbst fahren musstet«, widerspricht ihr Bruder.

»Am Anfang schon. Ich hatte aber vergessen, wie überheblich Aiden ist. Oder, Sophie?«

Sophie nickt eifrig in Ellies Richtung.

Die Abneigung, die Aiden gegen Bodies Schwester empfindet, ist offenbar nicht nur einseitig.

»Aber schön, dich kennenzulernen, Olivia aus Deutschland.« Ellie wendet sich wieder direkt an mich.

»Ich freue mich auch, euch kennenzulernen. Auf welches College geht ihr?«

»Auf die Oregon State University. Wir beide teilen uns ein Zimmer. Ich war dieses Wochenende sowieso zu Hause und dann sind wir einfach mitgekommen«, erzählt Ellie.

»Umso besser!« Ich merke, wie erleichtert ich bin, die beiden hier beim Sandboarding zu sehen und nicht Samira.

»Und wo ist Rosie?«, fragt mich Bodie.

»Ich glaube, die ist beschäftigt.« Ellie zeigt kichernd auf den Van.

Bodies Kopf wird knallrot und er stammelt: »Okay, da will ich nicht stören.«

»Ach, Brüderchen, nicht so schüchtern.« Ellie klopft dreimal fest an die Scheibe und winkt dem Paar zu.

Rosie schaut erst verdattert zu Ellie und anschließend zu mir.

»Ich glaube, wir lassen den beiden noch ein bisschen Ruhe und gehen zu den anderen.« Ich lotse die schaulustige Truppe von der Fensterscheibe weg.

Ellie nimmt ihre Tasche. »Ich gehe mit Sophie schon zum Eingang und warte auf euch. Nicht dass wir noch Aidens Gepäck tragen müssen.«

Bodie und ich gehen zu Aidens Auto, obwohl ich lieber mit Ellie und Sophie gehen würde.

»Habt ihr alles? Wollen wir zum Eingang gehen?« Bodie nimmt seinen Rucksack und staunt. »Wie viele Sachen habt ihr eigentlich mit?«

Die Ladefläche ist vollgestopft mit den verschiedensten Taschen und Stativen jeglicher Art. Ich frage mich, ob all die Dinge wirklich für ein Video benötigt werden.

Aiden nimmt sich zwei Taschen. »Frag Espen. Er hat heute Morgen das Auto vollgepackt. Er ist immer für alle Eventualitäten vorbereitet.«

Da er nicht reagiert, fragt Bodie ihn direkt: »Espen, willst du das alles mit auf die Sanddünen nehmen?«

»Nein«, antwortet Espen knapp und reicht seinem Freund ein weiteres Gepäckstück. »Zumindest nicht alles.«

Bodie setzt sein Cap auf und nimmt es ihm ab. »Da bin ich aber beruhigt.«

Ich stelle mich diskret zwischen Bodie und den hohen Dodge, um nicht weiter aufzufallen. Nicht aus Angst, eine Tasche tragen zu müssen, sondern um zu vermeiden, jetzt schon mit den Zwillingsbrüdern zu reden. Mir ist zwar seit gestern klar, dass ich Aiden nicht aus dem Weg gehen kann, aber bei Espen will ich die Hoffnung noch nicht aufgeben. Vielleicht beginnen sie gleich mit dem Video und beachten mich überhaupt nicht.

Natürlich geht mein Plan nicht auf.

»Guten Morgen, Olivia.« Espen schaut mich vergnügt an. »Versteckst du dich?«

Er hat die Situation nicht nur aufmerksam beobachtet, sondern ist heute auch ungewohnt gut gelaunt.

Ich werde mein auffälliges Versteckspiel nicht zugeben und schiebe mich gespielt selbstbewusst vor Bodie, obwohl ich mich lieber direkt hinter ihm verkriechen würde. »Nein. Soll ich auch etwas nehmen?«

Durch meinen Auftritt errege ich auch Aidens Aufmerksamkeit, der mich erwartungsvoll angrinst.

Espen wühlt in seinen Sachen. »Vielleicht das Stativ? Aber mehr nicht. Ich habe eine neue Videokamera und will diese nachher am Strand ausprobieren. Darum bleibt sie hier im Auto. Für das Video nehme ich die GoPro. Das ist eine Actionkamera.«

Ich nicke kurz.

Er gibt mir das Stativ und dabei berühren sich für einen Bruchteil einer Millisekunde unsere Fingerspitzen. Ich zucke zusammen, als hätte ich eine Stromleitung berührt.

Espen schaut mich verwundert an. »Alles okay?«

»Ja, das Stativ ist doch schwerer als gedacht«, rede ich mich fadenscheinig heraus und gehe einen Schritt zurück.

»Okay. Aber geht es?« Er sieht mich durchdringend an.

»Ja, kein Problem.« Das Stativ ist zwar groß, aber alles andere als schwer. Ich reibe mit der einen Hand über meine andere und überprüfe unauffällig, ob ich eine Veränderung erkennen kann. Dies ist aber nicht der Fall. Zumal der Gedanke lächerlich ist, da nichts passiert ist außer einer flüchtigen Berührung. Unsere erste Berührung. Meine Fingerspitzen pulsieren weiter intensiv und ich kann mir nicht vorstellen, wie der Kontakt bei Espen keine Spuren hinterlassen haben kann. Bei ihm ist keine Veränderung zu bemerken, keine Verlegenheit oder meinetwegen auch Ablehnung. Nichts.

»Alles klar. Dann haben wir alles.« Espen wirft sich einen riesigen Rucksack über die Schultern und nimmt seine Kamera in die Hand. »Los, Aiden, auf geht's. Die Dünen warten.«

»Ich sage noch Rosie und Corey Bescheid.« Ich laufe mit dem Stativ zum Minivan, in der Hoffnung, das verliebte Paar ist wieder ansprechbar.

Leider nicht. Sanft klopfe ich an die Scheibe, aber sie hören mich nicht.

»Ich glaube, du musst wie Ellie dagegen hauen«, fordert mich Bodie auf.

»Ach, öffne einfach die Autotür«, empfiehlt mir Aiden trocken.

Die drei lehnen sich lässig an Aidens Pick-up und beobachten mich, wie ich durch Klopfzeichen versuche, Rosie auf mich aufmerksam zu machen. Aiden hat wieder sein Handy in der Hand und kommentiert irgendetwas. Bodie kommen vor Lachen schon die Tränen, während er auf Aidens Handy schaut.

Plötzlich schießt mir ein Gedanke durch den Kopf.

»Wehe, ihr filmt das hier!«, rufe ich mit leichter Panik in der Stimme, da mir die Idee mittlerweile überhaupt nicht abwegig vorkommt.

Ich klopfe wieder an die Scheibe, dieses Mal mit mehr Kraft.

»So, und jetzt noch mal richtig«, johlen Aiden und Bodie.

Espen beteiligt sich nicht. Er steht mit verschränkten Armen an Aidens Auto und behält mich mit einem belustigten Gesichtsausdruck im Blick.

»Olivia, wir müssen die Aufnahme leider noch mal machen«, erklärt mir Aiden und die anderen lachen. »Und Action! Jetzt noch mal gegen die Scheibe.«

Ich werfe ihnen einen feindseligen Blick zu und öffne abrupt die Fahrertür.

Rosie und Corey schweben noch auf ihrer eignen Wolke und haben von meinen Klopfversuchen nichts mitbekommen.

Sie blinzeln mich überrascht an.

»Rosie, wir wollen los. Zu den Dünen«, sage ich hektisch zu ihr.

»Livy, ist alles okay?« Rosie bemerkt meinen offenbar panischen Gesichtsausdruck.

»Ja … äh, nein, aber wir …« Meinen Satz kann ich nicht zu Ende sprechen. Überfordert halte ich die Luft an und drehe meinen Kopf zur Seite.

Espen steht ganz nah neben mir und reicht Rosie zwei Eintrittskarten.

»Hier, für euch. Ihr könnt gleich nachkommen«, sagt er entspannt zu den beiden.

»Cool, danke. Livy, wir kommen gleich nach«, verspricht sie mir.

Ich schließe nickend die Autotür und schaue Espen grimmig an. Er hat sichtlich Schwierigkeiten, das Lachen zu unterdrücken.

»Aiden hat dich nicht gefilmt. Wirklich. Das würde er nicht machen.«

»Ganz sicher war ich mir nicht. Es hat bestimmt seltsam genug ausgesehen?«

»Na ja, hätten wir dich gefilmt, dann könnten wir aus dem Material einen Horrorkurzfilm produzieren. Jedenfalls hast du so ausgesehen.«

Resigniert verdrehe ich die Augen und muss nun auch grinsen.

Wir schließen uns den anderen wieder an, die immer noch am Lachen sind, und gehen gemeinsam zum Eingang.

»Ich hoffe, ihr seid zufrieden«, ätze ich.

»Sehr«, antwortet Aiden und flüstert mir leise zu: »Aber keine Angst, Olivia. Einfach so im Video aufzutreten, zählt nicht, du musst schon beim Sandboarden neben mir zu sehen sein. Weil du es möchtest.«

»Keine Angst, Aiden, das wird nicht einfach so passieren.«

Espen, der bis eben dicht neben mir gelaufen ist, geht wieder auf Abstand und sein Gesicht wirkt ernst. »Was zählt nicht?«

»Ach, nicht so wichtig«, redet sich Aiden heraus. »Ich fange jetzt einfach an. Bist du bereit?«

»Ja, und los«, sagt Espen und wechselt in die Rolle des Kameramannes.

Aiden schlüpft in die Rolle des Youtubers und berichtet seinen Zuschauern, wo er ist und was er vorhat. Die Brüder sind komplett in ihrem Element und agieren wie zwei Profis.

Bodie und ich lassen uns etwas zurückfallen, um den beiden zuzuschauen.

Mein zurechtgelegter Plan, den Brüdern aus dem Weg zu gehen, ist in dieser Woche auf allen Ebenen gescheitert. Mit Aiden bin ich eine Wette eingegangen und ich muss mich sehr bemühen, diese nicht zu verlieren. Und Espen zu umgehen, ist fast unmöglich, da er der Bruder, Angestellte und Mitbewohner von Aiden ist. Mein Plan würde nur aufgehen, wenn ich beide meiden würde. Aber will ich das?

Kapitel 21

Ich blicke über die langen, leuchtend orangen Sanddünen, die, wie ich von Bodie erfahren habe, zweiundvierzig Meilen lang sind. Die Landschaft sieht atemberaubend aus und ich fühle mich wie in einer Wüste anstatt in Oregon. Die Boards können wir uns ausleihen. Bevor wir starten, erklärt uns eine junge, energiegeladene Mitarbeiterin mit dem Namen Mel, wie wir die Boards mit Wachs einreiben. Die Bretter ähnelnd optisch den Snowboards meiner Brüder, nur die Beschichtung, berichtet uns Mel, sei widerstandsfähiger, da der Sand diese nach einigen Fahrten abkratzen würde. Für die Anfänger, zu denen Rosie, Ellie und ich gehören, wird zusätzlich ein kleineres Board zum Sitzen, das wie ein Schlitten aussieht, mitgegeben. Aber nach einigen Runden Schlittenfahren packt uns unser Ehrgeiz und wir wollen auch im Stehen die Dünen herunterfahren. Mich kostet es einige Überwindung, meinen ersten Versuch zu starten. Auch wenn der Anfang gut verläuft, endet die Fahrt katastrophal. Mir fällt es schwer, das Gleichgewicht zu halten, ich gerate in Schieflage und rutsche ein Stück seitwärts den Sand hinunter, der sich komplett in meiner Nase und meinen Ohren verteilt. Mein Fehlstart ist mir enorm peinlich, zum Glück federt der weiche Sand meinen Sturz gut ab. Ich möchte es aber noch mal probieren und laufe die kleineren Anfängerdünen wieder nach oben. Bevor ich starte, lasse ich meinen Blick über den Pazifik gleiten und atme tief die salzige Luft ein. Beim zweiten Versuch kann ich mich schon länger auf dem Board halten, aber nach einigen Metern liege ich abermals in dem warmen Sand. Mir gefällt das Gefühl, mit dem Brett über die Hügel zu gleiten. Ich lasse mich nicht entmutigen und stapfe mit meinem Board unter dem Arm auf die Düne. Dabei beobachte ich Rosie und Ellie, die zwar wackelig, aber stehend unten ankommen. Verfolgt werden sie von Corey und Sophie, die beide bereits Erfahrung im Sandboardfahren haben und ihnen hilfreiche Tipps geben. Weiter hinten entdecke ich Espen, Aiden und Bodie, die geschmeidig die Dünen heruntersausen und sich sogar an kleinen Rampen probieren. Aiden wiederholt für sein Video einige Sprünge, während Espen mehrere Perspektiven filmt. Es sieht so leicht und entspannt aus, wie sie mit ihren Boards herumfahren. Oben angekommen, ziehe ich meinen Pferdeschwanz fest, stelle meine Füße in die Bindung des Boards und bin bereit loszufahren.

»Soll ich dir ein paar Tipps geben?«, höre ich eine männliche Stimme hinter mir.

Ich drehe mich um und blicke in zwei blaue Augen, die mich interessiert ansehen. Das T-Shirt mit der Aufschrift *»Oregon Sand Paradise«* verrät, dass der Typ hier arbeiten muss.

»Klar. Gerne. Vielleicht komme ich dann auch ohne Sand im Mund unten an.« Ich nehme sein Angebot dankend an.

»Ich bin Scott und arbeite hier als Trainer«, stellt er sich charmant grinsend vor. Seine dunkelblonden Haare haben fast die gleiche Farbe wie der Sand der Dünen.

»Ich bin Olivia und mache das hier zum ersten Mal.« Ich stelle mich neben mein Board, um zu verhindern, dass ich einfach losfahre.

»Das habe ich mir fast gedacht.« Scott lacht und zeigt seine perlweißen Zähne.

»Ehrlich? Was hat mich verraten?«, witzle ich zurück.

Scott kommt näher und legt sein Board neben meins. »So schlecht warst du gar nicht. Wirklich! Dein Gleichgewicht ist schon gut.«

»Und was würdest du mir raten?«

Scott stellt sich in den Sand, so wie er auf dem Board stehen würde. »Du solltest dein Gewicht eher weiter nach hinten verlagern und nicht nach vorne.«

»So?« Ich versuche, die gleiche Position wie er einzunehmen.

»Fast«, korrigiert er mich. Scott geht um mich herum und drückt mein rechtes Bein leicht nach hinten. »So ist es besser.«

Während ich mich darauf konzentriere, die Position zu halten, entdecke ich am Fuß der Düne Aiden und Espen, die uns beobachten. Ich lächle flüchtig in ihre Richtung und wende mich wieder an Scott. »Soll ich es noch mal probieren?«

»Warte. Du musst deinen Oberkörper auch nach hinten beugen.« Sanft schiebt er meinen Oberkörper zurück. »So könntest du losfahren.«

Aiden, der uns immer noch beobachtet, kneift offensichtlich wütend die Augen zusammen und läuft zielstrebig zu uns herauf. Espen ruft ihm etwas hinterher, auf das er aber nicht eingeht, und schließlich folgt er seinem Bruder augenrollend.

»Gehören die Wachhunde zu dir?«, sagt Scott belustigt zu mir.

»Ja, ich schätze ... Ja, das tun sie«, antworte ich unangenehm berührt und frage mich, was Aiden vorhat.

»Drehen sie etwas Offizielles oder filmen sie einfach nur so?«

»Ein Youtube-Video über das Sandboarding ...«, weiter komme ich nicht, da Aiden uns schon erreicht hat.

»Hi. Alles okay hier?« So angespannt habe ich ihn noch nie gesehen.

»Ja, alles gut. Scott zeigt mir, wie ich hier halbwegs heil herunterkomme«, antworte ich ihm ruhig.

»Aha, und du kennst dich da aus?« Aiden spricht Scott an, der ihn leicht verwirrt ansieht.

Mittlerweile ist Espen ebenfalls angekommen und wirft mir einen entschuldigenden Blick zu.

»Ja, tut er. Er arbeitet hier als Trainer, Aiden«, antworte ich für Scott.

»Ja, seit vielen Jahren«, ergänzt Scott, der wohl das Gefühl hat, sich erklären zu müssen. »Ich wollte Olivia nur etwas helfen.«

»Das sah aber anders aus«, platzt Aiden heraus.

Entnervt schaue ich ihn an. »Aiden? Was soll das?«

»Oh, ich wollte Olivia echt nicht anbaggern. Ich wollte ihr

nur helfen«, entschuldigt sich Scott. »Ich wusste ja nicht, dass ihr zusammen seid.«

»Wir sind nicht zusammen«, stelle ich schnell klar.

»Nicht direkt«, ergänzt Aiden.

Ich funkle ihn verärgert an. »Was?«

Espen fährt sich beschämt durch die Haare. »Aiden, es ist gut. Olivia kann machen, was sie möchte. Und außerdem steht sie hier nur am Gipfel einer Düne und will mit einem Board herunterfahren.«

Obwohl er Aiden beruhigen möchte, schaut er mir fest in die Augen. Ich sehe nicht weg, sondern halte seinem Blick stand, solange es geht. Er hat mehr als recht mit seiner Aussage und ich möchte von niemandem mehr Vorschriften bekommen. Paradoxerweise wünscht sich aber ein Teil von mir auch von ihm eine eifersüchtige Regung. Irgendetwas. Zumindest eine Spur. Nur davon ist nichts zu sehen, dafür bei Aiden mehr als genug. Warum sollte er auch eifersüchtig sein? Er hat Samira und will mich nicht mehr. Espen bricht den Blickkontakt ab und dreht sich zu seinem Bruder.

Espens Worte haben Aiden wieder geerdet. »Ja, das stimmt. Espen hat recht.«

»Gut. Ich fahre jetzt mit Scott die Düne hinunter. Okay? Wir sehen uns später. «Ich schiebe meine Füße in die Schlaufen des Boards.

»Okay, Olivia, alles klar. Dann können wir los«, ruft Scott. »Und denk daran, das Gewicht nach hinten zu verlagern.«

Scott und ich fahren gemeinsam die Düne hinunter. Mein Board surft regelrecht über den Sand und erzeugt ein angenehm knirschendes Geräusch. Ganz anders als Schnee. Ich bleibe die ganze Zeit aufrecht auf dem Board. Nur als ich unten ankomme, kippe ich zur Seite weg.

»Cool. Das war schon richtig gut«, gratuliert er mir.

»Das hat Spaß gemacht. Wollen wir noch mal fahren?« Ich kann es kaum abwarten, ein weiteres Mal zu fahren. Es ist ein unbeschreibliches Gefühl, wie das Board, über den Sand knirschend, beschleunigt und mit einer Leichtigkeit über die Körnchen fährt. So als würde ich surfen.

Als wir die Düne hochlaufen, sind Espen und Aiden verschwunden. Ich entdecke sie, wie sie auf einem anderen Hügel etwas filmen. Mein Ärger auf Aiden ist nicht verschwunden. Es nervt mich, dass er so versessen darauf ist, die Wette zu gewinnen. Und so wird er sie auf gar keinen Fall für sich entscheiden.

Auf der Düne warten Ellie und Rosie auf uns.

Rosie ruft mir aufmunternd zu: »Livy, das sieht schon super aus.«

»Danke und es hat Spaß gemacht.« Ich erwähne die seltsame Situation mit Aiden nicht.

»Wollen wir dann jetzt zusammen fahren?«, fragt Rosie.

Ellie ist damit beschäftigt, Selfies von sich im Sand zu machen.

»Klar. Wo ist denn Corey?«

»Der fährt ein paar Extrarunden mit Sophie. Die beiden sind irgendwie schon im Expertenlevel.«

»Komm, lass uns loslegen«, rufe ich begeistert und fahre wieder ein Stück sicherer die Düne hinunter.

Die nächste Stunde verbringen Scott, Ellie, Rosie und ich damit, unsere Skills zu verbessern. Erschöpft lassen wir uns in den Sand plumpsen.

»So, ich muss jetzt los. Jetzt beginnt meine Schicht im Verleih. War lustig mit euch«, verabschiedet sich Scott.

»Danke und wir kommen bestimmt wieder«, rufe ich ihm zu.

»Wollen wir die anderen suchen?«, schlägt Ellie vor.

Mir graut es vor dem Wiedersehen mit Aiden. Mit Rosie und Ellie ist es leicht und lustig. »Ich würde lieber noch weiterfahren.«

»Livy, vielleicht später? Lass uns lieber die anderen suchen.«

»Okay, vielleicht fahre ich gleich aber noch.«

Rosie nickt und läuft suchend vornweg die Dünen entlang.

»Wollen wir denn nachher noch zum Strand?«, schlage ich vor.

Ellie dreht sich zu mir um, »Ja, zum North Jetty Beach. Das haben wir vorhin im Auto besprochen.«

»Da hinten sind sie«, sagt Rosie und läuft zugig zu der Gruppe.

Die Jungs sitzen mit Sophie neben einer Düne im Sand und machen eine Pause. Espen fixiert mich mit einem sanften Blick, so als möchte er wissen, ob ich noch wütend bin. Ich schenke ihm ein flüchtiges Lächeln, das er registriert, bevor er wieder wegschaut. Aiden dagegen sieht nicht von seinem Handy auf und tut so, als würde er uns gar nicht bemerken.

Rosie kuschelt sich an Corey. »Ich dachte schon, ihr seid verschollen.«

Corey umarmt seine Freundin und gibt ihr einen Kuss.

Bodie reicht Ellie eine Wasserflasche. »Hat alles geklappt? Ich habe dich gar nicht mehr gesehen.«

»Klar«, antwortet sie, setzt sich neben ihn und klopft ihrem Bruder liebevoll auf die Schulter. »War eine gute Idee von dir.«

Bodie, der häufig unbedarft wirkt, geht fürsorglich mit seiner Schwester um und Ellie wiederum herzlich mit ihm, während sie zu anderen wesentlich forscher ist.

Ich setze mich in die freie Lücke zwischen Sophie und Aiden. Am liebsten würde ich meinem Plan folgen und weiter die Dünen herunterfahren oder meinetwegen auch los zum Strand gehen. Ich habe aber wenig Lust, neben Aiden zu sitzen.

Ich öffne meinen Rucksack und suche meine Wasserflasche. Dabei lasse ich mir ausreichend Zeit, um mich zu beschäftigen, dabei ist mir klar, dass ich nicht ewig in meiner Tasche wühlen kann, und ziehe letztendlich meine Flasche heraus.

Aidens Sitzposition hat sich noch nicht verändert, dafür fange ich Espens Blick auf, der mich erneut eindringlich mustert.

»Machen wir gleich noch weiter oder wollen wir los zum Strand?«, fragt Rosie.

»Meinetwegen können wir gleich los. Oder, Sophie?«, sagt Ellie.

»Soll mir recht sein.« Sophie streckt sich komplett im Sand aus.

Ich öffne die Flasche, schiebe meine mittlerweile müden Beine vor mir in den weichen Sand und sitze schweigend neben den Zwillingsbrüdern, die beide ebenfalls ungewohnt still sind.

»Dann machen wir das. Ich möchte vorher in den Supermarkt und etwas für das Picknick am Strand einkaufen. Will noch jemand mit?«, fragt Rosie in die Runde.

Bevor ich reagieren kann, meldet sich schon Bodies Schwester zu Wort. »Super Idee. Wir kommen auch mit. Bodie und ich müssen für heute Abend ohnehin noch etwas einkaufen. Wir haben so eine Art Familienessen und Mom hat uns gebeten, einige Zutaten mitzubringen.«

»Gute Idee«, bestätigt ihr Bruder.

Rosie sieht zu uns rüber. »Und was sagt ihr drei dazu? Aiden, bist du fertig mit dem Video?«

Aiden schaut vorsichtig zu mir und danach wieder zu Espen. So schweigsam habe ich ihn bisher noch nie erlebt.

»Meinetwegen schon, oder?« Espen stößt seinen Bruder an. »Aiden?«

Langsam kommt wieder Leben in seinen Körper. »Nein, wir sind noch nicht fertig«, antwortet er mit Nachdruck.

»Alles klar. Was fehlt noch?«, hakt Espen nach.

»Olivia wollte noch mit mir zusammen fahren!«

Ich fange Aidens herausfordernden Blick auf und schüttle vehement meinen Kopf.

»Das passt doch super. Livy hat mir gerade noch erzählt, dass sie gerne weiterfahren würde.«

Fassungslos schaue ich Rosie an. Sie kann aber nichts dafür, da sie nur die Worte wiederholt, die ich ihr ein paar Minuten vorher gesagt habe.

»Abgemacht, dann fahren wir drei zusammen. Wir kommen später nach. Olivia fährt bei uns im Auto mit. Euer Auto ist ja voll.« Aiden ist wieder in seinem Element.

»Meinetwegen«, stimmt Espen ihm zu und sieht mich fragend an. »Ist das okay für dich?«

Ich komme aus der Situation ohnehin nicht mehr heraus und obwohl ich momentan lieber zickig ablehnen würde, antworte ich locker: »Ja, ich fahre bei euch mit.«

Aidens Augen funkeln auf und ich sehe die Freude darüber, wie gut sein Plan funktioniert.

»Wollen wir jetzt los? Ich muss auf die Toilette.« Rosie packt alles zusammen. Die anderen tun es ihr gleich und mit gepackten Sachen verabschieden sie sich.

»Kauft etwas Leckeres ein. Bringt bitte auch kalte Cola und Eiswürfel mit!«, ruft Aiden hinterher.

»Und Bier«, ergänze ich ungewöhnlich laut und wundere mich über mich selbst. Und noch mehr über die Bierbestellung.

Rosie dreht sich grinsend zu mir um und hält ihren Daumen nach oben.

»Du weißt schon, dass man das hier nicht einfach so am Strand trinken darf?«, fragt Aiden verwundert und sieht mich zum ersten Mal wieder direkt an.

»Ja, darum habe ich auch immer eine braune Papiertüte dabei«, antworte ich flapsig und packe genervt meine Tasche ein.

Aiden lacht entspannt auf.

»Vielleicht kannst du uns später eine abgeben?« Espen fixiert mich und ich kann sehen, dass er ein Lächeln unterdrückt.

»Vielleicht.« Nun muss ich lächeln. »Und nun?«

»Olivia?« Aiden stellt sich vor mich und ringt um Worte. »Vorhin … irgendwie war das ein Missverständnis … ich meine …«

Espen kneift die Augen zusammen und dreht sich weg, als würde ihn die Szene nicht interessieren.

»Ja?«, frage ich nach.

»Das mit diesem Scott. Du weißt schon. Das lief wohl nicht ganz richtig.« Aiden tut sich offenbar schwer, die Aussage auf den Punkt zu bringen.

»Also? Was möchtest du sagen?« So leicht würde ich ihn nicht davonkommen lassen.

»Es tut mir leid. Ich dachte, er wollte dich anmachen«, entschuldigt sich Aiden kleinlaut.

»Nein. Überhaupt nicht. Er war freundlich und hat mir gezeigt, wie Sandboarding funktioniert. Ihr wart alle beschäftigt.«

»Jetzt haben wir Zeit. Nur für dich.« Aidens Stimme hat nun wieder diesen flirtenden Tonfall und ich merke, wie die Last von ihm abfällt.

Perfekt. Jetzt stehe ich hier allein mit den Zwillingsbrüdern mitten in den Dünen. Der einzige Punkt auf meiner imaginären To-do-Liste für heute war, beiden, so gut es geht, aus dem Weg zu gehen. Aber egal wie gut ich den Tag durchgeplant habe, bei den Zwillingen kommt es immer anders und die Karten werden neu gemischt.

Espen stellt sich wieder zu uns, blickt mich an, als möchte er etwas sagen, klopft aber nur seinem Bruder freundschaftlich auf die Schulter. »Wollen wir starten?«

Wir gehen zu einer großen Sanddüne, auf der gerade kaum andere Besucher sind. Ich klettere den Brüdern hinterher und komme als Letzte oben an. Aiden und Espen wirken nicht nur sportlicher, sondern sie sind es auch. Um meinen vermutlicherweise hochroten Kopf mache ich mir keine Gedanken mehr, da dieser heute bestimmt ein Dauerzustand bei mir ist. Mittlerweile fühlen sich meine Beine durch das Laufen im Sand bleischwer und kribbelig an.

»Jetzt kann Olivia uns zeigen, was sie gelernt hat.« Aiden legt sein Board startbereit auf den Boden.

»Olivia. Bist du bereit?«, fragt mich Espen leise. Er steht dicht neben mir.

»Ja. Und los!« Ich ergreife die Initiative und fahre den Abhang hinunter, gefolgt von den Brüdern.

Aiden, der durch eine bessere Technik punkten kann, kommt als Erstes unten an. »Weiter geht's.«

Espen, ausgerüstet mit seinem kompletten Equipment, folgt uns entspannt. »Das sieht richtig gut aus«, lobt er mich.

»Scott sei Dank«, scherzt Aiden.

»Wollen wir weiter?«, frage ich energiegeladen. Durch die gewonnene Sicherheit auf dem Board macht es mir immer mehr Spaß und ich habe keine Lust aufzuhören, auch wenn meine Beine schmerzen.

»Woohoo, dann los«, ruft Aiden und wir drei rasen los zur nächsten Düne.

Wir fahren fast alle Hügel einmal hinunter und ich versuche mich ebenfalls an den kleinen Schanzen, die dort aufgebaut sind. Das erste Mal lande ich gnadenlos im Sand, von Mal zu Mal werde ich besser und schaffe am Ende auch einen kleinen Satz.

»Wow, das hat wirklich Spaß gemacht.« Stolz und erledigt lasse ich mich in den Sand fallen.

»Dein letzter Sprung war wirklich gut. Vielleicht solltest du anfangen, Skateboard zu fahren«, sagt Aiden zu mir und setzt sich neben mich.

Ich lache. »Dann würden meinen Brüdern die Augen aus den

Köpfen fallen. Sie haben mich jahrelang gehänselt, da ich nur Inlineskates fahre und kein Skateboard. Schade, dass die beiden mich heute nicht sehen können. Das glauben die mir niemals.«

»Vielleicht kannst du es ihnen doch zeigen.« Espen befreit sich von dem kompletten Equipment und kommt zu uns.

»Wie?«, frage ich nach.

»Es sah wirklich gut aus, wie ihr beide zusammen gefahren seid. Durch den tiefen Stand der Sonne hatte der Sand eine tolle Farbe und der Himmel passte bildtechnisch perfekt«, schwärmt Espen.

»Und?«, hake ich weiter nach.

»Ich habe euch gefilmt. Ihr habt das gar nicht bemerkt.«

»Ich möchte aber nicht gefilmt werden und ich möchte auch nicht im Video zu sehen sein«, entgegne ich hitzig.

»Willst du nicht online zu sehen sein?«, fragt Espen mich ernst.

Ich schüttle langsam den Kopf.

»Das musst du auch nicht. Wirklich nicht. Die Bilder verbreiten nur so eine perfekte Stimmung. Ich konnte nicht anders«, gesteht Espen und sieht mich sanft mit seinen braunen Augen an.

»Sprach der Regisseur«, bemerkt Aiden euphorisch. »Livy, dann könntest du deinen Brüdern den Link zu dem Video schicken. Das ist eine exklusive Chance.«

»Ja, das stimmt. Aber ich weiß nicht …« Ich möchte nicht im Film zu sehen sein und ich möchte die Wette nicht verlieren. Ich frage mich, ob Espen das Video tatsächlich freiwillig aufgenommen hat oder ob die beiden sich vorher abgesprochen haben.

Espen nimmt die Kamera und durchsucht die Dateien. »Hier, das seid ihr beide.« Er reicht mir das Gerät und Aiden rutscht näher, um das Video ebenfalls sehen zu können.

Ich sehe, wie wir die Dünen hinunterfahren, ich sehe, wie ich Spaß habe, ich sehe, wie glücklich Aiden aussieht, und ich sehe die besondere Atmosphäre, von der Espen gesprochen hat. Die Dünen glänzen in einem goldenen Licht und heben sich kontrastreich von dem blauen Himmel ab. Und ich bemerke verschämt die häufigen Nahaufnahmen, die mein Gesicht von Nahem zeigen und meine Emotionen einfangen. In dem Video bin ich nicht nur Nebendarstellerin, sondern eine Hauptdarstellerin.

»Es sieht toll aus«, gebe ich zu und reiche Espen seine Kamera zurück. »Man sieht mich ziemlich häufig.«

Er lächelt flüchtig und dreht sich zu seinem Bruder. »Und, Aiden? Was sagst du?«

»Ich teile gerne mit Olivia meinen Platz im Rampenlicht«, schmeichelt mir Aiden. »Olivia, die Entscheidung liegt bei dir. Nur bei dir.«

Am liebsten würde ich mich mit Händen und Füßen gegen das Video wehren, es ist nur einfach perfekt. Ich kann gar nicht glauben, dass Espen es einfach so, ohne dass ich es gemerkt habe, aufgenommen hat.

»Ich denke, ich werde einmalig eine Youtubedarstellerin«, stimme ich letztendlich zu. »Aber nur einmal. Ich muss schließlich meine Brüder beeindrucken: ich in einem Youtube-Video.« Ich lächle den Zwillingen zu. Ehrlicherweise habe ich nicht wegen meiner Brüder zugestimmt. Ich hätte auch Espen bitten können, mir einige Sequenzen zu schicken oder mich mit dem Handy zu filmen. Ich gefalle mir in dem Video. Ich wirke sportlich und ganz anders als sonst. Vielleicht gehört dieser Moment auch zu meinem Neustart. Olivia, die sich etwas traut. Und wenn ich noch ehrlicher zu mir bin, wollte vielleicht ein kleiner Mikroteil in mir die Wette verlieren und mit Aiden zusammen auf ein Date gehen.

»Super. Das wird ein gutes Video. Wir haben sehr viel Material.« Espen lächelt mich glücklich an und ich bin mir in diesem Moment sicher, dass er das Video nicht auf Aidens Anweisung hin aufgenommen hat.

»Gute Entscheidung, Livy.« Aiden grinst mich ebenfalls glücklich an. In seinen Augen erkenne ich Vorfreude und Siegesfreude.

Er hat die Wette gewonnen!

Kapitel 22

Gut gelaunt und kaputt fahren wir mit Aidens Auto zum North Jetty Beach, um die anderen wieder zu treffen. Beschwingt von dem ereignisreichen Tag bin ich nun froh, entspannt auf der Rückbank zu sitzen, um meinen Beinen, die in den letzten Monaten nicht viel Sport gewohnt waren, eine Pause zu gönnen. Auf dem Rücksitz kann ich mich auch den Blicken der Zwillinge entziehen, denen keinerlei Ermüdungserscheinungen anzusehen sind.

»Ist der Strand weit weg?«, frage ich.

»Nur knapp zehn Minuten«, antwortet mir Aiden.

»Die anderen sind bestimmt schon da. Oder habt ihr etwas von ihnen gehört?«, fragt Espen.

Ich schaue auf mein Handy und schüttle den Kopf. »Nein, Rosie hat sich nicht gemeldet.«

Aiden hält sich gespielt den Magen. »Ich hoffe, sie sind schon dort, ich habe einen Bärenhunger. Da muss ich mir bei Rosie keine Gedanken machen, sie kauft immer für eine Footballmannschaft ein.«

»Das stimmt. Dafür ist sie immer ausgestattet: für eine spontane Party mit hundert Leuten«, scherze ich.

»Partys sind gerade nicht ihr Ding, oder? Sie scheint sehr glücklich mit diesem Corey zu sein«, fragt mich Espen.

»Ja, das ist sie. Sie hat es sehr erwischt.«

Er grinst und dreht sich zu mir um. »Das konnte man vorhin sehen.«

Ich lächle ihn an. »Erinnere mich nicht daran. Das habe ich schon verdrängt.«

»Anstelle von Partys gibt es jetzt Dates«, feixt Aiden.

»Ja, das soll mir ganz recht sein. So kann ich mich auf meinen Job konzentrieren und nicht immer übermüdet dort aufkreuzen. Eigentlich hatte sie ganz andere Pläne für uns«, erzähle ich beiläufig.

»Gut so. Und neben deinem Job hast du dann auch Zeit für Dates oder zumindest für ein gewisses Date«, rutscht es ihm gewollt oder ungewollt heraus.

Als Aiden sich kurz zu mir dreht und mich auffordernd anblickt, weiß ich, dass er es absichtlich angesprochen hat.

»Die nächsten Wochen sind echt voll mit Terminen. Owen hat im Moment wirklich viele Aufträge.« Ich versuche, das Gespräch auf ein anderes Thema zu lenken.

Espen will gerade antworten, wird aber von seinem Bruder abgewürgt. »Einen Tag wirst du dir freinehmen können. Da bin ich mir sicher. Ich bekomme das auch hin.«

Ich schaue aus dem Fenster, in der Hoffnung, den Strand sehen zu können, aber die zehn Minuten sind noch nicht vorbei und das Meer kann ich auch noch nicht erkennen. Lieber würde ich mit Aiden allein über das Date sprechen und nicht vor Espen. Vor allem nicht vor Espen.

»Wer möchte ein Date haben?«, fragt Espen verwundert nach.

Ich entscheide mich dafür, nichts zu sagen und Aiden den Vortritt zu lassen.

Er wirft seinem Bruder einen flüchtigen Blick zu, lächelt schief und antwortet entspannt: »Olivia und ich.«

Drei knappe Worte! Drei Worte, die die Stimmung innerhalb einer Sekunde auf den Gefrierpunkt herunterkühlen.

Espen lächelt reserviert. »Und habt ihr schon Pläne?«

Aiden, der den Stimmungswechsel offenbar nicht mitbekommen hat, überlegt, »Noch nicht wirklich. Schließlich ist eben erst die Entscheidung gefallen. Vielleicht gehen wir in der Lodge essen oder in das neue Kino? Oder beides!«

Ich rutsche weiter im Sitz nach unten.

»Eben erst entschieden?«, fragt Espen irritiert.

Aiden schaut ihn verwundert an. Der Stimmungsumschwung scheint nun auch beim Fahrer angekommen zu sein. »Ja, beim Sandboarding.«

»Ich war die ganze Zeit bei euch? Wann genau?« Espens Ton wird ernst.

»Ach, es gab eine Wette zwischen uns. Einfach nur so. Und Olivia hat sie verloren.« Aiden schaut mich mit einem Blick durch den Rückspiegel an, der mich stumm auffordert: *»Kannst du auch etwas sagen?«*

Nein, ich will gerade nicht viel sagen. Ich ärgere mich vielmehr, dass Aiden die Wette überhaupt erwähnt hat.

»Ihr habt gewettet und ein Date war der Einsatz? Und worum ging es?« Espen dreht sich zu mir um und wirft mir einen kurzen, aber durchdringenden Blick zu.

Aiden schweigt für einen Moment und schaut stumm zu seinem Bruder.

»Die Frage war, ob ich mich heute filmen lasse und somit in seinem Video sandboardfahrend zu sehen bin. Mehr nicht«, springe ich nun doch für Aiden ein.

»Also, nichts Besonderes«, beschwichtigt Aiden und ist offensichtlich erleichtert über meine Beteiligung an dem Gespräch.

»Verstehe«, sagt Espen in einem bitteren Tonfall. »Dann habe ich die Wette entschieden, indem ich euch eben gefilmt habe.«

»Irgendwie schon.« Aiden zuckt mit den Schultern.

»Aber die Entscheidung, dass ich in das Video möchte, habe ich getroffen«, füge ich leise hinzu.

»Euch wird schon etwas einfallen. Da bin ich mir sicher. Die Lodge ist wirklich schön. Da war ich im Februar mit Samira«, presst Espen hervor.

Eine unangenehme Stille breitet sich im Auto aus. Die Wette macht mich verlegen und unsicher. Verlegen, weil es nicht nur um eine normale Verabredung geht, sondern weil mir Aidens eindeutige Gedanken bewusst sind, die seltsamerweise ein wohliges Gefühl in mir wecken. Doch ich bin auch unsicher, da ich mir vorstelle, wie es wäre, mit Aiden in der Lodge zu sitzen, während Espen mit Samira dort essen geht. Ich betrachte die Brüder, die beide starr nach vorn schauen. Von meinem Platz aus kann ich Aidens Profil erkennen. Seine Haare sind von dem sportlichen Tag noch verwuschelter als sonst. Er wirkt wieder entspannter, so als würde ihn die Stille im Auto nicht stören. Espens Gesicht kann ich nicht sehen, da ich genau hinter ihm sitze. Ich betrachte seine dunklen Locken, seinen Hals mit den zwei Muttermalen an der linken Seite und seine angespannten Nackenmuskeln. Im Außenspiegel ist es mir möglich, sein Gesicht zu erkennen, welches müde aussieht, während er ausdruckslos nach vorn schaut. So als würde er meinen Blick spüren, blicken mich plötzlich seine braunen Augen an. Ungewiss, ob er mich auch sehen kann, betrachte ich weiter sein Gesicht und kann nicht wegsehen. Als die Straße holpriger wird, wendet er sich mit einem flüchtigen Lächeln ab und schaut wieder nach vorn. Zurück bleiben nur ein wummerndes Herz und eine mir unbekannte Sehnsucht.

»Wir sind da.« Aiden fährt auf einen sandigen Parkplatz, von dem aus ich schon den Pazifik sehen kann.

Ich öffne zügig die Autotür, erleichtert, aussteigen zu können, und hole tief Luft.

Espen steigt wortlos aus und öffnet die Klappe der Ladefläche, um sein Equipment zu holen.

Dieses Mal werde ich mich nicht verstecken und frage ihn: »Was soll ich tragen?«

»Mit dem Stativ hast du schon Erfahrung. Bitte.« Er reicht mir das Stativ und ein sanftes Lächeln huscht über sein Gesicht.

»Klar. Noch etwas? So als erfahrene Trägerin.« Ich versuche, mich locker zu verhalten.

»Die Tasche?« Er hält eine schwarze Tasche hoch und schaut mich gespielt drohend an. »Aber vorsichtig, da ist meine neue Kamera drin.«

Ich bin froh über die sich aufhellende Stimmung. »Ich beschütze sie mit meinem Leben. Versprochen.«

Er gibt mir grinsend die Tasche und seine Augen ruhen auf mir. »Sehr aufopferungsvoll.«

Bevor ich etwas erwidern kann, taucht Aiden hinter mir auf. Er legt seinen Arm um meine Schultern und nimmt sich eine weitere Tasche. »Ist das alles?«

»Den Rest nehme ich«, erklärt Espen scharf, ohne seinen Blick zu senken. Erst als sein Handy klingelt, löst er diesen. »Ich komme gleich nach. Das ist Samira.« Er nimmt das Gespräch an und läuft um das Auto herum.

Aiden streicht mir flüchtig mit der Hand über den Rücken. »Komm. Lass uns gehen. Das kann dauern. Ich habe wirklich Hunger.«

Die Gruppe hat sich schon einen windgeschützten Platz am Strand neben einer Ansammlung von Treibholz ausgesucht. Durch die Märzluft ist der Wind noch kalt und wirbelt den Meeresduft, eine Mischung aus Salz, Algen und Sand, herum, den ich tief einatme und der mich für einen kurzen Moment an die Nordsee erinnert. Die kräftige Brandung knallt mit voller Wucht an die umliegenden Felsen und einige Surfer versuchen sich an den aufbrausenden Wellen. Der Strand wirkt durch die Gicht grau und nebelig, aber die Sonne sucht sich immer wieder ihren Weg durch die Wolken. Ich liebe die rauen, großen Strände an der pazifischen Küste. Rosie und die anderen müssen schon länger hier sein, da neben der Decke bereits ein kleines Lagerfeuer brennt, an dem Ellie und Sophie Würstchen an einem langen Stock erwärmen.

»Hey, Livy. Da seid ihr ja. Wie war das Boarden?«, ruft Rosie mir zu und kommt uns entgegengelaufen.

»Hat Spaß gemacht.« Das ist nicht gelogen, aber auch nur die halbe Wahrheit.

Aiden grinst sie nur gewinnend an und geht zum Rest der Gruppe.

Wir laufen ebenfalls zur Picknickdecke, auf der eine Menge Essen aufgebaut ist. Neben dem gesamten Hotdogzubehör liegen dort noch Marshmallows, Kekse, Tortillas mit Salsa, köstliche Cupcakes und viele verschiedene Getränke.

»Wow. Ihr habt wirklich eine Menge eingekauft und ein Feuer habt ihr auch schon angezündet?«

»Du warst halt mit anderen Dingen beschäftigt«, höre ich Espens Stimme dicht hinter mir.

Ich drehe mich erschrocken um.

Zielstrebig geht er an uns vorbei zu Bodie, ohne mich anzusehen.

Rosie zuckt nur mit ihren Schultern. »Da bin ich aber gespannt. Das könnt ihr später erzählen. Jetzt essen wir erst einmal. Ich konnte Bodie und Corey kaum noch davon abhalten anzufangen.«

»Ja klar«, antworte ich und schaue zu Espen, der sich nun unbeschwert mit Bodie unterhält. Hätte Aiden bloß nie diese kindische Wette erwähnt …

Ich sichere mir den Platz neben Rosie. Direkt gegenüber von mir sitzt Bodie, zu dessen Linken und Rechten die Zwillinge Platz nehmen. Er ist es wahrscheinlich schon gewohnt, als Puffer zu dienen, wenn die beiden sich nicht einig sind.

Meine Augen huschen zwischen den Brüdern hin und her. Aiden öffnet sich eine Coke und beobachtet mich intensiv mit einem zufriedenen Lächeln. Espen hingegen hört Bodie interessiert zu, wirft mir jedoch unauffällige Blicke zu, die ich aber nicht deuten kann. Sein Gesichtsausdruck ist entspannt, nur seine Augen wirken ablehnend auf mich. Mir fällt es schwer, ihn einzuordnen. In einem Moment ist er aufgeschlossen, gar freundlich und ehe ich mich's aber versehe, wirkt er abweisend und schlecht gelaunt.

»Rosie, kann ich irgendwie helfen?«, frage ich, um mich der Situation zu entziehen.

»Vielleicht kannst du mit Ellie die Würstchen wärmen? So sind die Hotdogs schneller fertig«, überlegt Rosie laut, als sie Coladosen und Wasserflaschen an uns verteilt. Sie drückt mir eine Flasche in die Hand und flüstert mir verschwörerisch zu: »Livy, dein Bier bekommst du zu Hause.«

Ich lächle ihr schelmisch zu.

»Warum warst du denn vorhin so sauer?«, fragt mich Rosie leise.

»Du hast das mitbekommen?«

»Ich bin doch nicht blöd. Und warum fragst du mich sonst nach Bier?«, empört sie sich.

»Erwischt!« Ich presse die Lippen aufeinander.

»Und? Warum?«, bohrt sie weiter.

»Erzähle ich dir nachher. Zu Hause. Bei dem Bier.«

»Das Angebot lehne ich nicht ab. So und nun ab zu den Würstchen, bevor alle schon die Marshmallows vor den Hotdogs essen.« Sie drückt mir eine Packung Würste und einen langen Holzstab in die Hand.

Ich setze mich neben Ellie und bin froh, den anderen den Rücken zuzuwenden. »Hey. Hier kommt die Würstchen-Unterstützung.«

Sie macht Platz für mich. »Hi, Olivia. Perfekt, dann müssen wir hier nicht ewig sitzen.«

Bis alle Würstchen fertig aufgewärmt sind, erzählen mir Ellie und Sophie einige lustige Geschichten vom College und liefern mir eine detaillierte Beschreibung von der letzten Party im Studentenwohnheim. Für beide beginnt nach dem Sommer das letzte Collegejahr.

»Rosie. Wir sind fertig.« Ich drehe mich zu ihr und reiche ihr den beladenen Würstchenteller.

»Ihr könnt anfangen. Guten Appetit«, ruft Rosie laut allen zu.

Ellie und Sophie rutschen auf den Platz neben Rosie und ich weiche auf den freien Platz neben Aiden aus. Espen sitzt nicht mehr bei uns auf der Decke. Ich entdecke ihn in der Nähe des Wassers, wie er auf einem großen Stein sitzt und mit seiner Kamera die Landschaft filmt.

Ich belege mir ebenfalls meinen Hotdog und bemerke, wie hungrig ich bin.

»Guten Appetit, Livy.« Aiden dreht sich zu mir und stößt mit seinem Hotdog an meinen. »Auf ein besonderes Youtube-Video!«

»Auf ein besonderes Youtube-Video!«, stimme ich ihm zu und mein Magen kribbelt verdächtig.

Rosie streamt mit ihrem Handy Musik und spielt ihr Lieblingslied *»Yellow«* von Coldplay ab. Wir bedienen wir uns an dem leckeren Essen, Bodie erzählt Witze und die Stimmung ist ausgelassen.

Ich drehe mich wieder zu Espen um und frage Aiden: »Möchte Espen nichts essen?«

»Er wollte später etwas essen. Seine neue Kamera ist ihm wichtiger«, klärt er mich mit vollem Mund auf.

Eine gemütliche Stimmung breitet sich aus und wir machen es uns mit vollen Bäuchen auf der Decke gemütlich. Rosie spielt weiter den DJ, nimmt Musikwünsche an und turtelt weiter mit Corey. Ellie, Sophie und Bodie rösten Marshmallows, um S'Mores für uns alle vorzubereiten. Die geschmolzenen Marshmallows, die zwischen zwei Kekse und Schokolade gequetscht werden, schmecken mir in den USA am besten. In Deutschland hat mir die Stimmung dazu gefehlt und die S'Mores erzeugten nur Fernweh in mir. Aiden, der bis eben dicht neben mir gesessen hat, hat sich rücklings auf die Decke gelegt, um, wie er es ausdrückt, für seine Follower da zu sein. Er postet erst eine Instagram-Story von unserem Picknick und fängt dann an, einige seiner hundert Nachrichten zu beantworten.

»Olivia, du kannst dir gar nicht vorstellen, wie viele Frauen mir Bilder von sich schicken«, prahlt er, um mich herauszufordern. Er hält mir ein Foto von einer hübschen dunkelblonden Followerin entgegen.

»Und lohnt es sich?«, versuche ich, cool zu antworten.

»Teilweise schon. Aber wenn du neben mir sitzt, kann mich keine andere begeistern.« Sein Mund verzieht sich zu einem charmanten Lächeln.

Bodie drückt seiner Schwester seinen Spieß mit den Marshmallows in die Hand, um sich Aidens Bildergalerie anzusehen. Ellie verdreht entnervt ihre grünen Augen und röstet nun mit zwei Spießen die Marshmallows.

Da ich auch keine Lust auf eine Begutachtung von Followerinnen habe, drehe ich mich zum Ozean und beobachte Espen, der immer noch konzentriert mit seiner Kamera arbeitet. Kurzentschlossen nehme ich einen Teller, befülle üppig ein Hotdogbrötchen und lege einen fertigen S'Mores, einen Schokocupcake sowie einige Chips dazu. Mit der bunten Mischung gehe ich zu ihm.

»Ein Gruß aus der Küche«, verkünde ich und reiche ihm den Teller.

Espen schaut überrascht auf. »Oh, vielen Dank. Ich dachte schon, es wäre alles aufgegessen.«

»Nein. Es ist noch viel da. Aber eigentlich müssten die Hotdogs jetzt Colddogs heißen.« Der schlechte Witz rutscht mir unangenehmerweise einfach so raus.

Seine Augen funkeln belustigt. »An deinem Humor merkt man, dass du zu viel Zeit mit Aiden verbringst.«

Ich ignoriere seine Aussage und setze mich neben ihn auf den großen Stein. »Und bist du zufrieden?«

»Mit dem Colddog?« Espen zieht vergnügt eine Augenbraue hoch.

Ich schmunzle. »Eher mit deiner neuen Kamera.«

»Sehr zufrieden. Sie macht tolle Bilder. Das Meer, der Himmel – es sieht auf der Kamera fast genauso aus wie in echt. Hier, schau mal!«

Er dreht die Kamera auf dem Stativ zu mir und lässt das Video laufen. Ich sehe den Pazifik, die großen Wellen, die durch den Wind stehen, die raue steinige Küste und unsere Gruppe auf der Picknickdecke.

»Wow. Das sieht aus wie ein Werbevideo für die Küste Oregons«, lobe ich ihn aufrichtig.

Espen dreht sich zu mir und schaut mich freudestrahlend an. »Wirklich?«

»Ja, das hat einen ganz anderen Charakter als die Videos, die du für Aiden machst.«

Er zieht die Stirn kraus und blickt grübelnd zum Ozean.

»Also, die Videos sind auch gut. Ehrlich. Nur irgendwie anders«, füge ich hastig hinzu.

»Ich habe das schon richtig verstanden«, beruhigt er mich mit seiner sanften, rauen Stimme und beißt in seinen S'Mores, bei dem an der Seite das Marshmallow herausquillt.

»Da hat Ellie es mit den Marshmallows zu gut gemeint«, sage ich und unterdrücke ein Lachen.

»Da müssen mindestens fünf drin sein«, witzelt er und versucht, die Marshmallowfäden so gut wie möglich zu entfernen.

Für einen Moment herrscht Stille zwischen uns, eine Pause, die mir wie Stunden vorkommt. Ich streiche einige gelöste Strähnen hinter meine Ohren und presse unsicher meine Lippen aufeinander.

Verträumt schaut Espen in mein Gesicht, als würde er es sich einprägen.

Ich ignoriere das Beben in mir drin und begegne mutig seinem Blick.

»Wenn du in der Sonne bist, kann man fast zuschauen, wie sich deine Sommersprossen vermehren.« Er betrachtet, so wirkt es, jede Sprosse einzeln.

Ich berühre verlegen meine Wange, als könnte ich diese fühlen, und antworte erstickt: »Warte erst einmal den Sommer ab.«

Seine Lippen formen sich zu einem liebevollen Lächeln und er wendet sich wieder seiner Kamera zu.

Schweigend schaue ich ihm dabei zu. Vielleicht sehe ich äußerlich gelassen aus, aber in mir drin rumoren meine Gefühle und ich befürchte, gleich zu platzen.

Espen lässt sich nicht beirren und probiert verschiedene Einstellungen an seiner Kamera aus.

»Hast du das Filmen so richtig gelernt? Oder dir selbst beigebracht?«, frage ich, um die Stille zwischen uns zu beenden.

»Halb, halb«, antwortet Espen kryptisch.

Er bemerkt meinen fragenden Blick und ergänzt: »Im College hatte ich einige Kurse dazu, aber so richtig viel brachten sie mir nicht. Vieles habe ich mir selbst beigebracht.«

»Du bist wirklich talentiert«, platzt es aus mir heraus.

»Danke, Olivia. Das Kompliment nehme ich gerne an.« Espen fixiert mich mit seinen dunkeln Augen und für ein paar Sekunden lasse ich den Blick einfach zu – ohne Zweifel, Unsicherheit oder Verlegenheit.

»Wie gefällt dir dein neuer Job? Macht er dir Spaß? Im Auto hast du erwähnt, dass du viel zu tun hast.« Espen bricht als Erstes die Stille.

»Er macht mir wirklich viel Spaß. Ich wurde ins kalte Wasser geworfen, aber das war gut so«, antworte ich ehrlich.

»Du hast doch bestimmt schon einige Pluspunkte, da dein Chef der Freund deiner Tante ist, oder?«

»Nein … vielleicht. Owen ist ein guter Boss und du hast recht. Zur Not könnte Julie ein gutes Wort für mich einlegen. Aber auf der anderen Seite möchte ich auch nicht versagen. Ihm werde ich schließlich auch außerhalb des Büros noch öfter begegnen.«

»Ich bin mir sicher, dass du nicht *versagen* wirst.« Dabei betont er das Wort versagen besonders. »Vielleicht wirst du einen Fehler machen, aber das gehört dazu. Aber versagen wirst du mit Sicherheit nicht. Du machst das bestimmt richtig professionell.«

»Es ist mein Traumberuf. Planen macht mir Spaß und wenn es dabei noch um spannende Themen geht, umso besser.«

»Bei mir ist es auch nicht besser. Mein Chef ist mein Bruder. Ihm kann ich gar nicht entkommen. Und noch viel schlimmer: Ich wohne sogar mit meinem Boss zusammen.«

»Okay, du hast gewonnen. Der Preis geht an dich. Das kann ich nicht toppen.« Ich schmunzle.

»Den Preis nehme ich gerne an. Wenn du deinen Traumberuf gefunden hast, dann kann doch nichts schiefgehen, oder?«

»Ich hoffe, nicht. Wie zufrieden bist du denn mit deinem Job? Du meintest vor ein paar Tagen auf der Bank, dass es nur ein Job wäre. Also keine Passion?« Ich erinnere mich an seine Worte am Morgen meines ersten Arbeitstags.

»Du hast mir ja aufmerksam zugehört!« Espen beißt von seinem Cupcake ab.

»Tue ich tatsächlich ganz gerne, wenn jemand mit mir spricht.«

»Das macht auch nicht jeder.« Espen hält kurz inne. »Meine Passion ist das Filmen. Ich liebe es, seit ich das erste Mal eine Kamera in der Hand hatte. Mir gefällt es, die Bilder einzufangen und eine gewisse Stimmung weiterzugeben.« Er blickt zu mir, um abzuwägen, ob er weitersprechen soll. »Weißt du, Youtube-Videos sind unterhaltsam, aber nicht meine Leidenschaft. Ich kann Aiden damit unterstützen. Er braucht einen Kameramann und ich kann das Geld gut gebrauchen. Wir sind immer füreinander da. Auch wenn er mich manchmal verrückt macht.«

»Und was würdest du gerne tun? Wenn es nicht diese Videos gäbe?« Ich merke, wie schwer es ihm fällt, darüber zu sprechen.

Nach einer kurzen Pause antwortet er mir eindeutig: »Ich würde Dokumentarfilme drehen. Aber davon bin ich weit entfernt.«

»Aber es ist ein Plan.«

»Bei mir ist es leider Standard geworden, Träumen hinterherzujagen und immer nur Plan B zu nehmen«, sinniert er bitter und streicht seine Haare zurück, die durch den Wind wild herumtanzen.

»Manchmal kann auch die Alternative die bessere Wahl sein«, versuche ich, ihm gut zuzureden. So tiefgehend haben wir uns noch nie unterhalten, aber ich genieße es.

»Nicht, wenn man seine erste Wahl liebt«, flüstert er mir rau zu und sein durchdringender Blick trifft meinen.

»Dann solltest du für deine erste Wahl kämpfen. Ich kann dich beruhigen, ich kenne das. Ich weiß häufig nicht, wie ich etwas angehen oder ob ich etwas wagen soll. Rosie lässt sich viel schneller auf etwas ein. Wie auf das mit Corey. Ohne zu zögern, trifft sie Entscheidungen, egal ob diese richtig oder falsch sind. Ich denke zu viel nach und mache immer wieder Rückzieher«, offenbare ich ihm und bin selbst überrascht über meine Offenheit.

»Wovor hast du denn Angst?«

»Spinnen, wenn der Kaffee leer ist, Seilbahnen, glibberige Quallen und fliegende Steine nicht zu vergessen.« Ich versuche, der Situation mit etwas Komik die Intensität zu nehmen.

»Ich meine es ernst.« Espen fixiert mich eindringlich und will nicht von dem Thema abweichen.

»Ich weiß nicht, was ich sagen soll«, antworte ich ihm aufrichtig.

»Weißt du was? Du baust, seit ich dich das erste Mal gesehen habe, eine gigantische Mauer um dich herum auf. Für dich mag diese Mauer aus Glas sein. Du denkst, dass alle wissen, was in dir vorgeht. Aber das ist nicht der Fall. Deine Mauer ist aus Titan. Keiner weiß, was du wirklich denkst oder fühlst.«

»Und was, wenn ich es auch nicht weiß?« Ich fühle mich ertappt. Metaphorisch hat Espen mein Gefühlsleben gut zusammengefasst, nur dass die Mauer für mich selbst auch nicht aus Glas, sondern eher aus dreckigem Milchglas besteht. Jedenfalls hat er sich Gedanken zu mir gemacht. Vielleicht stimmt es doch, dass er früher in mich verliebt gewesen ist. Jetzt ist er aber mit Samira zusammen und ich möchte niemals der Grund für eine gescheiterte Beziehung sein.

Unsicher blicke ich zum Picknickplatz, um nach Rosie zu sehen. Bei ihr fühle ich mich immer sicher. Wahrscheinlich, weil sie jederzeit für mich einspringt, wenn ich nicht weiterweiß. Aber statt Rosies Blick fange ich Aidens auf, der zu uns beiden herübersieht und mich fesselnd anlächelt.

Espen dreht sich auch zu seinem Bruder um. »Vielleicht musst du es dir eingestehen und endlich reinen Tisch machen.«

Irritiert ziehe ich die Augenbrauen zusammen.

»Er würde sich bestimmt freuen,« fügt er hinzu.

Langsam dämmert mir, dass wir nicht mehr über unsere Jobs, über unsere Leben oder gar über uns sprechen, sondern über meine Beziehung zu Aiden. Möchte Espen uns verkuppeln? Hat Aiden mit ihm gesprochen?

»Du meinst Aiden und mich?«, frage ich irritiert nach.

»Ja, wen sonst? Vielleicht ist euer Date eine gute Chance dafür.«

Sprachlos schaue ich ihn an.

»Oder?«

»Ja, in der Lodge.« Viel mehr fällt mir nicht ein.

»Genau.« Espen nimmt wieder seine distanzierte Haltung ein. »Überlege es dir.«

»Das werde ich machen. Ich glaube, ich gehe wieder zu den anderen.«

Er sieht wieder zu seinem Bruder. »Ja, mach das. Und danke für das Essen.«

»Gerne.« Ich stehe zügig auf und drehe mich noch einmal zu ihm um. »Hast du uns vorhin mit Absicht gefilmt? Wegen der Wette?« Ich muss ihm diese Frage stellen.

Sein Blick durchbohrt mich und er antwortet geradeheraus: »Nein. Das verspreche ich dir.«

Ich glaube ihm, nicke und laufe zurück zum Picknickplatz.

»Oliv?« Da ist er wieder: der kaum benutzte Spitzname.

Ich drehe mich nochmals zu ihm um. »Ja?«

»Wo ist eigentlich das versprochene Bier?«

»Ich habe wohl doch die Papiertüten vergessen. Das gibt es an einem anderen Tag. Das verspreche ich dir!« Ich wundere mich wieder selbst über meine Antwort.

Espens flüchtiges Lächeln umspielt seine Lippen. Er dreht sich wieder zu seiner Kamera und lässt mich gehen.

Kapitel 23

»Das haben wir uns verdient«, stöhnt Rosie und lässt sich mit ihrem Bier auf die bequeme Couch fallen.

Ich setze mich neben sie, stelle aber vorher zwei Schalen mit Popcorn und meinen mitgebrachten Gummibärchen auf den Tisch. »Mehr als verdient!« Meine nach dem für mich ungewohnten Sportprogramm schmerzenden Beine lege ich erschöpft, aber zufrieden auf den danebenstehenden Sessel.

Wir sind am Strand geblieben, bis die Sonne hinter dem Horizont verschwunden ist und kein Marshmallow mehr übrig war. Espen kehrte kurz nach unserem Gespräch wieder zur Gruppe zurück und setzte sich neben seinen Bruder, als wäre nichts gewesen. Die meiste Zeit saß ich neben Rosie und versuchte mit mäßigem Erfolg, mich von den Zwillingen fernzuhalten. Aiden, dem ich ansehen konnte, wie gern er mit mir allein dort wäre, hielt sich zurück und machte stattdessen ausgelassene Scherze mit Bodie und seinem Bruder. Während Espen mit dem Rücken zu mir auf den Decke saß und jeglichen Blickkontakt mit mir vermied. Jetzt auf dem Sofa hallen die Wette und das Gespräch mit Espen in mir nach, aber dank meiner Erschöpfung verschiebe ich meine Gedanken, die ein beklemmendes Gefühl in mir erzeugen, auf morgen. Die Rechnung habe ich aber ohne meine Cousine gemacht.

»Und was wolltest du mir noch erzählen?« Mit großen Augen, die vor Erwartung laut aufschreien, schaut sie mich an.

»Hm?« Vermeintlich ahnungslos schaue ich sie an und stecke mir Popcorn in den Mund.

»Olivia, dieser miese Trick von wegen ›Ich weiß von nichts‹ funktioniert bei mir nicht. Das müsstest du langsam wissen. Also?«

»Ich habe ein Date mit Aiden«, haue ich einfach so heraus.

»Ein Date? Wann? Wo?« Ihre Augen weiten sich noch mehr. »Vor allem: wieso?«

»Keine Ahnung wann oder was wir machen. Irgendwie war die Lodge im Gespräch.« Ich spiele die Angelegenheit herunter.

»Das Wann und Wo haben wir abgehakt. Oder auch nicht … aber egal. Das Wieso interessiert mich!« Rosie wird abermals von einer spürbaren Neugier gepackt.

»Es gab eine kleine Wette zwischen Aiden und mir. Eigentlich kaum der Rede wert. Es ging darum, ob ich sandboardend in seinem Video zu sehen bin oder nicht.«

»Und die Idee mit dem Date kam bestimmt von Aiden, oder?«, schlussfolgert sie richtig.

Ich trinke einen Schluck von meinem Bier und überlege, ob im Kühlschrank noch eine Dose Sprite ist, um das Bier zu verdünnen. »Ja, und ich habe die Wette verloren. Nun habe ich einen Gastauftritt in einem Youtube-Video.«

»Und freust du dich? Ich meine, ihr beide wirkt sehr vertraut miteinander. Ich erinnere mich nur an die Hand-in-Hand-Szene am Flughafen oder auch heute beim Sandboarding.« Rosie wirkt viel ruhiger als bei meiner Ankunft, als sie mich wegen Aiden ausgequetscht hat. Vielleicht hat sie sich mittlerweile an dieses merkwürdige Hin und Her gewöhnt.

»Ja und nein. Ich weiß es nicht.« Ich habe keine eindeutige Antwort auf die Frage.

»Aber du musst doch ein Gefühl haben.« Meine Cousine blickt mich verständnislos an.

»Gefühle habe ich genug. Nur kann ich diese Gefühle nicht einordnen«, erkläre ich ihr unsicher.

Rosie lächelt mich aufmunternd an. »Livy, Gefühle sind nicht dein Lieblingsthema. Ich weiß. Das waren sie noch nie. Aber komm, jetzt erzähle mir alles!«

Ich nicke, schnappe mir ein Kissen und kuschle mich in die Sofaecke. »Bei Aiden fühle ich mich wohl. Es macht Spaß, mit ihm die Zeit zu verbringen. Er ist aufmerksam und geht auf mich ein, aber er ist auch fordernd. Er hat schon eine ziemliche Wirkung auf mich … also körperlich. Wenn du weißt, was ich meine?«

Rosie grinst mich wissend an.

»Und ich habe das Gefühl, dass bei ihm alles auch sehr körperlich gemeint ist. Keine Ahnung, ob ich das möchte. Das würde doch nur Probleme bereiten.«

»Sieh mal, so etwas kann funktionieren, wenn ihr euch einig seid. Seit wir Kinder sind, redest du davon, deine große Liebe zu finden. Du siehst alles sehr ernst und willst alles richtig machen. Und so gerne ich dir mal ein kopfloses Abenteuer wünschen würde, denke ich auch, dass du so weit nicht mit Aiden gehen solltest.«

»Warum? Weil du Bedenken hast, dass ich mich verlieben könnte?« Ich fühle mich wie ein Liebesidiot. Meine Gefühle kann ich nicht einordnen oder gar äußern. Und selbst von einer möglichen Affäre oder was auch immer wird mir abgeraten.

»Ja, vielleicht …«, druckst sie herum.

»Oder warum?«

»Erinnerst du dich an den Streit zwischen Aiden und mir im *Seasons*?«

»Na klar. Ich dachte ernsthaft, du wärst in Aiden verliebt.« Ich schmunzle bei der Vorstellung.

»Du kennst noch nicht die ganze Wahrheit«, gesteht sie mir.

»Sag mir jetzt nicht, dass du doch in ihn verliebt bist,« frage ich halb im Scherz.

»Nein, schon alleine der Gedanke …«, ruft sie entsetzt. »Bei dem Streit ging es um dich.«

»Um mich?«

»Ich habe Aiden gesagt, er soll immer ehrlich zu dir sein. Und ich habe ihm verdeutlicht, dass du keines seiner Groupies bist und die Liebe sehr ernst nimmst. Ich war genervt von Aidens Art, davon, wie er dich angemacht hat. Aber nicht aus Eifersucht, sondern weil ich der Meinung bin, dass er nicht der Richtige für dich ist. Aiden ist ein Frauenheld und sein steigender Ruhm macht es nicht besser. Er lässt für gewöhnlich nichts anbrennen.«

»Was hat er denn dazu gesagt?«

»Er hat gesagt, dass er dich mag und dir bestimmt nicht wehtun möchte. Tja, und dann kamst du schon wieder.«

Ich nehme mir den Obstsalat, obwohl ich schon satt bin. »Rosie, das hilft mir noch weniger weiter.«

»Doch, tut es. Du weißt Bescheid und er kennt auch meine Meinung. Das hat zwar überhaupt nichts genutzt, aber so weiß ich, dass er sie kennt, und vielleicht denkt er ein bisschen darüber nach.«

Ich lasse die Worte einen Moment lang auf mich wirken und nehme weitere Schlucke von dem Bier, das ich nun doch pur trinken werde. »Meinst du nicht, dass auch jemand wie er sich verlieben kann?«

»Bestimmt. Auf jeden Fall. Ich sehe doch, wie gern er dich hat. Seit du da bist, hatte er, soweit ich weiß, kein weiteres Abenteuer oder so etwas. Und du hast recht, er ist immer an deiner Seite. Wenn du da bist, ist er nur an dir interessiert.«

»Irgendwie bin ich jetzt nicht schlauer.«

»Ach, Livy, wichtig ist doch eigentlich, was du möchtest. Nicht was ich möchte und auch erst einmal nicht, was Aiden möchte. Du musst das herausfinden und die Antwort ist da drin.« Sie tippt auf meine Brust.

Ich schweige, schaue zum leise gestellten Fernseher, auf dem eine alte Folge von Friends läuft, und trinke weitere Schlucke von meinem Bier.

»Rosie, wenn das so einfach wäre … Mein Kopf sagt mir, ich sollte es komplett lassen und mich auf meinen Job konzentrieren. Aber mein Bauch sagt mir, ich sollte am besten morgen schon mit Aiden ausgehen oder ihn gar heute Nacht schon besuchen«, erkläre ich ihr grinsend.

»Okay, das sind doch schon Erkenntnisse«, sagt sie kichernd.

Ich nicke erleichtert.

Rosie schaut mich sanft mit ihren strahlend blauen Augen an. »Aber ich meine dein Herz und nicht die anderen beiden.«

Mein Herz schreit unverzüglich die richtige Antwort heraus, die mein Körper mit jeder Faser bestätigt und mein Herz wiederum zum Rasen bringt. Mutig antworte ich leise: »Es sagt nur: Espen.«

Jetzt ist es raus!

Nun ist Rosie sprachlos und starrt mich an. Plötzlich lacht sie laut auf und stellt sich die Schale Popcorn auf den Schoß. »Wow, unerwartete Wendung. Besser als irgendeine Serie bei Netflix.«

Ich kann nicht anders, als befreit mitzulachen, und ziehe meine Beine weiter an mich heran.

Rosie sieht mich ungläubig an. »Espen also?«

»Irgendwie ja«, presse ich hervor.

»Er hat eine Freundin. Auch wenn ich kein Fan von ihr bin. Aber er hat eine Freundin.«

»Ich weiß. Und ich will mich auch gar nicht dazwischendrängen.«

»Livy, ganz ehrlich. Das hätte ich auch niemals angenommen.« Sie schaut mich mitfühlend an.

Ich wundere mich darüber, wie ruhig meine Cousine ist und dass sie mir nicht unter Folter die Informationen herauslockt. »Vor allem ist er auch gar nicht an mir interessiert. Er möchte vielmehr mich und Aiden verkuppeln.«

»Ernsthaft? Wie kommst du auf die Idee?« Nun wird die sanfte Rosie wieder zur energischen Rosie.

Ich berichte ihr von unserem Gespräch am Strand. »Vielleicht hat Aiden ihm mehr erzählt?«

»Gut möglich. Wenn jemand Bescheid weiß, dann sein Bruder. Selbst wenn Aiden nicht die Wahrheit erzählen würde, Espen würde es merken«, überlegt Rosie laut.

»Das ist naheliegend.« Mehr fällt mir nicht ein.

»Vielleicht würde er seinem Bruder auch eine feste Beziehung wünschen. Und vielleicht denkt er, sein Bruder würde mit dir ruhiger oder gelassener werden. Oder vielleicht ist er der Meinung, du wärst die passende Partnerin für Aiden. Du bist hübsch, intelligent, liebevoll und Aiden hat Interesse an dir.«

Ich schaue meine Cousine hilflos an. »Das sind mir ehrlich gesagt zu viele Vielleichts.«

»Wir fassen kurz zusammen: Aiden möchte dich, du möchtest Espen und Espen möchte, dass du mit Aiden zusammenkommst.«

»Ja, du hast die Lage perfekt zusammengefasst.« Ich reibe mir mit den Händen über mein Gesicht und bin froh, dass ich schon abgeschminkt bin.

»Olivia, ich muss dich noch etwas fragen.«

»Klar, heute wird reiner Tisch gemacht. Was möchtest du wissen?« Ich bin erleichtert, offen über alles reden zu können, alle Gedanken auszusprechen und sie nicht alle in mich hineinzufressen.

»Seit wann bist du in Espen verknallt, interessiert oder wie auch immer du es nennen würdest? Erst seit du wieder hier bist? Du hattest doch gar nicht viel mit ihm zu tun?«

»Keine Ahnung, wie ich meine Gefühle für ihn einordnen soll. Ich empfinde etwas für ihn. Wenn er da ist, bleibt die Zeit für einen Moment stehen und mein Herz rast wie verrückt. Manchmal schaut er mich so intensiv an und ist so präsent. Und einen Moment später ist er unhöflich und abweisend. Ich kann überhaupt nicht einschätzen, was er denkt.«

Ich mache eine kleine Pause, um zu überlegen.

»Ich habe ihn schon immer gerne gemocht. Immer. Und ich hatte das Gefühl, dass er mich auch mochte. Du hast es mir damals erzählt. Rosie, liege ich so falsch?«

»Nein, du liegst richtig. Er war früher immer verknallt in dich, aber wollte partout nicht, dass du das weißt. Und wenn ich mich richtig erinnere, habt ihr auch nie viel miteinander zu tun gehabt. Was die letzten Jahre betrifft, kann ich nicht so viel sagen. Espen und Aiden waren auf einem anderen College und nun ist Samira da.«

Ich nicke kaum merklich.

»Ich habe früher nie einen Gedanken daran verschwendet, dass du interessiert an ihm sein könntest. Sonst hätte ich doch etwas erwähnt. Gut, einmal habe ich etwas gesagt, aber das war dir so unangenehm, dass ich nie wieder davon gesprochen habe. Außerdem hast du in den Sommerferien immer nur von anderen Jungs geredet – aus deiner Klasse, aus dem Studium. Ich hatte doch keine Ahnung.« Es klingt fast wie eine Entschuldigung.

»Ich wollte nie eine Beziehung und wenn ich mit jemandem zusammen war, dann war das ein riesiger Reinfall. Wie dieser Daniel aus der Parallelklasse in der Zehnten, der mich vom ersten Tag an betrogen hat. Oder bestes Beispiel: Marc.«

»Was ist denn jetzt anders? Ich meine, warum liegt dir jetzt etwas an Espen?« Das ist eine berechtigte Frage.

»Wir hatten schon immer eine besondere Verbindung zueinander. So fühlte es sich für mich immer an. Das hört sich jetzt vielleicht ziemlich blöd an, aber als ich hierhergezogen bin, hatte ich die fixe Idee, dass aus uns ein Paar werden könnte.« Es ist mir peinlich, den Gedanken laut auszusprechen.

»Es sind fast zwei Jahre vergangen, seit ihr euch das letzte Mal gesehen habt, oder? Und selbst die Jahre davor nur ganz selten.«

Ich liebe Rosie für ihre Aufrichtigkeit und dafür, dass ich immer weiß, woran ich bei ihr bin. Aber manchmal hält mir ihre Ehrlichkeit einen Spiegel vor, in den ich nicht sehen möchte. Mein Geständnis wird mir von Minute zu Minute unangenehmer.

»Ja, verrückt so etwas zu denken.« Mein Blick fällt auf die Schale mit den Gummibärchen, von der noch niemand gegessen hat. »Er war wie eine Süßigkeit, die man sich bis zum Schluss aufhebt, da man denkt, sie wäre das Beste.«

Rosie schmunzelt. »Oder man lässt sie so lange liegen, bis man sie nicht mehr möchte oder jemand anders sie einem weggeschnappt hat. Da kann ich nur sagen: Guten Appetit, Samira.«

Rosies Versuch mich aufzuheitern wirkt nicht. Mein Herz drückt in diesem Moment schwer gegen meine Brust, so als würde ein riesiger Medizinball darauf drücken.

Rosie merkt das instinktiv und rutscht neben mich, um beide Arme fest um mich zu schlingen. »Ich bin mir ganz sicher, dass deine Zeit noch kommt. Und irgendwann kommt der Richtige und dann ist das alles vergessen.«

»Ja, irgendwann. Und dann werde ich mir hoffentlich sicher sein ohne diese nervigen Zweifel«, füge ich leise hinzu.

»Genau.« Sie drückt mir einen festen Kuss auf die Wange. »Aber eine Frage noch: Was ist eigentlich mit deinem Plan, dich auf den Beruf zu konzentrieren und die Liebe zu ignorieren?«

»Du hast mich ertappt.«

»Ach Quatsch. War doch klar. So ein dämlicher Plan kann niemals funktionieren.«

Ich fasse einen Entschluss. »Vielleicht doch! Ich werde mich wie geplant auf meinen Job konzentrieren, Espen aus meinen Gedanken streichen und meinetwegen mit Aiden ausgehen. Aber ich werde ihm sagen, dass ich nur an einer Freundschaft interessiert bin.«

»Yeah, go Girl«, feuert mich Rosie mit ihrer positiven Art an.

Ich lächle ihr zu. So sehr ich mich über meinen zurechtgelegten Plan freue, bezweifle ich, ob ich ihn umsetzen kann.

Kapitel 24

Bye und bis heute Abend. Ich komme bestimmt spät wieder. Meine To-do-Liste ist prall gefüllt und heute kommen noch mehr Aufgaben hinzu«, rufe ich Rosie zu und schließe die graue Holztür hinter mir so kräftig, dass der weiße Weidenkranz fast von der Tür fällt. Ich nehme einen Schluck Kaffee aus meinem Becher und schlage den altbekannten Weg zur Agentur ein. Ursprünglich ist mein Plan gewesen, nach meiner Ankunft in den USA ein älteres Auto zu kaufen, um mobil zu sein. Das Vorhaben habe ich schnell wieder verworfen, da mir Rosie ihren Van bereitwillig leiht, und so langsam gewöhne ich mich an das wuchtige Auto. In Deutschland habe ich auch kein eigenes Auto besessen und benutzte dafür häufiger das meiner Mom. Rosies Minivan ist jedoch gefühlt doppelt so breit und lang wie der Toyota meiner Mutter und ich hoffe jedes Mal, wenn ich am Steuer sitze, nirgends anzuecken. Unabhängig von der Autoproblematik genieße ich meinen täglichen Spaziergang. Nicht nur die Bewegung tut mir gut, da ich viel am Schreibtisch sitze, sondern ich kann beim Laufen meinen Kopf ausschalten und alle Gedanken beiseitelegen. Und das ist nach diesem Wochenende mehr als nötig. Auch wenn ich mir am Samstagabend fest vorgenommen habe, meinem Job die Priorität Nummer eins in meinem Leben zu geben, kreisen meine Gedanken immer wieder um den Sandboarding-Tag. In meinem Kopf gehe ich wie in einer Dauerschleife mein anstehendes Date mit Aiden, mein Gespräch mit Espen am Strand und die ehrlichen Worte an Rosie durch. Auch wenn ich meiner Cousine mehr als mir selbst vertraue, ist es mir unangenehm, ihr von meinen Gefühlen für Espen erzählt zu haben. In jedem Moment, in dem sich das Wochenende mehr entfernt, erscheint mir alles absurder. Mittlerweile ärgere ich mich fast darüber, Espen gegenüber Rosie erwähnt zu haben. Aber das ist ein Gefühl, das ich nicht leugnen kann, das bisher unterschwellig an der Oberfläche gekratzt hat und sich nun zeigen möchte.

Beim Betreten des Büros stoße ich fast mit Owen zusammen, der aufgeregt telefonierend den Flur querend in sein Büro läuft.

Sorgenfalten zieren sein Gesicht. Er nickt mir flüchtig zu, um danach seinem Gesprächspartner weiter zu lauschen.

»Hi, Steven«, begrüße ich meinen Kollegen, der ebenfalls sichtlich gestresst am Telefonieren ist.
Steven schaut nervös auf, winkt mir kurz zu und antwortet der Person am Telefon. »Ja, Owen ist schon dabei … Wir müssen erst einmal einen Plan machen … Das wird schon.«

Heute ist die Stimmung anders – angespannt und drückend.

Ich packe meine Sachen aus und schiele zu Steven hinüber. Ich platze fast vor Neugier. Was ist hier los? Warum sind alle so aufgeregt?

Ich schaue auf mein Handy, das mir keine neuen Nachrichten anzeigt. Julie wusste heute Morgen bestimmt von nichts, sonst hätte sie etwas erwähnt.

»Wir bekommen das hin. Ehrlich, ruhe du dich jetzt aus. Wenn etwas Wichtiges ist, melden wir uns.« Steven legt auf und reibt sich müde sein Gesicht.

»Alles okay? Was ist hier los?«

»Der Teufel ist hier los«, antwortet Steven kryptisch.

Das macht mich nicht schlauer. »Steven, ich verstehe gar nichts.«

»Victoria ist krank. Eigentlich ist es sogar noch schlimmer. Sie hat sich gestern bei einem Ausritt das Bein gebrochen und muss mindestens eine Woche im Krankenhaus bleiben. Danach wird sie auch lange ausfallen.«

»Das tut mir leid. Wie geht es ihr?«

»Den Umständen entsprechend. Sie hat mir eben ihre offenen Projekte übergeben. Und das sind nicht wenige. Sie hat wesentlich mehr Projekte als ich. Vici ist einfach ein Workaholic.«

»Ist Owen deswegen so nervös? Jedenfalls sah er so aus«, frage ich.

Bei der Erwähnung seines Namens erscheint mein Chef wie auf Knopfdruck in unserem Büro. Sein Gesicht ist ernst und die dunklen Augenringe, die seine Anspannung zeigen, passen wiederum perfekt zu seinem schwarzen Outfit.

»Und was haben die gesagt?«, fragt Steven ihn und seine Stimme überschlägt sich fast.

Bei dem Blick in ihre ernsten Gesichter vermute ich: Da muss noch mehr sein als der Ausfall von Victoria.

»Sie haben mir alle Infos und Wünsche durchgegeben. Wenn wir uns aufteilen, könnte das funktionieren«, antwortet mein Chef und lässt sich müde auf einen Stuhl neben unseren Schreibtischen nieder.

»Vici hat mir ihre Aufgaben übergeben und da ist noch ziemlich vieles offen.«

»Wir schaffen das trotzdem. Das ist unsere Chance, in der Stadt einen bleibenden Eindruck zu hinterlassen. Und die müssen wir nutzen!« Owen setzt sich gerader hin, um seine Motivation zu unterstreichen.

»Owen, was ist hier eigentlich los? Steven hat mir schon von Victoria erzählt.«

»Ich habe den Fehler gemacht, in den letzten Wochen zu viele Aufträge anzunehmen. Viel zu viele. Aber es meldeten sich immer mehr Kunden und ich war froh, die Aufträge ans Land ziehen zu können. Mit Victoria und natürlich mit deiner Unterstützung hätten wir das geschafft. Aber jetzt wird es ganz schön knapp.«

Ich nicke und bin plötzlich übermotiviert. »Das glaube ich, aber das bekommen wir hin. Victoria hat mir auch einige Infos zu ihren Projekten gegeben.«

»Das ist gut. Die anstehenden Vorhaben sind zwar anspruchsvoll, aber glücklicherweise keine Großprojekte«, erklärt er. »Aber wir haben eine weitere Herausforderung. Das Hotel der Davidsons ist abgebrannt.«

Ich verstehe immer noch nichts und schaue Owen mit großen Augen fragend an.

Er interpretiert meinen Blick richtig und seine Mundwinkel wandern verständnisvoll nach oben. »Ich habe kurz vergessen, dass du ebenfalls keine Eingeborene bist und du die Davidsons genauso wenig kennst wie ich. Ich hatte bis vor einer Stunde auch noch keine Ahnung, um ehrlich zu sein.«

Da mir der Name überhaupt nichts sagt, zucke ich unwissend mit den Schultern.

»Die Davidsons haben in Wild Mallow Lake ein alteingesessenes Hotel und veranstalten jedes Jahr an dem Wochenende vor Ostern ein Frühlingsfest – *The Spring Children Charity*«, erklärt nun Steven und rollt mit seinem Stuhl näher zu uns.

»Davon habe ich wirklich noch nie etwas gehört.«

»Nun kann das Fest in dem Hotel auf gar keinen Fall stattfinden. Das Feuer ist wohl direkt in dem Bereich ausgebrochen, in dem die Feier hätte stattfinden sollen«, berichtet Steven weiter.

»*The Spring Children Charity* ist ein Wohltätigkeitsball und der gesamte Erlös geht an die Kinderabteilung des Krankenhauses. Die Kosten für das Event übernimmt die Familie Davidson selbst«, ergänzt Owen.

»Schade, dass die Veranstaltung nicht stattfinden kann. Fällt sie aus oder wird sie nachgeholt?«

»Nein und nein. Die Feier findet trotzdem nächsten Samstag statt«, beantwortet Owen meine Frage.

Ich schaue ihn stutzig an. »In dem Hotel?«

»Wieder nein. Alexander Davidson – das ist der Sohn der Familie – rief mich heute Morgen an. Wir sollen das Fest kurzfristig umplanen. Es soll wie geplant am Samstag stattfinden. Es kommen wohl wichtige Gäste aus dem Umland und auch aus Portland sowie Vancouver. Der Termin steht jedes Jahr fest und das soll nicht verändert werden. Darauf legen die alten Davidsons großen Wert.«

»Aber wie soll das gehen? Brauchen wir nur eine neue Location?

Und der Rest steht schon?« Ich kann mir nicht vorstellen, wie man das in einer Woche hinbekommen soll.

Owen und Steven werfen sich vielsagende Blicke zu.

»Also nicht nur die Location?« Langsam dämmert mir, warum die Stimmung so angespannt ist.

»Leider nicht. Wir müssten die Location organisieren, das Essen, die Dekoration und eine Band«, zählt Steven zaghaft auf. »Nur die Tombola-Requisiten und die Preise sind alle da. Die werden woanders gelagert.«

»Wie soll das funktionieren? Auch das Essen? Und warum die Band?« Ich kneife die Augen zusammen. Die Geschichte ist komplett unklar.

»Das Essen für die Veranstaltung wird direkt im Hotel zubereitet, aber die Küche kann auch nicht mehr benutzt werden.«

»Okay, das leuchtet ein. Und die Band?« Ratlos runzle ich die Stirn.

»Ja, die Frage habe ich mir auch gestellt. Es gibt in dem Hotel eine eigene Band. Nur Musik ohne Gesang. Die Instrumente stehen immer dort auf der Bühne. Wenn ich Mr. Davidson richtig verstanden habe, sind die Mitglieder der Band kaum jünger als das Hotel selbst. Jedenfalls ist es unmöglich, dass sie woanders als dort Musik machen.« Owen reibt sich nachdenklich die Augen.

»Scheint ein sehr spezieller Ball zu sein«, bemerke ich und rümpfe die Nase.

»Ja, sehr traditionell.« Owen grinst mich an.

»Meint ihr, das kann man hinbekommen?« Im Kopf erstelle ich schon eine Liste mit Aufgaben, die mir spontan einfallen. Es sind so viele Punkte und ich habe mit Sicherheit nicht alle bedacht. Bis Samstag ist das niemals zu schaffen.

»Ich denke, es wäre machbar, aber nervenaufreibend. Für uns alle«, sagt Steven, während er nervös an seinem Handy herumspielt.

»Aber möglich! Das ist ein Riesenauftrag und wenn das klappt, sind wir dem Ziel, in der Umgebung Fuß zu fassen, schon sehr nahe gekommen. Die Gäste sind alle Unternehmer, von denen wir vielleicht wieder neue Aufträge bekommen könnten«, spornt Owen uns an und klatscht in die Hände. »Ich kann die Chance einfach nicht verstreichen lassen, aber ich habe noch nicht zugesagt. Wir haben bis heute Mittag Zeit, uns zu entscheiden. Sonst suchen sich die Davidsons eine andere Agentur. Sie würden aber gerne mit uns zusammenarbeiten, da sie die Unternehmen der Stadt unterstützen möchten. Was meint ihr?«

Steven läuft wie ein Tiger im Käfig durch den Raum. »Ja, du hast recht. Das wäre eine großartige Möglichkeit.«

Mich lockt die Herausforderung, gleichzeitig kann ich nicht abschätzen, ob die Aufgabe wirklich lösbar ist. »Wie viele Personen sollen denn kommen?«

»Ungefähr dreihundert«, antwortet Steven, der sich wieder wippend auf seinen Stuhl gesetzt hat.

»Es wäre machbar. Ein paar Ideen hätte ich auch schon.« Owen steht auf, wischt das Whiteboard hinter ihm sauber und beginnt zu schreiben.

Steven schnappt seinen Block. »Okay, wo könnte die Veranstaltung stattfinden?«

»Darüber habe ich schon nachgedacht. Ich habe eine Liste der möglichen Locations, die man mieten kann. Olivia, vielleicht könntest du dort anrufen und fragen, ob es dort freie Kapazitäten gibt?« Owen reicht mir einen Zettel.

»Ja, ich rufe dort gleich an. Um wie viel Uhr soll die Veranstaltung starten?«

»Um achtzehn Uhr und sie dauert bis in die Nacht hinein. Aber am Tage muss alles dekoriert und vorbereitet werden.« Owen dreht sich zu Steven. »Würdest du die Projekte von Vici übernehmen? Ich glaube, du hast den Überblick und die meiste Erfahrung dafür. Sag Bescheid, wenn du Hilfe brauchst. Was meinst du?«

»Das ist für mich in Ordnung. Ich halte die Stellung und ihr könnt spontan kreativ werden.« Steven ist sichtlich erleichtert darüber, dass er bei dem Mammutprojekt erst einmal außen vor ist.

Ich will keine Zeit verlieren und starte mit den Anfragen, eine passende Location zu finden. Auf die Liste notiere ich mir als Gedankenstütze die Anzahl der Personen, Uhrzeit und das Datum des nächsten Samstags. Der 12. April. Das ist ein Tag vor meinem Geburtstag, den ich schon wieder verdrängt habe. Die kommende

Stunde verbringe ich damit, alle Locations von Owens Liste abzutelefonieren. Ohne Erfolg. So kurzfristig sind alle Räumlichkeiten schon vermietet oder in einem Zustand, der für einen Wohltätigkeitsball nicht angemessen ist. Nach meiner letzten Absage verabschiede ich mich freundlich und lege entnervt meinen Kopf auf die Tischplatte.

»Keinen Erfolg?«, fragt mich Steven mitfühlend.

»Nein. Sie waren alle interessiert, aber nicht so spontan. An dem Wochenende muss viel los sein in der Stadt. Jetzt hilft nur noch Kaffee. Soll ich dir einen mitbringen?« Ich trinke den letzten kalten Rest aus meinem quietschgrünen Kaffeebecher.

»Danke schön, meine Liebe. Aber ich bin nervös genug. Sonst klebe ich hier gleich noch an der Decke.« Steven lacht hektisch auf und rückt schnell seine schwarze Designerbrille zurecht, die durch seinen für ihn ungewohnten Gefühlsausbruch verrutscht ist.

Auf dem Weg zur kleinen Kaffeeküche sehe ich, dass Owens Tür wieder geöffnet ist. Vorsichtig stecke ich meinen Kopf hinein und klopfe leise an die Tür.

Er dreht sich mit müden Augen zu mir. »Und? Konntest du alle erreichen? Ist irgendwo noch ein Platz frei?«

»Ja und nein«, druckse ich.

Owen blickt mich mit großen Augen an. »Hilf mir auf die Sprünge. Mein Kopf will heute nicht so, wie ich möchte.«

»Ich habe alle erreicht und alle sind ausgebucht. Hast du den Davidsons schon zugesagt?«

»Jep, eben gerade. Ich hätte wohl lieber damit warten sollen. Okay, dann müssen wir jetzt den Radius erweitern. Aber in Portland wollen die Davidsons nicht feiern. Sie legen großen Wert auf regionale Unternehmen.« Owen streicht seine schwarzen Haare zurück. »Witzigerweise sind die Kunden hier auch nicht leichter zu händeln als in New York.«

»Aber waren das denn alle Möglichkeiten?«

»Ich schätze, ja. Selbst Steven ist nichts mehr eingefallen. Vielleicht rufe ich die Davidsons gleich an und warne sie vor …«

Mir schießt ein Gedanke durch den Kopf »Julie!«

»Julie? Was ist mit ihr?« Er legt das Telefon wieder zurück.

»Kann der Ball nicht bei Julie stattfinden? Das wäre das passende Ambiente und sogar direkt am See«, schlage ich überschwänglich vor.

Owen stoppt meine Euphorie. »Nein, das geht nicht. In das Café passen nicht so viele Leute.«

»Das nicht. Aber auf die Veranda kommt ein großer Pavillon.« Ich will von der Idee nicht ablassen.

»Das wäre in der Tat eine Idee. Es gibt auch welche, die transparent sind. In New York sahen sie wie richtige Räume aus und wirkten sehr festlich. Unsere Zelte sind am Wochenende alle vermietet. Wir müssten uns einen Pavillon leihen oder kaufen«, überlegt Owen laut und schreibt zügig einige Notizen in sein schwarzes Lederbuch.

»Suchst du im Internet passende Anbieter heraus? Ich werde mich um die Stühle und Tische kümmern.«

»Ich mache mich gleich an die Arbeit.« Ich schnappe meinen Kaffeebecher und gehe beschwingt zur Kaffeemaschine, die offensichtlich Julie angeschafft hat, denn diese ist ein Zwilling der Monstermaschine zu Hause.

Nach meiner Recherche berichte ich meinen Kollegen von dem Ergebnis. »Ein Anbieter hat nächstes Wochenende noch ein transparentes Zelt zu vermieten. Sie könnten auch festliche Dekoration mitliefern und mailen mir gleich einige Modelle, aus denen wir auswählen können. Es gibt nur einen Haken.«

»Irgendwie habe ich es geahnt«, stößt Owen müde hervor.

»Aber keinen schlimmen Haken«, beschwichtige ich gleich wieder. »Wir müssten nur das Zelt abholen, aufbauen und dekorieren. Die Firma hat nächstes Wochenende viele Aufträge und einige Mitarbeiter fallen krankheitsbedingt aus. Der Geschäftsführer meinte, dass das Zelt nach Anleitung relativ gut aufzubauen sei. Wir brauchen nur einige Helfer.«

»Was für ein Fahrzeug brauchen wir? Vielleicht wäre eine Spedition besser?« Owen schaut mich skeptisch an.

»Sie können alles auf einen Anhänger packen und wir bräuchten nur ein Auto mit Anhängerkupplung.«

»Die hat unser Agenturvan. Das ist kein Problem. Ich habe übrigens mit Julie gesprochen. Wir haben ihr Go.«

»Perfekt.« Meine Zuversicht wächst mit jedem Satz, der gesprochen wird.

»Weißt du was, wir beide fahren gleich mal zu Julie ins Café und besprechen das vor Ort. Julie hat auch schon eine Idee für das Catering. Dann können wir uns alles noch mal genau ansehen. Ruf doch Rosie an und frag, ob sie auch kommen möchte? Ich glaube, jede helfende Hand können wir gebrauchen.«

Ich nicke und beginne, Rosie zu schreiben.

»Kennt einer von euch einen Videoexperten oder so etwas? Unser Kunde bei der *ConstructExpo Portland* möchte gerne spontan ein Werbevideo dort drehen. Das ist eine Baumaschinenmesse«, wechselt Steven plötzlich das Thema.

»Ja, einige. Aber keine in Oregon«, erklärt Owen.

»Ich kenne jemanden!« Warum kann ich nicht meinen Mund halten? Das ist das Problem, wenn Espen den ganzen Tag in meinem Kopf herumspukt.

»Wow, das ist ausgezeichnet. Fragst du denjenigen bitte? Das ist der Flyer und den Vertrag bereite ich schon einmal vor.«

»Ja … na klar. Wenn er Zeit hat«, nuschle ich abwesend.

Perfekt. Jetzt müsste ich mich noch bei Espen melden. Aber jetzt nicht. Der Videoauftrag muss warten.

Kapitel 25

Als ich das trubelige Café betrete, strömt mir ein köstlicher Kuchenduft entgegen. Julie sitzt mit ihrem Notebook an unserem Lieblingstisch und lächelt uns an, als sie uns entdeckt.

»Hi, Julie«, begrüße ich sie fröhlich.

»Hey, Jules.« Owen setzt sich neben sie und gibt ihr einen innigen Kuss.

Verlegen von ihrer Intimität, lasse ich mir länger Zeit beim Ausziehen meiner Jacke und hänge sie umständlich auf eine Stuhllehne.

Julie schaut ihren Freund verliebt an und dreht sich zu mir. »Livy, setz dich. Ich habe Natalie schon Bescheid gegeben, dass wir alle zusammen essen. Wir warten nur noch auf Rosie.«

»Das ist toll«, ich schiebe mich neben Julie auf die Sitzbank.

»Ihr hattet einen ereignisreichen Vormittag. Also erzählt mal alles«, fordert uns Julie auf, klappt ihr Notebook zu und sieht uns gespannt an.

Owen berichtet ihr die Geschichte von Anfang an – vom Anruf der Davidsons bis zu unserer Ankunft im *Seasons*.

»Wow, das ist tatsächlich alles sehr kurzfristig und ich hoffe sehr, dass das Event nicht meinen Rahmen sprengen wird.«

»Das hoffe ich auch.« Owen wirkt in ihrer Gegenwart viel gelöster als im Büro. »Aber Olivia und ich haben gute Ideen und ich glaube wirklich, dass die sich alle umsetzen lassen.«

»Und wann kommt das Zelt?«, fragt meine Tante.

»Übermorgen muss der Pavillon abgeholt werden. Olivia möchte das mit Rosie zusammen machen. Ich hoffe nur, dass das Zelt nicht zu schwer für euch ist«, merkt Owen besorgt an, »Ich kann leider nicht mitfahren, da ich mit Steven alle Hände voll zu tun habe. Wir können auch einen Lieferdienst beauftragen?«

»Ach, das geht schon. Die Firma meinte, sie kuppeln uns einfach den Anhänger ans Auto, und beim Abladen könntet ihr uns helfen.«

»Ansonsten überlegen wir uns einen anderen Plan. Sag mir einfach Bescheid«, Owen schaut mich mit Nachdruck an.

»Das bekommen meine Nichten schon hin. Da bin ich mir sicher.« Julie sieht mich mit ihren warmen braunen Augen sanft an und sie legt ihren Arm um meine Schultern.

»Danke, Julie.« Ein wohliges Gefühl breitet sich in mir aus.

»Und nun, Darling, erzähl du mal. Was hast du dir wegen des Caterings überlegt?«

Julie dreht ihr Notebook zu uns und berichtet von ihrem gut ausgearbeiteten Plan. Neben der Küche des *Seasons* wird eine mobile Küche in einem Zelt aufgebaut, in der das Küchenpersonal des Hotels die Speisen vorbereiten kann. Um die Nachspeise wird Julie sich kümmern und somit kann sie auch gleich Werbung für ihr Café machen. Während meine Tante uns von ihren Planungen berichtet, serviert Natalie uns New-York-Club-Sandwiches und stellt die kleinen getürmten Brote, die mit Tomaten, Salat, gegrilltem Hähnchenbrustfilet und Eiern belegt sind, auf unseren Tisch.

Ich werfe einen Blick auf mein Handy, um zu sehen, ob Rosie sich gemeldet hat.

Als hätte sie meine Gedanken gelesen, kommt sie wippend mit rosigen Wangen in das Café gestürmt.

»Hi, Leute. Schneller ging es nicht«, begrüßt uns Rosie außer Puste und setzt sich zu Owen auf die Bank, ohne ihre Jacke auszuziehen.

»Du kommst genau pünktlich zum Essen. Wo warst du denn? Ist heute nicht dein freier Tag?« Ich werfe ihr ein verschwörendes Lächeln zu.

»Corey hat heute auch frei und mehr sage ich nicht dazu«,

entgegnet sie mit einem Augenzwinkern und schnappt sich ein Sandwich.

Wir tun es ihr alle gleich und berichten ihr von dem Wohltätigkeitsball und unserer bisherigen Planung.

»Den Ball kenne ich, aber ich habe mir immer vorgestellt, dass da nur Senioren herumlaufen, Geld spenden und Dinge bei der Tombola gewinnen, die sonst nur auf den Shoppingkanälen im Fernsehen angeboten werden.« Meine Cousine trinkt einen großen Schluck von ihrer Cola.

Owen grinst. »So ist es wohl nicht. Laut der Davidsons sind die Gäste sehr unterschiedlich, aber trotzdem legen sie großen Wert auf Tradition.«

Ich betrachte Owen mit seiner coolen Attitüde und kann ihn mir gar nicht auf einem Wohltätigkeitsball vorstellen. Aber mich selbst kann ich mir dort genauso wenig vorstellen. Ich habe noch nie einen Ball besucht. Bis auf meinen Abiball, der in einem Sportverein stattgefunden hat, und mein Kleid hat damals eher an ein Rüschenunfall erinnert.

»Rosie, kennst du eine Band, die dort spielen könnte?« Bei dem Thema Band weiß ich gar nicht, wo ich ansetzen muss, und hoffe sehr darauf, dass sie uns weiterhelfen kann.

»Bands kenne ich einige hier in der Stadt. Aber wenn ich die Begriffe Tradition und gemischtes Publikum höre, sind die meisten davon eher nichts. Was für Musik soll denn gespielt werden?«

Owen holt sein Handy heraus und öffnet eine E-Mail. »Also, ich habe schon danach gefragt. Die Musiker auf dem Hotel sind alle über siebzig. Sie spielen wohl Rock 'n' Roll, Sinatra und Johnny Cash. Also viel von früher. Nur ohne Gesang.«

»Meinst du, dann wäre eine Coverband gut? Aber ohne Gesang?« Rosie zieht ihre Stirn kraus.

»Laut Mr. Davidson dürfen auch gerne ruhige, moderne Lieder gespielt werden können. Aber alles etwas ruhiger und gerne instrumental oder mit leisem Gesang.«

Rosie schaut uns resigniert an. »Dann können sie ein Streichquartett buchen.«

»Bestimmt sollen den Gästen nicht gleich die Ohren wegfliegen. Aber die Davidsons müssen uns angesichts der Umstände auch etwas entgegenkommen«, bestimmt Owen und nimmt sich noch ein Sandwich.

Rosie fixiert mich und ihr Blick hellt sich auf. »Da fallen mir die Willow Hunters ein. Die vom Bonfire. Die spielen alles. Eigentlich viel Rock, aber die können, wenn es sein muss, auch Celine Dion spielen.«

»Kannst du herausfinden, ob sie Zeit haben?«, frage ich sie.

»Livy, für dich doch immer. Keine Ahnung, ob das klappt. Es ist ein Samstag. Apropos: Du hast Sonntag Geburtstag. Dann können wir direkt reinfeiern.«

»Das stimmt, aber ich muss arbeiten.« Ich kann mir gar nicht vorstellen, wie so ein Wohltätigkeitsball abläuft.

Owen legt mir die Hand auf die Schulter. »Aber nicht den ganzen Abend. Irgendwann läuft ja alles und außerdem bin ich auch da.«

»Wir werden feiern. Das lassen wir uns nicht nehmen.« Rosie beißt von ihrem Sandwich ab.

»Wir können doch nicht einfach auf dem Ball feiern?«, frage ich zaghaft in die Runde.

»Tja, ich denke, ich brauche Rosie für das Catering. Sie wird den ganzen Abend benötigt«, erklärt mir Julie verschwörerisch.

»Ich helfe gerne. Und außerdem wäre ich die Vermittlerin der Band, sofern sie Zeit hat.«

»Perfekt. Tatsächlich kann ich wirklich noch Hilfe an der Bar gebrauchen und bei allgemeinen Aufgaben im Café. Da ich die Location stelle, muss ich auch sichergehen, dass alles reibungslos funktioniert«, sagt Julie souverän und grinst uns an.

Rosie Augen leuchten auf. »Ich frage Corey, ob er mithelfen kann.«

Julie und Owen nicken erfreut.

»Und ich kann wieder mit ihm zusammen tanzen«, fügt Rosie euphorisch hinzu.

Julie blickt sie zögernd an und zieht die Augenbrauen zusammen. Sie kennt ihre Nichte zu gut und ahnt, wie ein Tanz zwischen den beiden aussehen wird.

»Wir tanzen nur. Nicht wild. Fest versprochen.« Rosie legt ihre Hand auf ihr Herz.

»Da bin ich beruhigt.« Julie schmunzelt über ihr Versprechen.

»Livy, du fragst Aiden. Er ist bestimmt auch gerne dabei und wir hätten noch eine helfende Hand«, fordert mich Rosie auf.

»Ja, vielleicht. Wenn er überhaupt Zeit hat.« Ich habe schon genug Respekt vor dem Wohltätigkeitsball. Schon allein der Gedanke, den Abend mit Aiden zu verbringen und für die Planung zuständig zu sein, lässt Hitzeströme durch meinen Körper fahren.

»Gute Idee. Frag ihn gerne, Livy.« Meine Tante ermutigt mich nun auch dazu.

»Okay, ich frage ihn.« Ich jongliere innerlich mit mehreren Gefühlen und wähle die euphorische Olivia, die sich darauf freut, Aiden an dem Abend dabeizuhaben. Die unsichere und missmutige Olivia hat in diesem Moment keine Chance.

Plötzlich tritt Rosie unter dem Tisch gegen mein Bein und zeigt mit ihrem Kopf auf die andere Seite des Cafés.

Ich drehe mich um und sehe, wie Espen, Samira und ein weiteres Paar einen Tisch ansteuern. Samira trägt wieder ein enganliegendes Kleid und High Heels, die irgendwie für einen Lunch übertrieben wirken. Das Paar gehört eindeutig zu ihren Freunden, da die Frau ein brünetter Klon von Samira ist und ihr Partner mit dem Hemd und der Krawatte aussieht, als würde er gerade aus einem Geschäftsmeeting kommen. Ich beobachte mit einem flauen Gefühl im Magen, wie Espen seinen Mantel auszieht und in seinem schlichten grauen Shirt underdressed wirkt, gleichzeitig aber wahnsinnig attraktiv aussieht. Die Gruppe wählt einen Tisch vor der großen Fensterfront aus und erst als Espen sich setzt, bemerkt er Rosie und mich in unserer Nische. Überrascht hebt er seine Hand, um uns zu begrüßen, während wir stumm seine Geste erwidern. Samira schaut nun auch in unsere Richtung und lächelt uns milde zu.

Rosie verdreht die Augen und tuschelt: »Keine Ahnung, wie Espen das aushält. Da esse ich lieber noch ein Sandwich.« Rosie lehnt sich zurück und verspeist ihr drittes Brot.

Ich zucke mit den Schultern und presse meine Lippen aufeinander. Ja, keine Ahnung. Und keine Ahnung, wie ich es hier im Café weiter aushalten soll. Ich zwinge mich, nicht zu ihm zu sehen, aber ich bin so standhaft wie eine Feder im Wind. Unauffällig blicke ich über meine Schulter zu den Pärchen, sehe, wie Samira gestenreich erzählt und das andere Paar laut auflacht. Espen lächelt dezent, ohne sich zu beteiligen, und sieht zu mir. Sein Blick fixiert mich intensiv, verhakt sich mit meinem und hält mich gefangen. Mein Herz rast mit Lichtgeschwindigkeit, bis ich das Pulsieren meines Herzschlags in meinen Fingern spüre. Wir lösen erst unsere Blicke, als Samira ihre Hand auf seinen Arm legt und mit ihm spricht. Er antwortet ihr, wirft mir einen letzten flüchtigen durchdringenden Blick zu und dreht sich weg. Weg von mir.

Ich schlucke schwer und schaue zu Rosie, die uns offenbar beobachtet hat.

Sie lächelt mich liebevoll an.

Bevor sie ihren Senf zu dem Thema dazugeben kann, lenke ich das Gespräch wieder zurück auf den Ball. »Rosie, kannst du übermorgen mit mir nach Salem fahren? Ich muss dort den Pavillon abholen.«

»Nein, leider nicht. Diese Woche habe ich viele Termine und kann wegen Lucas nicht weg.«

»Alles klar. Ich kann auch alleine fahren.«

»Das finde ich nicht so gut«, bemängelt Owen.

»Frag doch Aiden, wenn du ihn sowieso anrufen möchtest«, schlägt meine Cousine grinsend vor.

»Okay. Ich rufe ihn gleich an. Ich bekomme das Zelt schon hierher. Keine Sorge.« So schwer kann es nicht sein, mit einem Anhänger über den Freeway zu fahren.

Owen nickt und gibt sich damit zufrieden.

Ich drehe mich wieder zu Espen, aber er beachtet mich nicht mehr. Er ist offensichtlich in die Unterhaltung seiner Freunde eingestiegen. Mir kommt Stevens Videoauftrag wieder in den Sinn. Ich würde Espen im Laufe des Tages eine Nachricht schreiben oder morgen. Hier im Café würde ich ihn bestimmt nicht danach fragen und niemand verlangt das von mir. Rosie weiß zum Glück nichts von dem Auftrag und Owen kennt Espen nicht. So kann ich die Frage einfach verschieben.

Wir beenden unseren gemeinsamen Lunch und ich verlasse das *Seasons*, ohne nochmals zu Espen zu sehen.

Kapitel 26

Owen und ich gehen gemeinsam zurück zur Agentur. Er überlegt weiter fieberhaft, ob wir an alle Eventualitäten gedacht haben. Ich kann ihm nur nicht folgen. Meine Gedanken hängen noch bei Espen, seinem intensiven Blick und bei seinem Vierer-Date. Owen lässt sich von meinem Schweigen aber nicht beirren und fasst weiter den aktuellen Stand des Projekts zusammen. Als wir an der Agentur ankommen, sage ich ihm, dass ich gleich nachkomme, während er schon nach oben ins Büro geht. Ich setze mich auf die Stufen vor dem Bürogebäude und ziehe mein Handy aus der Tasche. Ich atme einige Male tief ein und aus. Aiden und ich haben uns bisher ausschließlich Nachrichten geschickt oder uns persönlich unterhalten. Ich fühle mich wie ein Teenager, der zum ersten Mal einen Jungen anruft. Aiden als Gesprächspartner fordert mich ständig heraus und er lässt nicht locker.

Ich klicke auf seinen Namen.

Es klingelt und klingelt. Keiner geht ran.

Erleichtert lege ich wieder auf und nehme mir vor, ihm lieber eine Nachricht zu schreiben.

Dazu kommt es nicht, da nach wenigen Sekunden mein Handy vibriert.

»Hi, Aiden«, begrüße ich ihn.

»Hallo, mein Sonnenschein. Schön, von dir zu hören, ich habe gar nicht damit gerechnet.« Es knattert im Hintergrund.

»Bist du gerade unterwegs?« Es hört sich an, als würde er über eine Freisprechanlage telefonieren.

»Ja. Ich sitze im Auto und bin auf dem Weg nach Seattle. Da findet so eine Convention statt und ich wollte mich da mal blicken lassen.«

»Davon hast du gar nichts erzählt«, erwidere ich vorwurfsvoller als gewollt.

»Fehle ich dir etwa schon, Baby?« Aiden nimmt sich gleich dem Thema an.

Peinlich berührt wegen meines anklagenden Tonfalls antworte ich: »Also. Ich finde, das hört sich spannend an.«

»Du musst leider arbeiten. Sonst hättest du mitfahren können. Aber den Termin habe ich kurzfristig reinbekommen. Ich treffe mich mit einer Werbefirma und habe so etwas Kontakt zu meinen Followern.«

»Nein, alles gut.« Ein unbedachter Satz von mir und das Gespräch geht in die falsche Richtung.

»Wäre nur spannender mit dir hier«, legt Aiden nach.

»Warum ist Espen nicht dabei?«, frage ich vorsichtig.

Die Verbindung bricht immer wieder ab. »Dieses … lieber … ich bin … woher …«

»Aiden? Ich habe nichts verstanden.«

»Warte mal kurz. Ist es jetzt besser? Ich bin eben durch einen Tunnel gefahren.«

»Ja, viel besser.«

»Espen ist nicht bei mir. Woher weißt du das? Ich hoffe, du hast keine Kamera in meinem Auto installiert«, fragt er vergnügt.

»Nein.« Ich lache auf. »Ich war eben zum Lunch im *Seasons* und habe ihn dort mit Samira gesehen. Mehr nicht.«

»Dieses Mal bin ich alleine unterwegs. Ich will dort kein Video drehen.«

»Okay. Wäre eine Convention nicht perfekt für einen neuen Clip?« Dort gibt es bestimmt gute Motive.

»Du hast mich ertappt, Livy. Ausschlaggebend war, dass Espen keine Zeit hat. Er und Samira haben Verabredungen und wollen zu einer Familienfeier nach Portland fahren. Und ich bin es einfach nicht mehr gewohnt, alleine zu drehen. Seltsam, aber leider wahr«, gesteht er mir.

»So hast du ganz viel freie Zeit. Du hast zwar den Termin mit der Werbefirma, aber kannst dort machen, was du willst. Und du hast doch früher deine Videos auch selbst gedreht, oder nicht?«

»Yep, aber nur die ersten und da war meine Followerzahl noch dreistellig.«

»Das ist wirklich schon lange her.«

»Espen macht das einfach zu gut. Er hat sich schon immer dafür interessiert und ich glaube, die Art und Weise, wie er die Videos schneidet, macht sie auch so gut.«

»Apropos Video. Mein Arbeitskollege hat einen Kunden, der für eine Baumaschinenmesse jemanden benötigt, der den Messetag filmt, schneidet und das Bildmaterial zur Verfügung stellt. Ich habe da an Espen gedacht. Meinst du, er hätte an so etwas Interesse?« Ich komme um das Thema Espen nicht herum.

»Sicher, warum nicht? Frag ihn doch einfach.« Aiden hat gut reden …

»Wann wollte er denn wegfahren?«

»Sie sind erst am Donnerstag auf dieser Familienfeier und danach hat Samira noch eine Überraschung für ihn. Ich hoffe nicht, dass sie ihn auf ihren Heimatplaneten entführt«, lästert er.

»Okay, ich probiere es.« Ich bin erleichtert, da ich meine Nachricht an Espen auf morgen verschieben kann. Er ist nicht mit Aiden in Seattle und noch ein paar Tage erreichbar. Aber Espen wird mit Samira zusammen auf eine Familienfeier gehen. Die Tatsache lässt meine Erleichterung verpuffen und stört mich massiv. Es hört sich so vertraut und persönlich an. Wo sie wohl eingeladen sind? Auf einen achtzigsten Geburtstag einer Tante oder zu einer Verlobungsfeier? Ich stelle mir vor, wie beide nebeneinander am Tisch sitzen und zusammen ein Dessert essen oder wie Samira ihn beim Tanzen küsst.

Stopp. Es wird Zeit, Espen endlich aus meinem Kopf zu bekommen.

»Und, Olivia, hast du mich nur deswegen angerufen? Oder hatte der Anruf auch ein bisschen mit mir zu tun?«, flirtet Aiden mit mir.

»Über Espen wollte ich eigentlich gar nicht reden«, antworte ich ihm ehrlich.

»Das hört sich besser an.«

Ich sehe sein schiefes, attraktives Lächeln vor meinem geistigen Auge und muss zurückgrinsen, obwohl er es nicht sehen kann.

»Also, wie kann ich dir helfen? Oder wolltest du wirklich nur meine Stimme hören?«, raunt er ins Telefon.

»Ich habe zwei Fragen an dich.« Ich fühle mich mies, da ich ihn letztendlich nur angerufen habe, um ihn um einen Gefallen zu bitten. Aber seine Stimme zu hören, löst in mir ein wohliges und beruhigendes Gefühl aus. Meine Angst, mit ihm zu telefonieren, ist unbegründet, denn am Telefon haben wir genügend körperlichen Abstand zueinander. Das wäre bei unserem Date nicht der Fall.

»Da bin ich gespannt. Die erste Frage bitte!«

Ich erzähle ihm von der *Spring Children Charity* und von unserem Plan. »Das Zelt und die Dekoration müssen in Salem abgeholt werden. Das Zelt wurde bereits auf einen Anhänger verladen.«

»Salem ist knapp eine Stunde entfernt. Da kommt man aber gut hin. Willst du ganz alleine fahren?«

»Das wäre meine Frage gewesen. Ob du mitfahren könntest? Aber du bist ja noch in Seattle.«

»Leider wahr. Ich hätte dich gerne begleitet.« Aiden klingt leicht verärgert, aber er wechselt schnell wieder in einen sanften Tonfall. »Und wir hätten uns einen schönen Tag in Salem gemacht.«

»Ja, Salem soll schön sein.« Ich versuche, das Thema zu wechseln.

»Aber du holst das Zelt doch nicht alleine, oder?«

»Ich bekomme das hin. Mit einem Anhänger fahren kann ja nicht so schwer sein«, antworte ich genervt und ärgere mich darüber, dass niemand sich vorstellen kann, dass ich allein mit dem Anhänger auf dem Freeway fahre.

»Kann Rosie nicht mitfahren?«, schlägt Aiden vor.

»Nein, genau in dieser Woche hat sie in der Firma einige wichtige Meetings. Sie kann nicht weg.«

»Okay, aber pass auf dich auf. Und was ist deine zweite Frage?«

»Nun ja, das wäre noch eine Bitte. Könntest du den Pavillon mit aufbauen? Und auf der Charity-Party mithelfen? Corey ist auch dabei und wir dürfen später etwas mitfeiern. Vielleicht ist das ein kleiner Anreiz.« Ich rühre ordentlich die Werbetrommel.

»Ich stehe dir voll und ganz zur Verfügung.« Aiden klingt sehr erfreut.

»Das ist toll. Vielen Dank. Wir dürfen uns auch Getränke nehmen und von dem Büfett essen.«

»Olivia, mir persönlich reicht die Info, dass du da bist. Aber den Rest nehme ich auch gerne mit«, sagt er mit samtiger Stimme.

Ich räuspere mich. »Das wird ein aufregendes Wochenende.«

»Oh ja. Und außerdem hast du Geburtstag.«

Das muss Rosie verraten haben. »Ja. Überraschenderweise.«

»Das macht auch den nicht stattfindenden Ausflug nach Salem wieder wett.«

»Den können wir doch nachholen.« Warum habe ich das gesagt?

»Mit dir immer. Da fällt mir noch etwas ein. Wann ist unser Date? Das nächste Wochenende zählt nicht.«

»Ich muss mich erst um dieses Fest kümmern. Ich sage dir bald Bescheid.« Lange werde ich das Date nicht mehr aufschieben können.

»Such dir einen Tag aus. Aber nach diesem Ball ist es so weit.« Aiden hört sich enttäuscht an.

»Ich löse meine Wettschulden ein. Ganz bald.«

»Olivia, ich kann es kaum erwarten.«

Ich lege gedankenversunken auf. Aiden ist auf seiner Zielgeraden und spätestens bei unserem Date muss ich mir sicher sein, was ich möchte.

Kapitel 27

Das Gespräch mit Espen lässt sich nicht mehr aufschieben. Als ich zwei Tage später die Agentur betrete, fängt mich Steven, mit seinem Klemmbrett bewaffnet, ab.

»Guten Morgen. Weißt du schon, ob dein Bekannter den Videojob übernehmen kann? Ich muss der Firma so schnell wie möglich Bescheid geben.«

Espen wegen des Videojobs zu fragen, habe ich vorgestern, gestern und bis eben erfolgreich vor mir hergeschoben. Jede Tätigkeit habe ich dem Anruf vorgezogen – ein Telefonat mit meiner Mutter, Kaffee trinken im *Seasons*, abends kochen mit Rosie, Badezimmer putzen, Fußnägel schneiden oder Musik hören. So habe ich mich immer weiter vor dem Gespräch gedrückt und nun stehe ich hier vor Steven. Dieses Aufschieben sieht mir überhaupt nicht ähnlich.

Ich schüttle entschuldigend den Kopf. »Leider habe ich ihn nicht erreicht.« Und Schwindeln sieht mir noch weniger ähnlich.

»Schade, die Zeit drängt. Probierst du es heute noch mal?«, fragt mich Steven hektisch.

»Ich werde gleich zu ihm gehen, bevor ich nach Salem fahre. Vielleicht habe ich Glück und er ist zu Hause.« Mir ist es unangenehm, nur um Espen auszuweichen, meinen Job nicht richtig gemacht zu haben. Anstatt ihn anzurufen, werde ich ihn persönlich fragen, um meine Aufschieberei wiedergutzumachen.

»Perfekt. Dank dir.« Steven wirkt erleichtert.

»Gerne. Ich gebe dir schnellstens Bescheid!«

Warum habe ich zugesagt, direkt zu Espen zu fahren? Vielleicht ist er auch gar nicht zu Hause? Oder sollte ich ihn vorher anrufen? Das Gedankenkarussell dreht sich in meinem Kopf. Nein, ich muss da jetzt durch und würde, wie versprochen, direkt zu ihm fahren. Sollte er nicht zu Hause sein, würde ich ihm den Flyer der Messe in den Briefkasten werfen und eine Nachricht schreiben. Denn bestimmt ist er nicht zu Hause, sondern in seinem Büro. Oder bei Samira.

Ich klopfe an Owens Bürotür und warte kurz ab.

»Olivia, komm rein«, ruft er.

Verblüfft trete ich ein. »Hi, Owen. Woher wusstest du, dass ich das bin?«

»Steven klopft nie an. Nie. Und du immer«, witzelt mein Chef.

Ich ziehe grinsend die Schultern hoch. »Da hast du mich ertappt.«

»Und bereit für die große Fahrt?«

»Auf jeden Fall«, erkläre ich taff und versuche, mich selbst zu motivieren. Ich weiß nicht genau, was mir mehr Angst macht – die Fahrt mit dem Anhänger oder das Gespräch mit Espen. Ich entscheide mich für Antwort Nummer zwei.

»Wenn du aber nicht alleine fahren willst, finden wir auf jeden Fall eine andere Lösung«, redet mir Owen gut zu.

»Nein, Owen. Alles gut. Jetzt fehlen nur noch die Schlüssel«, antworte ich ihm, aber ich glaube mir selbst nicht.

Er reicht mir die Autoschlüssel. »Gute Fahrt und mein Handy ist immer an. Später sind Steven und ich wieder da, um alles zu verstauen.«

»Dann bis später«, verabschiede ich mich.

Ich gehe die Treppe hinter dem Bürogebäude zum angrenzenden Parkplatz hinunter, der vollgepfropft mit Autos ist. Den Van der Agentur zu finden, ist nicht schwer. Passend zu dem Interior des Büros ist der riesige Van ebenfalls kunterbunt. Neben den bekannten Graffitis sind verschiedene typisch amerikanische Motive darauf verewigt – einige Surfer, die Freiheitsstatue, Mount Rushmore, dessen Präsidentenköpfe durch Simpsonsfiguren ersetzt worden sind, und die Skyline von Las Vegas. Mittlerweile habe ich mich an die knalligen Farben in der Agentur gewöhnt, aber dieser Lieferwagen erregt bei jeder Fahrt die Aufmerksamkeit aller Passanten. Das ist bestimmt Owens oberstes Ziel: genug Werbung für seine Agentur zu machen. Ich hoffe nur, ich werde mich irgendwann an die Aufmerksamkeit gewöhnen oder die Einwohner der Stadt sich an das verrückt bunte Auto.

Ich tippe die Adresse der Zwillingsbrüder in das Navi und fahre los. In dieser Gegend am See bin ich bisher noch nie gewesen. Als ich den Pier schon sehen kann, klingelt mein Handy und ich blicke flüchtig auf den Beifahrersitz. Auf dem Display leuchtet ein Bild von Rosie auf, auf dem sie schielend einen Smoothie trinkt. Meine Cousine muss kurz warten, bis ich dieses Monstrum von Van eingeparkt habe. An dem Pier gibt es Schotterflächen, auf denen ich problemlos mit dem riesigen Auto halten kann.

»Hi, Livy.« Rosies fröhliche Stimme begrüßt mich, als ich sie zurückrufe.

»Hey. Ist dein Meeting schon vorbei?«

»Nur eine kurze Pause. Ich habe tolle Neuigkeiten. Die Band hat zugesagt. Woohhoo.« Sie jubelt laut in das Handy.

»Du bringst wirklich Glück, Rosie. Das ist fantastisch. Und ist das auch okay für sie mit dem Nicht-so-viel-Singen?«

»Anscheinend schon. Ich glaube, die Gage ist viel höher als die, die sie sonst bekommen. Die Davidsons bezahlen wohl sehr gut.«

»Wow, das war der letzte offene Punkt auf der Liste und wenn ich heute noch den Pavillon abhole, dann haben wir alles zusammen. Owen wird begeistert sein.«

»Oh nein, das Meeting geht schon weiter. Wir reden heute Abend. Bye, Livy.«

»Bye und hab dich lieb.«

»Ich dich auch.«

Kapitel 28

Ich atme tief ein, nehme meine Tasche mit den Unterlagen vom Rücksitz und steige aus dem Auto aus. Missmutig schaue ich zu dem grauen, regenverhangenen Himmel hinauf und ärgere mich, meine Jeansjacke und nicht meine Regenjacke angezogen zu haben. Ich gehe zu dem Hauptanleger, an dem einige Motorboote, Segelschiffe und größere Ausflugsschiffe liegen. Rosie hat mir eine präzise Wegbeschreibung zu dem Boot gegeben, aber den kleinen Anleger, an dem es liegen soll, entdecke ich nicht. Ich laufe mehrfach den Steg auf und ab, aber ohne Erfolg. Am anderen Ende hinter dem weißen Ausflugsboot entdecke ich eine versteckte Abzweigung zu einer kleineren Anlegebrücke. Hier bin ich richtig, denn neben einigen Motorbooten liegen an dem Pier auch mehrere Hausboote. Fast am Ende des Anlegers erkenne ich das graue Hausboot mit dem Namen *Caspian*. Ich bleibe kurz stehen, streiche über meine Haare, die sich durch den Regen mehr kräuseln, als mir lieb ist. Langsam gehe ich weiter, bis ich direkt vor dem Schiff stehe. Was würde ich dafür geben, sofort wieder umdrehen zu können. Es fühlt sich seltsam persönlich an, vor dem Zuhause der Zwillinge zu stehen. Das Hausboot, über das Rosie mir schon so viel erzählt hat und das immer wieder in meinen Gedanken vorkommt. In meiner romantischen Vorstellung hängen dort überall Lichterketten und Laternen, es gibt brennende Kerzen und ganz oben ist ein großes Deck, das wie eine Veranda von einer Reling umrandet ist. Die einzige Ähnlichkeit zwischen meiner Vorstellung und der Realität ist die graue Holzverkleidung des Schiffes. Dadurch wirkt das Boot modern und einladend. Lichterketten oder Laternen sind nicht zu sehen. Wahrscheinlich hätte das Hausboot so ausgesehen, wenn ich es eingerichtet hätte und nicht die Zwillingsbrüder. Es gibt auch keine große Dachterrasse. Auf der Seeseite kann ich eine Art überdachte Terrasse erkennen, von der eine gute Sicht auf den See sicherlich garantiert ist. Nun stehe ich hier und überlege, wie ein Besucher eines Boots, bei dem es keine Klingel gibt, sich bemerkbar macht. Neben der Tür ist nur ein Briefkasten aus Treibholz mit dem Namen Hays darauf befestigt. Mir bleibt keine andere Wahl, als anzuklopfen.

Zögernd betrete ich das Boot und poche zaghaft an die schwere Tür. Ich warte kurz und schaue durch das schmale Fenster neben dem Eingang. Ich entdecke ein Sofa und einen Tresen mit vier schwarzbezogenen Barhockern. Unmittelbar hinter der Tür muss sich das Wohnzimmer befinden. Die Inneneinrichtung ist ebenfalls aus Holz und wirkt gemütlich, aber doch modern. Sie passt wunderbar zu der äußeren Optik des Hausbootes. Ich bedauere, nicht mehr sehen zu können.

Ich versuche abermals mein Glück, klopfe kräftiger an die Tür und nehme den Flyer aus meiner Mappe, um ihn gleich in den Briefkasten zu stecken.

Das Klicken der Tür lässt mich zusammenzucken.

In der geöffneten Tür steht Espen mit nassen Haaren und blickt mich verwundert an. »Olivia?«

»Hey, Espen«, antworte ich etwas zu hoch vor Schreck.

»Hi. Wolltest du zu Aiden? Der ist leider nicht da. Er ist in Seattle.« Er rubbelt sich mit einem Handtuch durch die tropfenden Haare. »Hat er dir nichts gesagt?«

Einen Moment lang starre ich ihn nur perplex an, wie er seine Haare trocknet, bis mir seine Frage wieder einfällt. »Nein. Also ich weiß, dass er in Seattle ist. Ich wollte nicht zu Aiden. Ist Samira da?«

»Wolltest du zu Samira?« Er wirkt etwas belustigt.

»Äh, nein. Ich wollte euch nur nicht stören«, entgegne ich ausweichend, denn auf ein Zusammentreffen mit Samira und

Espen kann ich mehr als verzichten. »Aber ich störe trotzdem, oder?«

»Du störst nicht. Ich war Joggen und habe beim Duschen dein Klopfen nicht gehört.« Espen hat sich in der Eile offenbar wahllos eine rote Shorts und ein zerknittertes Shirt von den Portland Winterhawks angezogen, dessen kurze Ärmel seine Tattoos auf dem Arm nicht verbergen können.

Erleichtert über Samiras Abwesenheit lächle ich ihn an und betrachte wieder seine Haare. Ich stelle fest, wie gelockt seine feuchten Haare sind und dass sie auch in diesem Zustand stets in die gleiche Gesichtshälfte fallen. Ich würde sie zu gern einmal berühren. Der Gedanke lässt meinen Bauch kribbeln und beinahe explodieren.

Espen bemerkt meinen Blick und streicht sich verlegen über seinen Kopf. »Dann kannst du nur zu mir wollen.«

Mein Herz setzt kurz aus, um danach wie wild zu schlagen. »Ja, ich möchte zu dir. Ich hätte auch anrufen können, aber so kann ich dir gleich den Flyer geben.«

»Was ist das für ein Flyer?«, fragt er mich skeptisch und kneift die Augen zusammen.

Ich komme mir vor wie eine Vertreterin einer Sekte, die unvermittelt vor der Tür steht und Broschüren verteilt. »Das ist ein Prospekt von der *ConstructExpo Portland,* einer Baumaschinenmesse in Portland.«

»Baumaschinen? Die finde ich nicht so spannend.« Er nimmt den Flyer, ohne ihn anzusehen.

Das ist kein guter Start.

»Ich finde Baumaschinen auch nicht aufregend, aber es geht eher um die Messe. Eine Firma, die dort ausstellt, gehört einem Kunden von uns. Und sie haben sich ganz spontan überlegt, den gesamten Messetag zu filmen. Für Werbezwecke auf der Webseite oder für Kunden.«

»Das klingt schon viel spannender.« Sein Interesse ist geweckt.

»Und ich habe bei dem Auftrag an dich gedacht. Aiden meinte auch, dass das etwas für dich wäre.«

»Natürlich weiß Aiden davon.« Espens Blick durchbohrt mich.

Ich denke wieder an unser Gespräch am Strand. »Ja, wir haben gestern telefoniert. Aber wie findest du den Job? Hättest du daran Interesse?« Ich hole die Vertragsunterlagen aus meiner Tasche und gebe sie ihm. »Vorne stehen die Eckdaten drauf. Datum, Arbeitszeit und die Bezahlung. Der Vertrag ist dahinter.«

Er nimmt die Unterlagen entgegen. »Möchtest du reinkommen?«

Ich zögere.

Espen schaut mich fragend an und geht ein Stück zur Seite, um mir Platz zu machen.

»Okay«, sage ich und folge ihm in das Wohnzimmer.

Das Hausboot wirkt von innen viel größer als erwartet. Der kleine Ausschnitt des Zimmers, den ich durch das Fenster habe erkennen können, fügt sich perfekt in den großzügigen, hellen Raum. Gegenüber des ausgegessenen Sofas steht ein großer Fernseher, an dem mindestens drei Spielekonsolen angeschlossen sind. Auf der Küchenzeile stapeln sich benutzte Teller und leere Pizzakartons liegen herum. Dekoration gibt es keine, trotzdem strahlt der Raum eine Wärme und Gemütlichkeit aus.

Espen betrachtet mich, während ich den Raum auf mich wirken lasse. »Mich wundert es, dass du noch nie mit Aiden hier warst.«

»Das hat sich noch nicht ergeben«, stammle ich.

Er nickt nur kurz. »Groß ist es hier nicht. Wir haben diesen Raum, ein Bad und unsere Schlafzimmer.«

»Ich finde es wunderschön.« Mein Blick sucht weiter jeden Zentimeter des Raumes ab, um alle Details zu erfassen.

»Es ist schön, hier zu leben. Aber wunderschön …?« Er blickt auf die Pizzakartons und das dreckige Geschirr.

»Ich meine die ganze Atmosphäre auf dem Boot. Die Möglichkeit, auf dem Wasser zu wohnen, die hat nicht jeder.« Zu gern würde ich die Schlafzimmer der Brüder sehen.

»Ja, ich lebe wirklich gerne hier.« Espen lächelt mich warm an. »Setz dich. Ich lese mir die Unterlagen durch.«

Ich steuere das Sofa an und entdecke in dem kleinen angrenzenden Flur eine Vielzahl von Fotos an den Wänden und wundere mich selbst, dass ich ihm einfach die Frage stelle. »Darf ich mir die Fotos ansehen?«

Espen antwortet, ohne aufzusehen. »Klar.«

An den Wänden hängt ein bunter Mix aus Fotos aus allen Lebensphasen der Zwillinge. Sie zeigen Landschaften, Porträts und Schnappschüsse. Neben niedlichen Kinderbildern hängen dort Familienfotos, Partybilder, auf denen sie zusammen mit Freunden zu sehen sind, und ein Bild von Espen mit Samira. Mir fällt ein Kinderfoto der Brüder auf. Es wurde am Strand aufgenommen und ich schätze, die beiden sind auf dem Foto acht oder neun Jahre alt. Beide Jungen sind mit Schaufeln bewaffnet und präsentieren stolz eine in Schieflage geratene Sandburg. Einer von ihnen legt beschützend den Arm um seinen Bruder. Ich wundere mich, wie ähnlich die beiden auf dem Foto aussehen. Es fällt mir schwer zu sagen, wer auf dem Bild Aiden und wer Espen ist. Aber mein Gefühl sagt mir, dass es Espen ist, der als Älterer von beiden seinen Bruder umarmt. Die Umarmung wirkt fürsorglich und beschützend.

»Möchtest du etwas trinken?«, ruft mir Espen aus dem Wohnzimmer zu.

»Ja. Gerne ein Wasser«, antworte ich ihm, ohne den Blick von den Fotos zu lösen. Auf dem Bild daneben sind beide etwa sechzehn Jahre alt und ihr Aussehen gleicht schon eher ihrem heutigen. Zweieiige Zwillinge mit so unterschiedlichen Charakterzügen. Ich muss an meine Brüder denken, die ebenfalls zweieiige Zwillinge sind, und daran, wie vertraut sie sich sind, obwohl sie sich immer wieder die Köpfe einschlagen. Auf dem Foto blickt Aiden genauso aufgeweckt in die Kamera, wie er es heute noch in seinen Youtube-Videos macht, und er war sich wohl auch schon damals seiner Wirkung bewusst. Beim Blick in die Augen des sechzehnjährigen Espen verspüre ich das gleiche Kribbeln im Körper, das ich bei jedem Blickkontakt spüren kann. Warum habe ich damals noch nicht so für ihn empfunden oder wollte ich es nicht wahrhaben? Jetzt gibt es Samira. Ich betrachte das Foto von dem Paar, das direkt neben einem der Schlafzimmer hängt. Die Tür steht einen Spalt offen und ich bin mir sicher, dass es sich um Espens Zimmer handelt. Anstatt mir das Bild von dem Paar anzusehen, werfe ich verstohlen einen Blick in den Raum. Ich erkenne nur ein schönes Holzbett, auf dem einige Kleidungsstücke liegen. Die Bettdecke ist locker zurückgeworfen und mit einer hellen Leinenbettwäsche bezogen. Auf dem

Nachttisch liegen Bücher, mehrere Kameras und Fotos. Es ist nicht möglich, zu erkennen, was auf den Fotos abgebildet ist, und ich platze vor Neugier. An der Wand hinter dem Bett hängen mehrere Filmposter, die von farblich perfekt aufeinander abgestimmt sind. Ich erkenne Darth Vader aus *»Star Wars«*, den Joker aus *»Batman«* und die Unterwelt aus *»Stranger Things«*.

»Olivia? Hier ist dein Wasser.« Espen steht direkt hinter mir und reicht mir eine kleine Wasserflasche.

Hoffentlich hat er nicht bemerkt, dass ich sein Zimmer ausspioniert habe. Erschrocken gebe ich vor, ich würde mir das Bild von ihm und Samira ansehen. »Wo seid ihr da?«

Espen betrachtet das Foto, auf dem die beiden auf einer unspektakulären gepflasterten Terrasse stehen, als würde er es zum ersten Mal sehen. »Das hat Samira mir geschenkt. Wir waren da mit ihren Eltern im Country Club. Es gab da so ein Barbecue.«

»Irgendwie klingt Country Club immer etwas langweilig«, rutscht mir voreilig heraus.

Er sieht zu mir und seine Mundwinkel zucken leicht nach oben.

»Vielleicht ist das auch nur ein Vorurteil. Das kommt bestimmt von den ganzen Serien, die ich immer schaue«, rede ich mich heraus.

»Ein bisschen langweilig ist es schon. Die Sportmöglichkeiten sind ganz cool, aber die Leute sind nicht so mein Fall.«

»Bist du häufiger da?«

»Nein, nur ganz selten. Wie gesagt, das ist nicht meine Welt.« Seine Augen verengen sich für einen kurzen Moment.

»Das wäre auch nicht meins«, wiederhole ich leise.

»Nein, das wäre es nicht«, raunt Espen, der viel zu nah neben mir steht.

»Nein«, presse ich atemlos hervor.

Er kommt noch ein Stück näher.

Ich kann den frischen Duft seines Duschgels riechen – Zitronengras und Meeresbrise. Wie die Meeresluft des Pazifiks.

»Das ist gut.« Er schluckt schwer. »Da Aiden es dort auch nicht länger als fünf Minuten aushalten könnte.«

Ja, Aiden. Er denkt an Aiden und mich. Ich ermahne mich selbst und ärgere mich über meine Gefühle, die mir wieder einen Streich gespielt haben. Die Nähe zwischen uns habe ich wieder vollkommen falsch interpretiert. Espen ist mit Samira zusammen und der Meinung, ich wäre ein guter Fang für seinen Bruder.

Enttäuscht antworte ich: »Ja, ich kann mir Aiden auch nicht in einem Country Club vorstellen. Er würde sich bestimmt über alle lustig machen.«

»Und im schlimmsten Fall ein Video dort drehen. Und, Olivia?«

Ich schaue ihn mit großen Augen an.

Ein Lächeln huscht über sein Gesicht. »Und möchtest du das Wasser?« Er hält mir die kleine Flasche entgegen.

Das Getränk habe ich komplett vergessen und schnappe mir die Flasche. »Danke«, sage ich leise.

»Ich habe mir die Unterlagen angesehen.« Er geht zügig zurück ins Wohnzimmer. »Ich nehme den Job an.«

Ich laufe ihm hinterher und trinke einige Schlucke aus der Flasche, da meine Kehle sich staubtrocken anfühlt. »Das ist toll. Es sind zwar nur Baumaschinen, aber du siehst sie ja nur durch die Kamera.«

»Der Auftrag klingt spannend und ist mal etwas ganz anderes.«

»Mein Kollege wird dir so dankbar sein.« Ich bin erleichtert über seine Zusage. »Ach so, eine Sache gibt es noch.«

Espen lehnt sich grinsend an den Küchentresen. »Ich muss doch mehr mit den Baumaschinen zu tun haben?«

»Nein. Da die Messe über zwei Tage geht, brauchst du in Portland ein Hotel. Soll mein Kollege das für dich buchen oder willst du das selbst machen? Das wird natürlich alles von der Firma bezahlt.«

»Ich buche mir selbst ein Hotel«, erklärt er kurz und beginnt, die leeren Pizzakartons wegzuwerfen.

Ich nicke.

»Übrigens ist das Video vom Sandboarding online. Falls du dir deinen Wetteinsatz ansehen möchtest«, fügt er beiläufig hinzu.

»Das schaue ich mir bald an.« Ich nehme einen weiteren Schluck von meinem Wasser und erschrecke, als ich auf meine Handyuhr schaue. »Oh, Mist, ich muss los. Ich muss noch nach Salem fahren.«

Er dreht sich wieder zu mir um und kneift die Augen zusammen. »Was willst du in Salem?«

Ich berichte ihm von dem spontanen Auftrag und was ich dort zu erledigen habe.

»Und du willst da alleine hinfahren? Kann dein Kollege oder dein Chef nicht mitfahren?«

»Nein, die haben alle keine Zeit.«

»Was ist mit Rosie?«

»Rosie hat sehr viel in der Firma zu tun und sie muss später nach Hause wegen Lucas. Und Aiden ist in Seattle«, rutscht mir noch mit heraus.

»Natürlich hast du Aiden gefragt.« Espen schließt den Mülleimer und kommt zu mir.

»Aber das geht. Ich habe selbst angeboten, dass ich dort hinfahre«, erkläre ich ihm mutig, obwohl mir die Autofahrt etwas Angst macht.

»Ich kann dir helfen. Heute habe ich nichts mehr vor. Und ich glaube, Aiden wäre es sehr recht, wenn ich mitfahre.«

Ich halte kurz die Luft an. »Das bekomme ich auch alleine hin. Auch mit dem Anhänger. Wirklich!«

»Das glaube ich. Ehrlich! Nimm mich doch einfach als Packesel mit, falls doch schwere Sachen dabei sind. Und bei dem Rest mische ich mich nicht ein.«

Ich bin mir mittlerweile sicher, dass weitere Versuche, ihn abzuwimmeln, keinen Sinn ergeben und er auf dem Weg nach Salem mein Beifahrer sein wird. Entweder seinem Bruder zuliebe oder um mir wirklich zu helfen. Auch wenn ich seinen Vorschlag gern rigoros ablehnen würde, will ein Teil von mir diesen Moment mit ihm allein ausnutzen. Und dieser Teil ist stärker als alles andere. »Ja, dann fahren wir zusammen.«

Kapitel 29

Ich warte im Van auf Espen. Er hat gesagt, er wolle sich anziehen und nachkommen. Der Regen hat nicht nachgelassen und ich hoffe, die Sicht auf dem Freeway wird nicht so schlimm sein, wie ich erwarte. Bevor ich die Adresse in das Navi einspeichere, tippe ich eine kurze Nachricht an meine Cousine.

»Hi, Rosie. Ich fahre jetzt los nach Salem und ich bin nicht allein.
Espen wird mitfahren. Er ließ es sich nicht ausreden …
Wünsch mir Glück, damit ich die Fahrt überlebe. Livy«

Rosies Antwort kommt prompt.

»Das wirst du. Du musst überleben, da ich später alles wissen
möchte. Nein, du schaffst das. So und nun muss ich mir weiter
den Vortrag über Gartenlampen anhören. Fahr vorsichtig.«

Ich kontrolliere mein Make-up im Spiegel der Sonnenblende. Die bevorstehende Fahrt mit dem Anhänger macht mich schon nervös genug, aber der Gedanke, mit Espen gleich über zwei Stunden zusammen im Auto zu sitzen, lässt meine Nervosität ins Unermessliche steigen. So lange haben wir noch nie miteinander Zeit verbracht oder genau genommen haben wir beide noch nie wirklich Zeit miteinander verbracht, wenn man von dem Gespräch am

Strand absieht. Ich nehme mir vor, über allgemeine unspektakuläre Themen zu sprechen. Vielleicht wären Tierbabyvideos, favorisierte Sandwichbeläge oder mögliche Urlaubsziele gut geeignet. Das Thema Aiden werde ich komplett meiden. Das ist ein machbarer Plan, an den ich mich nur halten kann, wenn mir mein Beifahrer keinen Strich durch die Rechnung macht. Von Espen ist bisher nichts zu sehen. Daher öffne ich Youtube und starte gespannt, aber auch peinlich berührt das Video vom Sandboarding. Doch es ist so viel mehr als irgendein Clip. Die Wette, das Date und wie häufig ich dort zu sehen bin … Espen hat sich selbst im Schnitt übertroffen und verrückterweise gefalle ich mir in dem Video. Ich teile den Link mit meinen Brüdern und tippe auf die lange Kommentarliste. Ich lese ungern Kommentare auf Social Media und in diesem Fall noch widerwilliger. Viele loben die Aufmachung des Videos, andere Schmachten Aiden an und wirklich viele erwähnen mich. Sie fragen, wer ich sei, und ich entdecke wenig Negatives. Ich möchte es dabei belassen und lege mein Handy weg.

Die Autotür öffnet sich und Espen steigt ein. »Sorry, hat ein bisschen länger gedauert.«

»Kein Problem«, sage ich betont locker und mustere ihn unauffällig.

Seine Haare sind mittlerweile trocken und sein frischer Duft verteilt sich im Auto. Ich ärgere mich insgeheim, kein Deo mitgenommen zu haben. Die Shorts hat er durch eine Jeans ersetzt und dazu trägt er einen Parka.

»Samira hat vorhin angerufen. Sie wollte etwas wegen einer Familienfeier besprechen«, berichtet er mir.

»Das ist schön.« Besseres fällt mir zu seinem Telefonat mit seiner Freundin nicht ein. »Ich habe die Zeit genutzt, um mir das Video anzusehen.«

Sein Blick ruht intensiv auf mir. »Und? Fühlst du dich wohl damit? Als einmalige Youtuberin?«

»Mich zu sehen, ist seltsam, aber das Video ist toll. Der Schnitt, die Farben … Du musst viel Zeit investiert haben.«

Espens Gesicht erhellt sich. »Etwas. Ist auch ein besonderes Video.«

»Ja, das ist es«, murmle ich und starte den Motor. Ich fahre so entspannt los, als würde ich mit dem Van seit Jahren durch die Gegend fahren. Ich hoffe inständig, die Straßen werden niemals schmaler und die Kurven nicht enger. An kleine Parkplätze denke ich gar nicht erst und bete, dass der prasselnde Regen bald aufhören wird, da meine Sicht dadurch eingeschränkt ist.

Ich sehe, wie Espen mich von der Seite ansieht. »Der Van ist ein Highlight. Das habe ich nicht erwartet.«

»So weiß jeder, dass wir da sind. Eigentlich fehlt nur noch eine Sirene.«

Espen lacht auf und singt den Refrain von Ghostbusters, nur dass die Geisterjäger durch *Groovy Mallow Event* ersetzt werden.

Ich fange sein Lächeln auf. »Ghostbusters?«

»Tut mir leid. Ich bin ein Film-Opfer.«

»Der Film ist toll. Passenderweise kommen die Ghostbusters und Owen beide aus New York.«

»Das muss ein großer Schritt gewesen sein, von New York nach Wild Mallow Lake zu ziehen«, überlegt Espen laut. »Ich bin immer nur hier oder auf dem College gewesen. Aber das war auch nicht wirklich weit entfernt.«

»Ja, ein wirklich großer Schritt. Der Liebe wegen hierherzukommen ist romantisch.« Ich starre geradeaus auf den Straßenverkehr.

»Weswegen bist du nach Wild Mallow Lake gekommen? Dein Schritt von Deutschland hierher ist auch nicht so klein.«

»Ich brauchte eine Veränderung. Vor einigen Wochen habe ich eine schwierige Beziehung beendet und wollte einen Neustart. Einen Reset. Dann kam das Jobangebot und es ist schön, bei Rosie und meiner amerikanischen Familie zu sein«, antworte ich ihm ehrlicher als geplant, obwohl ich mir vorgenommen habe, Marc niemals vor Espen zu erwähnen. Der Regen prasselt laut gegen die Frontscheibe.

»Ein Reset ist eine sehr gute Idee. Einmal stehen bleiben, sortieren und weitermachen.« Espen trinkt einen Schluck von seiner Cola und streicht sich durch die Haare.

»Das Problem ist nur, dass man manchmal länger zum Sortieren braucht, als man denkt. Und dann muss man schon wieder weiterlaufen. Aber ich würde es immer wieder machen.« Ich schaue rasch zu ihm und ziehe meine Schultern hoch.

»Dein Mut ist beneidenswert. Nicht jeder traut sich das zu.« Seine Stimme klingt bedrückt. Einen Atemzug später fängt er sich wieder. »Diese schwierige Beziehung … Ist jetzt für dich wieder alles gut?«

»Viel besser. Er war … wie soll ich sagen … ein Arsch. Ich habe mich zwar bewusst getrennt, aber der Ortswechsel hat sehr geholfen.«

»Das ist gut, Olivia«, flüstert er mir zu.

»Ja, das finde ich auch, Espen«, erwidere ich leise, nur mein Herz ist es jetzt gar nicht mehr.

Die restliche Fahrt nach Salem unterhalten wir uns über weniger nervenaufreibende Themen. Über Tierbabyvideos sprechen wir zwar nicht, aber wir reden über Portland, Serien, die auf unseren Watchlists stehen, und über seine Filmleidenschaft. Als wir Salem erreichen, bahnt die Sonne sich ihren Weg durch die Wolken und vertreibt den Regen. Mein Plan gelingt, niemand von uns erwähnt Aiden und ich hoffe, das wird ebenfalls während der Rückfahrt funktionieren.

Kapitel 30

Das Unternehmen in Salem hat die Lieferung für uns vorbereitet. Der Anhänger mit dem Pavillon steht fertig gepackt auf dem Hof. Die Kisten mit der Dekoration tragen Espen und ich in den Van, um sie dort im Inneren zu verstauen.

Ich bin erleichtert über seine Hilfe. »Ich bin froh, dass du mitgefahren bist. Eigentlich hat die Firma versprochen, dass alles fertig gepackt für uns bereitstehen wird«, gestehe ich ihm.

»Ich habe dir in Sachen Packesel nicht zu viel versprochen«, erwidert Espen grinsend und schnappt einen sperrigen, schweren Karton. »Ich glaube, das war der Letzte.«

»Der Van ist auch voll. Wollen wir uns noch etwas zum Essen kaufen?« Ich brauche Nervennahrung und einen Kaffee, bevor ich das Ungetüm von Anhänger nach Wild Mallow Lake fahren kann.

»Ja, ich habe auch Hunger. Ich glaube, da vorne gab es einen Laden. Der sah nicht schlecht aus.«

Wir kaufen uns jeweils ein Pizzabaguette und ich mir dazu noch einen Kaffee. Der Regen legt eine Pause ein und wir setzen uns halb in den Kofferraum des Vans.

»Guten Appetit«, wünsche ich Espen und probiere mein Mozzarella-Baguette.

»Dir auch.« Er dreht sich um und betrachtet unsere Ladung. »Wahnsinn, wie viele Kartons wir verladen haben. Also, bei dem Event wird keine Deko fehlen.«

Ich grinse. »Wahrscheinlich haben wir uns den gesamten Bestand des Unternehmens geliehen.«

»Vermutlich. Ich hoffe, die Ballgäste wissen das zu schätzen.«

»Ich kann mir noch gar nicht vorstellen, dass so viele Leute in Julies Café sein werden. Rosie, Corey und Aiden wollten beim Aufbau helfen.« Jetzt bin ich selbst schuld und habe seinen Namen erwähnt.

»Aiden ist mit dabei. Das ist gut. Leider kann ich nicht mithelfen, da wir morgen in Portland sind.« Sein durchdringender Blick trifft meinen und ich kann diesem nicht ausweichen.

Sein Blickkontakt und das »Wir« in seinem letzten Satz bringen mein Herz aus unterschiedlichen Gründen zum Rasen. Ich merke, wie weit ich davon entfernt bin, mich von ihm fernzuhalten. Es passiert genau das Gegenteil, ich will immer mehr bei ihm sein. Ich wünsche mir, dieser Moment würde nie enden. Auch wenn es für ihn nichts bedeutet, sauge ich jede einzelne Sekunde in mir auf. Wir haben in den letzten zwei Wochen mehr Kontakt gehabt als in den letzten sechzehn Jahren. Aber ich muss akzeptieren, dass Espen mit seiner Freundin zu dieser Einladung fahren wird. Als Paar und ich habe da keinen Platz. Anstatt das Thema zu meiden, muss ich es wissen und frage ihn: »Ihr fahrt zu einer Familienfeier?«

»Ja, Samiras Cousine feiert ihren Geburtstag und gleichzeitig ihre Verlobung. Deshalb ist die Feier auch unter der Woche und sie soll sehr groß werden.«

»Das würde ich anders machen«, platzt es aus mir heraus.

»Und was würdest du verändern?« Espen steckt sich das letzte Stück seiner Peperonipizza in den Mund.

»Ich würde meine Verlobung nur mit den wichtigsten Menschen in meinem Leben feiern«, überlege ich laut.

»Das wäre mir auch noch zu viel. Ich würde den Tag nur mit *dem* wichtigsten Menschen verbringen.« Espen fixiert mich mit seinem Blick.

Ich erwidere ihn still. Für einen Moment bewegt sich nichts. Nicht wir und nicht die Welt. Ich sehe nur sein Gesicht, das so nah ist, dass ich seine Grübchen zählen kann. Drei sind es. Zwei an den Wangen und eins am Kinn. Zu gern würde ich meine Hände ausstrecken und diese berühren. Noch lieber würde ich ihn küssen. Meine Lippen auf seine Lippen legen. Allein bei dem Gedanken daran schießt ein Wärmeschwall durch meinen ganzen Körper und versammelt sich letztendlich in meinem Gesicht.

»Alles andere wäre zu viel. Nur mit dieser Person«, schiebt er nach und die Stille ist gebrochen.

Es fällt mir schwer, von ihm wegzusehen. Erschrocken über meine Gefühlsreaktion, witzle ich: »Das kann nur Aiden sein.«

Espens Mundwinkel zucken leicht über meinen schlecht improvisierten Witz und er senkt kurz seinen Kopf.

Das ist mein Sprungbrett, um meinen Blick zu lösen. Ich setze mich aufrecht hin und trinke einige Schlucke von meinem mittlerweile kalten Kaffee.

»Ein Glück, dass ich ihn nicht heiraten darf. Er nimmt schon genug Raum in meinem Leben ein. Ich stelle mir eher jemand anderen vor.«

»Da bin ich aber beruhigt«, flüstere ich mit zittriger Stimme und bin froh, meinen Kaffee fest in den Händen zu halten.

»Und ich glaube, Aiden stellt sich auch jemand anderen vor.«

Ich starre ihn verwundert an und verstehe plötzlich, auf welches Thema er hinausmöchte.

»Olivia?«, haucht Espen.

»Ja?« Ich schlucke den drückenden Kloß in meinem Hals herunter.

»Mein Bruder hat nur dich im Kopf. Zumindest kommt es mir so vor. Ich weiß zwar nicht, was das zwischen euch ist, aber ich glaube, er möchte mehr. Du bist doch auch interessiert, oder nicht? Du solltest dir ein Herz fassen und mit ihm reden. Je eher, desto besser, finde ich. Dann wärt ihr beide glücklicher.« Espen rattert seinen Vortrag herunter und steht wie unter Strom gesetzt auf. »Wir sollten losfahren. Samira und ich starten morgen sehr früh nach Portland.«

»So einfach ist das nicht«, murmle ich verdattert und rutsche ebenfalls von der Ladefläche.

»Wieso? Manchmal kann es ganz einfach sein.« Espen dreht sich zu mir um und blickt mich ernst an.

»Oder auch nicht.«

»Komm, lass uns losfahren«, brummt er und geht zum Van.

Schweigend laufe ich zur Fahrertür und hoffe darauf, dass die Fahrt nicht komplett katastrophal ablaufen wird. Meine Angst vor dem Anhänger ist schon groß genug, da kann ich auf ein kompliziertes Gespräch über Aiden verzichten.

Kapitel 31

Beim Anfahren bemerke ich die ungewohnt schwere Last, die der Van nun ziehen muss, und ich habe das Gefühl, in einem Truck zu sitzen. Blauäugig habe ich mich selbst in diese Situation manövriert. Vor lauter Ehrgeiz hätte ich jeden Job der Agentur angenommen, um zu beweisen, wie gut ich meine Arbeit mache. Dieser Plan ist aber nicht aufgegangen. Im Schritttempo fahre ich vom Parkplatz und kann glücklicherweise weiter geradeaus auf eine leere Straße fahren, ohne das Tempo weiter zu erhöhen. Die Route würde nicht ewig gerade verlaufen und die nächste Kurve wartet mit Sicherheit schon.

»Soll ich vielleicht fahren?«, meldet sich Espen zum ersten Mal seit seiner Ansprache über Aiden wieder zu Wort.

»Nein, danke.«

»Das ist wirklich kein Problem!«

»Das ist gut, aber du musst nicht. Das bekomme ich schon alleine hin«, antworte ich schnippisch. Ich will nicht zugeben, wie verzweifelt ich bin. Nicht nach seinen Worten.

»Okay, aber du müsstest bald etwas schneller fahren. Zumindest wenn wir den Freeway erreichen«, erklärt er mir mit einer Ruhe, die mich immer wütender werden lässt.

»Die Straße ist hier sehr schmal. Keine Angst, ich gebe dann schon Gas«, fahre ich ihn an und beiße mir verkrampft auf die Lippe.

»Alles gut. Bis zum Freeway dauerte es noch. Und bei der Geschwindigkeit kommen wir dort sowieso erst gegen Abend an«, fügt er sarkastisch hinzu.

Ich bremse abrupt ab. »Ist heute der Ich-sag-Olivia-was-zu-tun-ist-Tag? Bist du nur deswegen mitgefahren?«

Seine Augen weiten sich vor Überraschung. »Nein, ich ...« Er wird von einem hupenden Auto unterbrochen.

Ich funkle ihn nur an und starre durch die Frontscheibe.

Er zeigt auf einige freie Parkplätze am Straßenrand. »Olivia, vielleicht solltest du da auf den Parkstreifen fahren. Dann können die anderen Autos weiterfahren.«

»Und das wäre dann der dritte Tipp auf der To-do-Liste, den ich von dir bekommen habe«, entgegne ich heftig.

Das Auto hupt nochmals.

»War nur ein Vorschlag.« Espen zuckt mit den Schultern und lehnt sich genervt in den Sitz zurück.

»... den ich gerne ablehne. Vielen Dank!«, erwidere ich mit einer gespielt übertriebenen Höflichkeit.

»Gut!«

»Gut!«, wiederhole ich zickig. Mir ist durchaus bewusst, dass meine störrische Art nichts bringt. Es ist eher eine Verzweiflungstat.

Das Auto hupt nun in Dauerschleife.

Er verschränkt die Arme und sagt schulterzuckend: »Du bist die Fahrerin. Dann bleiben wir hier stehen.«

»Richtig.« Mehr kann ich nicht sagen, da sich in meinen Augen die ersten brennenden Tränen bemerkbar machen.

Mit einem Hupkonzert überholt uns endlich das Auto und ich vermeide es, in das Fahrzeug zu sehen.

Espen blickt mich zaghaft mit seinen dunklen Augen an. Er berührt mich leicht am Arm. »Olivia?«

Ich spüre ihn wieder: diesen kleinen kribbeligen Stromschlag. Eine einzelne Träne bahnt sich den Weg über meine Wange.

»Ich fahre auf den Parkstreifen«, sage ich mit erstickter Stimme.

Im Schneckentempo lenke ich den Van von der Straße auf den Parkstreifen und vermeide es, Espen anzusehen. Angespannt starre ich nach vorn. Die unterschiedlichen Empfindungen lassen meine

Knie zittern. Sehnsucht, Enttäuschung, Wut und Hilflosigkeit ergeben keinen guten Cocktail, eher einen, der schnell weggekippt werden muss.

»Lass mich fahren. Das ist kein Problem«, bietet Espen abermals ruhig an.

Er ist mir einfach zu gelassen und beherrscht. Wie er es immer ist. Wieso wünsche ich mir so sehr, dass er auch mal die Fassung verliert? Dafür gibt es bei ihm wohl keinen Grund.

»Wollen wir tauschen?« Er lässt nicht locker.

»Nein, ich kann das. Oder darf ich das auch nicht selbst entscheiden? Musst du mir da auch unter die Arme greifen?« Ich koche vor Wut.

»Ich möchte dir nur einen Gefallen tun.«

»Ich glaube, ich weiß genau, was ich tun kann oder tun möchte. Ich schaffe es, mit dem Anhänger zu fahren. Du musst mich nicht retten. Oder sonst wen.« Ich spucke die Worte aus und bereue diese sofort wieder.

Espens Augen verengen sich finster. »Was ist dein Problem, Olivia?«

Die Wut in Espens Augen zu sehen, fühlt sich nicht so zufriedenstellend an wie erwartet. Am liebsten würde ich meinen Wunsch rückgängig machen. Nein, ich will ihn nicht wütend oder aufgebracht sehen. Nein. Ich will ihn leidenschaftlich sehen, aber das ist Samira vorenthalten.

»Mein Problem ist, dass du versuchst, alles geradezurücken«, schnaube ich.

»Was will ich geraderücken?«

»Alles!«

»Ich wollte dir nur einen Gefallen tun und dir die Autofahrt abnehmen. Ehrlich gesagt fahre ich selbst nicht gerne mit einem Anhänger und ich kann gut darauf verzichten.« Seine Stimme ist nicht mehr wütend, sondern verzweifelt, da er offenbar nicht versteht, warum ich so außer mir bin.

Ich schaue ihn zum ersten Mal, seit wir streiten, an. »Es geht nicht um den Anhänger. Du drängst mich, dass ich mich für Aiden entscheiden soll, obwohl das gar nicht nötig ist.«

»Ich verstehe. Es geht um Aiden. Ich sagte dir nur, dass er das anders sieht.«

»Sagt er das?« Am liebsten würde ich mich sofort in mein Bett beamen und mich verkriechen, um nicht mehr über all das nachdenken zu müssen.

»Ich merke das einfach. Ist vielleicht so ein Brüder-Ding. Er redet viel von dir und über euer anstehendes Date. Ich war mir sicher, dass du das auch möchtest und dich nicht traust.« Er klingt aufrichtig.

»Ich will mich nicht drängen lassen. Ich bin nicht gut in so etwas und ich brauche dafür Zeit. Das möchte ich.«

»Olivia …«, setzt Espen an.

Ich lasse ihn nicht ausreden. »Und ich möchte nicht mit diesem Anhänger fahren«, flüstere ich. »Ich hasse es, mit diesem Ding zu fahren.«

Ihm fällt es schwer, sein Lächeln zu unterdrücken. »Komm. Wir wechseln. Ich fahre bestimmt nicht besser mit diesem Monstrum, aber vielleicht etwas schneller«, schlägt er noch einmal vor und die Situation entspannt sich wieder.

Ich nicke nur erschöpft.

Wir steigen aus dem Wagen und unsere Wege kreuzen sich vor der Motorhaube.

Ich werfe ihm ein flüchtiges Lächeln zu und wäre gern noch einige Minuten länger an der frischen Luft geblieben, da wir aber weiterfahren müssen, setze ich mich zügig auf den Beifahrersitz.

Espen schiebt den Sitz weit nach hinten und grinst mich herausfordernd an. »Du bist wirklich ziemlich klein.«

Ich ziehe die Nase kraus, kann ein Schmunzeln nicht unterdrücken und lehne mich erschöpft an die Fensterscheibe. Mein Kiefer schmerzt, da ich diesen die letzte halbe Stunde zu sehr angespannt habe und sich meine innere Anspannung nun allmählich löst.

Espen startet den Van und fährt ohne Schwierigkeiten mit dem Anhänger los.

Kapitel 32

In den nächsten dreißig Minuten sagt keiner von uns mehr ein Wort. Die Stille ist aber nicht störend, sondern angenehm. Ich habe nicht das Gefühl, etwas sagen zu müssen, und Espen offenbar auch nicht. Immer wieder spähe ich unauffällig zu ihm. Er sitzt gelassen auf dem Fahrersitz und fährt mühelos mit dem Van den Freeway entlang. Es wirkt, als hätte er dies schon hundertmal gemacht. Mein Blick gleitet von seinem Gesicht über seine Arme bis zu seinen Händen, die fest um das Lenkrad greifen. Ich betrachte seine Fingerknöchel, die feinen Haare an seinen langen Fingern und seine sorgfältig geschnittenen Nägel. Ich sehne mich so schmerzhaft danach, seine Hände zu berühren. Sie nur zu halten. So sehr, dass es schon wehtut und ich mich frage, ob ich wieder dieses pulsierende Gefühl spüren würde.

Espen ertappt mich dabei, wie ich ihn beobachte, und er fragt offensichtlich entspannt: »Geht es dir wieder besser?«

»Ja, viel besser.«

»Das ist gut. Wir haben schon die Hälfte der Strecke geschafft.«

»Und wie geht es dir?«, frage ich.

»Das Fahren mit dem Anhänger klappt ganz gut«, berichtet er mir und blickt mich flüchtig an, um sich danach wieder auf die Straße zu konzentrieren.

»Mehr als gut würde ich sagen«, lobe ich ihn.

»Ich muss hier auch nur geradeaus fahren. Der Start vorhin war etwas ungewohnt«, gibt er zu.

»Espen«, beginne ich zaghaft. Ich möchte mich nicht entschuldigen, aber erklären, warum ich so wütend gewesen bin. »Ich war vorhin sehr gereizt. Der Anhänger …«

Er unterbricht mich sanft. »Es ging doch gar nicht um den Anhänger, sondern um meinen Bruder.«

»Ja, es ging um Aiden. Die Fahrt hat mich sehr gestresst und ich habe überreagiert.«

»Weißt du eigentlich, wie intensiv man deinen deutschen Akzent hört, wenn du wütend bist? Sonst bemerke ich diesen überhaupt nicht«, sagt er grinsend.

Ich lache auf. »Nein, das wusste ich wirklich noch nicht. Na ja, so häufig bin ich nicht wütend.«

Espens durchdringender Blick erfasst meinen, bevor er zurück auf die Straße schaut. »Warum stört es dich so, wenn ich dich auf Aiden anspreche?«

Ohne Begründung würde ich nicht aus dem Auto kommen. Da wir noch über dreißig weitere Minuten von Wild Mallow Lake entfernt sind, bleibt genug Zeit für viele Fragen.

»Ich möchte das selbst entscheiden, ohne bedrängt zu werden. Ich mag Aiden wirklich.« Die ehrlichen Worte überraschen mich selbst.

Er nickt. »Und er mag dich auch. Sehr.«

»Ich kann nur nicht sagen, was ich möchte.« Das ist gelogen. Mittlerweile weiß ich, was ich möchte, aber das kann ich ihm nicht sagen. Ich will nicht mit Aiden verkuppelt werden und noch weniger will ich von Espen mit Aiden verkuppelt werden.

»Hängt das mit deinem Ex-Freund zusammen?« Seine Miene verdunkelt sich.

»Nein, nicht wegen Marc. Ich bin zwar durch ihn vorsichtiger geworden, habe aber der Liebe nicht abgeschworen.«

»Was hat er gemacht?«, will er wissen und zieht die Augenbrauen zusammen.

»Er war egoistisch und ich war das Beiwerk, das funktionieren musste. Marc hat mir Vorschriften gemacht und hat mit der Zeit immer mehr Grenzen überschritten. Wie ein Kontrollfreak. Ich sollte so sein, wie es für ihn am besten gepasst hat. Wenn er alleine ausging, sollte ich zu Hause bleiben, und wenn er niemanden hatte, sollte ich mit Party machen. Am Anfang hat er sich noch Mühe gegeben, aber in letzter Zeit spitzte sich alles zu und er wurde unausstehlich. Und das wollte ich nicht mehr und ich habe Schluss gemacht. Aber die Beziehung, wenn man das überhaupt so nennen kann, war für mein Selbstbewusstsein keine Bereicherung.« Mein Wortschwall macht mich wütend, doch ich füge leise hinzu: »Leider erkenne ich manche Dinge immer erst zu spät.«

»Du darfst den Fehler bloß nicht bei dir suchen. Dieser Arsch hat dich einfach nicht verdient«, sagt er mit einer Intensität, die ich nicht erwartet habe.

Ich nicke und schlucke schwer.

»Hat er dich denn einfach so gehen lassen?« Er funkelt mich an.

»Ja, hat er. Er wäre viel zu stolz gewesen, um sich zu entschuldigen oder zuzugeben, dass er etwas falsch gemacht hat. Aber so war es für mich noch einfacher. Für ihn und mich hätte es niemals eine Zukunft gegeben. Und seit ich hier bin, kommt mir die Zeit mit ihm wie aus einem anderen Leben vor. Irgendwie unwichtig.«

»Olivia. Ich werde dich nicht mehr wegen Aiden bedrängen. Nie wieder. Versprochen«, beteuert er.

»Du wolltest nur etwas nachhelfen.«

»Ja, ich helfe ihm immer. Er fragt mich nicht. Ich mache das automatisch. Irgendwie fühle ich mich verantwortlich«, offenbart er sein Verhältnis zu seinem Bruder.

»Warum bist du verantwortlich?«

»Vielleicht liegt es daran, dass ich drei Minuten älter bin«, scherzt er und sein Blick streift mich flüchtig.

Ich lächle ihn an. »Ich habe das Gefühl, er weiß sehr gut, was er macht.« Ich denke an Aiden, den erfolgreichen Youtuber mit seiner selbstsicheren Art.

Espen schweigt einen Moment, ehe er fortfährt. »Keine Ahnung. Ich bin ein bisschen wie eine unsichtbare Stütze. Ich versuche, für ihn alles in die richtige Richtung zu biegen. Egal, ob es für die Youtube-Videos ist oder wenn er sich verliebt.«

Aiden ist verliebt? Oder ist er immer wieder verliebt?

»Verliebt er sich so häufig?«, rutscht es mir heraus.

»Nein. Genau genommen nie. Bisher, meine ich. Ich meine auch eher die Beziehung zu Frauen.«

Mir fallen wieder Rosies Worte über Aiden und die Frauen ein. Ich lenke das Thema aber zügig weg von der Liebe, bevor Espen sein Versprechen bricht und wieder Verkupplungsversuche startet. »Vielleicht musst du ihn aber auch mal seine eigenen Fehler machen lassen?«

»Es ist nicht so, dass er nicht selbst auf sich aufpassen könnte. Vielleicht weil er seit unserer Jugend der aufgehende Stern gewesen ist und ich der Sidekick, der immer zur Stelle ist.«

»Aiden hält große Stücke auf deine Videokünste und ist froh, dich zu haben«, wiederhole ich Aidens Worte aus unserem gestrigen Telefonat.

»Sagt er das?« Espen freut sich sichtlich. »Durch die Youtube-Videos kann ich viel lernen und ausprobieren. Ich habe da komplett freie Hand.«

Ich nicke.

»Aber ich bin nur der Sidekick.« Nachdenklich zieht der die Stirn kraus.

»Nein, du bist viel mehr als das«, widerspreche ich ihm. »Unendlich viel mehr.«

Zweifelnd sieht er mich an. »Das ist nett von dir.«

Ich meine das nicht als Floskel. »Das ist nicht nur nett gemeint. Ich finde das wirklich.«

»Olivia, wenn wir von deinem jetzigen Aufenthalt in Wild Mallow Lake absehen, hast du nicht viel von mir mitbekommen.« Espens Hände greifen fester um das Lenkrad. So fest, dass seine Handknöchel weiß hervortreten.

»Das stimmt nicht.« Ich will das nicht so stehen lassen, obwohl es genau der Wahrheit entspricht.

»Gut, wir haben uns gesehen und manchmal einige Worte miteinander gesprochen«, sagt er verkrampft.

Er hat recht, aber ich kann mich an so viel mehr erinnern. »Ich weiß noch: Mit sieben bist du mal von einem Baum gefallen und hast dir deinen Arm verletzt. Ich konnte nicht einschlafen, bis meine Mom mir erzählte, dass du einen Gips tragen musst, es dir aber gut geht.«

Espen schaut stutzig zu mir.

»Und mit ungefähr zwölf Jahren wolltest du in ein Feriencamp in den Sommerferien. Aiden wollte das nicht und ist zu Hause geblieben. Dir hat es dort so schlecht gefallen, dass du weggelaufen bist. Rosie und Tante Anne waren ganz aufgeregt und irgendwann hast du deine Eltern von einer Tankstelle aus angerufen.«

Er schluckt schwer.

Ich berichte weiter, da mir so viele Erinnerungen einfallen. »Ich weiß, dass du dir heimlich mit sechzehn in Portland ein Tattoo hast stechen lassen. Ich war so neugierig, was es ist, traute mich aber nie, genau hinzusehen oder dich zu fragen. Rosie hat mir dann später erzählt, dass es eine Videokamera ist.«

Espen fährt den Van von dem Freeway, um auf einem Parkplatz zu stoppen, und vermeidet es, mich anzusehen.

»Und einmal, da müssen wir neunzehn gewesen sein, hattest du im Sommer einen Ferienjob, bei dem du verkleidet Werbung machen musstest. Du warst ein verzottelter Eisbär und hast für eine Wäscherei Flyer verteilt.«

Espen dreht wie in Zeitlupe seinen Kopf zu mir und sieht mich aufmerksam an.

Ich atme langsam aus und mein Herz hämmert unkontrolliert gegen meine Brust.

»Du erinnerst dich an ziemlich viel. Manches habe ich schon verdrängt«, flüstert er.

Für einen endlosen Moment bleibe ich starr sitzen und bin selbst überrascht, wie viele Kleinigkeiten mir über Espen einfallen. Wie das ozeanblaue Basecap, das er einen Sommer lang ständig trug. Dieses Cappy mit dem kleinen ausgefransten Loch an der Seite, die er nie abgesetzt hat. Oder sein dunkelgrünes BMX-Rad, bei dem die Farbe unter dem Sattel abblätterte. Ich sehe es direkt vor mir stehen, während ich die Farbe von Aidens Fahrrad keineswegs nennen könnte. Krampfhaft suche ich nach detaillierten Erinnerungen von Aiden, mir fällt aber keine ein außer unseren oberflächlichen

Begegnungen. Mir ist nie bewusst gewesen, wie viel ich über Espen weiß. All die Jahre ist er da gewesen und ich frage mich, warum ich meine Zuneigung nicht schon früher gespürt habe. Nun sitze ich mit ihm zusammen im Auto und atme nur häppchenweise, um nicht verrückt zu werden. Ich fühle mich wie ein Buch, das flüchtig geöffnet wird und aus dem alle Gefühle wie ein Schwall entfliehen. Mich überkommt eine panische Furcht, er könnte meine Gefühle erahnen, und gleichzeitig hoffe ich nur darauf, er würde sie erkennen und meine Liebe erwidern. Ja, meine Liebe. Ich bin verliebt. Mein Eingeständnis überfordert mich, aber vielleicht muss ich nur mutig sein. Mutig sein und auf mein Herz hören.

Langsam atme ich aus und sein Blick fängt meinen. Ich beginne zu sprechen und würde am liebsten sagen: *»Und mit dreiundzwanzig bin ich unsterblich in dich verliebt. Ich wollte mich von dir fernhalten, aber das bringt nichts. Ich möchte nur bei dir sein.«*

Stattdessen schließe ich das Buch meiner Gefühlswelt wieder und nur diese fünf Worte verlassen meinen Mund: »Ich habe wohl ein Elefantengedächtnis.«

Espen hält, obwohl das Auto steht, das Lenkrad noch fest in seinen Händen, so als würde er sich daran festhalten, und er sieht mich eindringlich an, ohne etwas zu erwidern.

»Seltsam. Wir kennen uns so viele Jahre, aber nicht … richtig … also nicht offiziell«, versuche ich, sinnige Wörter nachzuschieben.

»Leider kann niemand die Zeit zurückdrehen«, sagt er steif.

»Vielleicht muss man das auch gar nicht.« Ich senke, erschlagen von meinen Gefühlen, den Blick.

Espen schnallt sich ab und dreht sich abrupt zu mir. Aus seinen dunklen Augen blickt er mich lodernd an und das löst einen warmen Schauer in mir aus, der sich in jede Zelle meines Körpers ausbreitet. Ich atme schnell, unkontrolliert und glühend. Seine Augen ziehen mich wie magisch an und ich bin unfähig wegzusehen. Der Abstand zwischen uns wird stetig geringer und er flüstert sanft: »Olivia.«

»Espen«, hauche ich und bin gebannt von seinen Augen, von seinen Lippen und von seinem Duft.

Einen Moment lang herrscht Stille zwischen uns, die aber dieses Mal schlechter auszuhalten ist.

Gequält schaue ich zu ihm und hoffe auf Erlösung.

Als hätte jemand einen Schalter umgelegt, löst sich der Glanz in seinen Augen auf und er berichtet im plauderhaften Ton: »Danke für die Aufmunterung. Dann sehe ich mich jetzt als Profi-Sidekick. Aiden wird froh sein, dass wir uns doch ganz gut verstehen.«

Geistesabwesend nicke ich nur. *»Aiden wird froh sein, dass wir uns doch ganz gut verstehen«*, rattert der Satz immer wieder in meinem Kopf. Die intensiven Gefühle empfinde nur ich und nicht Espen. Wann werde ich es endlich lernen? Ihm geht es um Aiden und darum, wie er seinen Bruder unterstützen kann.

»Wollen wir tauschen?«, fragt mich Espen auffordernd.

»Was tauschen?« Meine Gedanken beschäftigten sich noch mit meinen verirrten Gefühlen.

»Willst du den Rest nach Hause fahren? Ich weiß, du kannst das.«

»Ja«, beantworte ich die Frage eindeutig.

Keine Ahnung, ob ich mir oder ihm etwas beweisen will und woher der Mut kommt, aber ich fahre den Van samt Anhänger zurück nach Wild Mallow Lake.

Kapitel 33

Mir ist schleierhaft, wie ich die Fahrt überlebt habe. Noch nie habe ich so viele verschiedene Gefühle im Kampf gegeneinander erlebt. In mir toben Wut, Liebe und Stolz und ich fühle mich wie eine Mutation aus Hulk und Wonderwoman. Nur in einer roten statt grünen Version von Hulk, da ich merke, wie mein Gesicht beinahe explodiert. Ich bin zwar stolz auf mich, die Fahrt geschafft zu haben, doch mein Verliebtsein schickt in regelmäßigen Abständen immer wieder neue Schmetterlinge in meinen Bauch. Und der Frust über Espens Desinteresse und die Wut darüber, dass er mit Samira zusammen ist und ich das nicht akzeptieren kann, löst während der Rückfahrt einen Adrenalinschub in mir aus. Die Autofahrt läuft wie im Film an mir vorbei und ich bin erleichtert, als wir die Agentur erreichen. Von nun an werde ich alles versuchen, um ihm aus dem Weg zu gehen oder zumindest solchen 1:1-Situationen auszuweichen. Auch wenn ich mich noch so sehr danach sehne, bewirken sie, dass ich mich schlechter statt besser fühle. Ich steuere den Van auf den großen Parkplatz, der zu dem Bürogebäude der Agentur gehört, und parke diesen quer auf den mittlerweile leeren Plätzen. Steven und Owen kommen aus dem Gebäude gelaufen, bevor ich den Motor ausschalten kann, so als hätten sie am Fenster auf uns gewartet. Beide sehen von den letzten Arbeitstagen erschöpft aus. Owens Augenringe passen wiederum perfekt zu seinen düsteren Outfits, aber die Hautfarbe des sonst sonnengebräunten Steve wirkt fahl.

»Hat alles geklappt?« Owen sieht mich besorgt an und dann zu Espen. »Das ist gut, dass du Unterstützung hattest. Ich habe mir schon Gedanken gemacht.«

»Keine Sorge. Der Anhänger ist wohlbehalten angekommen. Espen hat mich netterweise begleitet«, antworte ich in einem seltsam höflich klingenden Ton.

»Okay«, antwortet Owen knapp. Ich erkenne in seiner Stimme die Frage, ob meine Worte ironisch oder wirklich so gemeint sind.

Um die Situation nicht weiter aufzuplustern, stelle ich so lässig wie möglich meinen Beifahrer vor. »Das ist Espen. Ein Freund von …« Ich mache eine kurze Pause. »Ein Freund von Rosie.« Ja, von Rosie und nicht von mir.

»Freut mich. Ich bin Owen und vielen Dank fürs Mitfahren«, bedankt er sich und streckt ihm seine Hand entgegen.

»Kein Problem. Als Freund von *Rosie* habe ich gerne geholfen«, antwortet Espen rau, betont besonders Rosies Namen und schüttelt Owens Hand.

Das hat gesessen. Er hat meine Spitze verstanden und sie unmittelbar übernommen.

»Aber ich muss jetzt schnell los. Ich fahre mit meiner Freundin für zwei Tage weg.«

Und das hat noch mehr gesessen.

Espen vermeidet einen Blickkontakt mit mir. Vielleicht auch besser, wenn ich wie ein roter Hulk aussehe.

»Viel Spaß dabei«, verabschiedet sich Owen.

Mir fällt die Messe wieder ein. »Espen ist übrigens der Kameramann und wird auf der Messe filmen«, platzt es aus mir heraus.

»Oh, das ist perfekt. Espen, Sie sind meine Rettung.« Steven ist sichtlich erleichtert.

»Das freut mich. Wir sehen uns auf der Messe«, verabschiedet sich Espen von ihm.

Steven winkt ihm überglücklich zu. »Danke. Aber ich beginne jetzt mit dem Auspacken.«

»Bye, Olivia.« Seit wir angekommen sind, richtet Espen seinen Blick erstmals auf mich. Seine Augen wirken fast schwarz und durchbohren mich.

»Viel Spaß in Portland«, antworte ich schroff und löse meinen Blick nicht von ihm.

Espen nickt knapp, dreht sich um und geht wortlos Richtung Hauptstraße.

Schweigend sehe ich zu, wie er sich entfernt. Ich beobachte seinen lässigen Gang, wie er sich durch seine Haare streicht und wie er einen kleinen Stein aus dem Weg kickt.

Ich bin mir sicher, in einer Minute werde ich mich über mein Einknicken ärgern, aber ich kann nicht anders.

»Espen. Vielen Dank. Hierfür«, rufe ich ihm hinterher.

Espen dreht sich um und ein zaghaftes Lächeln fliegt über sein Gesicht. »Sehr gerne. Dafür«, wiederholt er meinen Wortlaut.

Ehe ich meine Hand heben kann, um zu winken, ist er schon um die nächste Ecke verschwunden.

Ich drehe mich wieder zu meinen Kollegen um.

Steven ist schon fleißig dabei, die Kisten aus dem Van in den Keller des Gebäudes zu tragen.

Owen steht noch hinter mir und hat diese seltsame Verabschiedung beobachtet. »Ist wirklich alles in Ordnung? Du wirkst sehr gestresst.«

»Ach. Alles okay. Mit einem Anhänger zu fahren, ist nicht so mein Ding.« Ich tue meine schlechte Laune ab.

»Das kann ich verstehen. Aber du hast alles perfekt geschafft. Ich werde den Anhänger nach der Feier zurückfahren. Hauptsache, es ist alles gut bei dir.«

»Klar. Ich helfe Steven, dann geht es schneller«, schlage ich ausweichend vor.

»Das machen Steven und ich. Du hast die Kartons schon alle ins Auto geschleppt. Außerdem warten Rosie und Lucas auf dich im Café. Julie wollte dort mit euch zusammen essen.«

Ehrlicherweise bin ich erleichtert, nicht mehr mit anpacken zu müssen. Es fühlt sich so an, als würde eine schwere Last auf meinen Körper drücken und als würden meine Muskeln nur schlapp vor sich hinvegetieren. Grund für die Erschöpfung ist nicht das Schleppen der Kartons oder die Autofahrt mit dem Anhänger, die Auseinandersetzung mit Espen setzt mir zu.

So kann es nicht weitergehen. Spontan fasse ich einen Entschluss.

»Danke, Owen. Das Essen ziehe ich liebend gern dem Tragen vor«, witzle ich. »Ich muss noch kurz etwas erledigen, dann bin ich auf dem Weg.«

Owen klopft mir sanft auf die Schulter und geht zum Van, um Steven zu helfen.

Ich blicke zum Himmel. Die grauen Regenwolken sind mittlerweile durch die Sonne ersetzt worden, so als würde sie meinen Entschluss unterstützen. Ich setze mich auf die anthrazitfarbenen Stufen vor der Eingangstür, die von Sonnenstrahlen aufgewärmt worden sind, und ziehe mein Handy aus der Tasche. Ich google nach Aiden Hays. Unter den Suchergebnissen werden mir zuerst seine Videos angezeigt und darunter weitere Ergebnisse. Ich klicke auf eins der angezeigten Bilder und die Bildergalerie öffnet sich. Viele der Aufnahmen sind Screenshots aus seinen Videos, andere von Events und ein paar professionelle Fotos. Ein Foto, das mir besonders gut gefällt, öffne ich und Aiden schaut mich fordernd mit seinen grünen Augen aus meinem Handy heraus an. Auf dem Bild sind seine Haare noch etwas kürzer und sein Dreitagebart ist komplett abrasiert. Direkt darunter wird mir ein Foto, das auf einer Convention aufgenommen worden ist, angezeigt, auf dem auch Espen zu sehen ist. Lange wechselt mein Blick zwischen den Brüdern hin und her, bis ich unauffällig nicke, um mich selbst zu motivieren. Ohne weiter nachzudenken, schließe ich meinen Browser und wähle seine Nummer. Nun gibt es keinen Aufschub mehr.

Es klingelt und Aiden nimmt das Gespräch schnell an, als hätte er darauf gewartet.

»Olivia? Zwei Anrufe in zwei Tagen. Daran könnte ich mich gewöhnen«, raunt er ohne Umschweife in das Telefon.

»Hi, Aiden. Wie läuft die Convention?« Ich habe auf Instagram seine Storys verfolgt und es sieht so aus, als hätte er dort Spaß.

»Ganz gut. Die meisten Verträge mit den Werbefirmen kommen zustande. Und ich habe wirklich viele Leute getroffen. Langsam habe ich keine Lust mehr zu reden.«

»Das glaube ich dir.«

»Außer mit dir natürlich. Hat denn mit diesem Zelt alles geklappt?«

»Ja, es ist jetzt in Wild Mallow Lake. Zum Glück«, berichte ich ihm knapp.

»Bist du alleine gefahren?«

»Äh, nein … Espen ist spontan mitgefahren.«

»Ehrlich?« Er macht eine kurze Pause. »Und wie war's?«

»War gut.«

»Gut?«

»Na ja, praktisch, dass er mitgefahren ist.« Ich weiß nicht genau, was ich antworten soll.

»Praktisch klingt gut.« Jedenfalls gibt er sich mit meiner kurzen Antwort zufrieden.

»Und, Olivia, wolltest du nur plaudern und deine Sehnsucht stillen? Oder etwas anderes?« Aiden lässt wohl nie etwas anbrennen.

Jetzt oder nie! »Ich will meine Wette einlösen. Passt dir ein Date an dem Wochenende nach Ostern?«

»Mir passt dafür jeder Tag. Auch wenn es erst übernächstes Wochenende ist.« Obwohl er verführerisch in das Telefon haucht, kann ich den enttäuschten Unterton nicht überhören.

»Ostern kommt Tante Anne nach Hause. Und da hätte ich nicht so viel Zeit«, erkläre ich ihm.

»Mehr Zeit mit dir. Der Punkt überstimmt mich. Dann am Samstag. Ich reserviere den Tisch und lasse mir noch etwas einfallen.« Aiden ist wieder in seinem Element.

»Ich bin gespannt.«

»Und ich erst. Wir sehen uns bald auf der Charity-Party, Olivia Somervell.«

»Ja, dir noch viel Spaß in Seattle und bis Freitag.«

Gedankenversunken lege ich auf und schaue zu dem Van.

Owen und Steven sind im Keller verschwunden, um die Kisten dort zu sortieren.

Ich mache mich auf den Weg in *Seasons* und spüre Erleichterung, mich tatsächlich für das Date mit Aiden entschieden zu haben. Möglicherweise ist das der Anfang von etwas Neuem. Der manifestierte Neustart, für den ich in die USA gekommen bin, und vielleicht habe ich Aiden aus gutem Grund getroffen – ein Neubeginn und ein Abschluss des Kapitels Espen. So viel steht fest: Aiden ist nun auf seiner Zielgeraden und spätestens bis zu unserem Date muss mir klar sein, was ich möchte und ob Aiden Teil meines Neustarts sein soll.

Kapitel 34

Rosie steckt sich genüsslich das letzte Stück Süßkartoffel-Pommes in den Mund und sagt: »Das war genau richtig. Die Kohlehydrate fehlten mir schon den ganzen Tag.« Sie klopft auf ihren Bauch, der aber selbst durch die enge schwarze Bluse nicht zu sehen ist, und blickt uns zufrieden an. Ruckartig setzt sie sich auf und zeigt mit ihrem Zeigefinger dramatisch auf mich. »Livy, wir haben noch etwas ganz Wichtiges vergessen!«

»Was denn?«, frage ich stirnrunzelnd und hoffe, wir haben nichts übersehen.

»Wir haben noch kein Outfit für Samstag? Das geht doch nicht!« Begeistert grinst sie mich an.

Meiner Cousine ist doch etwas Dramatisches eingefallen. Das einzige Abendkleid, das ich besitze, ist mein altes Abikleid und das habe ich ganz bestimmt nicht mit in die USA genommen. Und ohne festliche Kleidung würde ich wahrscheinlich auf dem Ball sehr auffallen. »Zum Glück ist dir das noch eingefallen. Ich wäre dort noch mit Jeans aufgekreuzt.«

»Die Gelegenheit für ein neues Kleid lasse ich mir nicht entgehen. Julie, wie lange bist du heute im Café? Oder brauchst du auch noch ein Kleid?«

»Ich habe noch genug im Schrank. In New York musste ich häufiger Abendkleider tragen, als mir lieb war. Ihr könnt los und ich fahre bald mit Lucas nach Hause«, sagt meine Tante.

Lucas verdreht die Augen und nörgelt: »Können wir nicht gleich los? Ich bin noch zu einem Onlinegame verabredet.«

Julie lächelt ihn sanft, aber bestimmt an. »Noch eine halbe Stunde. Die hältst du durch. Und wenn du morgen bei Finn schläfst, spielst du bestimmt noch genug Computerspiele.«

Lucas trinkt mürrisch von seinem Erdbeer-Milchshake und nickt minimal.

»Komm, wir starten!« Rosie bindet ihre Haare zu einem hohen Messi-Dutt zusammen und rutscht eilig aus der Sitzecke.

Ich lächle sie begeistert an und freue mich darauf, Abendkleider anzuprobieren.

Wir verabschieden uns und laufen zu Rosies Van.

»Wollen wir heute zur Mall fahren?«, frage ich beim Einsteigen.

»Ja, ich glaube, da hätten wir wirklich eine größere Auswahl. Los geht's.« Rosie startet den Motor und fährt grinsend los. »Corey muss ich nun nicht mehr im Musikladen anschmachten. Ihn sehe ich einfach heute Abend.«

»Ich werde mich nachher auf dem Sofa ausstrecken und nichts mehr machen. Aber ein Ballkleid zu kaufen, ist ein guter Abschluss.«

»Und, Livy, bekomme ich heute den Preis für den ersten Platz in Geduldigsein?«

»Äh, warum genau?« Ich habe keinen Plan, was sie meint.

»Du bist heute spontan mit Espen alleine mit dem Auto nach Salem hin- und zurückgefahren. Und ich habe es den ganzen Tag ausgehalten, nicht nachzufragen. Sogar beim Essen eben. Aber jetzt kann ich nicht mehr«, platzt sie heraus.

Ich lache auf. »Du bekommst dafür den ersten Platz mit besonderer Auszeichnung.«

»Den nehme ich gerne an. Ich glaube aber, ohne diese ganzen Meetings in der Firma hätte ich dich schon längst angerufen und ausgequetscht wie eine Zitrone«, gibt Rosie zu.

Ich erzähle ihr von meinem Besuch auf dem Hausboot, dem riesigen Anhänger, unserer Auseinandersetzung und von Espens Verkupplungsversuch. Am liebsten würde ich den Tag totschweigen, aber es tut so gut, meinen Frust rauszulassen, und ich bin gespannt auf ihre Meinung.

Rosie fährt auf das Gelände der großen Mall und findet auf Anhieb einen Parkplatz in der Nähe des Eingangs.

Die großen Werbeschilder der Geschäfte leuchten mir in der Dämmerung entgegen und ich überlege, wo es die beste Auswahl von Abendkleidern geben könnte.

»Und das war alles? Mehr ist nicht passiert?«, fragt sie nach.

»Also für mich war das mehr als genug. Ich hatte Streit mit Espen und denke wiederum nur an ihn. Und er redet nur von Aiden«, verteidige ich mich und ergänze noch ein Detail, das ich vergessen habe. »Und an dem Wochenende nach Ostern habe ich mit Aiden mein Date. Unwiderruflich!«

»Siehst du? Das war doch nicht alles.« Rosie strahlt mich mit großen Augen an. »Wow, endlich. Aiden wird sehr glücklich sein.«

Mich überrascht, wie begeistert sie von dem Date ist. »Das ist er. Er hätte es lieber noch früher, aber ich sehe ihn beim Aufbau und auf dem Ball.«

»Das ist doch perfekt. Dann können wir bald auf ein Pärchendate gehen.«

Skeptisch kneife ich die Augen zusammen. »Du bist enthusiastischer als ich. Woher kommt der Sinneswandel?«

»Ach, ich will dich motivieren, dich etwas mehr zu freuen. Du musst Espen aus deinem Kopf bekommen und das wird von alleine nicht passieren. Er ist mit Ms. Chipmunk zusammen und wird nun offiziell abgeschrieben. Und es ist nur ein Date mit Aiden. Kein Eheversprechen und auch kein Freifahrtschein für ihn. Bitte genieße alles etwas mehr.« Meine Cousine sieht mich mit ihren strahlenden Augen eindringlich an und zieht hocherfreut ihre Mundwinkel nach oben. »Und ganz, ganz ehrlich: Ich würde ein Pärchendate toll finden.«

Ich rolle ergeben mit den Augen. »Okay, versprochen. Irgendwann gehen wir auf ein Date zu viert.«

»Und auf dem Ball hast du einfach nur Spaß.«

»Du weißt schon, dass ich auf dem Fest arbeiten muss, oder?«

»Aber nach der Arbeit hast du Zeit und da wirst du feiern. Vielleicht findet sich währenddessen auch Zeit dafür. Also, Olivia, du wirst Spaß haben und Espen streichen wir mit einem schwarzen

Filzstift aus deinem Kopf«, bestimmt meine Cousine und tippt kurz an meine Stirn.

»Das verspreche ich dir.«

»Sehr gut. Und denk daran: Du siehst Aiden am Wochenende und Espen ist irgendwo in Portland.«

Ich nicke kurz und schnalle mich ab.

»Komm. Los geht's. Jetzt fehlt bei so vielen Versprechen nur noch das passende Kleid. Ein perfektes Outfit für eine Eventmanagerin, für ein Geburtstagskind und für eine Aiden-Verführerin.«

»Hohe Anforderungen an ein Kleid«, witzle ich und hoffe, diesen Erwartungen ebenfalls gerecht zu werden.

Kapitel 35

Beim Blick in den Spiegel bildet sich ein dicker Knoten in meinem Hals. Der Anblick löst bei mir gleichzeitig Unbehagen und Freude aus. Mir gefällt, was ich sehe, aber ich kann mir nicht vorstellen, das Kleid wirklich in der Öffentlichkeit zu tragen. »Ich kann nicht glauben, dass du mich dazu überredet hast.«

Rosie stellt sich hinter mich und wir betrachten uns beide im Spiegel.

»Ehrlich! Warum habe ich nicht das schwarze Kleid mit den Spaghettiträgern genommen? Hübsch, aber nicht so auffällig.« Ich drehe mich, um ihr in die Augen zu sehen.

Sie dreht mich wieder zurück. »Das schwarze Kleid war nur Mittelmaß, aber mit dem hier siehst du majestätisch und sexy aus. Es sitzt wie angegossen.«

»Ich möchte nicht majestätisch aussehen und sexy irgendwie auch nicht.«

»Livy, das ist ein Wohltätigkeitsball und auf Bällen trägt man extravagante Kleider.«

Ich zupfe an meinem Ausschnitt herum. Dieser sitzt aber bombenfest und ich kann nichts daran ändern. Der Herzausschnitt des altrosafarbenen Plisseekleides zeigt mehr Dekolleté, als ich gewohnt bin. Auch am Rücken ist das Kleid bis weit nach unten ausgeschnitten. Glücklicherweise hat der Rock eine angenehme Weite, durch die der lange Schlitz an der Seite nicht auffällig ist.

»Du kannst das tragen und es sieht nicht billig aus, eher verführerisch«, versichert sie mir.

»Na gut. Hübsch fühle ich mich schon damit.«

»Siehst du? Sag ich doch. Du kannst zeigen, was du hast.«

»Du siehst aber auch wunderschön in deinem Kleid aus. Corey wird begeistert sein und wahrscheinlich auch alle anderen Männer.« Ich lächle sie durch den Spiegel an. »Das möchte ich hoffen.« Sie zwinkert mir zu und dreht sich einmal um die eigene Achse. Ihr Kleid aus blassgrünem Tüll ist bis zum Hals mit Spitze besetzt und wirkt dadurch viel dezenter, aber trotzdem elegant. Ihre Locken hat Rosie zu einer Hochsteckfrisur gestylt, die aber nicht weniger lebendig aussieht als ihre offenen Haare.

»Hat Bodie sich eigentlich schon wegen deiner kleinen Geburtstagsfeier im *Seasons* gemeldet?«, fragt mich Rosie.

»Ja, er kommt mit Aiden dorthin.« Ich freue mich nun doch, dass Rosie mich gedrängt hat, meinen Geburtstag zu feiern. Neben Aiden und Bodie beschränkt sich die Feier nur auf meine Familie.

Ich schaue auf die Uhr. »Shit. Ich muss mich beeilen. Steven holt mich gleich mit seinem Freund ab.« Schnell ziehe ich meine Haare durch das Glätteisen.

»Keine Panik. Zehn Minuten hast du noch. Und wir kommen so schnell wie möglich nach. Ich hole nur noch Corey und Aiden ab.«

»Oh nein. Mist.« Meine Haare haben sich im Glätteisen verfangen. Vorsichtig ziehe ich sie wieder heraus, aber einige bleiben hängen. »Ich bin so aufgeregt.«

»Es wird alles laufen wie geplant. Das Café und der Pavillon sehen so toll aus. Julie und die Leute vom Hotel haben das Essen im Griff. Du und Owen den Rest«, beruhigt mich Rosie.

Sie hat recht. Den ganzen gestrigen Tag haben wir so lange geschleppt, gebaut und dekoriert, bis der durchsichtige Pavillon und das Café perfekt für einen Ball ausgesehen haben. Hotelmitarbeiter haben mit uns den ganzen Tag lang den Ball vorbereitet. Aber ohne die Hilfe von Julies Mitarbeitern, Stevens Freund, Aiden, Corey und natürlich Rosie wäre das alles nicht möglich gewesen. Schon allein der Aufbau des Pavillons und der Sitzgelegenheiten dauerte eine Ewigkeit. In Julies Café wurden alle Gegenstände, die nicht fest mit dem Boden verankert waren, an einen anderen Platz verschoben. Das Ergebnis ist atemberaubend. Der Pavillon passt perfekt auf die Terrasse des Cafés und die Gäste haben eine tolle Aussicht auf den Steg am See.

»Livy, warte kurz oder mach einfach bei deinen Haaren weiter«, unterbricht Rosie meine Gedanken und scheint eine spontane Idee zu haben. Sie rennt, so schnell es in ihrem Kleid möglich ist, die Treppe hinunter. Unten höre ich einige Schränke knallen und schon kommt sie wieder nach oben gelaufen. In der einen Hand hat sie eine Flasche Sekt und in der anderen zwei Wassergläser. »Die passenden Gläser waren nicht griffbereit. Die tun es auch.« Sie japst nach Luft und öffnet gekonnt die Flasche.

Ich lege das Glätteisen zur Seite und nehme ihr die Gläser ab. »Sekt? Der kommt genau richtig.«

Rosie schenkt uns beiden schwungvoll etwas ein.

»Nicht ganz vollmachen.« Ich kichere.

»Das sind kleine Gläser«, entgegnet sie und füllt mein Glas komplett auf. »Und einfach mal was wagen, Olivia.«

»Ich will nicht gleich betrunken dort aufkreuzen.«

»Glaub mir, das passiert nicht. Du musst heute Abend noch genug durch die Gegend rennen.« Rosie hebt ihr Glas.

Ich stoße vorsichtig mit ihr an und sage: »Cheers. Auf einen tollen Ballabend.«

»Ein Hoch auf die *Spring Children Charity*«, jubelt meine Cousine und flüstert mir zu: »Und du hast es versprochen: Du wirst Spaß haben.«

»Ja, ich werde Spaß haben«, verspreche ich ihr und trinke einen großen Schluck aus meinem Glas.

Kapitel 36

Ich komme pünktlich mit Steven und seinem Freund Lenny im Café an. Owen wartet bereits auf uns und ist erleichtert, dass wir vor den Davidsons eintreffen. Die Davidsons werden nach ihrem Eintreffen alle Räume, den Pavillon, das Cateringzelt neben der Küche und den Außenbereich besichtigen. Owen ist sichtlich angespannt und fragt sich sicherlich, ob alles zu ihrer Zufriedenheit vorbereitet ist. Für ihn war es der erste Auftrag in dieser Größenordnung. Ich blicke mich im Café um und bin noch verliebter in die Dekoration als am Vortag. Die Beleuchtung ist eingeschaltet, obwohl es draußen noch hell ist. Haufenweise Papierlampions hängen von der Decke und verströmen eine warme, fast magische Atmosphäre. Es wirkt wie in einer anderen Welt und die blumigen Gestecke aus Ranunkeln und Vergissmeinnicht auf den Tischen versprühen Frühlingscharme. Momentan sind kaum weitere Menschen in den Räumlichkeiten, aber vor meinem inneren Auge sind alle Plätze belegt, die Gäste ziehen ihre Tombolalose, die Band spielt und die Gäste tanzen zu der Musik. Die Band befindet sich im hinteren Teil des Cafés und alle Mitglieder sind ebenfalls festlich gekleidet. Besonders die Sängerin fällt in ihrem silbernen Palettenkleid auf und setzt sich von ihren Bandmitgliedern ab, die allesamt Schwarz tragen. Vor der Band befindet sich eine Tanzfläche, um die weitere runde, gedeckte Tische stehen. Auf der gegenüberliegenden Seite ist die Tombola mit einer riesigen Lostrommel und einer beeindruckenden Gewinnauswahl aufgebaut. Neben Präsentkörben gibt es Wein- und Bourbonflaschen, Uhren, Parfüm und andere Luxusartikel.

»Es sieht wirklich bezaubernd aus«, lobt Lenny uns und umarmt seinen Freund.

»Mehr war auch nicht möglich«, antwortet Steven und gibt Lenny einen Kuss auf die Wange.

Steven, der im Büro so wirkt, als hätte er drei Kaffee zu viel getrunken, ist neben seinem Freund viel entspannter und gelassener. Das Paar trägt heute Abend Partnerlook. In ihren grauen Anzügen sehen beide fast identisch aus, nur dass Lenny ungefähr zwanzig Zentimeter größer ist als Steven und keine Haare mehr auf dem Kopf hat.

»Ja, es ist wunderschön geworden«, schwärmt Julie und wendet sich verführerisch an Owen: »So soll es auch aussehen, wenn wir heiraten. Aber natürlich nur, wenn ich einen Antrag bekomme.«

Ich lächle ihr verschwörerisch zu. Sie sieht in ihrem pastellblauen Satinkleid fantastisch aus und läuft in ihren Zwölf-Zentimeter-High-Heels durch das Café, als wären sie Sneaker. Ihre braunen Haare trägt sie zu einem eleganten Pferdeschwanz gebunden. »Den Wink habe ich verstanden«, erklärt Owen grinsend und umarmt meine Tante mit beiden Armen.

»Ich gehe in den Pavillon und schaue nach dem Rechten«, sage ich zu den beiden Paaren und gehe zum Ausgang des Cafés, der direkt mit dem Pavillon verbunden ist.

»Gute Idee. Vielleicht könntest du überprüfen, ob die Tischkarten alle richtig stehen oder durcheinandergeraten sind? Wir haben vorhin ein paar Mal gelüftet und es zog ziemlich heftig durch das Zelt«, bittet mich Owen. Er sieht in seinem schwarzen Smoking klassisch, aber trotzdem cool aus. Seine langen Haare hat er zu einem tief sitzenden Zopf zusammengebunden.

»Ich beeile mich, bevor die Davidsons kommen«, sage ich und gehe in den Pavillon.

Die runden Tische sind hell gedeckt und bieten Platz für zehn Personen. Durch den Wind sind etliche Karten verrutscht, aber glücklicherweise nicht durcheinandergewirbelt worden. Ich richte sie und gehe Tisch für Tisch durch. Bei Tisch Nummer zwanzig stelle ich abermals eine umgefallene Karte auf und zucke zusammen, als ich den Namen *»Espen Hays«* auf der Karte entdecke. Espen ist heute ein Gast auf dem Ball? Davon hat er mir im Auto nichts erzählt. Ich gehe zu dem Platz daneben und betrachte das Kärtchen. Auf diesem steht wie erwartet *»Samira Hammersmith«*. Ich umrunde den Tisch weiter. Neben Samira sitzen vermutlich ihre Eltern und noch weitere Familienmitglieder. Perfekt! Das hat mir noch gefehlt. Ich gehe zurück an Espens Platz und nehme seine Tischkarte in die Hand. Selbst der Anblick seines Namens löst ein Prickeln in meinem ganzen Körper aus. Mit meinem Daumen streiche ich sanft über seinen Vornamen und atme schwer aus.

»Livy, wir sind da«, höre ich Rosies fröhliche Stimme hinter mir.

Ich stelle zügig das Namenskärtchen wieder zurück und drehe mich um.

Rosie, Corey und Aiden betreten den Pavillon von der Seeseite her.

»Hey. Das ging schnell. Ihr seid noch vor den Davidsons da«, begrüße ich sie betont locker.

»Wir wollen hier doch nichts verpassen«, erklärt meine Cousine und greift nach Coreys Hand. »Wir gehen in die Küche und fragen Julie, wobei wir helfen können.«

Corey nickt grinsend und folgt seiner Freundin.

Aiden schlendert auf mich zu. Er trägt einen anthrazitfarbenen Anzug mit Hemd und Krawatte in der gleichen Farbe. Seine Haare sind dieses Mal glatter als sonst, was ihm wahnsinnig gut steht.

»Hey, Aiden.«

»Hi, Olivia. Du siehst unglaublich aus. Nein …« Er kommt näher und stoppt unmittelbar vor mir. »Du siehst unglaublich heiß aus.« Sein Blick gleitet langsam über meinen Körper, stoppt bei meinem Dekolleté, bis er mich mit funkelnden Augen ansieht.

»Danke, Aiden«, antworte ich verlegen und widerstehe der Versuchung, meinen Ausschnitt weiter nach oben zu ziehen.

Er fixiert mich mit seinem lodernden Blick.

Ich erinnere mich an Rosies Worte und an ihren Appell, etwas zu wagen. »Das kann ich nur zurückgeben. Der Anzug steht dir auch unglaublich gut.« Na gut, das ist zumindest ein Anfang.

»Ich glaube, das wird ein guter Abend für uns, Olivia«, raunt Aiden mir zu.

Mir stockt der Atem und alle passenden Wörter fehlen, somit lächle ich ihn angespannt an.

»Aber das sparen wir uns für später auf. Kann ich dir helfen?«

Ich rechne ihm hoch an, dass er von selbst das Thema wechselt. Bald werden die Davidsons und die Gäste eintreffen. Ich muss meine Gedanken nun auf meinen Job richten und meine aufkeimende Fantasie unterdrücken. Was nicht so einfach ist mit Aiden an meiner Seite und dem Wissen, dass Espen auch kommen wird.

»Ich muss noch die Tischkarten zu Ende kontrollieren. Manche sind verrutscht.« Ich zeige auf die Tische auf der rechten Seite.

»Komm, zusammen geht das schneller.« Aiden umrundet zügig einen Tisch.

»Aiden, du hast gar nicht erwähnt, dass Espen auch kommen wird?«

»Espen? Warum sollte er?« Er schaut mich mit zusammengekniffenen Augen an.

»Auf dem Tisch Nummer zwanzig sind Karten für Espen und Samira. Und für ihre komplette Familie.«

»Sie waren doch in Portland? Keine Ahnung. Eigentlich hast du ihn zuletzt gesehen. Wir haben nur kurz telefoniert.« Er zieht sein Handy aus der Tasche und schaut darauf. »Keine neue Nachricht von ihm.«

»Obwohl … Hast du mir nicht erzählt, dass Samira Espen mit etwas überraschen wollte?« Ich blicke ihn fragend an und presse meine Lippen aufeinander.

»Jetzt, wo du es erwähnst …«, grübelt er laut. »Somit ist die Überraschung wohl die Charity-Party. Ist auch naheliegend, dass die Hammersmiths hier jedes Jahr hingehen. Aber was interessiert mich die Familie Hammersmith? Wohltätigkeitsbälle gehören in unserer Familie nicht gerade zum Standard.«

»Das kann ich verstehen. Solche Bälle waren mir bisher auch fremd. Aber trotzdem finde ich das Festliche hier toll.«

»Lassen wir uns überraschen. Der Abend hängt nicht von den beiden ab.« Aiden zuckt mit den Schultern.

Ich nicke bestätigend, obwohl ich es lieber verneinen würde. Für Aiden ändert sich vielleicht nichts, nur für mich ändert die Tatsache alles.

Die Davidsons kommen pünktlich auf der *Spring Children Charity* an, als ich die letzte Tischkarte gerichtet habe. Es fällt eindeutig auf: Dolores und James Davidson, der Kopf der Familie, sind die Inhaber des Hotels. Die restlichen Familienmitglieder folgen ihnen wie eine Eskorte und lassen prüfend die Blicke durch das Café gleiten. Owen und einige Hotelmitarbeiter zeigen den Davidsons alle Bereiche, bis sie schließlich den Pavillon erreichen. Das Ehepaar muss weit über achtzig Jahre alt sein, betrachtet aber mit klarem Blick jedes Detail im Raum. Dolores Davidson, die ihre grauen Haare zu einer ausladenden Hochsteckfrisur frisiert hat, legt ihre hochmütige Art nicht ab, während ihr Mann James mit freudestrahlenden Augen das Ergebnis begutachtet.

Alexander, der Sohn der Davidsons und Geschäftsführer des Hotels, scheint ebenso begeistert zu sein wie sein Vater. Sie sehen sich sehr ähnlich und ich nehme an, dass die Haare von James Davidson in seinen jungen Jahren genauso blond gewesen sind wie die seines Sohnes.

»Owen, Sie haben sich selbst übertroffen. Es sieht zwar nicht so aus wie im Hotel, aber es versprüht den gleichen eleganten Charme«, lobt uns Alexander Davidson.

»Vielen Dank. Dies wäre aber ohne alle fleißigen Helfer und Helferinnen nicht möglich gewesen.« Owen dreht sich zu uns um.

»Wir danken allen helfenden Händen. Wie angekündigt dürfen alle, die für das Gelingen der *Spring Children Charity* verantwortlich sind, heute mitfeiern und sich wohlfühlen«, verkündet Alexander Davidson und blickt seine Eltern an, die mittlerweile beide freundlich in die Runde schauen.

Aiden reißt belustigt die Augen auf und ich kann mir ein Grinsen nicht verkneifen. Mir fällt eine Last von den Schultern. Owen ergeht es offenbar ähnlich und er nimmt allmählich eine lockere Haltung ein.

»Das freut alle Helfer und wir nehmen das Angebot gerne

an. Als Nächstes zeige ich Ihnen die Außenterrasse«, entgegnet Owen und geht mit der Davidson-Truppe nach draußen, um ihnen den beleuchteten Steg und die improvisierte Terrasse auf der angrenzenden Rasenfläche zu zeigen, auf der die Gäste die frische Luft genießen können.

Aiden nimmt wie aus dem Nichts meine Hand und hält mich davon ab, der Gruppe zu folgen. Wir bleiben allein im Pavillon zurück.

Atemlos blicke ich ihn an.

»Wohlfühlen werde ich mich hier heute bestimmt. So viel ist sicher«, flüstert er mir zu. Er streicht mit seinem Daumen über meine Wange und ich merke, wie die Wärme sich in meinem Gesicht verteilt.

»Aiden …«

»Olivia.« Mit beiden Händen berührt er zärtlich mein Gesicht und kommt gefährlich näher.

Ich wehre mich nicht, nein. Ich lasse es zu. Und nicht nur, weil ich mir etwas beweisen möchte, sondern weil mir Aiden wirklich am Herzen liegt.

Er streichelt mit seinen Fingerspitzen meinen freien Rücken und fährt mit seinem Finger den Rückenausschnitt meines Kleides nach. Bei dem kitzelnden Gefühl lache ich flüchtig erstickt auf, aber presse erhitzt meine Lippen aufeinander. Mit seiner freien Hand berührt er meine glühende Wange und streicht meine Haare hinter die Schultern. Mit meinen Händen gleite ich über seine Arme und bemerke die Anspannung seiner Muskeln.

»Weißt du eigentlich, wie verrückt du mich in diesem Kleid machst? Ich kann gar keinen klaren Gedanken mehr fassen. Zum Glück mussten wir beide eben nur Tischkarten geraderücken«, flüstert er mir zu und kommt so nah, dass sich unsere Unterlippen zaghaft berühren.

Ich bin verloren und habe keine Chance, mich zu entziehen. Aidens feine Bartstoppeln kitzeln leicht an meiner Haut und ich bin von seinem markanten Zedernholzduft gefangen. Mir kommt es so vor, als würde er nur auf eine Bestätigung von mir warten, um mich endlich zu küssen. Innerlich toben meine Gefühle und meine Gedanken schreien lautstark: *»Küss ihn endlich!«* Aber ich kann es nicht. Nicht jetzt.

Aiden bemerkt meinen Rückzug, weicht ein Stück zurück, um mich anzusehen.

Ich löse meinen Blick aber nicht, öffne nur erstickt meinen Mund und betrachte ihn.

Er zieht einen Mundwinkel nach oben. »Olivia, irgendwann bist du dazu bereit.«

Allein für seine Rückhaltung, die wider seine Natur ist, müsste ich ihn eigentlich lieben. Und ja, vielleicht werde ich irgendwann bereit dafür sein.

Er nimmt meine Hand. »Aber bist du bereit für den aufregendsten Ballabend des Frühlings?«

Ich umschließe sanft seine Hand und ich flüstere: »Mehr als das, Aiden.«

Wir machen uns auf die Suche nach Rosie und Corey.

Aidens Augen weiten sich überrascht, als ich ihn dieses Mal mit meiner Hand zurückhalte, mich auf die Zehenspitzen stelle und ihn zärtlich auf die Wange küsse.

»Irgendwann, Aiden«, flüstere ich und fahre mit meinen Händen über seine Oberarme.

»Ich hoffe, dass irgendwann nicht in einer Ewigkeit ist.«

Ich löse mich von ihm und nehme seine Hand, um mit ihm zusammen zu den anderen in das Café zu gehen.

Kapitel 37

Der Raum füllt sich rasant mit ankommenden Gästen. Rosie und Corey nehmen ihnen die Jacken ab und Hotelmitarbeiter reichen Champagner auf großen Tabletts. Das Durchschnittsalter ist wie erwartet über sechzig, es sind aber ebenfalls einige jüngere Gäste eingeladen. Jeder der Ballbesucher ist festlich gekleidet und auffällig ist, wie aufwendig und ausgefallen die Kleider der Frauen aussehen. Für mich ist das eine große Erleichterung, da ich mich in meinem Kleid nicht mehr zu extravagant fühle. Die Gäste bewundern die neue Location und lassen ihre Blicke sichtlich begeistert durch die Räume schweifen. Mittlerweile ist es draußen dunkel geworden und die wunderschöne Beleuchtung kommt beeindruckend zur Geltung. Neben den von der Decke hängenden Papierkugeln sind auf den Tischen Kerzen verteilt und dezente Lichterketten spannen sich quer durch den ganzen Raum. Die Band spielt leise die gewünschten instrumentalen Songs und schafft die perfekte Untermalung für das Stimmengewirr. Die Stimmung ist ausgelassen und nicht so trocken, wie ich sie mir im Vorfeld vorgestellt habe. Aiden und ich helfen beim Champagner einschenken an der Bar. Die Servicekräfte des Hotels servieren und da Mitarbeiter fehlen, springen wir kurzerhand ein. Kaum haben wir ein Tablett mit Gläsern neu befüllt, wird bereits das nächste auf den Tresen gestellt. Im Akkord reißen wir die Champagnerkartons auf, öffnen die Flaschen und versuchen,

ver Mann, der mit seinem Gesicht nur wenige Zentimeter von meinem entfernt ist.

Ich kichere. »Ich bin gespannt, was gleich die Bedienung dazu sagt, wenn wir beide hier auf dem Boden hocken.«

»Entweder kommt sie dazu oder noch besser ... sie lässt uns in Ruhe.« Aiden trinkt zügig sein Glas leer und sagt mit seinem schiefen Lächeln: »Aber ich möchte deinen Job nicht gefährden. Somit tauchen wir wieder auf.«

Wir ziehen uns gegenseitig wackelig nach oben und kippen beinahe zur Seite weg. Kichernd kommen wir wieder zum Stehen.

Aiden streicht mir einige Strähnen meines Haares glatt und streift eine widerwillige Haarsträhne zärtlich hinter mein Ohr.

Meine Frisur ist wieder dabei, sich selbstständig zu machen. Ich greife automatisch an meinen Kopf und berühre dabei Aidens Finger, die sich immer noch um meine Haarsträhne legen. Seine Hand umschließt meine.

»Es ist alles wieder an Ort und Stelle. Du siehst perfekt für den Abend aus«, raunt mir Aiden grinsend zu.

Ich schlucke schwer, denn der Champagner zeigt bereits seine Wirkung und ich kichere verspielt auf.

Das nächste leere Tablett wird wieder auf die Theke gestellt.

Ich drehe mich zum Tresen und blicke direkt in Espens durchdringende Augen.

»Espen. Hi«, rutscht es mir sehr quietschig heraus.

»Na, Bruder. Was machst du hier? Du hast mit keinem Wort erwähnt, dass du heute hier bist«, poltert Aiden, der immer noch dicht neben mir steht, heraus und stellt genau die Frage, die mir auf der Seele brennt.

Espens unergründlicher Blick wechselt zwischen mir und seinem Bruder, aber als er antwortet, bleibt dieser nur auf mich gerichtet. »Es war eine Überraschung von Samira. Sie hat es mir erst heute erzählt.«

»Sieh es positiv. Du musst hier nichts machen und vielleicht hast du Glück bei der Tombola. Genieße es hier einfach«, gibt Aiden seinem Bruder einen pragmatischen Rat.

»Das werde ich machen und ihr anscheinend auch.« Ein Lächeln huscht über sein Gesicht, bevor es aber seine Augen erreichen kann, erlischt es schon wieder. Seine Stimmung wirkt wie eine Mischung aus Ärger, Belustigung und Ist-mir-doch-egal.

»Da wir arbeiten müssen, versuchen wir, das Beste daraus zu machen.« Aiden schenkt fleißig weiter den Champagner ein.

»Möchtest du auch eins?« Ich gebe Espen ein bereits gefülltes Glas. Mein Herz krampft sich zusammen, als er es aus meiner vor Aufregung zitternden Hand nimmt.

Sein Blick ruht auf meiner Hand, bis ich diese schnell wieder wegziehe. Ich bin mir sicher, dass er mein Zittern bemerkt hat.

»Danke.« Er starrt mich an und trinkt prompt einige hastige Schlucke.

Geistesabwesend beobachte ich seinen Kehlkopf, wie er sich beim Trinken auf und ab bewegt.

Espen sieht unfassbar gut in seinem hellbraunen Anzug mit dem weißen Hemd aus und tanzt optisch auf dem Ball komplett aus der Reihe. Er trägt weder Krawatte noch Fliege, dafür Hosenträger.

Aiden stoßt mich leicht von der Seite an und reicht mir eine neue Flasche. »Livy, nicht träumen. Die Gäste haben Durst.«

»Klar«, antworte ich fahrig und konzentriere mich darauf, den Champagner in die Gläser zu füllen und nicht alles zu verschütten.

»Ah, Espen hat mir vorhin erzählt, dass ihr hier arbeitet. Ich war schon skeptisch, aber die Location kann sich blicken lassen.« Samira taucht direkt hinter Espen auf. Sie trägt ein sehr ausgefallenes und eng anliegendes weißes Satinkleid mit einer Schleppe, das mich an ein Hochzeitskleid erinnert.

»Hallo, Samira. Champagner?« Ich halte ihr ein Glas entgegen.

»Den hatte ich schon. Danke.« Sie streckt übertrieben vornehm und ablehnend ihre Hand aus.

»Sehr gut. Umso mehr für uns beide später«, sagt Aiden zu mir und legt gelassen seinen Arm um meine Schultern.

Espen behält uns weiter im Blick. Das ist genau das Bild von Aiden und mir, das er sich vorgestellt hat. In diesem Moment sehen wir wirklich wie ein Paar aus.

»Darling, komm, wir gehen wieder zu meiner Familie,« fordert Samira ihren Freund auf und zupft an seinem Jackett herum.

»Ja, lass uns gehen.« Wie aus dem Nichts beugt sich Espen zu seiner Freundin herunter und küsst sie leidenschaftlich. Sie schlingt ihre Arme um seinen Hals und er umfasst ihre Taille, um sie näher an sich heranzuziehen.

Sprachlos schaue ich beiden bei ihrer Knutscherei zu. Unfähig, mich wegzudrehen, bis ich meinen Blick nach endlosen Sekunden lösen kann und zu dem grinsenden Aiden sehe. Vielleicht stellt er sich gerade vor, das könnten wir in ein paar Stunden auch tun.

Selbstquälerisch blicke ich erneut zu dem Paar und dieses Mal bleibt mein Blick wie gebannt an ihnen haften. Ich betrachte, wie Espens Hände Samiras Körper berühren, wie sich sein Mund beim Küssen bewegt, wie er seine Augen dabei geschlossen hält und wie im dabei seine Locken in sein Gesicht fallen. Wie gern wäre ich sie, aber ich bin es nicht und werde es nie sein.

Unvermittelt ermahnt Aiden das Paar. »Spart euch das für später auf. Was sollen denn alle Ü-70-Jährigen von euch denken?« Er schaut mich irritiert an und ich bin mir sicher, er hat mich beobachtet, während ich das Paar beim Küssen angestarrt habe.

Espen löst sich von Samira, seine Hände ruhen aber weiter auf ihr.

»Ich muss kurz meinen Lippenstift erneuern. Bis gleich, Darling«, flötet sie und verschwindet Richtung Toilette.

Espen wischt sich unauffällig über den Mund und wendet sich wieder uns zu. Um eine Aufgabe zu haben, nehme ich eine neue Flasche, um weitere Gläser zu befüllen. Leider scheint der Champagnerdurst der Gäste erloschen zu sein, alle Gläser sind befüllt und werden nicht mehr serviert. Meine einzige Beschäftigung ist nun eine Unterhaltung mit beiden Brüdern. Der Kuss hat mir jedoch die Sprache verschlagen. Ich schnappe mir ein Glas von dem Tablett, nehme einige kräftige Schlucke daraus und stelle es klirrend auf den Tresen. Die verwunderten Blicke der Brüder ignoriere ich.

»Ich schätze, dann gehen wir auch bald zum spaßigen Teil über«, sagt Aiden und legt wieder seinen Arm um meine Schultern.

»Dann störe ich euch beide nicht weiter und gehe zurück zu Samiras Familie«, verabschiedet sich Espen und vermeidet jeglichen Blickkontakt mit uns.

Ich schaue ihm stumm hinterher und hoffe, weitere Zusammentreffen dieser Art würden mir erspart bleiben.

Kapitel 38

Langsam, aber sicher werde ich zum Vollprofi im Serviettenfalten. An diesem Abend habe ich hunderte Servietten in die gewünschte Form gefaltet und am Büfett, auf dem Tresen oder auf den Beistelltischen im Pavillon verteilt. Der gesamte Abend fliegt an mir vorbei. Die Aufgaben, für die freiwillige Helfer gesucht werden, türmen sich und ich willige gern ein, diese zu übernehmen. Die Aufgabenflut kommt mir sehr entgegen und lenkt mich von meinem inneren Chaos ab. Während ich wie ein Workaholic alle To-dos abarbeite, weicht Aiden nicht von meiner Seite. Mich fasziniert seine Ausdauer. Wenn er nicht bei den Aufgaben hilft, setzt er sich zu mir und erzählt mir eine Story, plündert das Büfett oder ist influencermäßig mit seinem Handy beschäftigt. Ich genieße es, ihn an meiner Seite zu haben. Mir ist wiederum sehr wohl bewusst: Aiden wird keine Chance vergehen lassen, um sich mir anzunähern. Aber schwieriger, als Aiden im Zaum zu halten, ist es, Espen und Samira aus dem Weg zu gehen. Samira nimmt den Wohltätigkeitsball komplett durch ihre Anwesenheit ein. Sie ist allen Gästen bekannt und schwebt prinzessinnenhaft durch die Räumlichkeiten. Ich frage mich, ob sie auf der Highschool die Abschlussballkönigin gewesen ist? Espen folgt ihr, ähnlich wie Aiden mir folgt. Nur Espen scheint am Geschehen nicht interessiert zu sein. Ich bemerke, wie er mit Aiden immer wieder Blicke austauscht, und ich frage mich, ob sie wissen, was der andere denkt. Hier in der Büfettecke fühle ich mich sicher vor dem Paar, das ich nirgends mehr im Raum entdecken kann.

»So, genug gearbeitet. Jetzt musst du auch mal eine Pause machen und etwas essen«, wirft Aiden ein und löffelt sein mittlerweile viertes Dessert aus.

Ich verstaue die letzten Servietten und sehe mich im Café um. »Es gibt wirklich nichts mehr zutun.«

Die Tombola ist ein voller Erfolg gewesen und es wurden viele zusätzliche Spenden eingenommen. Den Hauptpreis, einen Wochenendtrip nach Seattle in ein Luxus-SPA-Hotel, haben Samiras Eltern gewonnen. Ihre Eltern überreichten den Preis unvermittelt ihrer Tochter. Sie blickte Espen daraufhin überschwänglich an und umarmte ihn turtelnd. Ich beobachtete das Szenario aus der Ferne und lauschte stumm Aidens Geläster, der die Familie von Samira genau so schrecklich findet wie sie selbst.

Er reicht mir ein aufwändig verziertes Glas mit Mousse au Chocolat und zieht mich neben sich auf die Bank.

»Danke. Das kann ich jetzt gebrauchen«, sage ich erledigt und strecke meine müden Beine aus. Das Laufen in hohen Schuhen bin ich nicht gewohnt.

»Ich kann dir auch den Cheesecake mit Schokoladentopping empfehlen. Gleich bin ich mit allen Möglichkeiten durch.«

Ich probiere die fluffige Schokoladencreme und schwärme: »Wow, kein Wunder, dass du so viel davon gegessen hast.«

Aiden grinst mich an und schiebt sich ein Petit Four in den Mund.

»War Samira eigentlich Ballkönigin auf der Highschool?« Mir geht der Gedanke nicht mehr aus dem Kopf.

»Wie kommst du da jetzt drauf?«

»Nur so. Sie wirkt so.«

»Ja, das tut sie wirklich. Aber nein. Sie war in keinem Jahr eine Ballkönigin. Tatsächlich war das immer Abigail Miller. Glaub mir. Sie ist Samira in zweimal so schlimm. Und ich war auch nie Ballkönig. Das ist auch kaum zu glauben.«

Gespielt verständnisvoll nicke ich. »Das ist wirklich eine gemeine Frechheit.«

Aiden lächelt mich verführerisch an und nimmt einen Schluck aus seinem Bourbonglas.

Ich presse lächelnd meine Lippen aufeinander, bevor ich den letzten Bissen Mousse au Chocolat aus dem Glas kratze.

»So, jetzt gibt es keine Ausreden mehr«, ermahnt mich Aiden ernst.

Mein erster Gedanke ist: Er meint uns als Paar.

Doch das tut er nicht. »Gleich wirst du mit mir tanzen. Rosie und Corey haben schon bestimmt zehn Tänze Vorsprung.«

»Und sie waren alle jugendfrei«, füge ich schmunzelnd hinzu.

»Ich könnte mir bei uns auch gut die nicht jugendfreie Version vorstellen, aber vielleicht ist hier nicht der passende Ort.«

Der Gedanke daran macht mich verlegen und fasziniert mich zugleich. »Ich tanze gleich sehr gerne mit dir.«

»Ich bin aber nicht gut darin. Vielleicht bin ich deswegen auch nie Ballkönig geworden.«

»Ach, du kannst nicht schlechter als ich sein«, erwidere ich. Es ist zehn Jahre her, dass ich einen Tanzkurs gemacht habe.

Ich betrachte die Paare auf der Tanzfläche. Sie sind alle zu zweit und ich möchte hier nicht als Einzeltanz-Rebell auffallen. Die Band spielt eine ruhige Version von *»Nothing Else Matters«* von Metallica. Da der Abend schon fortgeschritten ist, taut die Band auf und die Sängerin wagt es, mit sanfter Stimme zu den Liedern zu singen.

»Dann teste ich deine Tanzkünste jetzt einmal. Darf ich bitten, Olivia Somervell?« Aiden springt neben mir auf und reicht mir seine Hand.

»Sehr gerne. Auf meiner Tanzkarte stehst du ganz oben.« Ich umfasse seine angenehm warme Hand und gehe mit ihm zu der Tanzfläche.

Rosie und Corey tanzen um uns herum und meine Cousine ruft uns zu: »Na endlich. Ihr kommt genau richtig. Gleich spielen die Willow Hunters ihren ersten eigenen Song. Der läuft bei mir schon in Dauerschleife.«

Corey grinst uns nur an und dreht Rosie zurück in die Mitte der Tanzfläche.

»Ich wette, sie hat sich die Hälfte der gespielten Lieder gewünscht«, sage ich leise zu Aiden.

Etwas unbeholfen versuchen wir, die richtige Position zum Tanzen zu finden. Unsere Hände sind jeweils auf der falschen Schulterseite und wir kommen immer wieder aus dem Takt. Kichernd schauen wir uns die Haltung bei den anderen Paaren ab, aber wir beide tanzen wie Roboter.

»Es ist leider wahr. Wir sind die schlechtesten Tänzer hier im Raum«, flüstert er in mein Ohr und ich spüre den warmen Luftzug, als er spricht.

»Ja, die Tanzgene sind in meiner Familie wohl komplett an Rosie weitergegeben worden.«

Aiden beugt sich zu mir runter. »Dafür hast du ganz andere Gene mitbekommen, die mich mehr ansprechen als ein Tanzgen.«

Verlegen blicke ich zu ihm hoch. »Hartnäckigkeit ist wohl dein herausragendstes Gen.«

»Das verwechselst du mit Leidenschaft.« Er dreht mich ein Stück und mit unseren ausgestreckten Armen stoßen wir gegen ein weiteres Tanzpaar, das uns pikiert ansieht.

»Wir machen das jetzt so.« Bestimmend verschränke ich meine Hände in seinem Nacken.

Er umfasst sanft meine Hüfte und murmelt rau in mein Ohr: »Das ist viel besser.«

Wir entspannen uns merklich und wiegen uns im Rhythmus der Musik. Zu den letzten Takten des Songs wird das Licht auf der Tanzfläche gedimmt. Die weißen, runden und ovalen Lampions an der Decke leuchten auf und kommen beeindruckend zur Geltung. Durchbrochen wird das sanfte Licht von kleinen sich bewegenden LED-Kreisen, die wie Blütenblätter durch die Luft schwirren.

»Noch eine Stunde bis Mitternacht. Vielleicht darf man in der gehobenen Schicht jetzt lockerer werden?«, scherzt Aiden und zieht mich ein Stück näher an sich heran.

An Aidens Scherz scheint etwas dran zu sein, da sich die Tanzfläche füllt und sich merklich mehr Paare auf die kleine Fläche drängen. Vielleicht fühlen sie sich von dem ersten eigenen Song der Willow Hunters animiert oder es liegt doch eher an der abgedunkelten und romantischen Beleuchtung. Rosie reißt tanzend ihre Arme in die Luft und küsst Corey intensiv. Die anderen Paare nehmen keine Notiz von ihr oder sie haben sich mittlerweile an das ausgelassen tanzende Paar gewöhnt. Ernüchtert entdecke ich am anderen Ende der Tanzfläche Espen und Samira, wie sie sich in professioneller Haltung zu der Musik bewegen. Sie legt ihren Kopf an seine Schulter und Espen schaut abwesend über sie hinweg in die Menschenmenge. Aiden zieht mich näher an sich heran und ich spüre die Wärme, die er ausstrahlt. Die Sängerin der Band stimmt zart, aber kraftvoll das Lied an.

»Breaking the nightwaves, be ready.
You are in my thoughts, in the endless nights,
over all these years, caught in the raging storm
and cannot escape.«

Ich lächle zu Rosie, die lautlos und textsicher das Lied mitsingt und in ihren Tanz mit Corey vertieft ist. Mein Blick gleitet weiter über die tanzenden Paare, die durch die strahlenden Leuchtpunkte wie aus einer magischen Welt entsprungen aussehen. Eine Welt, die nur für diesen Moment existiert und in der ich mich traue, ihn so anzusehen. Ich will ihn anblicken und keine Sekunde verpassen. Er soll mich bemerken und er soll meine Liebe sehen. Espens abwesender Blick fängt meinen auf und dieser erwacht zum Leben. Er ist in der gleichen Welt, in der ich gerade existiere. Seine Augen warten offen, heißen mich willkommen, so als hätten sie ein Leben lang auf mich gewartet. Ich spüre die Liedzeilen der Band so sehr und ich spüre ihn mit allen Sinnen.

»I see you in my own night. I feel you in my own night.
I notice you in my own night. I touch you in my own night.
Breaking the nightwaves and be ready.«

Espen dreht seine Freundin geschmeidig auf der Tanzfläche,

ohne mich aus den Augen zu verlieren. Ich tue es ihm gleich und verankere mich mit seinem Blick. Wir bewegen uns zu der Musik, als würden wir zusammen tanzen und nicht mit einem anderen Partner. So als wären wir das einzig tanzende Paar auf dem Ball. Auf der ganzen Welt. Überall. Jedes gesungene Wort spricht mich an und wird nur für uns gespielt.

»How I desire you in the endless nights,
over all these years, we don't need them
and we will never go away.«

Aiden zieht mich näher an sich heran und mein Körper spürt es so, als würde Espen mich umfassen. Ich streiche über Aidens Rücken und stelle mir vor, es wäre der seines Bruders. Espen atmet sichtbar aus und sein sehnsüchtiger Blick zeigt mir, dass er meine Berührung wahrnimmt. Wir lassen uns nicht aus den Augen. Ich wage es nicht zu zwinkern, zu groß ist die Angst, die Verbindung zu ihm zu verlieren. Ich kann nicht glauben, wie er mich ansieht. Mit Hingabe und Verlangen. Wir, wie wir uns begehren. Wie die Sängerin es singt.

»We see us in our own night. We feel us in our own night.
We notice us in our own night. We touch us in our own night.«

Niemand bemerkt unsere Verbindung, die gemeinsamen Bewegungen, unsere Blicke und Berührungen. Es ist, als würden wir leuchten und die anderen zu Schatten werden. Ich hoffe, dieser Moment wird nie enden, aber es ist nicht aufzuhalten. Die Band spielt die letzten Töne.

»Broke the nightwaves and we are ready.«

Ja, ich bin bereit. Ich bin so bereit und würde am liebsten direkt in Espens Arme laufen. Aber egal wie entschlossen ich bin, er ist es nicht. Wie in einer Parallelwelt gefangen beobachte ich, wie Samira seinen Kopf nach unten zieht und ihn küsst. Er schließt

schon überschritten. Was ist eigentlich los? Bin ich so ein schlechter Tänzer?«

»Ach Quatsch. Ich kröne dich zum heutigen Ballkönig. Du hast es verdient. «Ich lächle ihn verklärt an.

»Na, da hat der Ballkönig ganz schön viel Arbeit mit seiner Ballkönigin. Ich konnte nicht ahnen, dass dich ein Tanz so durcheinanderbringt. Aber keine Angst: Ich passe auf dich auf.«

»Brauchst du nicht. Ich bin dreiundzwanzig Jahre alt und kann das selbst.«

Aiden will gerade antworten, als ich kichernd meinen Zeigefinger auf seinen Mund lege.

»Ich bin sogar in dreißig Minuten vierundzwanzig Jahre alt. Also keine Panik.« Ich schwanke etwas und setze mich auf einen der Barhocker.

Er bestellt ein großes Glas Wasser, hält es mir vor mein Gesicht und befiehlt mir: »Hier. Trink das komplett aus. Danach kannst du immer noch Shots trinken. Aber erst das Wasser.«

Auch wenn mein Gehirn nicht mehr so schnell denken kann, weiß ich, er möchte mir helfen, und ich habe nicht die Absicht, ihn vor den Kopf zu stoßen. »Danke, Aiden.« Ich gebe ihm einen flüchtigen Kuss auf die Wange und trinke mit großen Schlucken das ganze Glas leer.

Aiden lächelt mich dankbar an. »Da es wirklich bald Mitternacht ist, gehe ich eben Rosie suchen. Du wartest hier auf dem Barhocker und versuchst, nichts mehr zu trinken oder überhaupt nichts zu machen.« Aiden sucht das Café ab und verschwindet im Pavillon.

Einen Moment lang mache ich wirklich, worum mich Aiden gebeten hat, und bewege mich nicht vom Fleck. Ich bestelle mir sogar ein zweites Glas Wasser, an dem ich immer wieder nippe. Mein Blick schweift durch den Raum. Viele Gäste sind bereits nach Hause gegangen, aber die Tanzfläche ist zur späten Stunde weiterhin gut gefüllt. Ich frage mich selbst, wohin Rosie und Corey verschwunden sind. Auch Espen habe ich seit dem Tanz nicht mehr gesehen. Ich stelle mir vor, wie er mit Samira über den beleuchteten Steg schlendert und sie sich verliebt küssen. Vielleicht sind sie auch schon nach Hause gegangen und verbringen die Nacht zusammen auf dem Hausboot. Der Gedanke daran ist unerträglich und kaum auszuhalten. Tränen der Wut und Enttäuschung brennen in meinen Augen und laufen ungebremst über meine Wangen. Die Lust auf Shots ist mir vergangen und auch die Freude über meinen Geburtstag. Ich wende mich von den Gästen an der Bar ab, da ich als einsame betrunkene Gestalt mit verweinten Augen keine Aufmerksamkeit erregen möchte. Fluchtartig laufe ich schwankend zu den Toiletten im Kellergeschoss. Die Tränen brennen in meinen Augen und lassen meinen Hals eng werden. Ich kralle mich krampfhaft am Holzgeländer fest, um die Wendeltreppe mit Rosies High Heels heil hinunterzukommen. Erleichtert atme ich auf, nachdem ich die letzte Stufe ohne Sturz gemeistert habe. Leider übersehe ich den kleinen Absatz danach, komme ins Straucheln und stolpere in den langen Flur hinein. Wie aus dem Nichts greifen zwei Hände von vorn fest um meine Taille und federn meinen Sturz ab, sodass ich sachte auf meinen Knien lande. Ohne hochzusehen, weiß ich, wer mich aufgefangen hat. Ich fühle es. Die kleinen kribbeligen Stromimpulse sind unverkennbar.

»Hast du dir wehgetan?«, fragt mich Espen überrumpelt.

Ich hebe meinen Kopf. Alles verschwimmt vor meinen Augen und trübt sich ein. Ehe ich mich's versehe, führt mich Espen durch den hinteren Flur und fasst mir behutsam unter die Arme.

»Gleich bist du oben«, sagt er zärtlich zu mir.

Ich nicke stumm und blicke ihn verwundert an. Wieso bin ich hier hinten im Flur? Bin ich nicht eben noch an der Treppe gewesen? Das war wirklich genug Alkohol für einen Abend.

Als wir uns der Treppe nähern, höre ich die aufgeregte Stimme von Rosie.

»Ich habe sie gefunden. Da ist Livy«, ruft sie nach oben.

Aiden, Corey und Samira kommen ebenfalls heruntergelaufen.

»Livy, zum Glück. Wir haben uns Sorgen gemacht. Wo warst du? Du hast doch schon Geburtstag.« Sie sieht mich besorgt an und will von Espen wissen: »Was ist los?«

»Ihr ist schlecht geworden. Ich wollte sie an die frische Luft bringen«, erklärt er ihr nüchtern.

»Kein Wunder nach den ganzen Shots.« Aiden sieht mich

tadelnd an, sein Blick wird jedoch schnell wieder sanft. »Herzlichen Glückwunsch!«

»Happy Birthday, Livy«, sagt Rosie zu mir und gibt mir einen dicken Kuss auf die Wange. »Wir bringen dich nach oben. Aiden? Und, Corey, kannst du die Schuhe einsammeln?«

Corey nickt und erledigt seinen Auftrag.

Ich blicke irritiert zu Boden und frage mich, warum meine Schuhe im Flur verteilt liegen.

Aiden und meine Cousine haken mich ein, um mich nach oben zu führen.

»Darling. Nett, dass du dich gekümmert hast. Aber können wir wieder nach oben gehen?« Samira schaut ihren Freund genervt an.

Espen nickt angespannt, aber lässt mich nicht aus den Augen, während mich Aiden und Rosie an ihm vorbeiführen.

»Espen«, krächze ich leise.

»Danke, Bruderherz.« Aiden klopft seinem Bruder auf die Schulter.

Espen nickt und ruft mir hinterher: »Happy Birthday, Oliv.«

Oliv hallt es in meinem Kopf. Mein Körper möchte bei ihm im Flur bleiben, aber genau dieser Körper schreit auch nach frischem Sauerstoff und Ruhe. Oben angekommen, ist mein Bewusstsein bereits komplett eingetrübt und alles wird schwarz.

Kapitel 40

Wo bin ich? Mein Kopf dröhnt, als ich schwerfällig meine Augen öffne. Ich brauche einige Sekunden, um zu verstehen, wo ich mich befinde. Ich liege in meinem Bett, aber ich habe keine Ahnung, welcher Tag heute ist. Von draußen scheint grell die Sonne in mein Zimmer herein und ich muss meine Augen zusammenkneifen, damit mein Kopf nicht zerspringt. Ich lasse meine Hand auf meinen Nachttisch platschen, in der Hoffnung, mein Handy würde dort liegen und ich könnte es erwischen. Den Kopf zu drehen, ist für mich momentan keine Option. Ich muss an den Unfall mit dem Stein denken. Da habe ich mich im Gegensatz zu jetzt topfit gefühlt. Nach mehreren Versuchen erwische ich zwar mein Handy, aber auch die Nachttischlampe, die scheppernd zu Boden fällt. Darum würde ich mich später kümmern. Mit kleinen Augen starre ich auf das Display und stelle erstaunt fest: Es ist schon weit nach Mittag. Mein Startbildschirm ist überfüllt mit verpassten Anrufen, Nachrichten verschiedenster Messenger und einer Erinnerung von Google, dass heute mein Geburtstag ist. Mein Geburtstag! Habe ich gestern Abend auf dem Ball reingefeiert? Und wie bin ich eigentlich nach Hause gekommen? Mein Arm, der sich wie mit Blei gefüllt anfühlt, sackt wieder auf die Decke zurück. Die Glückwünsche würde ich mir später ansehen. Ich lege mich wieder platt zurück und starre an die weiße Decke. Der Ballabend ist gut verlaufen, es gab viel zu tun und Aiden war immer an meiner Seite. Bis auf den Champagner habe ich nichts getrunken. Oder? Doch … Ich habe mit Alexander Davidson einige Shots an der Bar getrunken. Peinlich berührt verdränge ich die Bilder. Bin ich vielleicht schon vor Mitternacht nach Hause gegangen? Nein, ich bin bei den Toiletten gewesen. Ich bekomme nicht alles zusammen. Würden doch nur die Kopfschmerzen verschwinden … Unsicher entsperre ich nochmals mein Handy, um zu sehen, von wem die Nachrichten sind: von meinen Eltern, Freunden aus Deutschland, von Tante Anne und von Aiden. Ich öffne seine Nachricht und lese diese angestrengt.

»Happy Birthday, Ballkönigin. Ein Hoch auf dich und ich freue mich auf später im Café. Ich hoffe, du konntest die Shots gut wegschlafen und fühlst dich besser. Ruf an, wenn du wach bist. Aiden«

Oh ja, Ballkönigin. Und Aiden ist der Ballkönig. Ich hoffe, ich habe gestern nichts Unüberlegtes gemacht. Er hatte es gestern Abend nicht besonders leicht mit mir, einer desillusionierten Olivia an der Bar, die einen Shot nach dem anderen trinkt und es noch nicht einmal verträgt. Meine Erinnerung zeigt ein ziemlich trauriges Bild von mir. Aber ich weiß trotzdem nicht mehr, wie ich nach Hause gekommen bin. Ich würde Aiden wohl wirklich anrufen, wenn ich halbwegs sprechen und normal denken kann.

Es klopft leise an meiner Tür. Julie und Lucas kommen mit einer Geburtstagstorte in mein Zimmer und singen Happy Birthday für mich.

»Herzlichen Glückwunsch«, nuschelt Lucas und stellt die Sahnetorte mit mehreren bunten Kerzen auf meinen Schreibtisch.

»Alles Liebe zum Geburtstag, Livy.« Julie kommt zu mir, drückt mich leicht und setzt sich ans Bett. »Wie geht es dir? Du siehst noch gar nicht gut aus. Wir haben Geräusche gehört und dachten, du bist wach.«

Das ist bestimmt die herunterfallende Nachttischlampe gewesen, aber ich erwähne sie nicht.

»Vielen Dank. Die Torte sieht toll aus. Ich kann aber nichts essen. Mein Kopf schmerzt und mein Magen rumort.«

»Ich habe dir Wasser und eine Schmerztablette mitgebracht. Trink ruhig immer wieder einen Schluck.« Sie reicht mir eine kleine Flasche und die Tablette. »Das wird dir erst einmal helfen. Vielleicht schläfst du noch etwas. Dann bist du nachher wieder etwas fitter und kannst doch noch deinen Geburtstag feiern.«

»Wo ist eigentlich Rosie?« Es ist seltsam, dass sie nicht hier ist und ich auch keine Nachricht von ihr bekommen habe.

»Ich weiß es nicht. Sie hat dich gestern nach Hause gebracht und ist danach mit Corey gegangen. Sie ist bestimmt bei ihm und kommt bald zu dir«, antwortet meine Tante.

»Alles gut. Ich weiß nur nicht mehr, wie ich nach Hause gekommen bin.« Aber ich weiß nun, wen ich für mehr Informationen befragen muss.

»Du hast auf dem Ball zu viel getrunken und dir wurde schlecht. Rosie, Corey und Aiden haben dich nach Hause gebracht.«

»Habe ich etwas Peinliches gemacht?«

»Nein.« Julie lacht auf. »Owen hat dich nur gelobt und mir erzählt, wie toll alles gelaufen ist.«

»Wollen wir jetzt nicht ein Stück Kuchen essen?«, fragt Lucas und umkreist schon die Torte.

»Nimm dir gerne ein Stück. Ich kann nichts essen.« Allein bei dem Gedanken daran wird mir ganz anders.

»Lucas, wir nehmen den Kuchen wieder mit in die Küche und essen ihn später. Du kannst noch ein paar Erdnussbutter-Cookies haben.« Julie steht auf und nimmt den Tortenteller. »Ruh dich noch aus und nachher geht es dir schon viel besser. Versprochen.«

»Danke.« Ich lächle und freue mich darauf, wieder die Augen schließen zu können.

Lucas und Julie gehen wieder nach unten und ich falle in einen unruhigen Halbschlaf. Der Schlaf ist traumlos, aber ich schrecke verschwitzt auf und mein T-Shirt klebt an mir. Wie erstarrt schaue ich auf die Gestalt, die auf der Bettkante sitzt. Ich reibe meine zugeschwollenen Augen, um besser sehen zu können. Da sitzt Espen. Espen! Warum sitzt er auf meinem Bett?

»Wo kommst du her?«, frage ich ihn aufgelöst.

»Durch das Fenster«, antwortet er mir trocken und schaut mich entspannt an.

Irritiert blicke ich zum halb geöffneten Fenster und frage mich, ob das mit den Bäumen davor möglich ist.

Espen schmunzelt. »Nein, Lucas hat die Haustür geöffnet. Er meinte, du wärst wach und ich könnte hochgehen.«

Jetzt bin ich wach. Mehr als wach. Seine Gegenwart lässt Adrenalin durch meinen Körper schießen und verleiht mir einen Energieschub. Warum ist Espen hier? Lucas würde nachher etwas erleben. Panisch scanne ich mein Zimmer auf Sachen ab, die er auf gar keinen Fall sehen darf – wie herumliegende Unterwäsche oder mein Block auf dem Schreibtisch, auf den ich immer wieder seinen Namen kritzle. Aber glücklicherweise ist mein Zimmer einigermaßen aufgeräumt. Ich betrachte mein Abendkleid, das auf einem Bügel an meinem Schrank hängt. Wie bin ich gestern Abend ins Bett gekommen? Ich nehme an, dass Rosie das Kleid aufgehangen und mir ein T-Shirt zum Schlafen angezogen hat. Sprachlos von seiner Anwesenheit lächle ich ihn flüchtig an und fahre mit meinen Händen durch meine verstrubbelten Haare. Ich wünsche mir, meine Zähne wären geputzt, und hoffe, ich sehe nicht halbwegs so schlimm aus, wie ich mich fühle.

Espen rutscht ein Stück näher und sagt sanft: »Happy Birthday. Wie geht es dir?«

»Äh, gut. Sehr gut«, antworte ich, völlig überfordert mit der Situation.

»Wirklich? Sehr gut?« Er zieht zweifelnd die Nase kraus.

Ich schüttle den Kopf. »Nein. Mir geht es gar nicht gut. Nein … mir geht es richtig scheiße. Aber die Tablette wirkt langsam.« Das Pochen im Kopf klingt ab und ich kann allmählich klarer denken.

»Das ist gut.« Espen reibt sich über die Wangen. Er ist blass und tiefe, dunkle Augenringe zieren sein Gesicht. Dennoch wirkt er glücklich und wie ausgewechselt.

»Du siehst auch müde aus. Hast du gestern noch sehr lange auf dem Ball gefeiert?«

Irritiert blickt er mich an. »Als du weg warst, habe ich bestimmt nicht mehr gefeiert.«

»Oh.« Ich stocke kurz. »Habe ich etwas gemacht?« Ich krame in meinen Erinnerungen und chronologisch gesehen endet mein Abend im Keller, als mir schlecht geworden ist.

»Du …«, setzt er an und sucht nach den richtigen Worten. »Du hast nichts gemacht. Eher wir …«

Ich unterbreche ihn erleichtert. »Zum Glück. Ich dachte schon … Was weißt du noch?«

Espen schaut mich nur fragend an.

»Du hast mich im Keller gefunden. Ich bin gestolpert und dann wurde mir schlecht. Rosie und Aiden haben mich nach oben gebracht.«

»Du machst Spaß, oder?« Ungläubig starrt er mich an.

»Ich weiß es nicht. Mir fehlen Erinnerungen von gestern. Ich muss unbedingt Aiden und Rosie fragen.«

»Welche Teile fehlen dir denn?«, fragt er mich eindringlich.

»Na, wenn ich das wüsste. Das hatte ich noch nie. Ich erinnere mich daran, dass die anderen mit mir nach oben gegangen sind und du mit Samira. Und du hast mich unten entdeckt. Aber ist doch gut. Zum Glück ist nicht alles gelöscht.«

»Ja, welch ein Glück«, stößt er gequält hervor. Espen schließt kurz die Augen und sieht nun unendlich müde aus.

»Wie geht es dir?«, möchte ich unvermittelt von ihm wissen.

»Mir? Sagen wir mal so: Die letzten zwölf Stunden waren etwas nervenaufreibend.«

Ich nicke, habe aber keine Ahnung, worüber er redet.

Eine gefühlte Ewigkeit spricht keiner von uns. Unabhängig von dem schrecklichen Kater fühle ich mich seltsam anders und auch Espen kommt mir verändert vor. Alles ist anders, aber nicht greifbar.

»Warum liegt deine Lampe auf dem Fußboden?« Espen steht auf, geht um mein Bett herum und stellt die Leuchte zurück auf den Nachttisch.

»Oh, danke. Die habe ich vorhin aus Versehen umgeworfen und ich bin noch nicht aufgestanden.« Ich lächle ihn dankbar an.

Espen setzt sich diesmal auf die andere Bettseite und noch näher an mich heran.

»Warum waren deine letzten Stunden so nervenaufreibend?« Ich setze mich wie elektrisch aufgeladen ein Stück aufrechter hin.

Er beantwortet meine Frage nicht. »Warum kannst du dich nicht erinnern?«

Durch seine Nähe flattert mein Herz. »Ich wünsche mir, es wäre anders. Ich verspreche, dass ich nie wieder zu viel trinken werde.«

Müde lächelt er mich an und nimmt meine Hand in seine, um diese kurz mit seinem Daumen zu streicheln.

Die Intensität seiner Berührung lässt mich zusammenzucken und irritiert blicke ich ihn an.

»Das zeigt mir nur, dass es wahr ist«, flüstert er mir mit rauer Stimme zu.

»Was ist wahr?«

»Gestern Abend als du im Kel...« Eine auffliegende Tür unterbricht ihn.

Rosie kommt tränenüberströmt in mein Zimmer gelaufen. Sie trägt immer noch ihr Abendkleid von gestern, nur die Haare fallen ihr offen über die Schultern. So einen Gesichtsausdruck habe ich bei ihr noch nie gesehen. Es sind nicht nur die Tränen, sondern die Verzweiflung. Etwas Schlimmes muss passiert sein.

»Rosie, was ist los? Ist etwas mit Tante Anne?« Ich drücke automatisch Espens Hand, die noch auf meiner liegt.

Espen macht keine Anstalten, seine Hand wegzunehmen, sondern erwidert sanft den Druck.

»Corey hat mich betrogen«, schnieft meine Cousine und setzt sich zu uns auf das Bett. Die Tränen laufen ihr ungehemmt über die Wangen und verschmieren weiter ihr Make-up.

»Was? Und wann? Auf dem Ball seid ihr so vertraut gewesen?« Ich überlege, wann Rosie davon erfahren haben könnte.

»Ja, gestern Abend war alles so romantisch und jetzt ist alles vergessen«, schluchzt sie.

»Das kommt mir bekannt vor«, nuschelt Espen und streicht zum letzten Mal mit seinem Daumen über meine Hand, bevor er sie loslässt.

Sogleich vermisse ich das prickelige Gefühl.

»Livy, wieso hat er das gemacht?« Dicke Tränen laufen ihr über das Gesicht.

Ich schlage die Decke zurück, um sie in den Arm zu nehmen. »Das tut mir so leid für dich.«

»Ich verstehe das auch nicht. Ich meine: Warum macht man das? Aber das zeigt mir nur, wie er wirklich ist«, schluchzt sie weiter.

Ich nicke sie verständnisvoll an.

»Wir waren doch zusammen und haben viel Zeit miteinander verbracht. Da geht man doch nicht einfach fremd und betrügt einen. So ein Mistkerl«, klagt sie und schaut von mir zu Espen.

Er kneift die Augen zusammen und antwortet gequält: »Ja, ein mieser Charakterzug. Vielleicht gibt es aber manchmal Umstände, die das unumgänglich machen.«

Rosie und ich schauen ihn fragend an.

»Meinst du, es liegt an mir?«, fragt Rosie entsetzt.

»Nein. Mit dir hatte das bestimmt nichts zu tun. Du bist toll und hast ihm vertraut. Natürlich hast du deinem Freund vertraut. Ich will damit sagen, dass dies nur passiert ist, weil Corey es so entschieden hat, und nicht, weil du etwas falsch gemacht hast.«

Rosie wischt sich weiter Tränen aus dem Gesicht. Ich blicke zu Espen und frage mich, was er damit meint. Ich stimme ihm zu, dennoch hinterlassen seine Worte ein beklemmendes Gefühl in mir. Mir kommt es vor, als würde er nicht über Rosie reden, und mir liegt es auf der Zunge, worum es eigentlich geht, aber ich komme nicht darauf.

»Ich lasse euch alleine und fahre wieder.« Espen steht von meinem Bett auf und geht zu Rosie, um sie zu drücken. »Tut mir leid für dich. Und ich wollte dir nur umständlich sagen, dass du den Fehler nicht bei dir suchen sollst. Wenn etwas ist, kannst du immer anrufen.«

Meine Cousine schaut ihn lächelnd an. »Danke, Espen.«

»Wir sehen uns.« Er verabschiedet sich, nimmt seinen Rucksack, den er neben das Bett gestellt hat, und geht zielstrebig zur Tür.

Ich umarme Rosie fest, aber verfolge ihn mit meinem Blick und rufe ihm hinterher: »Bye. Bis bald.«

Vor der Tür bleibt er kurz stehen. Regungslos und abwartend.

»Wie habt ihr mich eigentlich nach Hause bekommen? Konnte ich noch laufen?«

Rosie grinst müde. »Du bist eher unkoordiniert getorkelt und zu zweit konnte man dich gut stützen.«

»Vielleicht ganz gut, dass ich das Elend vergessen habe. Bis gleich, Rosie.«

»Ja, ich muss jetzt dieses Kleid ausziehen und am besten verbrennen«, verkündet sie und schließt die Tür hinter sich.

Ich grinse bei der Vorstellung einer rituellen Kleiderverbrennung, die bei Rosie nicht gänzlich unwahrscheinlich ist. Mühevoll rutsche ich auf die Bettkante, setze meine Beine vorsichtig auf den Boden und tapse ins Badezimmer.

Kapitel 41

Das heiße Wasser prasselt von meinem Kopf über meinen Rücken bis hinunter auf meine Füße und ich fühle, wie sich mein Körper wieder mit Leben füllt. Das Badezimmer gleicht mittlerweile einem Hamam. Feiner Wasserdampf legt sich auf alle Oberflächen und hüllt den gesamten Raum in leichten Nebel ein. Gedankenverloren wische ich mit meiner Hand über die Glasscheibe der Duschwand, nur um diese wieder beschlagen zu lassen und wieder von vorn zu beginnen. Meine Gedanken sind bei Rosie und Corey. Das Paar hat in den letzten Wochen so verliebt gewirkt und ich hätte nie angenommen, dass es zu so einer Wendung kommen könnte. Sophie ist mir beim Sandboarding sympathisch vorgekommen, aber eine Affäre mit einem vergebenen Mann anzufangen, ist mies. Der Gedanke, ich würde so etwas nie machen, schießt mir durch den Kopf und treibt mich weiter zu Espen. Er hat mein Herz komplett für sich eingenommen, ohne dass er davon weiß. Ich denke täglich daran, wie es wäre, mit ihm zusammen zu sein, ihn zu berühren und ihn zu küssen. Aber genau dieser Espen hat eine Freundin und ich möchte nicht zu diesen Frauen gehören, die anderen den Mann wegschnappen. Espen! Wenn ich doch nur wüsste, warum er zu mir gekommen ist? Mit Sicherheit nicht nur, um mir zu gratulieren. Und offensichtlich hat er mich auf dem Ball gesehen, bevor die anderen mich nach Hause gebracht haben. Vielleicht wollte er nur sehen, wie es mir geht, da er mich betrunken im Keller gefunden hat? Mit etwas Glück würden meine Erinnerungen wiederkommen. Ich kann aber etwas nachhelfen und Aiden anrufen.

Erschöpft trockne ich mich ab und frage mich, wie man nur so erledigt vom Duschen sein kann. Ich ziehe meinen Oversized-Bademantel an und lege mich zurück ins Bett. Nach dem Gespräch mit Aiden werde ich mich komplett anziehen, aber eine kleine Pause kann nicht schaden. Ich tippe auf Aidens Nummer, die mein Handy mittlerweile als meistgewählte Nummer ausweist. Es klingelt, ich werde aber weggedrückt und die Mailbox springt an. Keine fünf Sekunden später kommt eine Nachricht von ihm.

»Hi, Geburtstagskind. Ich bin in einem Meeting.«

»Hey. Ich will nicht stören. Ich wollte nur ein Lebenszeichen von mir geben. Wir sehen uns ja nachher.«

»Ich möchte aber gestört werden, sonst schlafe ich hier noch ein. Das Meeting ist todlangweilig. Ich würde zwar lieber mit dir reden, aber wir können schreiben.«

»Schreiben ist gut. Aber ein Meeting am Sonntag?«

»Es geht um so eine Youtube-Produktion und du weißt: Influencer haben keine geregelten Arbeitszeiten.«

»Aber musst du nicht zuhören?«

»Ich bin gut in Multitasking. Also kein Problem. Nun zu den wichtigen Dingen. Wie geht es dir heute, Süße?«

»Schon viel besser. Heute Morgen dachte ich, mein Kopf platzt.«

»Gut, dass es dir besser geht. Rosie und ich hatten ganz schön mit dir zu tun.«

Das hört sich nicht gut an. Was habe ich denn nur gemacht?

»Tut mir leid. Gefühlt bin ich immer noch neben der Spur, aber es wird.«

»Dafür warst du gestern ganz schön in meiner Spur.«

»Ich habe einige Lücken.«

»Kein Wunder. Du hast mit Alexander Davidson zu viele Shots getrunken!«

»Daran kann ich mich leider noch erinnern. Ich möchte mich bei dir entschuldigen. Ich hätte auf dich hören sollen.«

»Ja, das wäre besser gewesen. Aber ich passe gerne auf dich auf und außerdem darfst du jetzt Alexander zu Mr. Davidson sagen.«

»Ja, Alexander … Was muss er nur über mich denken? Zum Glück sehe ich ihn so schnell nicht wieder.«

»Ach, er hat das gar nicht bemerkt. Er hat selbst genug getrunken.«

»Ich kann mich nicht mehr erinnern, wie ich nach Hause gekommen bin. Danke, dass du Rosie geholfen hast.«

»Hast du auch unseren Mitternachts-Geburtstags-Tanz vergessen? Als wir aus dem Keller wieder nach oben gekommen sind?«

»Noch ein Tanz? Okay, Aiden, was ist nach dem Keller passiert? Ich brauche eine chronologische Schilderung.«

»Du weißt nichts mehr von unserem Tanz? Das ist eine Schande.«

»Nein, ich weiß es nicht mehr. Ich erinnere mich nur an unseren ersten Tanz.«

»Espen hat dich dort gefunden.«

Ja, ich habe Espen im Keller getroffen. Er hat mich aufgefangen, als ich gestolpert bin, und er wollte mich wieder nach oben bringen. Irgendetwas macht mich stutzig, aber ich komme nicht darauf, was es sein könnte.

»Und was hat Espen gesagt?«

»Espen? Er wollte dich an die frische Luft bringen und wirkte besorgt um dich. Er ist dann aber wieder mit Samira auf den Ball gegangen.«

»Okay, er meinte nur zu mir, dass ihm nicht mehr nach Feiern zumute war.«

»Hast du heute schon mit ihm gesprochen?«

»Ja. Er war vorhin überraschend hier. Vielleicht wollte er sehen, wie es mir geht.«

»Bestimmt. Hat er nichts gesagt? Ich habe ihn noch nicht zu Hause gesehen. Er ist bestimmt bei Samira.«

Bei dem Thema Espen und Samira beginnen meine Schläfen erneut zu pochen. Plötzlich kommt mir in den Sinn, was mich stört. Ich bin bei der Treppe gestürzt und Espen hat mich dort aufgefangen. Im nächsten Moment waren wir aber im hinteren Kellerflur. Nachdenklich ziehe ich die Stirn kraus und schüttle den Kopf, als würden dadurch meine Gedanken klarer werden. Vielleicht habe ich in meinem benommenen Zustand alles durcheinandergebracht. Aber ein kleiner Teil in mir rebelliert und beharrt darauf, dass meine Erinnerungen wahr sind. Nur dieser Teil muss warten.

»Ich muss mich jetzt anziehen. Zu duschen habe ich immerhin schon geschafft.«

»Anziehen? Was trägst du denn gerade?«

Aiden lässt wirklich nicht locker.

»Einen Bademantel.«

»Jetzt werde ich mich gar nicht mehr auf das Meeting konzentrieren können. Ich sehe dich nur noch frisch geduscht in einem Bademantel vor mir.«

Ich verdrehe grinsend die Augen.

»Wir sehen uns gleich. Ich muss nun los. Rosie wartet bestimmt schon auf mich.«

»Ja, wir sehen uns gleich und Rosie sollte man wirklich nicht warten lassen.«

»Apropos: kleine Vorwarnung. Rosie erzählt es bestimmt nachher. Sie hat sich von Corey getrennt. Aber den Grund soll sie selbst erzählen.«

»Wirklich? Gestern Abend war doch noch alles gut. Okay, dann weißt du doch mehr als ich. Versprochen. Ich werde nichts sagen.«

»Danke, Aiden. Bis gleich.«

»Bye, Ballkönigin.«

Kapitel 42

Nach dem Gespräch mit Aiden kann ich mich nicht überwinden, das Bett zu verlassen, und nehme mir noch die Zeit, meine Geburtstagsnachrichten zu lesen und meine Eltern per Facetime anzurufen. Sie machen sich Sorgen aufgrund meines mitgenommenen Aussehens und erst nach mehreren Anläufen kann ich ihnen versichern, dass es mir schon besser geht und sie sich keine Sorgen machen müssen. Da ich spät dran bin, wühle ich aus meinem Schrank ein schlichtes Midikleid hervor und ziehe dazu meine Stiefel an. Meine Haare, die durch das Lufttrockenen strubbelig sind, binde ich zu einem Pferdeschwanz zusammen, wobei mir einzelne Strähnen ins Gesicht fallen. Vielleicht lenken sie von meinen Augenringen ab.

Als ich die Küche betrete, hat Rosie aus Frust bereits drei Stücke meiner Geburtstagstorte verdrückt. Mir ist nicht mehr übel, nur mein Appetit ist komplett auf null heruntergefahren. Rosie hat auf den umgekehrten Look gesetzt. Sie trägt einen kurzen Rock mit hohen Stiefeln und dazu eine Bikerlederjacke. Aber auch ihr Outfit kann über ihren traurigen Gesichtsausdruck nicht hinwegtäuschen.

»Du hast deinen Geburtstagsbonus ganz schön ausgereizt.« Meine Cousine funkelt mich an. »Ich sitze hier bestimmt schon über eine Stunde.«

»Und du hast meinen Geburtstagskuchen geplündert. Lucas durfte vorhin noch kein Stück haben«, kontere ich gereizt.

»Du hast recht. Entschuldige«, erwidert sie kleinlaut. So eine defensive Art ist mir bei ihr gänzlich unbekannt.

Ich rudere schnell wieder zurück. »Ach Quatsch, du kannst auch den ganzen Kuchen essen. Ich habe noch mit Mom und Dad telefoniert.« Ich stoppe kurz. »Und mit Aiden geschrieben.«

Sie lächelt mich mit müden Augen an. »War klar. Und was sagt er? Decken sich unsere Erinnerungen an gestern Abend?«

»Er konnte nichts anderes berichten«, erzähle ich ihr und ziehe meinen Stuhl direkt neben sie.

»Was sollst du schon gemacht haben? An den Deckenlampen hingst du jedenfalls nicht.« Sie grinst mich müde an.

»Das wäre wenigstens eine Story. Besser, als gefrustet die Tanzfläche zu verlassen, sich zu betrinken und sich dann nach Hause bringen zu lassen, weil einem schlecht wird.«

»Besser, als glücklich und verliebt mit seinem Freund zu sein, aber dann herauszufinden, dass er einen betrogen hat.« Rosie schaut mich mit glasigen Augen an.

Ich lege ihr meinen Arm um die Schultern und drücke sie fest. »Tut mir leid. Ich rede nur von mir. Wie geht es dir? Wir können auch einfach hierbleiben und nicht ins Café fahren. Wir reden und bewerfen Fotos von Corey mit Dartpfeilen«, schlage ich vor und streiche mit meiner Hand über ihre Haare. »So ein Arschloch.«

»Livy, solche Worte aus deinem Mund!« Gespielt entgeistert schaut sie mich an. »Ich verfluche ihn und hasse ihn dafür, dass er mich so an der Nase herumgeführt hat. Ich habe das nie für möglich gehalten. Niemals.«

»Das ist echt mies. Auch von Sophie.«

»Ja, Sophie. Wenn ich sie in die Finger bekomme … Aber ich versuche, emotional etwas herunterzufahren. Ansonsten wären Dartpfeile auf einem Foto die Babyvariante von meiner Racheidee. Mir würden da noch ganz andere Sachen einfallen.« Rachsüchtig kneift sie die Augen zusammen.

»Das weiß ich.« Ich bin froh, nicht ihr betrügender Ex-Freund zu sein.

»Aber ich möchte nicht als die verlassene irre Ex-Freundin

nicht ewig hinhalten. Das wäre nicht fair ihm und auch nicht mir selbst gegenüber. Mich für Aiden zu entscheiden, würde auch bedeuten, mich gegen Espen zu entscheiden. Aber egal wie ich zu Espen stehe, er ist in einer Beziehung und will mich nicht. Und ich will mich nicht für Aiden entscheiden, nur weil Espen kein Interesse an mir hat. Blöde emotionale Zwickmühle.

»Wo ist denn Julie?« Ich wechsle das Thema und stehe auf, um mir ein Glas Wasser einzuschenken. Selbst der Gedanke an meinen geliebten Kaffee löst einen Brechreiz in mir aus.

»Sie ist mit Lucas schon ins *Seasons* gefahren. Owen und sie wollen weiter aufräumen.«

»Okay. Der Pavillon wird erst morgen abgebaut und heute ist das Café geschlossen. Wir sind nachher ganz für uns alleine.«

»Geschlossene Gesellschaft. Perfekt. Dann sieht nicht jeder unsere verquollenen Gesichter.«

Kapitel 43

Mit leichter Verspätung kommen wir im *Seasons* an. Aidens Dodge steht schon vor der Tür und auch Espens Chevrolet parkt daneben. Das flaue Gefühl, das bereits verschwunden gewesen ist, breitet sich explosionsartig in meinem Magen aus. Mein Bauch kribbelt freudig bei dem Gedanken, ihn gleich zu sehen, aber krampft gleichzeitig zusammen angesichts der Furcht, Espen könnte mit Samira hergekommen sein. Ich fühle mich schon mies genug, da kann ich auf das Paar an meinem Geburtstag verzichten.

Rosie parkt ihren Van auf einem Parkplatz mit freiem Blick auf den See. Keine von uns beiden macht Anstalten, das Auto zu verlassen, und somit bleiben wir einfach sitzen. Der Himmel hat sich seit gestern Nacht komplett zugezogen. Eine dichte graue Wolkenschicht hat die Sonne vertrieben und hängt einnehmend über Wild Mallow Lake. Der See wirkt durch das Grau düster und es sind kaum Boote zu sehen bis auf die kleine Fähre, die gerade den See durchquert.

»Wollen wir aussteigen?«, fragt Rosie müde.

»Wir haben keine andere Wahl. Die anderen sind schon da.« Ich schnalle mich ab und öffne die Tür. Ein kalter Wind fegt unangenehm in das Auto.

»Ich habe überhaupt keinen Bock, meine Tür zu öffnen. Geschweige denn auszusteigen. Wo ist die Sonne?«, klagt sie.

»Wenn wir erst einmal drin sind, wird es besser. Versprochen.«

Ich komme mir wie eine Lügnerin vor, aber möchte mir selbst gern glauben.

»Dann los.« Rosie öffnet die Tür und ruft zu mir rüber: »Warum ist Espen auch da? Hast du ihn heute Morgen eingeladen?«

»Nein … nein … er ist wohl mitgekommen«, stammle ich.

Rosies Augen leuchten auf. »Mir geht es zwar echt dreckig, aber ich freue mich darauf, dich gleich mit Espen und Aiden zusammen zu sehen«, witzelt sie schadenfroh.

»Gern geschehen, liebste Cousine. Schön, dass du dich freust. Und du hast Glück. Heute kommst du mit allem durch.« Ich hake mich unter und wir schlendern zusammen zu dem Café.

Schon beim Öffnen der Eingangstür hören wir aus dem *Seasons* wütende Wortfetzen, die von den Abbaugeräuschen begleitet werden. Wir bleiben zaghaft stehen und lauschen den Worten.

»Du wusstest es doch schon immer. Warum machst du das?« Espens zornige Stimme dröhnt aus dem Café.

»Gibt mir nicht die Schuld. Du hast alle Chancen immer wieder vertan. Das ist dein Fehler. Nicht meiner«, kontert Aiden wutentbrannt.

Ich werfe Rosie einen fragenden Blick zu und wir entdecken die aufgebrachten Brüder, die sich angespannt gegenüberstehen, mitten im Café. Mitarbeiter des *Seasons* beobachten das Geschehen aus der Entfernung, aber greifen nicht in die Szene ein. Vielleicht wegen Bodie, der als Schlichter zwischen den beiden steht und versucht, sie zu beruhigen. Aber ohne Erfolg. Die drei haben uns noch nicht bemerkt und so ist es möglich, weitere Wortfetzen aufzufangen.

»Willst du mich verarschen? Das kann doch nicht dein Ernst sein.« Ich höre die rohe Wut in Espens Stimme.

»Und muss ich dich daran erinnern, dass du dich anderweitig entschieden hast? Sei doch glücklich mit dem, was du hast, und gönne anderen auch ihr Glück«, spuckt Aiden seine Worte regelrecht aus.

Espen will gerade kontern, als er uns im Eingangsbereich stehen sieht. Er fixiert mich sichtlich gereizt und erwidert kein weiteres Wort. Stattdessen geht er ganz dicht an Aiden heran und sagt etwas, das wir nicht verstehen können, leise zu seinem Bruder. Aiden

Das ist mit Abstand der schrecklichste Geburtstag meines Lebens. Ich hoffe inständig, dass der Tag schnell vorbeigehen wird. Vielleicht ist morgen wieder alles besser.

»Dann sind wir ja quitt«, entgegnet er genervt.

Missmutig werfe ich Aiden einen verständnislosen Blick zu und quetsche mich an ihm vorbei, um in das Café zu Rosie und Bodie zu gehen. Mir missfällt der Streit, aber ich will mir keine Vorschriften mehr machen lassen. Als ich die Tür öffne, umfasst Aiden mein Handgelenk, aber so behutsam, dass ich abstoppe und mich wieder zu ihm drehe.

»Olivia. Lass uns nicht so da reingehen.« Aiden schaut mich entschuldigend an und ist sich wohl seines Übergriffs bewusst.

»Das möchte ich auch nicht, Aiden«, flüstere ich zittrig. Der ganze Tag ist zu viel und mein Körper fängt an, schlapp zu machen.

»Du bist mir wichtig. Ich möchte, dass es dir gut geht«, erklärt er mir und es ist ihm ohne Zweifel anzumerken, wie ernst es ihm damit ist.

»Du bist mir auch wichtig. Ich will nur nicht bedrängt oder überwacht werden. Verstehst du das?« Ich gehe näher auf ihn zu und fühle mich verantwortlich für das ganze Durcheinander. Aidens Gefühle kann ich gut verstehen, schließlich halte ich ihn an der langen Leine und lasse ihn zappeln. Ich spreche nie deutlich aus, was ich wirklich möchte oder denke. Aiden wird von mir stets im Glauben gelassen, ich würde mich bald für ihn entscheiden.

»Natürlich. Das möchte keiner.« Er legt den Kopf schief.

»Ich wollte einfach wissen, ob es Espen gut geht. Euer Streit war heftig. Aber ich denke, euer Problem musst ihr beide alleine klären. Ich will mich da nicht einmischen«, sage ich und bin mir nicht sicher, ob ich es auch so meine.

»Nein, du musst dich nicht einmischen.« Er nimmt meine Hand und seine Finger verschränken sich in meine. »Entschuldige, Olivia … entschuldige.«

»Angenommen.« Ich lächle ihn an und betrachte unsere Hände.

Aiden kommt näher, berührt meinen Hinterkopf und kommt verdächtig nahe an mich heran. Ich senke meinen Blick und lege meinen Kopf an seine Brust. Behutsam legt er seine Arme um mich und zieht mich zu sich. Seine Umarmung strahlt Wärme aus und hat etwas Tröstliches. Ich fühle mich aufgefangen und beschützt. Zaghaft zieht Aiden mein Kinn hoch und ich kann nicht anders, als zu ihm zu sehen. In meinen Gedanken erwarte ich, Aiden würde versuchen, mich zu küssen, aber er lächelt mich nur zärtlich an.

»Die anderen vermissen uns bestimmt schon oder platzen vor Neugier«, flüstert er.

»Rosie mit Sicherheit. Wollen wir wieder reingehen?«

»Warte. Ich habe noch etwas für dich. Zu deinem Geburtstag«, sagt er und zieht ein kleines Geschenk aus seiner Lederjacke. »Happy Birthday, Ballkönigin.«

»Danke.« Ich freue mich und nehme das Päckchen aus seiner Hand. »Soll ich es hier auspacken oder in Café?«

»Hier.« Sein Blick ruht auf mir.

Ich wickle vorsichtig das golden verpackte Geschenk aus und bin sprachlos. In der Hand halte ich ein dünnes schwarzes Lederarmband, das mit einer kleinen weißen Perle verziert ist.

»Ich habe das Armband in Eugene entdeckt. Auf diesem Mittelaltermarkt«, berichtet er mir leise.

»Es ist wunderschön. Danke, Aiden«, flüstere ich und lasse das Armband durch meine Hände gleiten. Eine Vielzahl von Emotionen durchflutet mich: Freude über das Geschenk, Verlegenheit über die Vertrautheit, die das Geschenk ausstrahlt, und Unmut über mich selbst, da ich mir wie eine Verräterin vorkomme, die Aiden hinhält und ihm endlich sagen muss, was sie möchte. »Wusstest du auf dem Mittelaltermarkt schon, dass ich bald Geburtstag habe?«

»Nein. Als ich das Armband sah, musste ich an dich denken. Und ich war mir sicher, dass die richtige Gelegenheit kommen würde.«

Ich schiebe das Armband über meine Hand und schließe es. Ich stelle gerührt fest: »Passt perfekt.«

Sein Blick wandert von meinem Handgelenk zurück zu meinem Gesicht und er sagt: »Ja, perfekt. Komm, jetzt wird dein Geburtstag gefeiert.«

Ich nicke und wir gehen zusammen in das Café. Von außen betrachtet sehe ich gelassen aus, aber in Wirklichkeit brodelt es in mir. Warum haben die Brüder gestritten? Warum ist Espen so freudlos?

Wie geht es weiter mit Aiden? Und wie bekomme ich seinen Bruder endlich aus meinem Kopf? Und wie wird Rosie wieder glücklich? Hier wird mir kein Plan und keine Liste weiterhelfen, die ich abarbeiten kann. Ich muss geduldig sein und ich muss Entscheidungen treffen. Entscheidungen, die ich lange genug vor mir hergeschoben habe. Und vielleicht endlich auf mein Herz hören, so wie es Rosie mir nach dem Sandboarding geraten hat.

Im Café warten Bodie und Rosie bereits auf uns. Kaum haben wir uns dazugesetzt, serviert uns Julie verschiedene kleine Burger, Fries und einige der übrig gebliebenen Desserts vom Vorabend. Rosie lässt die Burger stehen und verdrückt ein süßes Dessert nach dem anderen. Heute helfen bei ihr wohl nur Zucker und Kohlenhydrate. Ich knabbere an einem Pommes herum. Mein Appetit ist durch meinen Absturz noch gezügelt, aber noch schwerer liegen mir die heutigen Begegnungen mit den Zwillingsbrüdern im Magen. Aiden nimmt zwei Becher von dem Mousse au Chocolat, schiebt einen davon zu mir rüber und lächelt mich an. Sein Vorhaben erfüllt seinen Zweck, denn vor meinem inneren Auge sehe ich uns beide, wie wir gestern genau hier das Dessert gegessen haben. Wenn ich seinen Blick richtig deute, dann ist dies genau seine Absicht. Bodie ist der Einzige, der sich über das Essen freut und ordentlich zulangt. Er erzählt fröhlich von seiner letzten Tour zum Cannon-Beach und lässt sich von der betrübten Stimmung am Tisch nicht beirren. Vielleicht redet er gerade deswegen ohne Punkt und Komma. Mein Blick wechselt zwischen Rosies traurigen Augen, die mit ihren Gedanken mit Sicherheit bei Corey ist, und Aidens frostigem Blick, der aber, wenn ich zu ihm blicke, wieder an Wärme hinzugewinnt. Ich hoffe inständig, Bodie hat heute noch viele Geschichten zu erzählen, um uns von den unangenehmen Gedanken abzulenken.

»Lieb von dir, Olivia.« Steven setzt sich neben mich auf die Stufen.

Ich rutsche, um ihm Platz zu machen, und lächle ihn herzlich an.

»Ich habe eine Frage an dich.« Bittend blickt er mich an.

»Na klar.« Ich schaue in auffordernd an und trinke einen Schluck von dem Kaffee.

»Morgen beginnt die Messe in Portland und ich habe geplant, morgen früh dort hinzufahren und übermorgen zurückzufahren. Ein Hotelzimmer habe ich mir reserviert«, berichtet er mir fahrig.

Ich nicke zustimmend.

»Ich werde es nicht schaffen, bei der Messe anwesend zu sein, und vor allem nicht, zwei Tage lang dortzubleiben.«

»Das ist wirklich ein Problem. Wichtig ist, dass es deinem Vater bald besser geht.«

»Wahrscheinlich ahnst du schon, was ich dich fragen möchte. Kannst du das für mich übernehmen?« Steven rückt angespannt seine große Brille zurecht.

»Natürlich kann ich das übernehmen. Du musst mir nur sagen, was ich genau machen muss.«

»Du bist ein Schatz.«

»Perfekt.« Mir wird erst jetzt bewusst, dass ich Espen dort sehen werde. Ich schlucke.

»Willst du dort übernachten oder am Abend zurückfahren?«, fragt mich Steven.

»Da ich kein Auto habe, werde ich wohl lieber über Nacht dortbleiben.«

»Dann kannst du meine Hotelbuchung übernehmen und ich fahre dich morgen mit dem Mallow-Van direkt zur Messe. Ich habe schon alle Kartons dort verstaut. So können wir alles zusammen ausladen und ich erkläre dir alles. Ich habe heute den ganzen Tag über Termine, aber die Zeit morgen wird ausreichen. Nur wie kommst du nach Hause?«

Ich zucke mit den Schultern, obwohl ich die Antwort schon weiß. »Ich werde Espen Hays, der das Video dreht, fragen, ob er mich mitnehmen kann.«

»Natürlich. Espen, der dich schon nach Salem begleitet hat. Dann ist das auch geklärt.«

Ich presse die Lippen aufeinander und versuche, nicht daran zu denken, die nächsten beiden Tage mit Espen zusammen auf dieser Messe zu verbringen. Ein kribbeliger Mix aus Vorfreude und panischer Angst überkommt mich. Bestimmt wird er mit den Videoaufnahmen ausgelastet sein und ich mit meinen anstehenden Aufgaben. Abgesehen von Espen freue ich mich auf die Messe und die Möglichkeit, neue Erfahrungen zu sammeln. Gerade nach diesem Wochenende möchte ich mich wieder komplett auf meinen Job konzentrieren, wenigstens eine Konstante, die mich nicht aus dem Gleichgewicht bringt.

Steven reißt mich aus meinen Gedanken. »Olivia. Ich hole dich morgen um sieben ab. Wir müssen früh los.« Steven stoppt kurz, da sein Telefon klingelt. »Ich gehe eben ran.«

Ich nicke ihm zu und denke über Espen nach und überlege, wann ich ihm erzählen soll, dass ich ebenfalls mit zur Messe fahre. Erst habe ich die Idee, nichts zu sagen und einfach spontan dort zu erscheinen. Aber das verwerfe ich wieder, ich würde nicht nur Espen vor den Kopf stoßen, sondern ich würde mich verrückt machen und die nächste Nacht wieder schlaflos verbringen. Kurzerhand nehme ich mein Handy, öffne den Chat mit Espen und beginne, eine Nachricht zu tippen, aber anstatt auf »Absenden« zu klicken, lösche ich alles. Ich möchte es ihm wieder persönlich sagen und ich möchte ihn wiedersehen. Ich winke Steven, der noch in sein Gespräch vertieft ist, signalisiere ihm, dass ich eine Pause mache, und fahre mit dem Fahrrad direkt zum Hausboot. Ohne zu wissen, ob einer der Brüder überhaupt da ist oder ob ich sogar auf beide treffen werde.

Kapitel 46

Der Weg mit dem Fahrrad zum Hausboot verläuft durch Downtown und am See entlang, der in der Sonne ruhig glitzert, und von der gestrigen trüben Stimmung ist nichts übrig geblieben. Milde Fahrtluft weht in mein Gesicht und lässt meine Haare fliegen. Ich trete in die Pedale, als müsste ich mich beeilen, und der Sauerstoff beruhigt mich, da ich fieberhaft überlege, was ich tun würde, wenn Espen zu Hause wäre … oder Aiden … oder sogar beide. Mittlerweile weiß ich aber, dass kein Plan der Welt bei den Brüdern aufgeht. Letztendlich wird es sowieso anders kommen. Eine Viertelstunde später fahre ich mit dem Rad auf den Steg und stelle es neben dem Briefkasten ab. Erinnerungen an meinen letzten Besuch und an die emotionale Autofahrt mit Espen durchströmen mich. Ich streiche durch meine Haare und betrete das Boot, um behutsam gegen die Tür zu klopfen. Hinter der geschlossenen Tür höre ich eine Stimme, die stetig lauter wird, so als würde jemand sich mir redend nähern. Ich erkenne Aidens Stimme und anstatt die Tür zu öffnen, schaut er durch das kleine Fenster daneben. Sein Gesicht hellt sich auf, als er mich sieht, und er öffnet stürmisch die Tür.

»Das ist ja eine Überraschung. Hi, Livy«, begrüßt er mich mit dem Handy am Ohr.

»Hey«, sage ich leise, da er offensichtlich gerade telefoniert.

»Shannon. Ich rufe dich später zurück. Ich habe Besuch

bekommen.« Er beendet zügig das Gespräch und steckt sein Handy in die Gesäßtasche seiner Jeans.

»Ich wollte nicht stören. Du hättest nicht auflegen müssen.«

»Shannon kann ich später zurückrufen. Und du rennst mir sonst wieder weg«, sagt er zwinkernd zu mir.

Ich ringe mit mir und verliere haushoch den Kampf, als ich ihn frage: »Wer ist denn Shannon? Ihren Namen habe ich noch gar nicht gehört.« Natürlich habe ich den Namen noch nicht gehört. Ich weiß kaum etwas von Aidens Alltag und noch weniger, mit wem er befreundet ist.

»Ach, Shannon. Du kennst sie nicht«, erklärt er. »Sie ist eine Youtuberin aus Kalifornien. Sehr attraktiv und macht gerne Outdoorvideos. Wir wollen bald ein Video zusammen drehen.«

Statt ihn zu durchschauen, schlucke ich den Köder. »Fliegst du dann wieder nach Kalifornien? Zu ihr?«

»Ja. Wir wollen es dort drehen. Shannon erwartet mich schon und ich kann es kaum erwarten.«

Ich frage mich, was mich im Moment mehr irritiert: dass er andere Frauen mag oder so offen darüber spricht.

»Hört sich spannend an. Viel Spaß«, sage ich zickiger als geplant.

»Den werden wir haben. Im Dunkeln. In einer kalten Nacht. Zu zweit alleine im Zelt und …« Aiden bricht seinen Satz theatralisch ab.

Stumm schaue ich ihn an und mir fällt nichts Passendes dazu ein. Rosie hat recht, Aiden ist ein Frauenheld und geht offen damit um. Er möchte mit mir zusammen sein, aber verspricht mir nie die feste Beziehung bis ans Ende unserer Tage, sondern Spaß und eine schöne Zeit. Genau das ist der Knackpunkt. Ich möchte Leidenschaft, aber noch mehr möchte ich lieben und zurückgeliebt werden, keine kurze Affäre, dafür nehme ich die Liebe zu ernst. Ich möchte mich fallen lassen. Mir fällt auf, was mich wirklich irritiert. Nicht sein flirtendes Verhalten gegenüber anderen Frauen oder wie offen er damit umgeht. Nein, noch mehr verwirrt mich die Erleichterung, die ich gespürt habe, als er mir von Shannon erzählt hat. Ich bin erleichtert, dass er das Verhältnis zwischen uns mehr als Affäre sieht und nicht als verbindliche Beziehung. Vielleicht fühle ich so, da er

ßen Ledersessel. Trotz der dunklen Farben wirkt der Raum freundlich und wohnlich.

»Das Zimmer passt zu dir«, stelle ich fest.

»Ist das ein Kompliment?«, fragt er skeptisch.

»Ja, definitiv.« Ich lasse meinen Blick durch den Raum schweifen und lächle ihn sanft an.

»Besonders schön ist es morgens, wenn die Sonne aufgeht. Vom Bett aus kann man den Sonnenaufgang über dem See beobachten«, raunt er und kommt näher. »Vielleicht bist du bald ganz zufällig morgens auf dem Hausboot.«

In meinem Hals bildet sich ein störender Kloß. Ich räuspere mich und schaue aus dem Fenster, so als könnte ich genau jetzt den Sonnenaufgang sehen. »Und gibt es hier auch eine Terrasse?« Ich lenke vom Thema ab.

Aiden lässt sich auf die Ablenkung ein und schmunzelt. »Ja, komm mit.«

Wir verlassen sein Zimmer und gehen über den Flur durch eine Flügeltür auf die Terrasse, die die ganze Rückseite des Boots einnimmt. Der Boden ist aus Holz und ich stelle erfreut fest, dass es tatsächlich eine Lichterkette gibt, die an der Reling befestigt ist.

»Und hier findet der offizielle Abschluss der Führung statt.« Er lehnt sich lässig an die Reling und verschlingt mich mit seinen Blicken.

Ich stelle mich neben ihn und betrachte den See, dessen Oberfläche in der Sonne glitzert. Auch wenn heute die Sonne scheint, ist der Wind immer noch kalt und er weht meine Haare durcheinander. Ich streiche sie mir aus dem Gesicht und drehe mich zu Aiden um, der mich beobachtet.

Sein Blick fällt auf mein Armband. Er nimmt meine Hand und schiebt meinen Pullover hoch. »Du trägst es noch.«

»Ja. Ich trage es wirklich gerne«, antworte ich ehrlich.

Aiden strahlt mich an. »Das freut mich und …« Er wird von einem lauten Poltern unterbrochen.

Die Flügeltür schwingt kraftvoll auf und Espen kommt zu uns auf die Terrasse. Mir kommt es so vor, als würde er tief einatmen. Wortlos geht er näher auf uns zu.

Aiden zieht einen Mundwinkel hoch und kneift angriffslustig seine Augen zusammen. »Hallo, Espen.«

»Hey«, begrüßt uns Espen kühl. Sein durchdringender Blick fixiert Aidens Hand, mit der er sanft mein Handgelenk umfasst.

»Hi, Espen.« Ich schaue ihn verdutzt an und presse unsicher meine Lippen aufeinander.

»Störe ich?«, will Espen grimmig wissen.

Ich ziehe langsam meine Hand weg, die Aiden freiwillig und ohne Gegenwehr loslässt.

»Nein, warum auch? Olivia ist zu Besuch gekommen und ich habe mit ihr eine Roomtour gemacht.« Aiden schildert das Ganze ruhig, aber in einem so abweisenden Tonfall, dass klar ist, dass zwischen ihnen nichts geklärt ist.

Da mir die frostige Stimmung unangenehm ist, plappere ich einfach drauflos. »Also, der See ist echt toll und vor allem ist er so groß. Das ist mir nie aufgefallen. Was für Fische leben denn im See? Nur kleine? Oder auch größere?«

Beide Brüder schauen mich für einen Moment irritiert an und überlegen wohl kurz, ob ich meinen Verstand verloren habe, aber mein schlecht improvisierter Plan funktioniert. Die Stimmung hellt sich auf.

Espen unterdrückt ein Grinsen und stellt sich zu mir an die Reling. »Keine Ahnung. Fische sind nicht so mein Thema. So etwas weiß bestimmt Bodie oder unser Dad? Oder weißt du das, Aiden?«

Aidens Augen leuchten amüsiert. »Auf jeden Fall ein gelber Barsch. Weißt du noch? Am Ufer im Watson Park?«

»Ja klar. Und ganz kleine waren auch dabei. Ich weiß nur nicht mehr, wie die heißen.« Auch Espen erinnert sich heiter. »Wir haben früher mit Dad und Bodie zusammen an den Wochenenden geangelt. Unser Vater ist bis heute enttäuscht darüber, dass wir keine Begabung dafür haben. Bodie umso mehr. Er hat immer mit Dad zusammen geangelt, während wir nur so getan haben. Abends gab es bei uns zu Hause immer ein Barbecue mit gegrilltem Fisch und meine Mom hat dazu Backkartoffeln gemacht. Also, für genaue Informationen müssen wir Bodie oder meinen Dad fragen.«

Ich nicke anerkennend und insgeheim interessiere ich mich absolut nicht für Fische. Auch wenn ich aus Norddeutschland komme, esse ich noch nicht einmal gern Fisch. Zumindest keinen mit Gräten. Außer er ist verarbeitet wie Thunfisch, Fischstäbchen oder anderer frittierter Fisch.

»Wir haben die Fische, wenn mal welche angebissen haben, schnell wieder in den See geworfen«, berichtet Aiden und legt mir einen Arm um die Schultern. »Wir müssen uns unbedingt ein Motorboot leihen und über den See fahren. Vielleicht sehen wir so einige Fische.«

»Ich glaube, ich gehe wieder rein.« Espen verabschiedet sich und sein Tonfall verrät, wie die Stimmung den Bach runtergeht. Er stößt sich schwungvoll mit den Händen vom Geländer ab und steuert gezielt die Tür an.

»Warte«, rufe ich lauter als gewollt.

Espen dreht sich um und kommt langsam auf mich zu.

»Ich bin morgen auch auf der Messe. Mein Kollege kann nicht hinfahren und ich vertrete ihn. Das wollte ich dir noch sagen.« Ich rattere es herunter, als würde ich einen Text aus einem Sachbuch vorlesen.

»Okay.« Er zieht überrascht die Augenbrauen hoch und fragt mich gespielt ernst: »Wahrscheinlich willst du nur die Baumaschinen nicht verpassen, oder?«

Ich lächle ihn an. »Genau. Ich war neidisch.«

»Dann bis morgen.« Sein müder Blick durchbohrt mich.

»Eine Frage habe ich noch.« Ich will ihn nicht gehen lassen.

Er dreht sich erneut um, fährt sich mit beiden Händen resigniert durch die Haare und fordert mich angeschlagen auf: »Okay. Schieß los.«

»Kann ich, wenn die Messe vorbei ist, mit dir zurückfahren?« Ich kann nicht einschätzen, ob er genervt oder einfach nur erschöpft ist. Ich würde gern näher an ihn herangehen.

»Wie kommst du denn hin?«, möchte er wissen, ohne meine Frage zu beantworten.

»Steven, mein Kollege, fährt mich. Wir müssen viele Kartons und Utensilien mitnehmen.«

»Müssen die Kartons auch wieder mit zurück nach Wild Mallow Lake ?«, hakt er nach.

Aiden steht mit verschränkten Armen angelehnt an der Reling und beobachtet uns schweigsam.

»Ich kann aber auch mit dem Bus fahren. Das ist kein Problem.« Ich hebe meine Hand, um zu signalisieren, dass ich meine Frage zurückziehe.

»Nein …«

Ich halte die Luft an. Warum habe ich überhaupt gefragt? Ich hasse dieses Gefühl, abgelehnt zu werden.

Er schüttelt flüchtig den Kopf, so als müsste er Gedanken vertreiben. »Nein, du musst natürlich nicht mit dem Bus fahren. Ich frage nur wegen der Kartons. Damit habe ich mittlerweile schon Übung.«

»Perfekt. Danke, Espen.«

»Wir sehen uns morgen.«

Ich nicke und fange seinen glühenden Blick auf, den er mir beim Wegdrehen über seine Schulter zuwirft, bis er endgültig von der Terrasse verschwunden ist.

Mit weichen Knien drehe ich mich zu Aiden, der uns beide mit Argusaugen beobachtet hat. Er fragt mich in einem bitteren Tonfall: »Bist du wegen mir oder Espen hergekommen?«

»Wegen Espen«, antworte ich ihm wahrheitsgemäß. Ab heute ist es vorbei mit Ausreden und Ausflüchten.

Er kommt näher und lächelt spöttisch. »Hätte ich mir denken können.«

»Ich habe mich aber genauso gefreut, als du die Tür geöffnet hast. Ich freue mich immer, dich zu sehen«, erkläre ich ihm ehrlich und erschrecke selbst über meine unerwartet offenen Worte.

»Olivia, vielleicht solltest du dich einfach mal trauen, das zu machen, was du möchtest«, sagt er sanft zu mir und trifft meinen wunden Punkt.

Seine Aussage lässt mein Herz schneller schlagen, sich beinahe überschlagen. Er hat recht, mehr als recht. Die Entscheidungsfrist ist abgelaufen und schon mehr als überfällig. Rosie ist das klar und auch Aiden. Vielleicht muss ich einfach mal mutig sein und wirklich das tun, was auf keinem durchdachten Plan steht – das, was mein Herz mir sagt. Plötzlich fühle ich einen ewig vor mir hergeschobenen Drang, ehrlich zu Aiden zu sein. Genau jetzt. Ich lehne mich jedoch an die Reling, schaue über den See und halte feige meinen Mund.

Aiden tut es mir gleich und sagt ebenfalls eine Zeit lang nichts, bis er fröhlich fragt: »Also, ich habe Hunger. Wie wäre es mit Lunch?«

»Lunch klingt perfekt«, antworte ich freudig, aber hasse mich in diesem Moment selbst.

»Komm. Lass uns gehen. Du hast morgen einen langen Tag vor dir.«

Kapitel 47

Müde reibt sich Rosie ihre Augen und gähnt laut.

»Du hättest wirklich nicht so früh aufstehen müssen. Steven holt mich doch gleich schon ab«, sage ich zu ihr und trinke einige zügige Schlucke von meinem Kaffee. »Aber so sehen wir uns noch mal kurz.«

»So schaffe ich heute Vormittag mehr und vielleicht gehe ich noch joggen, wenn Lucas in der Schule ist.«

»Ich melde mich nachher aus Portland. Mist, die Tasche geht nicht zu. Kannst du den Reißverschluss zuziehen?«, schimpfe ich und presse mit meinem Gewicht den Inhalt der Tasche zusammen. Da ich keine Ahnung habe, was ich auf der Messe tragen soll, nehme ich sicherheitshalber zehn verschiedene Outfits mit.

Rosie zieht in mehreren Anläufen den Reißverschluss zu. »Wahrscheinlich gibt es gleich einen großen Knall auf dem Highway.«

»Das Risiko gehe ich ein«, erwidere ich ruhig und lasse mich nicht ärgern.

»Das nehme ich dir sogar ab. Du bist ohnehin sehr risikofreudig geworden«, sagt sie streng zu mir und auch ihr Blick bestätigt, wie ernst sie es meint.

Ich halte kurz inne. »Ist das schlimm? Und welches Risiko meinst du überhaupt?«

»Aiden!«

»Ich weiß … Aiden und die Frauen. Aber ich mache doch gar nichts.«

»Nein, nicht direkt. Aber indirekt doch. Merkst du nicht, dass unser Zwillingspärchen etwas neben der Spur ist?«

Ich erschrecke angesichts ihrer offenen Worte und erwidere trotzig: »Natürlich merke ich, dass alle gereizt sind.«

»Ich habe dir doch nicht die ganze Wahrheit über meinen Streit mit Aiden im Café gesagt«, offenbart sie mir schlagartig.

Ich reiße die Augen auf. »Wie viele Wahrheiten gibt es denn noch? Und bitte sag mir nicht, dass du doch in Aiden verliebt bist?«

»Livy! Nein! Auf keinen Fall. Das stimmt wirklich«, widerspricht sie mir mit aufgerissenen Augen.

Ich nicke ihr zu, damit sie weiterredet, da Steven jeden Moment vorfahren könnte.

»Bei dem Streit ging es um Espen«, fährt sie fort, »Also, der erste Teil, den ich dir erzählt habe, dass Aiden es ernst mit dir meinen soll, stimmt natürlich auch. Aber ich habe ihn auch dazu ermahnt, an seinen Bruder zu denken. Ich weiß, Espen ist in einer Beziehung und hat vielleicht gar kein Interesse mehr an dir. Aber das hatte er lange genug und irgendwie scheinst du doch einige Emotionen in den beiden hervorzurufen.«

Ich beiße mir auf die Lippe und lasse in meinem Kopf den Streit im Café, unsere seltsame Dreier-Begegnung auf dem Hausboot und Aidens knappen, aber wirkungsvollen Kommentar Revue passieren. Rosies Worte entsprechen der Wahrheit. Es weiß zwar niemand, worum es bei dem Streit der Brüder gegangen ist, aber ich hatte von Anfang an die Vermutung, ich wäre schuld am Gefühlschaos der beiden.

»So eine schlechte Stimmung gab es hier lange nicht mehr. Eigentlich noch nie. Dieses ganze Hin und Her …«

»Das war nicht meine Absicht. Ich habe es verbockt. Das wollte ich nicht.« Ich lasse mich auf einen Stuhl plumpsen.

»Ich will dich nicht verunsichern oder dir sagen, dass du schuld daran bist«, rudert sie hastig zurück.

Es ist an der Zeit, eine Wahl zu treffen. Die Angst vor der endgültigen Entscheidung trage ich seit Tagen wie einen Rucksack mit mir herum, obwohl mein Herz schon längst entschieden hat. Die Mauer, die Espen mir an unserem Gespräch am Strand vorgeworfen hat, beginnt zu bröckeln, und es ist an der Zeit, sie komplett einzureißen. Denn niemand wird kommen und sie zerstören. Das kann nur ich selbst. Ich muss zu meinen Gefühlen stehen und will nicht weiter davonlaufen. Auch wenn meine Angst vor Espens Zurückweisung unermesslich groß ist, muss ich das Risiko eingehen.

»Nein ich …«, setze ich zur Antwort an und werde von einem Hupen unterbrochen.

Rosie reckt ihren Hals, um aus dem Fenster zu sehen. »Steven ist da.«

»Wir müssen leider zügig los, da der Messestart bereits um elf Uhr ist.« Ich ziehe meinen Parka an und schnappe meine Tasche. »Ich bringe das wieder in Ordnung. Versprochen.«

»Livy, ich wollte dich nicht bedrängen und es ist nichts Schlimmes passiert.« Sie relativiert nun ihre Aussage. »Ich wusste nur nicht, ob dir das so bewusst ist.«

»Ich bekomme das hin. Ich melde mich«, verspreche ich ihr entschlossen und verlasse das Haus.

Kapitel 48

Gedankenverloren betrachte ich das Ortsschild von Wild Mallow Lake, das Steven und ich gerade passieren. Er berichtet mir von einigen anstehenden Terminen und geht akribisch alle Utensilien durch, die wir in den Kofferraum geladen haben. Ich höre ihm aber keineswegs zu. In meinen Gedanken bin ich bei Rosies Worten, bei Aiden, bei der Art, wie er mich ansieht, und Espen, der mein Herz zum Rasen bringt. Mein ursprünglicher Plan, die Liebe auf Eis zu legen, ist mittlerweile komplett in Luft aufgelöst, vielleicht war dieser sogar niemals ernst gemeint. Er war ein Vorwand, nie wieder enttäuscht und nie wieder abgelehnt zu werden. Aber diese Schutzschilde bringen mir nichts, im Gegenteil. Ich bin verliebt und enttäusche jemanden, den ich nicht enttäuschen will. Rosie hat so recht. Ich picke mir nur das Gute heraus und alle anderen müssen darauf hoffen, dass ich mich irgendwann entscheide. Damit ist jetzt Schluss, auch wenn ich nicht weiß, wie es nach meiner Entscheidung weitergehen wird.

»Olivia?« Steven reißt mich aus meinen Gedanken.

»Mhmm?« Irritiert blinzle ich und schaue ihn an.

»Was meinst du, wie wollen wir das mit den Aufstellern machen?«, wiederholt er offenbar seine Frage.

Ich blase die Wangen auf und überlege. »Ich denke, wir sollten sie aufstellen.«

Ich habe nicht die geringste Ahnung, worüber Steven mit

mir gesprochen hat, und nach dieser Antwort weiß er es nun auch.

»Du hast mir überhaupt nicht zugehört, oder?«, hakt Steven grinsend nach.

»Können wir noch einmal umdrehen?«, bitte ich ihn energisch.

»Warum? Wir müssen pünktlich in Portland sein. Ich weiß nicht, wie der Verkehr ist.«

»Bitte, Steven. Bitte! Ich kann sonst nicht nach Portland fahren«, flehe ich ihn an.

Er hört wohl die Dringlichkeit in meiner Stimme und schaut mich immer wieder vom Fahrersitz aus an. »Okay. Notfälle sind Notfälle. Wo muss ich hin?«

Ich nenne ihm die Adresse und Steven steuert den bunten Van wieder zurück in die Stadt. In den nächsten zehn Minuten bewege ich mich nicht einen Zentimeter von der Stelle und konzentriere mich auf meine unregelmäßige Atmung, damit ich nicht völlig den Verstand verliere.

»So, da sind wir.« Steven parkt an der Straße und ich steige, ohne zu zögern, aus und steuere mein Ziel an.

Mit zitternden Beinen stehe ich auf dem Hausboot und klopfe leicht an die Haustür. Während ich warte, überkommen mich Zweifel und ich frage mich, was ich hier mache oder was ich tun werde, wenn einer der Brüder die Tür öffnet. Aber als die Haustür aufgeht, verschwinden alle Bedenken. Ich bin jetzt und hier genau richtig.

Ein verschlafener Aiden schaut mich verdutzt an. »Livy? Guten Morgen. Kann dein Kollege dich nicht mitnehmen? Espen ist schon losgefahren.«

Ich schlucke schwer und antworte erstickt: »Nein, Steven wartet im Auto auf mich. Alles gut.«

Oder auch nicht. Nichts ist gerade gut.

»Wolltest du zu mir?«

»Ja«, bestätige ich ihm nickend.

Aiden schmunzelt und geht einen Schritt zurück, um mich reinzulassen. Er trägt eine graue Jogginghose und einen schwarzen Hoodie. So leger habe ich ihn bisher nie gesehen. »Möchtest du einen Kaffee?«

»Ja, gerne … Nein, ich glaube lieber nicht«, korrigiere ich mich steif.

»Wollen wir uns hinsetzen?« Instinktiv bemerkt er, dass mir etwas auf dem Herzen liegt, und er geht schweigend zur Couch.

Ich folge ihm zu dem beigen Sofa. Er schiebt einige Zeitschriften beiseite und lässt sich fallen. »Komm, setz dich. Du siehst aus, als würdest du hier jeden Moment ein Monster erwarten.«

»So fühle ich mich auch«, offenbare ich ihm.

»Was ist los, Livy?«, möchte er wissen und streicht mir sanft über die Wange.

Die vertraute Geste legt sich wie eine warme Decke um mich und ich fühle mich wie eine Verräterin. Ich schließe kurz die Augen und atme tief ein. »Ich wollte über uns sprechen.«

»Eigentlich mache ich das sehr gerne, aber ich bin mir gerade nicht sicher, ob ich mich darüber freuen soll.« Er lächelt mich an, aber sein Lächeln wirkt nicht mehr echt, sondern eingefroren.

»Aiden. Ich bin nicht fair und vor allem ist es nicht in Ordnung, dass ich dich hier frühmorgens überfalle. Tut mir leid. Ich kann nicht anders. Ich möchte ehrlich zu dir und auch zu mir sein.«

»Olivia …«, setzt er zärtlich an.

»Warte kurz.« Ich berühre ihn sanft an seiner Schulter.

Er hält inne und nickt mir leicht zu – eine Aufforderung fortzufahren.

»Mir gefällt die Aufmerksamkeit, die ich von dir bekomme, und ich fühle mich sicher, wenn du da bist. Seit ich in den USA angekommen bin, bist du wie ein Fels in der Brandung für mich. Du wolltest von Anfang an mehr und ich rechne es dir immer noch hoch an, dass du mich nie bedrängt hast.«

Aidens Mundwinkel zucken unmerklich nach oben, während er mir aufmerksam zuhört.

»Ich war mehrfach kurz davor, alles zu vergessen und mich darauf einzulassen. Zu gerne hätte ich das getan, aber es geht nicht. Erst wolltest du nur Spaß haben und später war ich mir nicht mehr sicher, was du willst.« Brennende Tränen sammeln sich in meinen Augen. »Ich bin mir aber sicher, dass ich dir nicht wehtun möchte, und ich möchte mir nicht wehtun.«

»Machst du immer erst Liebeserklärungen, bevor du mit jemandem Schluss machst?« Er fährt sich durch seine vom Schlafen verwuschelten Haare.

Einzelne Tränen, die ich schnell wegwische, laufen mir über die Wangen. »Ich muss ehrlich zu dir sein. Du bringst meinen Körper in Aufregung, berührst meine Seele und wärmst mein Herz, aber du bist nicht er. Du bist nicht dein Bruder.«

Sein Blick ruht intensiv auf mir und verrät: Er weiß, was ich ihm sagen möchte. Aiden streicht federleicht mit seiner Hand über mein Gesicht, nimmt meine Hand und sagt mit belegter Stimme: »Olivia. In den letzten Tagen war es nicht mehr zu übersehen, aber ich wollte dich nicht aufgeben. Ich hätte dir nicht nur kurzweiligen Spaß geboten, sondern wäre immer da gewesen. Aber auch in Zukunft werde ich da sein. Als wir uns in San Francisco getroffen haben, hast du dich in mein Herz geschlichen und dich dort verankert. Ich hätte der werden können, den du brauchst.«

Meine Tränen fließen ungehemmt über meine Wangen. »Du verdienst jemanden, der dich mit jeder Pore seines Körpers liebt.«

Er zieht meine Hand an seinen Mund und küsst diese zart. »Livy, ich wünschte, du wärst diese Person«, flüstert er und verzieht schmerzlich sein Gesicht. Seine Augen sind glasig und er blickt mich traurig an.

Meine Hand zittert, aber Aiden hält sie weiter mit seinen warmen Händen fest.

Ich wische weitere Tränen aus meinem Gesicht und mein Blick fällt auf das Armband. »Ich gebe dir dein Geschenk wieder zurück.«

»Nein, behalte es«, bittet er mich eindringlich und wischt sich unauffällig mit seiner Hand über die Augen.

Ich nicke leicht und streiche über das Band um mein Handgelenk.

»Ich konnte nie verstehen, warum Espen niemals irgendetwas unternommen hat … oder gesagt hat. Ich hoffe, er hat dazugelernt und verpasst seine Chance nicht«, sagt er voller Zorn und kneift die Augen zusammen. Seine Wut richtet sich aber ausschließlich gegen seinen Bruder und nicht gegen mich.

Ich schlucke schwer.

»Obwohl er noch mehr Entscheidungen treffen muss«, fügt er milder hinzu und lässt zaghaft meine Hand los.

»Ich weiß es nicht. Keine Ahnung, was passieren wird. Jetzt war es für mich nur wichtig, ehrlich zu dir zu sein.« Ich schniefe und schiebe Aidens Anspielung auf Samira beiseite.

»Alles wird gut werden. Irgendwann, meine Ballkönigin. Ich denke, die kannst du trotzdem für mich bleiben.« Er blickt mich schwermütig an.

»Sehr gerne«, flüstere ich und schaue ihm fest in seine Augen, deren besonderer Glanz verschwunden ist. Mein Herz rast, aber ich kann es nicht aufhalten, auch wenn es ein Fehler ist. Langsam lehne ich mich zu ihm und nehme sein Gesicht behutsam zwischen meine Hände. Mein Mund nähert sich seinem wie in Zeitlupe. Aiden wehrt sich nicht und lässt es geschehen. Ich lege zart meine Lippen auf seine und wir verharren für einen ewigen Moment so, bis ich meinen Mund kaum spürbar löse. Wir küssen uns erneut fordernd, innig und schmerzvoll. Mit jeder Berührung unserer Lippen kommt der Abschied näher und er ist nicht aufzuhalten, bis sich unsere Münder endgültig voneinander trennen. Ich löse mich und presse meinen Atem stoßweise hervor. »Ich wollte nicht den ersten und letzten Kuss verpassen.«

Zärtlich lacht Aiden auf, streichelt meine Wange und flüstert: »Schlussmachen ist nicht so dein Ding, oder? Das geht irgendwie anders. Vielleicht liegt es auch daran, dass wir nie ein Paar waren.«

Ich presse die Lippen aufeinander, unfähig zu sprechen.

»Aber diesen Kuss hätte ich auch nicht verpassen wollen. Livy, ich will dich nicht rausschmeißen, aber du musst los nach Portland«, sagt Aiden und reibt seine Augen.

»Was auch immer mich da erwartet«, flüstere ich.

Aiden zuckt betrübt mit seinen Schultern. »Da bin ich jetzt raus. Das müsst ihr beide klären.«

»Bis bald, Aiden.« Ich verabschiede mich und öffne die Haustür, um nach draußen zu gehen.

Aiden lehnt sich an den Türrahmen und legt nun seinen typischen Youtuber-Tonfall an den Tag. »Und wenn dir dieser Kuss gefallen hat, dann gib mir einen Daumen nach oben und abonniere mich, damit du nichts mehr verpasst.«

Ich drehe mich zu ihm um und schmunzle bedrückt über seinen Witz. Es passt zu ihm, seine Gefühle mit Humor zu überspielen. Aber ich habe den Klang in seiner Stimme nicht überhört und verfluche mich selbst dafür, nicht früher die Reißleine gezogen zu haben.

»Auch wenn du dich jetzt entschieden hast, ich bin immer da und du weißt, wo du mich findest.« Er fixiert mich traurig mit seinen grünen Augen.

»Ich werde auch immer da sein«, hauche ich und laufe zurück zum Van.

Ich fühle mich mies, heuchlerisch und schuldig, aber mir fällt eine riesige Last von meinen Schultern, denn ich habe die einzig richtige Entscheidung getroffen.

Kapitel 49

Ich sitze die Fahrt über schweigend neben Steven, starre aus meinem Fenster auf die vorbeiziehenden grünen Wälder Oregons. Er startet seine Lieblingsplaylist von Katy Perry und gibt mir den Raum, um meine Gedanken zu sortieren und diesen nicht geplanten Schlussstrich zu verarbeiten. Ich denke an Aidens Augen, aus denen er mich glanzlos angeschaut hat, als ich mich verabschiedet habe. Auch wenn ich nicht mit ihm zusammen sein möchte, kommt es mir so vor, als würde ein Stück von mir fehlen. Am liebsten würde ich mein Handy nehmen, um ihm zu schreiben, aber das wäre falsch. Irgendwann wieder, aber nicht jetzt. Bei Rosie möchte ich mich ebenfalls nicht melden. Ich will mich bei niemandem melden. Die Entscheidung ist richtig und doch so schmerzhaft. Nun kann ich nur darauf hoffen, dass Aiden und ich wirklich Freunde bleiben können. Espen schiebe ich in meinem Kopf ganz weit nach hinten. Allein der Gedanke daran, ihn gleich bei der Messe zu treffen, hinterlässt ein seltsames Gefühl in meinem Magen, so als würden die bedeutsamen Schmetterlinge im Bauch mit Steinen um sich schmeißen. Nur weil ich mit Espen zusammen sein möchte, heißt es nicht, dass Espen das auch will. Vielleicht sind seine Gefühle für mich noch nicht komplett erloschen. Aber würde das ausreichen? Und was ist mit Samira?

Ich sehe zu Steven, der laut den Song *»Firework«* mitsingt und mit den Fingern im Rhythmus auf das Lenkrad klopft.

Er lächelt mich aufmunternd an und sagt: »Na? Kann ich wieder sprechen oder bist du mit den Gedanken noch bei den Hausbooten?«

»Du kannst natürlich sprechen. Tut mir leid. Wollen wir jetzt unser Equipment noch mal durchgehen?«

»Nein, das können wir gleich beim Ausladen machen. Wir sind gleich da. Du müsstest das Messegebäude schon sehen können.«

Am Horizont entdecke ich mehrere aneinandergrenzende Hallen, die wohl unser Ziel sein müssen. Der Messehallenkomplex befindet sich an der Stadtgrenze von Portland. Es dauert nicht lange, bis wir auf den großen, fast leeren Parkplatz fahren, der sich spätestens heute Mittag komplett füllen sollte. Mitten auf dem Parkplatz gibt es eine riesige, eingezäunte Fläche, auf der die Firmen ihre Maschinen und Fahrzeuge in Aktion vorstellen können. Ich erkenne einige Radlader, Bagger, Raupen und einen großen Kran. Gestern Abend habe ich das Internet nach Baumaschinen durchforstet, damit ich nicht völlig ahnungslos auf der Messe herumlaufe. Wir parken in der Nähe des Eingangs und fangen direkt an, die Kartons auf zwei mitgebrachte Transportwagen zu laden. Die Arbeit lenkt mich von meinen Gedanken ab und für einen kurzen Moment vergesse ich die bewaffneten Schmetterlinge in meinem Bauch und die Aufregung, gleich Espen zu sehen. Wir schieben die vollbeladenen Wagen ratternd in die Messehalle und ich bin froh, dass Steven dabei ist, um mir alles zu zeigen. An allen Ständen wird noch intensiv gearbeitet, dekoriert oder Mitarbeiter werden eingewiesen. Wir entdecken den Messestand von *Gilbert Industries, Inc.* im hinteren Bereich der Halle. Der Stand wurde von einer Messebaugesellschaft aufgebaut und muss von uns lediglich mit Werbematerialien, Postern und Aufstellern bestückt werden.

Mr. Gilbert, der Inhaber der Firma, erkennt Steven und begrüßt uns. »Ah, herzlich willkommen. Sie kommen genau richtig. Sie können sofort loslegen.« Er ist ein älterer Mann mit Halbglatze und trägt ein Holzfällerhemd unter einem Cordsakko.

»Mr. Gilbert. Das ist ein toller Messestand.« Steven schüttelt seine Hand und stellt mich vor. »Das ist Olivia Somervell, meine Kollegin. Sie wird mich heute vertreten und weiß genau, was hier zu tun ist.«

»Hallo, Mr. Gilbert«, sage ich und schüttle seine Hand. Nur dass ich nicht der gleichen Meinung bin wie Steven. Bisher habe ich keineswegs eine Ahnung davon, was genau meine Aufgaben sind.

»Kommen Sie. Ich zeige Ihnen alles.« Mr. Gilbert startet eine kurze Führung durch seinen Messebereich.

Ich bestaune den großzügigen Aufbau, der neben vielen Tresen auch Sitzecken und einen Loungebereich beinhaltet. Im Innenbereich werden die Baumaschinen der Firma ausgestellt.

»Mr. Hays ist schon am Filmen. Er hat alles im Griff. Sie haben genau den Richtigen ausgewählt«, lobt er Steven und lächelt uns mit strahlenden Augen an.

Ich blicke immer wieder zum Messestand, in der Hoffnung, Espen zu sehen. Ich kann ihn aber nirgends entdecken.

»Das freut uns. Olivia und ich sichten noch das Material und danach werde ich an sie übergeben«, erklärt Steven.

»Lassen Sie sich nicht aufhalten. Ich verabschiede mich schon einmal, Steven. Und Olivia, wir sehen uns«, ruft Mr. Gilbert uns zu und gesellt sich zu seinen Mitarbeitern.

Wir begrüßen flüchtig die restlichen Personen und sichten die Kartons auf unseren Wagen. Steven, der in Eile ist, erklärt mir im Schnelldurchlauf alle Einzelheiten, sodass ich Zweifel bekomme, ob ich mir überhaupt etwas davon merken kann. Ohne viel Zeit zu verlieren, beginnen wir, die ersten Materialien zu verteilen und zu dekorieren. Ich befasse mich gerade mit dem Aufsteller eines Miniaturbaggers, als ich Steven hinter mir jemanden begrüßen höre. Ich muss gar nicht hinsehen, um zu wissen, wen er entdeckt hat und mit wem er sich plaudernd unterhält.

Ich zögere es einen endlosen Moment hinaus, mich umzudrehen. Mein Körper bebt allein bei dem Gedanken daran, ihn zu sehen, ich nehme meinen ganzen Mut zusammen und drehe mich zu den beiden um.

Espen steht unmittelbar hinter mir und ist mit seiner Kamera, Kopfhörern sowie einigen Taschen ausgerüstet. Er trägt ein dunkles Hemd, das er an den Ärmeln hochgekrempelt hat, eine schwarze Hose und sieht mit seinen Sneakern lässig aus.

»Hi, Espen«, begrüße ich ihn. Ich lehne mich unbeholfen an den Bagger-Aufsteller aus Pappe. Dieser kippt beinahe um, ich gerate ins Trudeln, kann mich aber glücklicherweise wieder fangen.

»Hey. Seid ihr schon lange da?«, fragt Espen und unterdrückt ein Grinsen, da ihm mein Ausrutscher keineswegs entgangen ist. Seine dunklen Augen nehmen meinen Blick gefangen.

»Nein, noch nicht lange.« Steven kommt mir zuvor. »Olivia musste vorhin noch dringend zum Hafen zu den Hausbooten.«

Ich versuche, mir nichts anmerken zu lassen, würde Steven aber am liebsten knebeln. Musste er das erzählen?

Espen lässt den Blickkontakt nicht abreißen, nur seine Augen verengen sich minimal. »Und, Olivia, bist du fündig geworden?«

Ich lasse mich nicht in die Enge treiben und antworte bestimmt, aber mit bebender Stimme: »Ja, bin ich. Definitiv.« Das ist kein guter Start.

Er funkelt mich offensiv an, bevor er seinen Blick abwendet. Er nimmt seine Kamera und sagt professionell: »Ich muss weiterfilmen. Ich möchte nichts verpassen. Bis später.«

»Olivia, ich muss jetzt auch zurück. Wenn du eine Frage hast, ruf mich an oder frag Mr. Gilbert.« Steven verabschiedet sich und verlässt zügig die Messehalle.

»Bye, Steven«, rufe ich ihm hinterher und schenke den Kartons meine komplette Aufmerksamkeit.

Beim Ausräumen nutze ich hin und wieder die Chance, Espen zu beobachten. Er unterhält sich viel mit Mr. Gilbert und sie bereiten offenkundig eine Aufnahme vor. Ich vermute, sie planen, ein Interview zu drehen, da auf dem Sessel gegenüber eine rothaarige Frau mit Moderationskarten in der Hand sitzt. Espen ist in seinem Element und gibt allen Beteiligten Ratschläge zur perfekten Sitzposition und fertigt einige Probeaufnahmen an. Ich übergebe den Angestellten der Firma die Werbegeschenke und verteile ein paar weitere auf den Stehtischen. Mittlerweile startet das Interview mit Mr. Gilbert und Espen filmt professionell das Gespräch. Meine Aufgaben sind für den Moment alle erledigt und ich stelle mich an einen der Tische, um die Aufnahme zu beobachten. Von dem Interview bekomme ich wenig mit, da ich statt der Interviewpartner nur Espen ansehe, ohne Angst zu haben, entdeckt zu werden. Ich betrachte seine Hände, mit denen er in einem überraschend regelmäßigen Rhythmus seine Haare zurückstreicht, oder seinen konzentrierten Blick beim Filmen. Ihm scheint nichts zu entgehen. Auch wenn Espen über zehn Meter entfernt ist und sich auf das Interview konzentriert, bemerkt er, dass ich ihn beobachte. Während die Kamera weiter das Gespräch aufzeichnet, fängt er meinen Blick auf und in seinem liegt eine geballte Intensität, die mich in den Bann zieht. Ich sehe ihn an, mit all den Emotionen, die ich für ihn habe, und ich sehe nur das, was ich möchte: Hingabe, Leidenschaft und Liebe. Außenstehende würden keine Veränderungen in seinem Gesicht erkennen, nur ich erkenne die mikrokleinen Beweise dafür: Er fühlt es und ist bereit dafür.

Kapitel 50

Der erste Messenachmittag ist ein voller Erfolg gewesen. Tausende Menschen drängten durch die Hallen, sahen sich Produktpräsentationen an und der Messestand der *Gilbert Industries, Inc.* konnte sehr viele Besucher verbuchen. Nach dem Verteilen der Materialien hatte ich eine längere Pause, die ich damit verbrachte, die anderen Stände zu besuchen und mir dort die Konkurrenz anzusehen. Espen war den ganzen Tag beschäftigt und ich sah ihn nie ohne seine Kamera. Es schien ihn aber nicht im Geringsten zu stören, im Gegenteil. Es war ihm anzumerken, dass Filmen seine Leidenschaft ist.

Am frühen Abend leeren sich die Gänge und die Messe wird bald schließen. Ich verteile gerade die letzten Werbeartikel für den nächsten Tag, als wie aus dem Nichts Espen hinter mir auftaucht.

»Und? Bist du jetzt ein Baumaschinenfan?« Er grinst mich amüsiert an.

»Fast. Es war interessanter als gedacht«, offenbare ich.

Espen lehnt sich entspannt an den Messetresen und betrachtet mich.

»Und wie war das Filmen?«, möchte ich von ihm wissen.

»Es war großartig. Etwas komplett anderes. Danke, dass du mich weiterempfohlen hast.« Es steckt seine Hände in die Hosentaschen und lächelt mich warmherzig an.

»Immer wieder«, flüstere ich und befürchte, dass mein Herzschlag lauter ist als meine Stimme.

»Gehst du jetzt in dein Hotel?«, fragt er beiläufig.

»Ja, hier gibt es nicht mehr viel zu tun.«

»Dann können wir zusammen gehen.«

Wir nehmen unsere Taschen, verabschieden uns von den anderen und gehen zum Ausgang.

»Fährst du mit dem Auto zum Hotel?«, frage ich ihn und meine Knie werden weich.

»Ja. Mein Hotel liegt zentral in Portland. Wo ist deins?«

»Das müsste gegenüber der Messe sein«, sage ich und entdecke auf der anderen Straßenseite ein Gebäude aus rotem Backstein mit vielen Fenstern. Ich kann zwar kein Schild erkennen, aber das muss das Messehotel sein. »Ich denke, das da drüben. Steven hat es für mich reserviert.«

»Ich bringe dich rüber.«

»Danke. Aber ich …« Ich stoppe mich selbst, da ich aus Reflex das Angebot ablehnen will, ich aber jede Minute mit ihm ausnutzen möchte. »Gerne.«

Wir laufen schweigend über den Parkplatz und nach einigen Minuten erreichen wir das große Messehotel.

»Ich gehe dann jetzt rein.« Ich verabschiede mich nur widerwillig.

Espens Blick ruht auf mir und er kommt näher auf mich zu.

Ein riesiger Kloß bildet sich in meinem Hals und lässt meinen Atem stocken.

»Wir sehen uns morgen.«

Ich schlucke den Kloß runter und hauche: »Ja, bis morgen.« Schweren Herzens drehe ich mich um und gehe zielstrebig auf den Hoteleingang zu.

»Olivia?«, ruft mir Espen hinterher.

Ich drehe mich mit klopfendem Herzen zu ihm um. »Ja?«

»Träum nicht zu viel von den Baggern.«

»Nein, nicht von den Baggern.« Ich mache eine Pause. »Ich träume lieber von den Kränen.« Ich lächle und gehe in die Lobby.

Espen schüttelt schmunzelnd den Kopf und läuft zurück zum Parkplatz.

Im Hotel sind zwei Mitarbeiter eifrig damit beschäftigt, die ankommenden Gäste einzuchecken. Als ich an der Reihe bin, gebe ich meine Daten an und der Hotelmitarbeiter tippt wiederholt verschiedene Dinge in seinen Computer. Er zieht die Stirn kraus und tauscht sich flüsternd mit seiner Kollegin aus. Nach ewigem Hin und Her blickt er mich mitfühlend an und erklärt mir höflich, dass meine Buchung von Steven nicht bestätigt worden sei und das Zimmer anderweitig vergeben worden sei. Es sei auch kein anderes mehr im Hotel frei. Mein desillusionierter Gesichtsausdruck erzeugt wohl Mitleid bei ihm und er schreibt mir einige Hotels in Portland auf, die laut ihm bestimmt noch freie Zimmer haben. Ich bedanke mich und starre auf den Zettel mit den Hotelnamen. Espen! Vielleicht ist Espen noch auf dem Parkplatz und wenn nicht, dann habe ich es wenigstens versucht. Ich schnappe meine Reisetasche, renne blindlings aus dem Hotel und pralle beinahe gegen ihn.

Überrascht schaut er mich an. »Olivia?«

Ruckartig bleibe ich stehen. »Ich dachte, du bist schon losgefahren.«

Warum steht er noch hier?

»Nein. Noch nicht.« Sein Blick wechselt rasch von mir zum Hoteleingang und wieder zurück. Er stellt ausweichend eine Gegenfrage. »Wo willst du hin?«

»Zu dir«, antworte ich ihm ehrlich.

»Hier bin ich«, sagt er mit erstickter Stimme.

Ich sehe zu ihm auf und wie in Zeitlupe kommt er näher auf mich zu.

»Ist alles in Ordnung?« Er kneift die Augen zusammen.

»Ja. Äh … nein. Steven hat die Buchung nicht bestätigt und das Hotel ist ausgebucht. Ich dachte, ich könnte mit dir zusammen nach Portland fahren. Ich suche mir da eine Unterkunft«, erkläre ich fahrig und wedle mit dem Zettel, auf dem die Hotelnamen stehen.

»Sicher«, antwortet er knapp und behält mich im Blick.

Wir gehen nebeneinander zum Parkplatz.

»Warum bist du noch nicht losgefahren?« Der Grund ist mir eigentlich egal, wichtig ist, dass er da ist. Nicht nur da ich heute

Nacht bisher obdachlos bin. Ich will bei ihm sein und nirgendwo sonst.

Er geht nicht auf meine Frage ein und erwidert stattdessen: »Hast du Hunger?«

»Mittlerweile schon. Du auch?« Allein bei dem Gedanken daran, mit ihm zusammen zu essen, zieht sich mein Bauch zusammen und verlangt nicht nach Essen, sondern löst eine tiefe Sehnsucht in mir aus.

»Ich habe eine Idee, bevor wir zu den Hotels fahren«, verkündet er geheimnisvoll und verstaut unsere Taschen im Auto.

»Gibst du mir einen kleinen Tipp?«, frage ich ihn, als er den Motor startet.

»Nein.« Er schmunzelt und konzentriert sich auf den Verkehr.

Ich lächle ihn an und betrachte ihn noch einen Moment von der Seite. Das letzte Mal als ich in diesem Auto gesessen bin, hatte ich eine blutende Wunde am Kopf und war der festen Meinung, Espen wäre alles andere als erfreut über meinen Aufenthalt in den USA. Streng genommen bin ich mir immer noch nicht sicher, was er wirklich denkt und fühlt. Das Einzige, was ich mit Sicherheit weiß, ist: Ich bin verliebt und vielleicht ist es im Moment auch das Einzige, was zählt.

In einer kleinen Straße parkt Espen das Auto auf einem Seitenstreifen und dreht sich geheimnisvoll zu mir. »Warte hier. Ich komme gleich wieder.«

»Soll ich nicht mitkommen?«, möchte ich wissen und schaue mich in der Straße um, in der ich hauptsächlich Restaurants und Bars erkennen kann.

»Es ist eine Überraschung. Das dauert bestimmt nicht lange«, wiederholt er und steigt aus.

Ich beobachte, wie er an den Restaurants vorbeigeht und auf einem kleinen Markt mit Foodtrucks verschwindet. Mein Herz flattert und leichte Übelkeit überkommt mich. So aufgeregt bin ich. Um mich abzulenken, scrolle ich durch mein Handy und öffne Instagram. Es wird mir eine neue Story von Aiden angezeigt, die ich zögerlich anklicke, und ich sehe Aiden frontal in die Kamera sprechen – selbstsicher und gut aussehend wie immer. Er ist offenbar mit Bodie an die Küste gefahren und er zeigt in mehreren Sequenzen, wie sie ihre Zeit am Strand verbringen. Ich bin erleichtert zu sehen, wie ausgelassen er und Bodie sind. Nach einer gefühlten Ewigkeit kommt Espen mit einer riesigen Papiertüte wieder zurück. Kaum sitzt er im Auto, verströmt das Essen einen unwiderstehlichen Duft, aber ich kann nicht identifizieren, was er gekauft hat.

»Du wirst nicht verraten, was in der Tüte ist, oder?«, frage ich.

»Nope«, antwortet er belustigt.

»Und du sagst immer noch nicht, wo wir hinfahren?« Ungeplante Unternehmungen machen mich unruhig. Normalerweise bin ich diejenige, die diese plant.

Er schüttelt grinsend den Kopf. »Wir sind aber bald da.«

Während der restlichen Fahrt stelle ich abermals fest, wie schön Portland ist. Espen fährt durch verschiedene Wohngegenden und mir fällt auf, dass wir bergauf fahren. Die Straße führt durch Wohngebiete, ein kleines Wäldchen und mündet auf einen großen Platz mit einer riesigen Rasenfläche. Von hier geht es nicht weiter. Espen fährt auf einen kleinen Parkplatz, der eindeutig zu einer Parkanlage gehört. »Jetzt sind wir da.«

»Ein Park?«

»Komm mit«, sagt er und steigt mit der Papiertüte unter dem Arm aus dem Wagen.

Wir gehen ein kleines Rasenstück bergauf, auf dem einige japanische Kirschbäume in voller Blüte stehen und einen süßen Duft verströmen. Ich kann mich an den rosa Blüten nicht sattsehen und widerstehe dem Impuls, ein Foto davon zu machen.

»Wo sind wir hier?«

»Das ist der Council Crest Park. Sozusagen der höchste Punkt in Portland. Warst du hier schon einmal?«

»Nein. Wir waren zwar jedes Jahr in Portland, aber hier noch nie. Oder ich kann mich nicht daran erinnern.« Ich blinzle gegen die tiefstehende Sonne, die bald untergehen wird.

»Heute ist es hier gar nicht voll. Wollen wir dort hingehen?« Er deutet auf eine Bank, die in Blickrichtung zum Tal steht.

»Wollen wir nicht hierbleiben?« Ich kann mich nicht von den schönen Bäumen trennen.

»Aber von da unten aus haben wir einen perfekten Blick auf Portland.«

Ich nicke und folge ihm zu der Bank.

Espen hat nicht zu viel versprochen. Die Aussicht ist unbeschreiblich und ich frage mich wirklich, warum ich noch nie hier gewesen bin. Von diesem Park aus haben die Besucher einen atemberaubenden Ausblick auf Portland. Bei Dunkelheit wird bestimmt das ganze Tal durch die Häuser erleuchtet.

Ich setze mich zu Espen auf die Bank und strahle ihn an. »Wow. Dieses Panorama … Es ist wunderschön. Hier war ich definitiv noch nie.«

»Meine Eltern waren früher sehr häufig mit Aiden und mir hier. Meine Großeltern wohnten nur ein paar Straßen entfernt«, erzählt er und schaut mich nachdenklich an.

Ich erwidere seinen Blick. »Hier ist es so viel schöner als in jedem Restaurant.«

»Definitiv. Schau mal da hinten. Wir haben Glück, dass die Luft so klar ist.« Er zeigt auf einen Berg am Horizont. »Das ist der Mount St. Helens, der Vulkan.«

Ich blicke auf den weißen Gipfel, der sich beeindruckend vom Horizont abhebt. Es gibt keine Gebirgskette, sondern nur die einsame Kuppel des Vulkans.

»Da war ich tatsächlich schon«, erzähle ich ihm.

»Komm, wir essen, bevor es kalt wird.« Er kramt die Tüte hervor.

Er packt das Essen aus und ich merke, wie ruhig ich bin. Meine Atmung, mein Herz – alles in Einklang. So als wäre ich hier genau richtig. »Und verrätst du mir jetzt, was es gibt?«

»Der Foodtruck, bei dem ich die immer kaufe, ist ein Geheimtipp in Portland. Es gibt verschiedene gefüllte vegetarische Teigtaschen. Ich versuche gerade, kein Fleisch mehr zu essen. Ich hoffe, das ist okay?« Espen präsentiert seinen Einkauf.

Ich betrachte die kleinen, gebackenen Teigtaschen in den Papierschalen. »Mehr als das. Es sieht toll aus. Aber beim Sandboarding habe ich dir einen Hotdog mit Würstchen mitgebracht …«

»Ich habe ihn einfach gegessen, weil du ihn mir gegeben hast.« Er zuckt mit den Schultern und fixiert mich.

Ich lächle sanft zurück und nehme mir eine Teigtasche mit einer roten Füllung.

»Und ich habe dir einen Cold Brew mitgebracht.« Er reicht mir einen riesigen Becher von dem kalten Kaffee.

»Oh, darüber freue ich mich am meisten.« Ich trinke einen Schluck und der Kaffee schmeckt bitter. Einfach perfekt. »Danke, dass du daran gedacht hast.«

»Immer wieder«, raunt er und schiebt energischer hinterher: »Ich unterstütze gerne deine Kaffeesucht.«

Ich ziehe gespielt verärgert die Nase kraus und ziehe ein weiteres Mal an dem Strohhalm.

Die Sonne geht langsam unter und der Himmel färbt sich in die verschiedensten Rottöne. Bald werden unten in der Stadt die ersten Lichter angehen.

»Geht es dir wieder besser? Also, ich meine besser als nach dem Ball?«, frage ich ernst.

»In diesem Moment eindeutig ja«, antwortet er nachdenklich.

»Und zwischen dir und Aiden? Gestern wirkte es nicht so, als hättet ihr euch wieder vertragen?«

Espen dreht sich zu mir und funkelt mich an. »Das wird bestimmt bald wieder. Mach dir keine Gedanken darüber.«

»Mache ich aber.« Ich atme tief ein und aus.

»Vielleicht gibt es dafür Gründe. Irgendwann klärt sich das«, antwortet er verärgert.

»Und wenn nicht?« Ich habe meinen Finger in die Wunde gelegt und bin nicht bereit, diesen zu lösen. Nicht, bevor ich weiß, was los ist.

»Dann nicht!«, meint er resolut. »Aber Aiden ist mein Bruder. Wir werden nie getrennt sein, auch wenn ich es jetzt gerade sehr begrüße.«

Ich nicke und stimme ihm in Gedanken zu. Sie sind Zwillinge und werden ewig auf eine besondere Art miteinander verbunden sein. Mir ist aber meine Mitschuld bewusst und ich möchte keinen Keil zwischen die Brüder treiben.

»Gerade deshalb solltet ihr euch aussprechen. Ihr seid so eng miteinander«, fordere ich ihn nachdrücklich auf.

»Willst du das für mich oder für dich?«

»Für uns beide und für euch beide.« Ehrlicher kann ich ihm nicht antworten.

»Mir hat vor nicht allzulanger Zeit jemand gesagt, ich solle auch mal an mich denken. Ich habe nur den Rat befolgt«, erklärt er erhitzt und schaut mich auffordernd an.

Irritiert blicke ich ihn an und bin mir sicher, er meint mich. Meint er unsere Unterhaltung während der letzten Autofahrt oder die am Strand? Ich bin mir nicht sicher.

»Olivia. Vielleicht kannst du mir sagen, was Aiden heute Morgen erzählt hat, als du ihn besucht hast? Bodie schrieb mir, dass er und Aiden spontan für ein paar Tage an die Küste gefahren sind.« Finster hält mich sein Blick gefangen.

»Ja, kann sein.« Ich druckse herum und beiße von der Gemüseteigtasche ab.

»Mehr hat er dir nicht erzählt? Ich hätte eher vermutet, dass er mit dir fahren möchte«, behauptet er verbittert.

»Ich weiß es nicht.« Mein Herz beginnt, sich zu überschlagen.

Espen schaut mich ungläubig an. »Warum? Ihr verbringt doch so viel Zeit miteinander.«

»Warum bist du so verärgert? In den letzten Wochen hast du keine Möglichkeit ausgelassen, mich aufzufordern, mit Aiden zusammenzukommen.« Ich spucke die Worte wütend aus.

»In den letzten Tagen sah es nicht so aus, als müsste man dich dazu zwingen«, presst er hervor und seine Augen blitzen aufgebracht.

Der Himmel verdunkelt sich wie unsere Stimmung. Die einzigen Lichtblicke sind die einzelnen Häuser, die wie kleine Glühwürmchen nach und nach anfangen aufzuleuchten. Verärgert ziehe ich meine Beine an und umfasse diese mit den Armen. Ich hadere mit mir und überlege, wie ich ihm von Aiden und mir erzählen soll. Vielleicht ist es an der Zeit, ihm die Wahrheit zu sagen. Wäre da nur nicht die Angst vor Ablehnung … Zu Aiden war ich ehrlich, jetzt muss ich es nur noch zu mir und vor allem zu Espen sein. »Aiden und ich werden kein Date mehr zusammen haben«, flüstere ich.

Espen trinkt einen Schluck von seiner Cola und setzt diese abrupt ab, bevor er zweifelnd fragt: »Kein Date?«

Mein Herz klopft so laut, dass er es hören muss, und meine Stimme versagt. »Nein, kein Date.« Ich fühle wieder den brennenden Schmerz in meinen Augen und versuche, die Tränen zurückzuhalten.

Er lacht kurz auf und schließt seine Augen. »Aiden würde niemals dieses Date absagen. Niemals. Bist du deshalb heute Morgen zu ihm gefahren?«

»Ja, ich habe ihm die Wahrheit gesagt.« Langsam stelle ich meine Beine wieder auf den Boden, um ein wenig mehr Halt zu haben, und starre nur geradeaus auf die Skyline von Portland. Einzelne stumme Tränen bahnen sich den Weg an meinen Wangen hinunter.

Für einen Augenblick regt sich nichts zwischen uns. Kein Wort und keine Bewegung. Es gibt nur uns beide, wie wir nebeneinander schweigend auf der Bank sitzen und in die Weite schauen.

Ich erschrecke, als Espen unvermittelt aufsteht und sich vor mich hinkniet, um mich anzusehen. Sein Blick fängt den meinen. Er wischt mit seinen Daumen behutsam meine Tränen aus dem Gesicht und hinterlässt eine pulsierende Spur auf meinen Wangen. Mein Herzschlag dröhnt bis in meine Ohren bei dieser Geste, die eine Vertrautheit in mir auslöst. Ich sehe nun Espens Gesicht am Ballabend überraschend vor mir. In meiner Erinnerung lehne ich mich an eine kühle Wand. Espen steht nah vor mir. So nah und er streicht mir behutsam Tränen aus meinem Gesicht. Bilde ich mir das ein oder habe ich das erlebt? Ich zwinkere und schaue ihn verwundert an.

»Oliv?« Aus seinen dunklen Augen heraus strahlt er mich erwartungsvoll an.

»Mir kam der Moment so bekannt vor«, sage ich atemlos.

Er zuckt mit den Schultern und ein flüchtiges Lächeln huscht über sein Gesicht. »Das geht nicht nur dir so.«

Espens Gesicht kommt näher. Ich will keine Millisekunde verstreichen lassen und keine Chancen mehr vergeben. Ich vergesse Samira, vergesse Aiden und vergesse sämtliche Zweifel. Dieser Augenblick soll nur uns gehören – egal was gewesen ist oder kommen wird. Von diesem Moment an wird alles anders sein. Zaghaft nehme ich seine Hände und umschließe seine Finger. Kribbelige Funken entstehen durch unsere Berührung und durchfluten meinen gesamten Körper. Er kommt noch näher und unsere Finger bleiben fest ineinander verschränkt. Ich rutsche weiter nach vorn, um jede Distanz zwischen uns weiter zu verringern. Seine Lippen sind so nah und ich spüre diese, ohne dass sie mich berühren. Es ist, als würden wir auf eine Absolution warten, die alle restlichen Bedenken vertreibt. Und diese erteilt uns Espen. Seine warmen Lippen finden hingebungsvoll meinen Mund und er küsst mich mit einer Intensität, wie ich sie mir nie hätte vorstellen können. Unsere Lippen verschmelzen und unsere Zungen geben keine Ruhe, bis sie sich wieder berühren. Die Funken explodieren in einem Rausch, der uns umhüllt. Ein leichtes Stöhnen entweicht uns, als wir nach endlosen Minuten voneinander ablassen. Ich halte es nicht mehr aus und löse meine Hände aus seinen, um ihn zu berühren, ihn zu fühlen. Meine Hände umschließen sein Gesicht und zeichnen seine Grübchen nach, wie ich es schon hundertmal in meinen Träumen gemacht habe. Er schließt die Augen und genießt jede meiner Berührungen. Ich küsse ihn erneut und umarme ihn fest, um mein Becken dicht an ihn heranzuschieben. Espen passt sich meinem Tempo an und es scheint so, als würde er mir die Führung überlassen, als würde er nur so weit gehen wollen, wie ich bereit bin zu gehen. Er umfasst mit seinen Händen meine Hüfte und zieht mich näher an sich heran, bis meine Beine ihn umschließen. Ich streiche die Locken aus seinem Gesicht und wieder überkommt mich dieses Gefühl der Vertrautheit. Es kommt mir alles so bekannt vor. Espen küsst mich am Hals und übersät diesen mit prickelnden Küssen, bis er meine Stirn erreicht. An meiner mittlerweile verheilten Wunde stockt er kurz und fährt zärtlich mit seiner Lippe über die Stelle. Ich ziehe scharf meinen Atem ein, als ein Film vor meinem inneren Auge abläuft. Der Ball. Im Keller. Ich sehe Espen wieder vor mir stehen. Seine Hände stützen sich neben meinem Kopf ab. Er berührt meine Wunde, er küsst mich und ich kann ihn in meiner Erinnerung spüren. Aber so schnell das Bild erschienen ist, verschwindet es wieder. Espen bemerkt meine Veränderung und sein Blick ruht auf mir.

»Was ist auf dem Charity-Ball passiert?«, frage ich ihn. Mittlerweile verfluche ich die Shots, die ich damals getrunken habe.

»Dort hat alles nur angefangen. Wichtig ist aber das jetzt.«

Mich interessiert nur die Gegenwart und ich schiebe den Gedanken weit nach hinten. Wir küssen uns stürmisch und sinnlich, ohne eine Pause und ohne Bedenken zuzulassen.

Kapitel 51

Erst am späten Abend verlassen wir den Park, um wieder zurück in die Innenstadt zu fahren. Hand in Hand gehen wir zu Espens Auto und lassen uns Zeit, da dieser Moment niemals verstreichen soll. Als wir den Chevy erreichen, holt mich die Realität wieder ein. Ich habe kein Hotelzimmer, morgen würden wir wieder den ganzen Tag auf der Messe verbringen und Espen hat eine Freundin. Der letzte Punkt ist der schlimmste. Ich verurteile mich dafür, hätte aber immer wieder so entschieden. Ich krame meinen Zettel mit den Hotelnamen aus meiner Tasche. »Ich schaue mal bei Google Maps nach, welches Hotel auf dem Weg liegt. Dann musst du keinen Umweg fahren.«

Espen stellt sich mir in den Weg. »Hotel? Du übernachtest bei mir. Ich kann dich nicht gehen lassen.«

»Meinst du, dass das richtig ist?« Kaum habe ich es ausgesprochen, ärgere ich mich über meine Zurückhaltung.

»Alles ist richtig, wenn es bedeutet, mit dir zusammen zu sein.«

»Okay, ich komme mit«, stimme ich strahlend zu, verdränge meine Gewissensbisse und steige in das Auto. Ich betrachte mich im Spiegel der Sonnenblende. Meine Nase glänzt, meine Wangen leuchten rot und meine Haare sehen aus, als hätte ich sie toupiert. Ich sehe völlig aufgelöst, aber glücklich aus.

Während der Autofahrt sprechen wir nicht viel. Wann immer es möglich ist, nimmt Espen meine Hand und an jeder roten Ampel küssen wir uns wie zwei Teenager. Nach einer Viertelstunde stehen wir vor dem Hotel. Es ist ein kleines Haus in der Nähe des Willamette River. Espen öffnet das Zimmer und uns erwartet ein kleiner Raum mit einem bequem aussehenden Queensize-Bett. Ich bin erschöpft von dem heutigen Gefühlschaos, aber ich bezweifle, dass ich überhaupt ein Auge zutun würde. Das bodentiefe Fenster zeigt auf den Innenhof, auf dem einige Gäste draußen unter Wärmelampen sitzen, um einen letzten Drink zu nehmen. Ich blicke über meine Schulter zu Espen, der sich hinter mich stellt und behutsam seine Arme um mich schlingt. Er strahlt eine elektrisierende Wärme aus, die ich genieße, bis ich mich zu ihm drehe, um ihn zu küssen. Da er dieses Mal nicht vor mir kniet, muss er sich herunterbeugen, während ich mich auf die Zehenspitzen stelle. Er fährt mit seinen Händen meinen Rücken hinunter und zieht mich fest an sich heran. Küssend führt er mich zum Bett und legt mich vorsichtig darauf ab. Wir ziehen uns stürmisch gegenseitig aus, stets darauf bedacht, das Küssen nicht zu unterbrechen. So sehr ich meinen Gefühlen erlegen bin, regiert mein Kopf weiter. Was hier geschieht, ist falsch, auch wenn es sich so richtig anfühlt.

»Warte.« Ich stoppe ihn, bevor er meinen BH auszieht, und ich kann selbst nicht glauben, dass ich das tue.

Er setzt sich aufrecht hin. »Alles okay?«

»Wir sollten aufhören«, platzt es aus mir heraus und ich schließe die Augen, da ich meine Forderung selbst nicht unterstütze.

»Warum? Geht es dir nicht gut?« Besorgt schaut er mich an.

Ich blicke flehend zu ihm, schweige aber.

Er bemerkt meinen Rückzug und lehnt sich zu mir rüber, um mir einen Kuss auf die Stirn zu geben. »Was ist los, Olivia?«

»Ich möchte es nicht nur für eine Nacht in Portland. Ich möchte es für immer«, flüstere ich.

»Ja, und genau das will ich auch. Auf dem Ball hast du das auch schon zu mir gesagt. Du möchtest es für mich«, erzählt Espen mir lächelnd.

»Was war auf dem Ball, Espen? Was ist dort passiert?« Mein Ton ist nicht mehr bittend, sondern flehend. Ich muss wissen, was geschehen ist.

Er setzt sich neben mich und lehnt sich an die Rückseite des Bettes. »Alles, was für mich wichtig ist, ist dort passiert. Alles.« Espens Blick ruht für einen Augenblick auf mir, ehe er fortfährt. »Unser erster Kuss, dein Geständnis, dass du mich liebst, und meine Gefühle für dich.«

»Ich würde mich so gerne erinnern«, antworte ich traurig. »Wenn ich in deiner Nähe bin, flimmern manchmal Bruchstücke in mir auf.«

»Es war unerträglich, dass du dich nicht erinnert hast.«

Ich nicke sanft. »Aber nach dem Abend wusste ich gleich, dass uns etwas Neues und Besonderes miteinander verbindet.«

»Und das wird immer so sein.« Espen dreht sich zu mir. Unsere Nasen berühren sich und er küsst mich mit voller Hingabe auf den Mund.

Meine Lippen erwidern fordernd den Kuss, bis ich mich abermals selbst stoppe. »Nein. Hör auf.«

Schwer atmend zieht er sich zurück und keucht fast flehend. »Oliv, bitte.« Er kann sich nicht mehr zurückhalten.

»Ich will dich so sehr, dass es schon weh tut. Aber es geht nicht«, flüstere ich.

»Olivia, ich will dich auch. Nur dich«, presst er hervor und reibt sich sein Gesicht.

»Du hast eine Freundin! Samira … Rosie ist so verletzt von Corey. Ich will so nicht sein.«

Espen setzt sich frontal vor mich, um mir in die Augen zu sehen. »Ich bin nicht mehr mit Samira zusammen. Nach dem Charity-Ball habe ich mich in der gleichen Nacht von ihr getrennt. Ich habe mich wie das größte Arschloch gefühlt. Aber es ging nicht anders. Nicht, nachdem ich deine Gefühle kannte«, verrät er mir.

»Darum hast du mich am nächsten Morgen besucht.« Ich streiche über seine Wange.

»Ich habe die Welt nicht mehr verstanden«, sagt Espen bitter.

»Ich wusste es nicht.« Auch wenn ich mehr als glücklich über die Trennung bin und Espen aufrichtig zu Samira gewesen ist, finde ich die Vorstellung schrecklich, dass er sich in der Nacht des Ballabends von ihr getrennt hat. »Wie geht es ihr?«

Ein liebevolles Lächeln erhellt sein Gesicht. »Das ist noch ein Grund, warum ich verrückt nach dir bin. Du interessierst dich für andere Menschen. Aiden hat sie nie akzeptiert. Rosie und Bodie waren wenigstens nett zu ihr. Samira war traurig und wütend. Sie ist es noch. Kein Wunder bei meinem Timing. Es tut mir unendlich leid, aber sie ist nicht du«, erklärt er mit harter Miene. Ich kann ihm ansehen, wie er sich selbst für die Entscheidung verflucht, auch wenn es die richtige gewesen ist.

»Weiß sie, warum du dich von ihr getrennt hast?«

»Nein, vielleicht versteht sie es deswegen noch nicht richtig. Sie glaubt fest an eine zweite Chance.«

Ich starre ihn an und schlucke schwer, da ich das Gefühl habe, mein Hals würde sich immer weiter zusammenziehen.

»Die Chance gibt es aber nicht. Ich möchte an uns beide denken«, beteuert er.

Wie in einem schlechten Film klingelt sein Handy. Er wirft einen kurzen Blick auf das Display und legt das Handy mit der Rückseite nach oben auf den Nachttisch.

Ich habe aber den Namen des Anrufers erkannt und fordere ihn auf: »Espen, geh ran.«

»Jetzt nicht. Ich kann jetzt nicht mit Samira telefonieren.«

Das Handy klingelt weiter.

»Bitte, geh ran. Es wird nicht Stunden dauern«, ermutige ich ihn, hätte aber am liebsten laut Nein gerufen, um ihm von dem Gespräch abzuhalten. Ich finde Samira überheblich und unsympathisch, und nicht nur, weil sie Espens Freundin gewesen ist. Er kann sie aber nicht ignorieren. Das schlechte Gewissen nagt an mir und meine Wünsche müssen warten.

Er nickt, nimmt ab und geht zum Telefonieren in den kleinen Eingangsflur.

Da er nur wenige Meter von mir entfernt steht, dringen auch ohne große Anstrengungen und ohne zu lauschen, Wortfetzen zu mir durch. Samira redet die meiste Zeit und Espen sagt Floskeln wie »Ich kann dich verstehen«, »Es ist besser« oder »Es ist gerade ganz schlecht«. Nach einigen Minuten verabschiedet er sich und legt sich rücklings lang ausgestreckt auf das Bett. Schweigend betrachte ich ihn, wie er in seinen schwarzen Shorts dort liegt. Ich sehe ihn zum ersten Mal bewusst fast ohne Kleidung. Meine Augen gleiten über seinen Körper – seinen Bauch mit dem feinen dunklen Haarstreifen, der sich von seiner Shorts hoch zum Bauchnabel zieht. Seine dezent definierten Muskeln sind nicht auffällig, aber ich kann trotzdem sehen, wie sportlich er ist. Mein Blick wandert zu seinem linken Arm und zu seinen drei schwarzen Tattoos. Eine kleine Retro-Videokamera ziert die Innenseite seines Oberarms. Dieses ist das Tattoo, das er sich mit sechzehn Jahren heimlich hat stechen lassen. Auf der Innenseite des Unterarms erkenne ich einen filigranen Olivenzweig und ein kleines Unendlichkeitszeichen, das ich bisher nie eindeutig sehen konnte.

Ich streiche mit meinen Fingerkuppen zart über das Tattoo. »Seit wann hast du es?«

»Seit dem College. Streng genommen seit meinem ersten Collegetag. Erkennst du es?«

»Ist das ein Olivenzweig?«, frage ich ihn.

Er nickt fast unmerklich und beobachtet mich, wie ich mit meinem Zeigefinger die Kontur des Tattoos auf seinem Unterarm entlangfahre.

Plötzlich begreife ich die Bedeutung und reiße ungläubig die Augen auf.

Ein zärtliches Lächeln umspielt seine Lippen. »Oliv. In meinen Gedanken warst du immer Oliv.«

»Das sagt niemand zu mir. Es hört sich so schön an, wenn du es sagst.«

»Oliv. Oliv. Oliv«, wiederholt er erstickt und knabbert an meiner Lippe. »Vielleicht ist das Tattoo auch viel zu kitschig oder total verrückt, aber im Sommer vor unserem ersten Collegejahr wäre ich beinahe vor Liebe wahnsinnig geworden. Ich wollte dich verewigen und dich bei mir haben. Ich hatte Angst, dich nie wieder zu sehen, und war frustriert darüber, dich immer wieder zurück nach Deutschland gehen lassen zu müssen. Zum Glück hat Aiden das Tattoo nie verstanden und es nie hinterfragt.«

Ich küsse ihn mehrmals sanft auf den Mund. »Es tut mir leid. Warum hast du nie etwas gesagt?«

»Ich weiß es nicht. So konnte ich in deiner Nähe sein. Ich hatte Angst, dass du mich ablehnst und auf Abstand gehst. So warst du da und hast dich nah angefühlt.«

»Ich war nah, aber mir war nichts klar.«

»Vielleicht mussten wir diesen Weg gehen. Hauptsache, du bist jetzt da.«

Er zieht mich an sich heran und umarmt mich hingebungsvoll. Seine Hände streichen zärtlich über meinen Rücken, umschließen meinen Po und seine Lippen liebkosen meinen Hals. Ich genieße jede einzelne elektrisierende Berührung von ihm und tue es ihm gleich. Sein Mund sucht meine Lippen, die er fordernd küsst. Ich entziehe mich spielerisch und küsse die Innenseiten seiner Arme, verharre länger auf dem mir gewidmeten Tattoo und bedecke seinen Oberkörper mit kleinen Küssen. Ein leises Stöhnen entweicht ihm und ich kann es kaum erwarten, einen Schritt weiterzugehen.

Espens Telefon vibriert abermals auf dem Nachttisch.

»Ich dachte, ich hätte den Ton ausgeschaltet«, nuschelt er und lässt sich nicht beirren. Er zieht mich wieder zu sich hinunter und sucht voller Hingabe meinen Mund.

Das Handy vibriert wieder und wieder.

»Vielleicht ist es wichtig.« Ich setze mich auf.

»Das glaube ich nicht«, brummt er.

»Dann musst du es ausschalten.« Ich schürze die Lippen und sehe ihn erwartungsvoll an.

Er schmunzelt und schnappt sich, ohne mich aus den Augen zu lassen, sein Handy, das erneut vor sich hin brummt, um es auszuschalten. »Scheiße. Ich glaube, ich habe abgenommen«, flucht er leise.

Ich blicke ihn erstaunt an.

Genervt setzt er sich auf die Bettkante und hört der anderen Person stumm zu. Er dreht sich nur flüchtig zu mir und ich kann in seinen Augen erkennen, wen er am Telefon hat – Samira. Ich nicke ihm zu, um ihm zu bestätigen, dass es für mich okay ist. Ich lege mich auf das weiche Kissen und starre an die Decke. Mein Kopf quillt fast über vor lauter innerlichen Konflikten. Am liebsten würde ich für Espen auflegen, ihn schnappen und wir würden da weitermachen, wo wir aufgehört haben. Meine eigenen Schuldgefühle verteidigen aber Samira und ich kann verstehen, warum sie Espen um nichts in der Welt gehen lassen will. In meinen Gedanken wiederhole ich in Dauerschleife alle Erinnerungen an den Charity-Ball. Ich erinnere mich an unseren Tanz, als ich mit Aiden an der Bar gestanden habe und an die Flashbacks von Espen im Keller. Für ihn ist der Abend ein Schicksalsmoment gewesen und ich kann es nicht ertragen, nur die nebulösen Erinnerungsfetzen zu haben. Meine Gedanken wandern weiter zu Aiden und unserem Kuss. Ein Kuss, der noch nicht einmal vierundzwanzig Stunden her ist, und ein Kuss, den ich vielleicht niemals Espen gegenüber erwähnen würde. Ich sehe erschöpft zu ihm, wie er versucht, Samira abzuwimmeln, und ich entschließe mich, einfach zu warten. Denn das haben wir lange genug getan, so kommt es auf ein paar Minuten nicht an. Während des Wartens werden meine Augen so schwer und müde. Ohne Gegenwehr fallen diese zu und ich schlafe die Nacht ohne Unterbrechung durch.

Kapitel 52

Ich öffne meine Augen mit Mühe einen Schlitz weit und blinzle gegen das helle Licht im Zimmer. Im Bett ist es warm und ich will Espen nicht loslassen. Espen! Ich sehe zu ihm, wie er noch tief und fest schläft. Er hat seinen Arm um mich geschlungen und ich liege eingekuschelt an seiner warmen Brust. Ich muss gestern einfach eingeschlafen sein, als er noch mit Samira telefoniert hat. Wie spät ist es? Durch das Fenster scheint die Sonne in einem warmen Gelbton in unser Zimmer. Widerwillig schäle ich mich aus Espens Umarmung und erschrecke, als ich die Uhrzeit auf meinem Handy ablese. Es ist schon nach neun Uhr. Wir haben verschlafen. Um zehn Uhr öffnet die Messe für die Besucher und spätestens dann müssen wir da sein.

»Espen, wir haben verschlafen!«, rufe ich lauter als geplant.

Jedenfalls erzeugt mein panischer Weckruf Wirkung. Espen schreckt hoch und sieht mich verschlafen an. Seine Locken sind durcheinandergewirbelt und er sieht wahnsinnig gut damit aus. Am liebsten würde ich die Messe absagen und wäre genau in diesem Bett geblieben.

»Ist etwas passiert?« Er reibt sich das Gesicht.

»Wir haben verschlafen. Wir müssen in spätestens zwanzig Minuten los«, erkläre ich ihm panisch und springe aus dem Bett.

»Scheiße. Mr. Gilbert wollte gleich am Morgen mehrere kleine

Interviews für das Video führen. Ich gehe schnell ins Bad.« Espen ist blitzschnell wach und rennt fast ins Badezimmer.

Da das Bad blockiert ist, setze ich mich wieder auf die Bettkante. Ich kann noch immer nicht glauben, dass der gestrige Tag so verlaufen ist. Allein bei dem Gedanken an Espen breitet sich ein warmes, prickeliges Gefühl in mir aus, aber selbst die Erinnerungen muss ich mir für später aufsparen. Ich krame in meiner Reisetasche und fische ein petrolfarbenes Kleid heraus. Kaum habe ich meine Klamotten vom Vortag in die Tasche gestopft, kommt Espen frisch geduscht aus dem Bad. Er muss einen Turbogang eingelegt haben. Um keine Zeit zu verlieren, verschwinde ich auch im Badezimmer. Ich dusche mich kurz ab und binde meine Haare zu einem Pferdeschwanz zusammen. Da ich auf der Messe gut aussehen und rote Wangen vermeiden möchte, die mit Espen in meiner Nähe mehr als wahrscheinlich sind, lege ich mein abdeckendes Make-up und Wimperntusche auf.

Es klopft an der Tür. »Oliv, bist du fertig? Wir müssen los.«

»Yep«, rufe ich laut und packe alle Utensilien zusammen.

Ich verlasse das Bad und stopfe meinen Kulturbeutel in meine Reisetasche, deren Inhalt mittlerweile so durcheinander ist, dass ich sie einfach offen lasse und die herausquillende Kleidung ignoriere.

Espen steht schon komplett angezogen an der Tür und wartet schmunzelnd auf mich. Er trägt unter seinem Mantel ein schlichtes dunkelgraues Shirt zu seiner dunklen Jeans.

»Wir können los«, sage ich und steuere zielstrebig die Zimmertür an.

Die Klinke bekomme ich nicht zu fassen, da Espen meine Hand nimmt und mich zärtlich gegen die Tür schiebt. Er stützt sich mit einer Hand über mir ab, während er mit seiner anderen Hand meine Wange berührt. Seine Augen scannen mein Gesicht ab und sein Atem geht schwer. Er küsst mich stürmisch und zärtlich zugleich. Nach zahlreichen Versuchen, sich zu lösen, raunt er mir zu: »So konnte ich dich nicht aus dem Zimmer gehen lassen.«

Ich kichere. »Das war eine sehr gute Entscheidung, Mr. Hays.«

Er grinst mich an und öffnet die Tür, um mich vorzulassen.

Wir kommen verspätet auf der Messe an, was im Anfangstrubel

nicht weiter auffällt. Für Espen startet der Messetag turbulent und er wird von Anfang bis Ende komplett in sein Videoprojekt eingespannt sein. Mr. Gilbert hat konkrete Vorstellungen und Ideen, die am besten alle gleichzeitig umgesetzt werden sollen. Er unterbricht ein Interview, um spontan den Standort zu wechseln, oder er lässt seine Baumaschinen verschieben, damit diese im Video besser zur Geltung kommen. Für Espen scheint alles in Ordnung zu sein und er filmt das Geschehen mit einer Seelenruhe. Ich glaube ganz fest, dass dieser Film für ihn eine willkommene Gelegenheit ist, sich auszuprobieren und seine Kamera zu testen. Ich dagegen stehe die meiste Zeit gelangweilt rum und suche krampfhaft nach irgendeiner Aufgabe. Mein Hauptjob besteht ausnahmslos darin, Werbematerialien aufzufüllen, wenn diese leer sind, und am Ende der Messe die Utensilien, die nicht an Mr. Gilberts Firma übergeben werden, in das Firmenlager von Mallow Event zu verfrachten. Espen und ich reden kaum mehr als zehn Worte miteinander und tauschen aber, wenn wir uns über den Weg laufen, eindeutige Blicke aus, die ein angenehmes Kribbeln in mir auslösen. Ich kann es kaum erwarten, wieder mit ihm allein zu sein und dieses Mal nicht von Samira gestört zu werden. Mir fällt auf: Ich habe nicht die geringste Ahnung, worüber die beiden in ihren Gesprächen gesprochen haben. Beim ersten Telefongespräch nicht und beim zweiten erst recht nicht. Der Gedanke an Samira löst ein Unwohlsein in mir aus. Ich möchte Espen nicht darauf ansprechen, da ich diejenige bin, mit der er zusammen ist, und Samira ist die verlassene Ex-Freundin. Sind wir überhaupt zusammen? Und habe ich ihm gesagt, dass ich mich in ihn verliebt habe? Hat er es ausgesprochen? Ich verfluche meinen zerdenkenden Kopf und möchte lieber den flatterigen Schmetterlingen in meinem Bauch Beachtung schenken, die mittlerweile keine Steine mehr um sich schmeißen, sondern zart mit ihren Flügeln ein wohliges Gefühl verbreiten.

Aus meinen Gedanken reißt mich das Klingeln meines Telefons. Rosie ruft an. Freudig nehme ich das Gespräch an und freue mich über die Ablenkung.

»Hey. Du rufst gerade zur richtigen Zeit an«, sage ich und setze mich auf einen der Hocker der Stehtische.

»Wenn du dich nicht meldest … Ich wollte schon eine Vermisstenmeldung rausgeben«, protestiert sie maulig.

Ich muss ihr recht geben, außer einem kurzen Lebenszeichen nach meiner Ankunft bei der Messe habe ich mich nicht gemeldet. »Entschuldige. Ich habe nicht mehr daran gedacht.«

»Wie läuft denn die Messe? Und was sagt Espen so?«, möchte sie nun viel vergnüglicher gestimmt wissen.

Keine Ahnung, was ich ihr antworten und wo ich anfangen soll. Es gibt über gestern viel zu viel zu erzählen. Wie würde Rosie es finden, dass Espen mit Samira Schluss gemacht hat, nachdem er mich auf dem Ball geküsst hat? Stattdessen antworte ich nur: »Gut. Ich habe hier nicht so viel zu tun, aber es läuft gut.«

»Langeweile hört sich nicht gut an, aber du hast doch deinen Lieblingszwilling dabei. Mehr gibt es nicht zu erzählen?«

Ich beiße mir auf die Lippe und schiele zu Espen, der mit seiner Kamera Mr. Gilbert hinterherläuft.

»Livy?«

Schließlich bricht es aus mir heraus. »Ich habe gestern vor der Abfahrt Aiden besucht und ihm gesagt, dass ich nicht mit ihm zusammensein kann, und wir haben uns zum Abschied geküsst. Espen und ich haben uns gefühlt den ganzen Abend lang geküsst. Er hat direkt nach dem Ball mit Samira Schluss gemacht, weil wir uns dort wohl gestanden haben, wie gern wir uns haben. Das habe ich wiederum vergessen. Außer an ein paar Flashbacks, die immer wieder aufblitzen, erinnere ich mich an gar nichts mehr. Und Samira ruft immer wieder Espen an, weil sie ihn zurückhaben will, und er möchte sie nicht verletzten. Ich habe ein schlechtes Gewissen, weil er sie so plötzlich verlassen hat. Vor allem ist es mir vor dir peinlich, wegen der Sache mit Corey. Aber abgesehen davon …« Ich muss kurz Luft holen, ehe ich leise hinzufüge: »Ich bin gerade der glücklichste, aber auch verwirrteste Mensch auf der Welt.«

»Okay.« Rosie lacht auf. »Du bist gerade mal vierundzwanzig Stunden weg. Wo soll ich denn anfangen, Fragen zu stellen? Aber weißt du, für mich ist nur dein letzter Satz wichtig: dass du glücklich bist. Und Espen wird es mit Sicherheit auch sein. Und Aiden wird es überstehen, obwohl er dich schon wirklich gerne mag. Da bin ich mir sicher. Denk bloß nicht weiter über Samira nach. Das ist doch eine ganz andere Sache zwischen euch beiden. Das ist etwas Echtes und er war doch sofort ehrlich zu ihr.«

»Danke, Rosie.« Mir fällt ein riesiger, nein, ein gigantischer Steinbrocken von meinem Herzen.

»Olivia, genieß es doch einfach.«

»Ja, das werde ich machen und zu Hause erzähle ich dir alles haargenau«, verspreche ich und nicke leicht, um das Versprechen zu bekräftigen.

Wir verabschieden uns.

Anstatt mein Handy wegzustecken, klicke ich auf den Chat mit Aiden und schreibe ihm eine Nachricht.

»Hi, Aiden. Ich wollte mich kurz bei dir melden. Keine Ahnung,
ob du das möchtest, aber ich würde gerne Hallo sagen.
Die Messe ist fast vorbei und uns geht es gut. Wie geht es dir?
Und ich meine die Frage ernst. Grüße das Meer und Bodie von mir.
Bye – Livy«

Ohne lange nachzudenken, schicke ich die Nachricht ab und sehe mich nach Espen um. Als hätte er mich beobachtet, sieht er zu mir herüber. Er spricht kurz mit Mr. Gilbert und kommt strahlend lächelnd zu mir.

»Hey. Ich glaube, du hast heute noch gar keine Pause gemacht«, sage ich und mein Herz schlägt plötzlich dreimal so schnell.

Er stellt die Kamera auf den Tisch und kommt dicht an mich heran. »Die Pausen hätten mich nur abgelenkt«, raunt er mir zu und seine warmen dunkelbraunen Augen leuchten.

Am liebsten würde ich ihn auf der Stelle küssen, leider ist die Messe der falsche Ort dafür. Am wichtigsten ist aber: Er ist die richtige Person.

»Die Messe ist bald vorbei und ich hatte eben den letzten Take. Mr. Gilbert und ich gehen noch mal seine Ideen durch und dann packe ich zusammen«, erklärt er und streicht liebevoll über meine Hand.

Mein Handy, das auf dem Tisch liegt, vibriert einmal kurz.

Espen sieht flüchtig hin. »Grüße Aiden von mir, wenn du ihm antwortest.« Er schultert wieder seine Kamera und geht zurück zu Mr. Gilbert.

Ich verkneife mir eine Antwort und nehme das Handy, um die Nachricht zu öffnen. Aiden hat im unpassendsten Moment geantwortet.

»Hi, Livy. Hör auf, dir Gedanken zu machen. Mir geht es gut. Zumindest irgendwie. Ich müsste lügen, wenn ich sagen würde, dass ich nicht gerne mit dir hier zusammen wäre. Aber du hast dich entschieden. Das einzig Gute an der Geschichte ist, dass ich mir keine Sorgen um dich machen muss. Ich weiß, du bist bei Espen in den besten Händen.
Ich bleibe noch bis übermorgen mit Bodie hier. Außerdem gibt es am Strand ziemlich gute Partys, für die ich jetzt wieder Zeit habe. CU – Aiden«

Ich sehe vor meinem inneren Auge, wie er mich mit seinen glanzlosen Augen anblickt. Seine Nachricht lese ich mir ungefähr fünfmal durch, ehe ich eine Antwort schreibe. Ich stimme ihm zu, wünsche beiden viel Spaß, füge hinzu, sie sollen nicht zu wild feiern und grüße ihn von seinem Bruder. Obwohl ein Gruß das Normalste der Welt ist, fällt es mir unglaublich schwer, ihn zu senden.

Die Messe neigt sich dem Ende zu. Ich beginne, mit den Mitarbeitern alle Artikel des Messestands zu verstauen, und überlasse die Werbeartikel *Gilbert Industries, Inc.* Espen packt ebenfalls sein Equipment zusammen und wir verabschieden uns von Mr. Gilbert, der uns vehement beteuert, wie zufrieden er sei und dass er uns immer wieder buchen würde. Ich kann es kaum abwarten, mit Espen in Wild Mallow Lake anzukommen.

Kapitel 53

Schweigend und schwer bepackt gehen wir zu Espens Auto. Er spricht nicht über Aidens Nachricht und ich traue mich nicht, nach Samiras Anrufen zu fragen. Auch auf Smalltalk verzichten wir und folglich spricht niemand von uns, bis wir seinen Chevy erreichen.

»Wäre es möglich, dass du mich bitte nachher vor der Agentur absetzt? Steven wartet da auf mich«, frage ich höflich. Ein zu höflicher Ton dafür, dass ich ihn am liebsten ins Auto zerren würde, um Dinge zu machen, die wir hier auf dem Parkplatz nicht tun sollten.

Espen sieht mich belustigt von der Seite an. »Wird gemacht, Ma'am.«

Ich kichere überdreht auf und zweifle mittlerweile selbst an meinem Verstand. Ständiges Zögern und Nachdenken, gepaart mit einer hohen Dosis an Liebeshormonen, lassen mich langsam durchdrehen.

Glücklicherweise kommentiert Espen mein übernervöses Lachen nicht, nimmt mir meine Tasche ab und verstaut alles im Kofferraum. Er schließt die Klappe, stützt sich darauf ab und sieht schweigend zu mir herunter. Mein Herz flattert beinahe aus meiner Brust, als ich zu ihm aufsehe. Er dreht mich mit dem Rücken zum Auto, küsst mich behutsam auf die Stirn und streicht einige Strähnen, die sich aus meinem Zopf gelöst haben, aus meinem Gesicht.

In meinen Gedanken sehe ich Espen am Ballabend vor mir und erinnere mich, dass er mich auf die Stirn geküsst hat und dass ich ihm in der Ballnacht von meinen Gefühlen erzählt habe. *»Ich wusste es selbst nicht richtig. Ich wollte es nicht einfach so. Nicht mit dir. Wenn ich mich für dich entscheide, soll es für immer sein. Nicht für einen Sommer, nicht nur eine Jugendliebe oder ein Abenteuer. Du bist für immer.«*

Abwesend starre ich ins Nichts und gehe in meinem Kopf diesen Moment etliche Male durch. Vielleicht fällt mir noch mehr ein.

»Oliv? Wollen wir los?« Espen sieht mich eindringlich an, so als hätte er die Frage schon mehrfach stellen müssen.

»Ja. Das sollten wir. Steven wartet auf mich.«

Er hebt meinen Kopf an und küsst mich mehrmals auf meinen Mund. »Komm, dann wollen wir ihn nicht warten lassen.«

Wir steigen ein und fahren los nach Wild Mallow Lake.

In meinem Kopf gehe ich ständig meine Worte aus jener Nacht durch. Wenn ich mich doch nur an noch mehr erinnern könnte …

»Du bist so still?«, fragt er und ich kann sehen, wie sich seine Kieferknochen anspannen.

»Ich war nur in Gedanken. Alles gut«, beruhige ich ihn und tauche unmittelbar wieder in den Ballabend ab. Ich sehe vor meinem inneren Auge, wie er leidenschaftlich Samira küsst, während Aiden und ich den Champagner ausschenken. Durch die Erinnerung keimt erneut dieses dumpfe Gefühl, das der Kuss in mir ausgelöst hat, auf.

Espen dreht das Autoradio lauter und aus den Boxen schallt Muse mit *»Starlight«*. In der Luft liegt eine Ungewissheit, die sich wie eine Rauchwolke explosionsartig ausbreitet. Wir beide wissen, wie sehr wir uns wollen, nur gibt es noch eine Schwelle, die wir noch nicht übertreten haben. Abgesehen davon, dass wir körperlich mehr wollen, merke ich, wie unsicher ich darüber bin, welche Rolle Samira weiterhin spielen wird, und Espen spürt diese Unsicherheit sicherlich in Bezug auf seinen Bruder.

»Hat Samira dich heute wieder angerufen?« Ich kann nicht anders. Ich muss ihn fragen.

Er dreht das Radio leiser. »Einmal, aber ich habe dieses Mal nicht abgenommen«, antwortet er mir ehrlich und sein Blick richtet sich grimmig auf die Straße.

»Habt ihr gestern noch lange telefoniert, als ich… na ja … geschlafen habe? Ich meine, was wollte sie von dir? Bestimmt müsst ihr noch einiges klären, aber trotzdem …«

Espen unterbricht mich schroff. »Und was ist mit Aiden?«

»Ich habe dir gesagt, dass ich nicht mit ihm zusammen sein möchte. Aiden hat das verstanden«, gebe ich barsch zurück.

»Hat er das? Ich habe mich von Samira getrennt. Wegen dir. Und du hast gesagt, ich soll an das Telefon gehen«, presst er hervor und blickt mich gleichzeitig wehmütig an.

Er möchte nicht streiten und ich will es auch nicht.

»Ich bin nicht in Aiden verliebt. Er bedeutet mir aber viel. In der ersten Zeit in Wild Mallow Lake war er immer für mich da. Ich habe ihn in mein Herz geschlossen, aber als Freund.« Ich widerstehe dem Drang zu weinen. Ich kann nicht bei jeder aufkeimenden Emotion in Tränen ausbrechen.

»Ja, er war für dich da. Trägst du deshalb noch sein Armband?«

Ich schiebe meinen Ärmel hoch und betrachte das Lederband. »Woher kennst du es?«

»Ich war mit auf dem Mittelaltermarkt und vergiss nicht: Ich wollte anfangs Aiden und dich verkuppeln. Außerdem habe ich das Armband mit ausgesucht.«

Ich runzle die Stirn und frage überrascht: »Du hast ihm geholfen, es auszusuchen?«

»Ja.«

Ich drehe das dünne Leder an meinem Handgelenk. »Ich mag es und finde es hübsch.« Ich schaue ihn abwartend an, gespannt, wie er reagiert.

Er lässt sich nicht ärgern und antwortet cool: »Das habe ich mir beim Aussuchen auch gedacht.«

Ich lächle ihn entwaffnend an, um ihm zu zeigen, dass ich ihn nicht ärgern möchte. »Als Team seid ihr wohl wirklich unschlagbar. Das darfst du nie vergessen.«

Er zieht die Augenbrauen hoch und schmunzelt. »Ich durchschaue, was du vorhast.«

Ich zucke entschuldigend mit den Schultern. Ein anderes Thema liegt mir noch auf der Seele. »Warum wolltest du Aiden und mich verkuppeln?«

»Erst dachte ich, Aiden würde nur flirten. Wie er es gerne mit Frauen macht.«

»Aber so war es nicht.«

»Nein, er empfindet mehr für dich. Viel mehr.«

»Habt ihr euch wegen mir gestritten?« Auch wenn ich es erst nicht wahrhaben wollte, kenne ich die Antwort bereits, aber ich möchte sie von ihm hören.

»Ja. Nach dem Charity-Ball kochte in mir alles hoch. Ich wollte ihn nicht mehr verkuppeln. Er sollte aufhören, mit dir zu flirten, und keine Gefühle mehr für dich haben. Als wenn das so einfach wäre …«

Ich schlucke schwer bei seinen offenen Worten. »Was ist mit dir? Warum warst du immer so ablehnend?«

»Wie so ein dämlicher Märtyrer wollte ich euch nicht im Weg stehen. Ich wollte mich mit Samira zufriedengeben und euch euer Glück gönnen. Konnte es aber gleichzeitig nicht ertragen, euch beide zusammen zu sehen. Ich wäre beinahe durchgedreht.« Espen stiert mit festem Blick nach vorn. »Aber dann kam der Ball und plötzlich warst du da.«

»Ich bin da«, ergänze ich.

»Ja, du bist da.« Espen konzentriert sich auf die Straße.

Schweigend starren wir auf den vorbeiziehenden Freeway. Erledigt vom sinnlosen Herumstehen auf der Messe und meinen aufploppenden Gefühlen, die ich lange genug unterdrückt habe, lehne ich mich im Sitz zurück und lausche halbherzig dem ausführlichen Wetterbericht für die nächsten Tage. Der nächste Song wird angekündigt. Es ist die erste Single *»My Own Night«* von den Willow Hunters, der Coverband aus Wild Mallow Lake. Das Lied, das sie auf dem Ball gespielt haben. Als ich mir eingebildet habe, ich würde mit Espen tanzen. Ich spüre die Enttäuschung, die ich nach dem Tanz gefühlt habe, wieder in mir aufkeimen. Espen stellt das Radio lauter und streicht sich angespannt durch die Haare. Ich drehe mich verwundert zu ihm und er erwidert nur beiläufig meinen Blick, um sich wieder auf den Verkehr zu konzentrieren.

»Breaking the nightwaves, be ready, be ready«, stimmt die Sängerin kraftvoll das Lied an. *»You are in my thoughts, in the endless nights, over all these years, caught in the raging storm and cannot escape.«*

Meine Gedanken rattern und einzelne Szenen des Ballabends durchfluten mich. Ich weiß wieder, wie ich in den Keller gelaufen bin, und da ist er gewesen. Wir waren in diesem Lagerraum – allein. Ich schlucke schwer und blicke irritiert zu Espen, der mich ansieht, als würde er genau wissen, was in mir gerade passiert.

»I see you in my own night. I feel you in my own night. I notice you in my own night. I touch you in my own night.«

Die Flashbacks überkommen mich und nehmen ihren ursprünglichen Platz in meinen Erinnerungen ein. Wie von Zauberhand setzen sich die Fragmente zusammen und alles ergibt einen Sinn. Ich erinnere mich …

Ich falle und Espen fängt mich auf.

Entsetzt starrt er in mein verweintes Gesicht und fragt fürsorglich: »Kannst du aufstehen? Tut es sehr weh?«

Es ist naheliegend, dass er denkt, meine Tränen kämen von dem Sturz.

»Es geht. Ich würde mich freuen, wenn einer meiner Knochen gebrochen wäre. Das wäre einfacher. Aber das ist nicht der Fall.« Umständlich drücke ich mich mit den Händen nach oben, bis ich wieder aufrecht stehe. Meine Beine zittern und die hohen Schuhe helfen mir nicht dabei, das Gleichgewicht zu halten. Kurzerhand ziehe ich sie aus und werfe sie ein Stück von mir weg.

Espen betrachtet verwundert meine daliegenden Schuhe, die sich im Flur verteilt haben, und wendet sich mir zu. »Olivia?«

Seine Anwesenheit überfordert mich. Wortlos schleiche ich barfuß den Flur entlang, um auf der Toilette zu verschwinden. Ich entdecke am Ende des Flurs eine kleine Nische, die als Lager benutzt wird. Hier habe ich mehr Ruhe. Ich gehe hinein und lehne mich an die kühle Wand. Ich habe wieder das Gefühl, atmen zu können. Vielleicht wird er einfach wieder nach oben gehen und mich hier allein lassen. Obwohl ich genau das Gegenteil annehme und mir das Gegenteil wünsche.

»Olivia? Was ist los? Hast du zu viel getrunken?« Espen folgt mir in den kleinen Abstellraum und kneift besorgt die Augen zusammen.

»Was soll schon los sein? Geh doch einfach wieder nach oben zu deiner

Freundin und tanz weiter mit ihr«, fauche ich ihn an. »Ich bleibe hier unten.«

»Ich lass dich nicht einfach so hier stehen.«

Ich schüttle den Kopf und weiß selbst nicht mehr weiter. Hätte ich bloß nicht diese Shots getrunken und hätte ich bloß nie getanzt. Und hätte ich mich bloß nie in Espen verliebt. »Warum kümmert es dich? Aus Nettigkeit, weil Aiden dein Bruder ist?«

»Ja, weil Aiden viel an dir liegt und weil ich … ich möchte, dass es dir gut geht.« Seine Antwort ist beherrscht und macht mich immer wütender.

»Natürlich«, sage ich und füge frustriert hinzu: »Warum auch sonst?«

Espen schüttelt leicht den Kopf. »Warum bist du so wütend?«

»Warum bist du es nicht? Warum bist du nicht wütend? Nie.« Ich schaue ihn verzweifelt an und meine Tränen laufen hemmungslos über meine Wangen.

Anstatt mir zu antworten, kommt er näher und wischt mit seinen Daumen vorsichtig meine Tränen aus dem Gesicht.

Leise sage ich: »Ich war mir so sicher, dass du es eben auch gespürt hast.«

Die Verbindung beim Tanzen ist für mich so real gewesen, aber wahrscheinlich nur in meiner eigenen Welt.

»Was denn, Olivia? Was soll ich bemerkt haben?«

»Der Tanz? Broke the nightwaves and we are ready«, flüstere ich.

Schweigend schaut er mich an und bewegt sich nicht.

Ich liege so falsch.

»Ich muss mich bei dir entschuldigen. Für dich war da nichts und das kann ich dir nicht vorwerfen.« Ich lache bitter auf und lasse die Bombe platzen. »Und ich habe mir eingebildet, dass du mal in mich verliebt warst. Was für eine lächerliche Idee von mir. Und weißt du, was noch absurder ist? Ich dachte tatsächlich, wir würden vielleicht ein Paar werden.«

Quälende Stille breitet sich um uns herum aus und packt uns in ein Vakuum.

»Was hast du gesagt?« Espen durchbricht diese Stille und starrt mich regungslos an.

Ja, warum habe ich das gesagt?

»Tut mir leid. Ich sollte aufhören zu reden. Ich gehe wieder nach oben«, stammle ich und versuche, mich an ihm vorbeizudrängen.

Espen versperrt mir den Weg und macht keinerlei Anstalten, ihn frei zu machen. Stattdessen kommt er näher an mich heran. Ich lehne mich wieder an die Wand, die mir Halt gibt, da meine Beine, weich wie Pudding, langsam nachgeben. Er fixiert mich mit seinen Augen und darin spiegeln sich eine Leidenschaft und Hingabe wider, die ich bei ihm noch nie gesehen habe. Er stützt sich mit beiden Händen neben meinem Kopf an der Wand ab und kommt mit seinem Gesicht noch näher an mich heran. Seine Nähe und sein Duft machen mich verrückt.

»Espen. Ich wollte nicht …« Erstickt versuche ich, mich zu erklären.

Er atmet schwer und blickt mich schmerzvoll an. »Willst du das wirklich wissen?«

»Ja«, flüstere ich und mehr Worte kann ich nicht sagen.

»Wenn du wüsstest, Olivia. Du weißt gar nichts. Niemand weiß etwas.«

Ich schlucke schwer.

Espen geht wieder ein Stück zurück und schaut mich gequält lange an. Ich kann dunkle Schatten unter seinen Augen erkennen. »Ich war mir nie sicher, was ich machen soll. Oder wie. Oder wann. In alles bin ich reingerutscht und habe das gemacht, was für andere richtig war. Aber in einer Sache bin ich mir sicher. Immer! Ich bin mir sicher, dass ich dich liebe. Ja, Olivia. Ich liebe dich. Schon früher, heute und für immer.«

Mein Körper erstarrt, während meine Gedanken rattern, und ich versuche, mich zu konzentrieren. Hätte ich bloß nicht so viel getrunken!

»Und ja, ich habe eben genauso gefühlt wie du. Ich habe mit dir getanzt, dich berührt und hätte dich am Ende küssen sollen.«

Ich schließe die Augen und atme vor Erleichterung aus. Erleichtert, weil ich mir das Gefühl nicht eingebildet habe und weil er mich liebt. Er liebt mich!

»Beim nächsten Tanz halte ich dich in meinen Armen und lasse dich nie wieder los.« Espen kommt näher und küsst mich sanft auf die Stirn. Sein Brustkorb bewegt sich schwer auf und ab, so als würde eine riesige Last darauf ruhen.

Meine Worte sind verschwunden, obwohl ich Tausende zu sagen hätte. Ich lege meine Hände an seinen Kopf und streichle seine Wangen, seinen Nacken und fahre durch seine Haare. Wie viele Nächte habe ich mir vorgestellt, wie es wäre, ihn zu berühren, aber es ist so anders und so viel schöner. Er schließt die Augen und genießt meine Berührung. Vorsichtig senkt er seinen Kopf. Unsere Nasenspitzen streichen übereinander, aber unsere Münder bleiben einander fern. Wir atmen schwer.

»Warum willst du dann, dass ich mit Aiden zusammen bin? Das muss dir

doch wehtun.« Meine Hände streifen seine Arme, seine Schultern und seinen Rücken, um dort zu verharren.

»Aus dem gleichen Grund, warum ich seine Videos filme. Ich helfe ihm, obwohl er mich nie darum gebeten hat. Ich fühle mich verantwortlich. Ich mache einfach das, was ich immer gemacht habe.«

»Du musst auch an dich denken und ich glaube, Aiden kommt sehr gut alleine zurecht«, sage ich leise zu ihm und umschließe mit meinen Händen wieder sein Gesicht. Ich kann nicht genug davon bekommen, ihn zu berühren.

Espen nimmt seine Hände von der Wand und tut es mir gleich. Er streichelt meine Wangen und streicht mit seinen Daumen andächtig über meinen Mund. Sein Gesicht kommt langsam näher und unsere Lippen berühren sich so sanft wie zwei Federn. Warme Impulse durchströmen mich und ich kann nicht glauben, was gerade geschieht. Von Sekunde zu Sekunde steigert sich die Intensität des Kusses. Wir lösen die Lippen immer wieder, nur um uns noch intensiver zu küssen. Aus einem winzigen Glücksgefühl wird ein rauschender Bach, der durch meinen kompletten Körper schießt. Zärtlich liebkost Espen meinen Hals und fährt mit seinem Mund unerträglich langsam zurück zu meinem, bis seine Lippen gierig wieder meine finden und unsere Zungen sich im Einklang bewegen.

Unvermittelt stoppt er den Kuss und lächelt mich bitter an. »Und letztendlich macht es keinen Unterschied, ob du mich zurückliebst. Meine Gefühle sind immer gleich. Ich liebe dich immer – egal ob du mich liebst oder nicht.«

Ich atme stoßweise und flüstere: »Du warst immer so abweisend. Ich dachte, ich wäre dir egal.«

»Anders konnte ich es nicht aushalten und ich hatte doch keine Ahnung. Wir haben uns so lange nicht gesehen«, gesteht er mir. Zärtlich streicht er über meine Wunde an der Schläfe. »Und plötzlich warst du beim Bonfire einfach da. Wie aus dem Nichts.«

Ein Schauer überzieht meinen Körper. Seine Berührung der heilenden Wunde tut nicht weh, sie hat etwas Sinnliches.

»Ich wusste es selbst nicht richtig. Ich wollte es nicht einfach so. Nicht mit dir. Wenn ich mich für dich entscheide, soll es für immer sein. Nicht für einen Sommer, nicht nur eine Jugendliebe oder ein Abenteuer. Du bist für immer«, sage ich leidenschaftlich.

»Ab jetzt bin ich verloren. Du bist so wunderschön. Du raubst mir den Verstand.« Er lässt voller Hingabe seine Hände über meine Arme gleiten,

umfasst meine Hüfte und zieht mich zu sich heran. Meinen Hals bedeckt er mit kleinen Küssen, die eine prickelnde Spur hinterlassen. Ich streiche durch seine Locken und ziehe seinen Kopf wieder an mich heran. Erneut küssen wir uns stürmisch. Auch wenn mein Verstand durch den Liebestaumel und Alkohol vernebelt ist, vergesse ich nicht, dass Espen eine Freundin hat, die er heute Abend innig geküsst hat. Bei dem Gedanken daran erstarre ich.

»Ist alles okay?« Er merkt sofort, dass meine Körperspannung sich verändert.

»Du bist mit Samira zusammen und du hast sie vorhin sehr intensiv geküsst.« Allein bei der Erinnerung dreht sich mein Magen um.

»Ich bin mit ihr zusammengekommen, als ich es nie für möglich gehalten habe, dass du Interesse an mir hast«, erklärt er mir aufrichtig.

»Und der Kuss? Vorhin an der Bar.« Mein Magen hört nicht auf zu krampfen.

»Ich wollte mir beweisen oder eher mich selbst davon überzeugen, dass es zwischen Samira und mir funktioniert. Vielleicht auch aus Trotz wegen Aiden und dir. Aber sie ist nicht du. Niemand ist wie du.«

»Es tat weh«, gestehe ich ihm.

»Dich mit Aiden zu sehen, tut genauso weh. Es ist wie eine Folter für mich. Er ist mein Bruder. Das macht es doppelt schwer.« Espen geht etwas auf Abstand und fragt mich ernst: »Was ist zwischen Aiden und dir?«

»Aiden und ich …«, beginne ich zu erzählen, aber ich komme nicht weiter, da Espen anfängt, sich zu drehen, und mir schlecht wird. Meine Beine sacken weg und ich stöhne. »Mir wird ganz komisch.«

Er fängt mich auf und setzt mich auf einen der größeren Kartons. »Das war heute alles etwas viel. Du brauchst frische Luft.« Er kniet sich vor mich und streicht mir die Haare aus dem Gesicht.

Ich schließe die Augen und will diesen Moment zwischen uns nicht aufgeben. Nicht jetzt. Es hat gerade erst begonnen.

Espen nimmt meine Hand und streichelt sie mit seinem Daumen. »Ich versuche, dich jetzt nach oben zu bringen. Kannst du aufstehen?«

»Ja.« Ich nicke leicht und stehe mit seiner Hilfe schwankend auf.

Er fasst zärtlich unter meine Arme und führt mich in den Flur, um mich nach oben zu bringen.

Kaum sind wir um die Ecke gebogen, da höre ich Rosies aufgeregte Stimme …

Wie konnte ich das vergessen?

Während der letzten Töne des Songs parkt Espen sein Auto vor der Agentur und schaltet den Motor aus. Gedankenverloren öffne ich meinen Anschnallgurt und drehe mich zu Espen.

»Broke the night waves and we are ready«, beendet die Sängerin das Lied.

Ja, ich bin bereit. Bereit, alle Zweifel feierlich zu verbrennen und zu lieben. Ihn zu lieben! Spontan knie ich mich auf meinen Platz und küsse ihn rückhaltlos ohne Scheu oder Befürchtung. Espen hält mich fest, damit ich in meiner unbequemen Haltung nicht zur Seite wegrutsche. Leidenschaftlich erwidert er meinen Kuss und fordert mehr davon.

»Ich erinnere mich. An uns … an alles«, hauche ich leise. Zu groß ist die Angst, mir alle Erinnerungen nur eingebildet zu haben.

Espen schließt erleichtert die Augen. »Auf die Idee mit dem Lied hätte ich mal vorher kommen sollen.«

»Warum hast du nichts gesagt?«

»Ich wollte es. Am nächsten Morgen. Aber Rosie war so fertig wegen Corey, dann kam der Streit mit Aiden wegen dir und du warst nie alleine. Und was sollte ich zu dir sagen? Ach, Olivia, übrigens: Wir haben uns auf dem Ball unsere Liebe gestanden und ich wäre sehr gerne mit dir zusammen.«

»Vielleicht hättest du mir nur etwas mehr auf die Sprünge helfen müssen.«

Er atmet schwer aus. »Ja … keine Ahnung. Du solltest es selbst fühlen und Aiden war immer bei dir.«

»Ich werde nie wieder etwas von uns vergessen. Nie wieder«, beteuere ich ihm.

»Jetzt sind wir ganz.« Er streichelt meinen Rücken.

Für mich gibt es kein Halten mehr. Ich lege fordernd meine Lippen auf seine und rutsche dabei näher zu ihm, um auf seinen Schoss zu klettern. Ich will seine Nähe spüren.

Er drückt mich sanft zurück und flüstert: »Oliv!«

Ich lasse mich nicht beirren und probiere es erneut.

»Olivia!«, sagt er energischer und unterdrückt ein Grinsen.

Ich weiche zurück und sehe ihn verdutzt an. Ich möchte keine Ablehnung mehr.

Espen grinst beschämt. »Steven steht in der Eingangstür und schaut zu uns rüber. Ich glaube, er wartet auf dich.«

Ich beiße mir auf die Lippe und sehe zu Steven, der uns unauffällig beobachtet. »Oh, Mist.« Ich kichere.

Espen lacht leise und schiebt mich wieder zurück auf den Sitz. »Geh jetzt zu ihm. Umso schneller habe ich dich wieder. Und vielleicht haben wir dann eine Nacht zusammen, in der wir uns keine Gedanken über Samira und Aiden machen müssen. Eine Nacht nur für uns.«

Ich strahle ihn an und steige aus, um zu Steven zu gehen.

Kapitel 54

Ich reiße im Lager die Kartons auf und versuche, so schnell wie möglich alle Utensilien zu verstauen. Hektisch erzähle ich Steven von der Messe. Er freut sich über die Neuigkeit, dass die Messebesucher von den bestellten Werbeartikeln begeistert gewesen sind, und kramt aus seiner Mappe einige Listen hervor, um diese mit mir durchzusehen. Innerlich brenne ich darauf, das Lager zu verlassen, um zu Espen zu fahren. Ich kann nicht mehr warten.

Steven hält inne und schaut mich durch seine großen Brillengläser hindurch an. »Du bist aber ganz schön durch den Wind, Olivia. Der Junge scheint dir wirklich den Kopf verdreht zu haben.«

Es ist mir unangenehm, dass Steven uns beim Knutschen beobachtet hat, und ich würde das Thema am liebsten komplett umgehen. Ich deute nur ein flüchtiges Lächeln an.

Er nickt kurz und berichtet mir beiläufig: »Wir müssten noch ein zusätzliches Konzept für eine Firmenfeier durchgehen. Das dauert bestimmt nur eine Stunde.«

Ich reiße die Augen auf und sehe nach draußen, wo es langsam dämmrig wird. »Heute? Wollen wir das nicht morgen machen?«

Steven kneift streng die Augen zusammen, lacht aber im nächsten Moment herzhaft auf. »Ach, Olivia, tut mir leid. Ich konnte nicht anders. Du hättest dein Gesicht sehen sollen. Mach schnell Feierabend und ich sage Owen, dass du morgen etwas später zur Arbeit kommst.«

Ich atme erleichtert aus und bin beeindruckt von seiner schauspielerischen Leistung. »Danke. Du bist ein Schatz. Bis morgen.«

»Das kann ich nur zurückgeben. Ich bin dir noch etwas für die Vertretung auf der Messe schuldig.«

»Nein, auf keinen Fall. Die Messe war das Beste, was mir passieren konnte.«

»Das glaube ich auch. Ich habe noch gute Nachrichten. Victoria wird übernächste Woche wieder ins Büro kommen.«

»Das freut mich.«

»Und mich erst.« Er ist sichtlich erleichtert und streicht seine gegelten Haare zurück.

»Sag mal, kann ich mir den Van bis morgen leihen?«

»Sicher. Aber gegen Mittag braucht Owen ihn wieder.« Er hält mir die Schlüssel entgegen.

»Das schaffe ich«, rufe ich und schnappe mir den Schlüssel.

Ein paar Minuten später sitze ich in dem bunten Van und bin auf dem Weg zum Hausboot. Mein Bauch kribbelt vor Vorfreude und ich hoffe inständig, Espen ist zu Hause und nicht auf die Idee gekommen, noch wegzufahren. Ich halte am *Mallow Market*, dem kleinen, überfüllten Supermarkt, und komme einige Minuten später mit einem Träger Bier, einer Flasche Sprite und einer Packung Pfefferminzkaugummi heraus. Bei *Freddys Pizza* kaufe ich zwei vegetarische Pizzen. Das Kaugummi kaue ich für den Rest der Fahrt, da mein Atem nach dem langen Tag nicht mehr ganz so frisch ist. Erleichtert sehe ich am Pier Espens Chevrolet stehen und parke direkt neben ihm. Bepackt mit meiner Reisetasche und den Einkäufen laufe ich zu dem Hausboot.

Da ich keinen Arm frei habe, trete ich kräftig mit dem Fuß gegen die Tür, die durch den Stoß scheppernd wackelt. Dieser Moment ist alles andere als romantisch.

Espen öffnet die Tür und sieht mich grinsend an. »Hi. Du bist es. Ich dachte schon, Hagrid würde zu Besuch kommen.«

Ich verdrehe die Augen und zucke mit den Schultern. Größentechnisch könnten Hagrid und ich nicht unterschiedlicher sein. Optisch, hoffe ich, ebenfalls. »Tut mir leid, aber ich nehme dich heute nicht mit nach Hogwarts.«

»Ich möchte heute auch nicht nach Hogwarts. Ich bleibe lieber hier. Planst du eine Party?« Er nimmt mir die Pizzen und den Träger Bier ab.

Ich stelle meine Tasche neben die Couch und drehe mich zu ihm um. »Ich schulde dir noch ein Bier. Ich habe dir das damals am North Jetty Beach versprochen.«

»Schon dort hätte ich dich am liebsten nicht mehr gehen lassen. Eure Wette hat mich total aus der Bahn geworfen. Der Vorteil ist, dass wir hier keine Papiertüten benötigen.« Er kommt näher auf mich zu.

»Passt perfekt, denn ich habe wieder keine mit«, erwidere ich sanft und denke an unseren Sandboarding-Ausflug zurück. Ein flüchtiges Lächeln fliegt über mein Gesicht.

»Woran denkst du?« Er streicht mir zärtlich eine Haarsträhne aus dem Gesicht.

»An unsere erste Berührung beim Sandboarding. Als du mir das Stativ gegeben hast, habe ich ein Kribbeln gespürt, als unsere Hände sich zufällig berührt haben. Wie ein Stromschlag. Zumindest fühlte es sich für mich so an.«

Espen fährt mit seinen Daumen an meinen Wangen hinunter. »Ich habe es auch gespürt. Nur muss ich dich dafür aber nicht berühren. Das ist bei mir ein Dauerzustand, wenn ich dich sehe. Egal wann ich dich in meinem Leben getroffen habe, fühlte ich mich wie elektrisch aufgeladen.«

Ich ziehe ihn zu mir herunter und lege gelöst meine Lippen auf seine.

Espen unterbricht den Kuss und fragt: »Möchtest du etwas von dem Bier oder ein Stück Pizza?«

»Die Pizza und das Bier sind mir so was von egal«, hauche ich und küsse ihn erneut.

Atemlos löst Espen abermals seinen Mund von meinem. »Warte ganz kurz hier. Nicht einschlafen, betrinken oder weglaufen. Ich bin gleich wieder da.«

Ich sehe Espen hinterher, bevor er im Schlafzimmer verschwindet. Aus seinem Zimmer höre ich, dass sich Schubladen öffnen, er etwas durchwühlt und durch die Gegend läuft. Einen Moment später kommt er wieder zu mir zurück. Er hat ein rechteckiges Geschenk in der Hand. Nervös streicht er sich durch die Haare und übergibt es mir. »Happy Birthday nachträglich. Das wollte ich dir eigentlich am Morgen deines Geburtstags geben.«

Ich bedanke mich und öffne gespannt das in zartrosafarbenes Papier verpackte Geschenk. Zum Vorschein kommt ein gerahmtes Bild von mir, wie ich beim Sandboarding freudestrahlend einen Sandhügel hinunterfahre. Nicht nur ich bin auf dem Foto perfekt getroffen, sondern auch die Landschaft. Der Sand leuchtet in der dunkelgelben Sonne rostrot und durch den Wind wirbeln kleine Sandverwehungen um mich herum auf.

Espen schluckt schwer. »Wenn wir gerade vom Sandboarding reden …«

Ich kann meinen Blick nicht von dem Foto abwenden. »Es ist atemberaubend. Und das sage ich nie über Bilder von mir selbst.« Ich sehe ihn an und flüstere: »Vielen Dank. Ich liebe es. Und ich liebe dich, Espen.«

Er atmet erleichtert aus und blickt mich mit seinen Augen begehrend an. »Oliv. Ich liebe dich. Ohne dich war ich nur halb.«

Wie hypnotisiert starre ich ihn an.

Espen nimmt mir das Bild ab und legt es auf das Sofa. Er zieht mich dicht an sich heran. Unsere Lippen berühren sich wie selbstverständlich und wir bekommen nicht genug. Ab jetzt brauchen wir keine Worte, keine Erklärungen oder Entschuldigungen mehr. Wir brauchen nur uns. Mit einem Ruck hebt Espen mich nach vorn hoch. Mir entlockt dies ein überfordertes Kichern, da mich, seitdem ich ein Kind gewesen bin, niemand mehr getragen hat. Er trägt mich in sein Zimmer, ohne unseren Kuss zu unterbrechen. Dort erwartet mich eine romantische Stimmung, mit der ich nicht gerechnet habe, aber das Poltern aus Espens Zimmer von eben erklärt. Die Vorhänge sind halb zugezogen und statt Licht zu machen, hat Espen einige Kerzen angezündet. Wie in einem Traum blicke ich zu seinem Bett und begreife kaum, was gleich dort geschehen wird. Nie habe ich einen Menschen mehr gebraucht und mehr begehrt. Er lässt mich langsam an seinem Körper hinuntergleiten, bis ich wieder zittrig auf meinen Füßen stehe. Mit warmen Händen streicht er sinnlich von meinem Gesicht über den Hals und die Schultern bis zu meinen Armen. Die Spur seiner Finger hinterlässt eine betörende Hitze, die sich den Weg durch meinen Körper bahnt und ein Feuer in meinem Unterleib entfacht, das sich viel zu lange zurückgehalten hat. Das wohlige Ziehen entlockt mir ein leises Stöhnen und meine Atmung wird unregelmäßig. Ich nehme seine Hände und führe diese an meinen Mund, um sie zu küssen. Zart und vorsichtig gleiten meine Lippen über seine Handrücken bis zu seinen Fingern. Jede einzelne Fingerspitze küsse ich sanft. Behutsam löst er diese, ohne seine Augen von mir abzuwenden. Seine Pupillen sind geweitet und sein Blick verdunkelt sich zusehends vor Verlangen. Langsam kommt er näher und streift mir mein Kleid ab. So sanft, fast bedächtig, als würde er jeden Moment in sich einsaugen, um ihn nie zu vergessen. In aller Ruhe entkleiden wir uns gegenseitig, bis wir in Unterwäsche voreinanderstehen. Mit vor Anspannung zitternden Händen greife ich nach seiner schwarzen Boxer-Brief, um diese behutsam herunterzuziehen, und schnappe lautlos nach Luft, als er nackt vor mir steht. Ich sehe ihn nicht nur ohne Kleidung, sondern ich sehe sein Verlangen und wie er auf mich reagiert – seine Erregung. Er registriert meinen auf seinen Schritt gerichteten Blick und mit einem wissenden Lächeln zieht er mich fordernd näher an sich heran. Ich spüre ihn an meinem Bauch und streichle über seinen angespannten Rücken, um ihm nah zu sein. Um ihn zu fühlen. Seine Hände gleiten genießend und betörend an meiner Wirbelsäule hinunter. Wirbel für Wirbel. Zentimeter für Zentimeter. Bis er meinen BH-Verschluss erreicht und diesen geschickt löst, sodass die Träger behutsam von meinen Schultern rutschen und das rosa Spitzenbustier zu Boden fällt. Mein Atem wird schnell und unkontrolliert. Wie gebannt starren wir uns an, unfähig wegzusehen. Mit seinen Daumen fährt er unerträglich langsam an dem Rand meines Slips entlang, bis er diesen greift, langsam über meinen Po schiebt und mit beiden Händen streichelnd an meinen Beinen hinuntergleiten lässt. Mit einem erstickten Lächeln löst er seinen Blick von meinem und lässt diesen über meinen Körper wandern. Espens Atem gerät ins Stocken, als er mich nackt sieht und mir ergeht es nicht anders. Fast andächtig betrachtet er jede Stelle meines Körpers und es fühlt sich genau richtig an. Ich habe mich noch nie in meinem Leben so begehrenswert und schön gefühlt. Ich will mich nicht verstecken, ich will mich zeigen und er soll mich sehen. Seine Hände gleiten fordernd von meinem Po über meinen Bauch bis zu meinen Brüsten. Die prickelnden Berührungen legen eine zarte Gänsehaut über meinen Körper, der mehr möchte. Behutsam streichelt er über meine Nippel, die so empfindsam sind, dass ich aufstöhne und näher an ihn herangehe. Ich schlinge meine Arme um seinen Hals und drücke mich an ihn, um seine Haut zu spüren. Ihn zu berühren. Mit meiner Hand umfasse ich sanft seine Erektion und streiche mit meinem Finger über seine empfindlichste Stelle. Erst langsam, dann immer schneller und fordernder. Ein raues Stöhnen entweicht ihm dicht an meinem Ohr und er flüstert fast lautlos: »Du bist so schön. So viele Nächte habe ich an dich gedacht und mir gewünscht, bei dir zu sein.«

»Höre niemals damit auf. Niemals.« Ich ziehe ihn zu mir, um seine Lippen zu schmecken. Dieser Kuss ist Intimität und innere Verbindung. Wir legen uns küssend auf das Bett, ohne die Blicke voneinander abzuwenden. Mein Kopf liegt auf seinem weichen Kopfkissen, das mir Halt gibt, während mein gesamter Körper sich schwerelos anfühlt. Espen beugt sich über mich und ich atme tief seinen Duft ein: Zitronengras und Meeresbrise. Wie der Ozean, aber keine ruhige See, nein. Ein tosender Strudel, der mich voll und ganz einnimmt. Espen küsst meinen Hals und fährt mit seinem Finger seelenruhig von meinem Schlüsselbein über mein Dekolleté bis zu meinem Becken. Jede Berührung löst einen wohligen Schauer in mir aus und verstärkt die Vorfreude auf das, was gleich geschehen wird. Seine Hände gleiten behutsam zwischen meine Beine und erkunden fordernd meine Mitte, während sein Mund meine Brust liebkost und die Bewegung seiner Zunge mich in den Wahnsinn treibt. Mit seinen Fingern erkundet er meine empfindlichsten Stellen so geschickt, dass ich mich aufbäume. Gleichzeitig küsst er meinen Busen und gleitet dann mit seinen Lippen an meinem Körper hinunter. Meinen Bauchnabel umkreist er spielerisch, bis er den Weg nach unten weiter fortsetzt. Ich vergrabe meine Hände in seinen Haaren und habe das Gefühl zu explodieren, als sein Mund seine Finger erreicht und sie mich zusammen verwöhnen. Ich seufze erregt auf und will mehr. Ich will ihn ganz und schiebe ihm mein Becken entgegen. Espen bemerkt meine Ungeduld, schaut mich verspielt grinsend an und gleitet, als möchte er mich reizen, in aller Ruhe meinen Körper küssend zu mir herauf, bis seine Lippen meinen Hals erreichen.

»Bist du bereit?«, raunt er mir leise in mein Ohr und knabbert daran.

»Noch nie im Leben war ich so bereit. Ich will nur dich«, hauche ich.

Espen löst sich lächelnd und kramt aus seiner Nachttischschublade ein Kondom. Ich beobachte ihn, wie er sich dieses gekonnt überzieht und die Packung neben das Bett schmeißt. Er beugt sich über mich und zieht mich in seinen Bann. Vorsichtig setzt er an und gleitet sanft stückchenweise in mich hinein. Mein Körper schiebt sich ihm entgegen, um ihn komplett in mir aufzunehmen. Ich kann nicht mehr warten. Seine Augen fixieren mich begehrend und mit einem Ruck füllt er mich vollständig aus. Ich halte den Atem an, den ich aber nach einigen Stößen wohlig wieder aushauche. Espen bewegt sich erst langsam, wird aber mit jedem erneuten Eindringen schneller und fordernder. Für ihn gibt es auch kein Halten mehr. Ich giere danach, ihm zuzusehen, wie er sich über mir bewegt, seine Erregung zu spüren und sein leises Aufstöhnen zu hören. Es ist, als wären wir füreinander gemacht und würden zu einer Einheit werden, unfähig, sich jemals wieder von dem anderen zu lösen.

»Nur du. Oliv. Nur du.« Elektrisierend wandert er mit seinem Mund meinen Hals entlang.

Seine Lippen verschlingen meine und wir stöhnen auf. Unsere Zungen treffen sich, umkreisen sich gierig und verlangen nach mehr. Das ist die Leidenschaft, die ich gewollt habe und die ich mir immer gewünscht habe. Unser Rhythmus wird schneller und ich verliere mich in Zeit und Raum. Begehren wird zu Lust und wandelt sich in Verlangen. Wir bekommen nicht genug voneinander. Unsere Körper, unsere Münder und unsere Hände … Ich fahre mit meinen Fingern über seinen Rücken und presse ihn an mich, um ihn komplett zu spüren: seine Haut, seinen schnellen Atem, seine Küsse, seinen Herzschlag und seine Begierde. Wie in einer anderen

Welt fühle, schmecke und rieche ich nur ihn und kann mir nicht vorstellen, jemals wieder etwas anderes zu wollen.

Atemlos löst Espen sich, setzt sich auf und zieht mich geschmeidig auf seinen Schoss, um wieder in mich einzudringen. Seine Stöße spüre ich nun noch intensiver und ich werfe meinen Kopf zurück. Ich keuche bei jeder Bewegung und alles zieht sich in mir zusammen. Mit meinen Händen greife ich haltsuchend an seine Schultern, da ich das Gefühl habe, nicht mehr aufrecht sitzen zu können. Espens Arme umfassen mich sanft und halten mich fest. Ich kann mich fallen lassen, um jede Empfindung wahrzunehmen, die in mir tobt. Während er mich stützt, liebkost Espen meinen Körper, jede zu erreichende Stelle, bis er meinen Mund wiederfindet und mit seinen Händen meine Pobacken umfasst, um unser Tempo nochmals zu steigern. Mit dunklen Augen saugt er jede Bewegung von mir auf und ich verliere mich in seinem Blick. Er drückt mich weiter an sich heran und schiebt sich tiefer in mich hinein. So tief. Seine Zunge sucht meine und ich stöhne in seinen Mund hinein. Eng umschlungen lieben wir uns in einer gemeinsamen Bewegung. Wir sind uns so nah – unsere Körper und unsere Seelen. Unfähig, unserem Blickkontakt standzuhalten, schließe ich die Augen vor meinem herannahenden Orgasmus. Kleine, elektrische Impulse durchwandern meinen Körper und versammeln sich in meinem Becken.

»Espen«, stöhne ich seinen Namen auf.

Er liebkost meine Lippen und flüstert betörend: »Sag ihn noch mal.«

»Espen. Espen, ich liebe di...« Ich kann meinen Satz nicht beenden, da mein Höhepunkt wie eine Naturgewalt über mich hereinbricht. Ich unterbreche unseren Kuss, da ich nur noch fühlen kann und unfähig zu einer Bewegung bin. Kleine Schockwellen durchfluten mich. Espen presst seine Stirn an meine und passt sein Tempo meinen Zuckungen an. Ich stöhne auf und vergrabe meinen Kopf an seinem Hals. Espen umfasst zärtlich meinen Hinterkopf, um mich zu halten, und bewegt meinen Körper, durch den noch die letzten Wellen rauschen, auf und ab. Ich fange mich gerade wieder, als er ebenfalls aufstöhnt und »Oliv« in mein Ohr keucht. Ohne seinen haltenden Griff zu lösen, drückt er sich tief in mich hinein.

Ich betrachte ihn dabei, wie er genießt und vor Verlangen aufbebt. Er presst sich an mich, außerstande, mich loszulassen, und in diesem Moment überkommt mich ein Gefühl von intensiver Liebe. Unter Tränen der Überwältigung schmiege ich mich an ihn und ich bin mir sicher: Diese Nacht werde ich niemals vergessen.

Kapitel 55

In dieser Nacht bekommen Espen und ich wenig Schlaf. Irgendwie habe ich es noch geschafft, meinen Handywecker zu stellen, da ich auf jeden Fall gegen Mittag den Van zur Agentur bringen muss. Ich kann mich an keine Uhrzeit mehr erinnern, aber irgendwann schliefen wir beide erschöpft nebeneinander ein. Als der Wecker klingelt, steht die Sonne schon hoch über dem See. Verschlafen schalte ich das nervtötende Piepen aus und schaue aus dem Fenster. Angesichts der aufsteigenden Sonne denke ich an Aiden, der von dem Sonnenaufgang auf dem Boot geschwärmt hat, und ich bin froh, dass er noch an der Küste ist und nicht hier bei uns. Nicht weil ich ihn nicht sehen möchte. Er soll uns nicht sehen. Ich blicke mich im Zimmer um. Neben dem Bett liegen unsere Kleidungsstücke wild verstreut und ich stelle fest: Die Klamotten passen perfekt in das vollendete Durcheinander des Zimmers.

Espen stützt seinen Kopf auf seine Hand und lächelt mich müde, aber überglücklich an. »Guten Morgen.«

»Guten Morgen«, sage ich und strahle ihn an.

Espen bemerkt meinen herumschweifenden Blick. »Ordnung ist nicht meine Stärke. Ich wollte dich gestern nicht in dieses Chaos führen und die Kerzen kamen da gerade recht.«

»Man sollte die Wirkung von Kerzen nicht unterschätzen.« Ich grinse ihn an. Durch die romantische Beleuchtung ist mir die Unordnung nicht aufgefallen, aber sie wäre mir mehr als egal gewesen.

»Hast du gut geschlafen?« Er rutscht näher an mich heran.

»Mhm … der Schlaf war zwar wenig, aber das stört mich nicht. Ich hätte lieber noch etwas von der anderen Nachtbeschäftigung«, flüstere ich sanft und kuschle mich an ihn. Allein der Gedanke an die letzte Nacht löst in meinem Körper ein Prickeln aus und ich spüre immer noch Espens Hände und seine elektrisierenden Küsse, die jeden Zentimeter meines Körpers erkundet haben. Bei keinem meiner Ex-Freunde, die mir mittlerweile unbedeutend vorkommen, habe ich jemals so beim Sex empfunden wie für Espen und ich würde auch nie bei einem anderen Mann so fühlen. Da bin ich mir sicher.

»Da lässt sich bestimmt etwas machen.« Er stützt sich mit beiden Armen über mir ab und senkt seinen Kopf, um seine Lippen auf meine zu legen.

Ich streiche mit beiden Händen durch seine Haare und halte mich behutsam daran fest. Sanft stoppe ich den Kuss und murmle: »Ich muss zur Agentur. Owen braucht heute Mittag den Van zurück und ich sollte unbedingt vorher duschen.« So gern ich bleiben würde, es ging nicht. Ich muss mich wenigstens im Büro blicken lassen.

»Ein Kompromiss. Zehn Minuten noch und ich gehe mit dir zusammen duschen«, schlägt er vor, während er küssend an meinem Hals entlangfährt.

»Abgemacht«, seufze ich erfreut.

Gestört werden wir von dem vibrierenden Brummen von Espens Handy auf dem Nachttisch. Erst lässt er sich nicht davon beirren, aber er schielt dennoch auf das Telefon, da das Geräusch nicht enden will.

»Moment, da muss ich eben rangehen.« Er rollt sich schwungvoll von mir runter, schnappt sein Handy und nimmt das Gespräch an.

Verdutzt schaue ich ihm hinterher, als er nackt das Zimmer verlässt und im Wohnzimmer verschwindet. Von dort höre ich lediglich Stimmfetzen, aber Espen hört sich erfreut an. Ich kann nur »Das freut mich« und »Ich bin bald da« verstehen.

Espen kommt ins Schlafzimmer zurück und gibt mir einen knappen Kuss. »Ich muss mich beeilen. Ich gehe eben schnell alleine duschen und dann muss ich los. Ich habe einen wichtigen Auftrag.«

»Aber …« Ich versuche, ihm hinterherzurufen, er ist aber bereits auf dem Weg ins Badezimmer. Mit wem hat er telefoniert? Mir kommt es seltsam vor, dass ein Auftraggeber spontan anruft und Espen unverzüglich losfährt. Ich beschließe, ihn zu fragen, wenn er mit dem Duschen fertig ist.

Ich setze mich auf und starre zu der offen stehenden Zimmertür. Allein im Bett zu liegen, fühlt sich plötzlich seltsam an. Vom Bett nehme ich mir eine der Decken, wickle diese um meinen Körper, um in die Küche zu gehen und ein Glas Wasser zu trinken. Ich stoppe vor Aidens Zimmertür und starre sie an, als wäre sie aus Glas und ich könnte Aiden sehen. Er ist aber nicht da und bald ist er wieder auf dem Hausboot – zurück in Wild Mallow Lake. Ich kann mir im Moment nicht vorstellen, mit Espen hier zusammen zu sein, während Aiden sich im anderen Zimmer aufhält. Mit meiner Hand berühre ich flüchtig die Tür, als wäre sie eine Verbindung zu Aiden, und ich bete innerlich, die Zeit würde eine Lösung mit sich bringen und wir würden uns an die neue Situation gewöhnen. Als ich die Küche betrete, liegen noch die aufgeklappten Pizzaschachteln von letzter Nacht auf der Ablage. Ich sehe uns beide wieder mitten in der Nacht aneinandergekuschelt auf dem Tresen sitzen und die kalte Pizza essen. Bis wir küssend alles stehen und liegen gelassen haben, um im Schlafzimmer damit weiterzumachen, wo wir aufgehört haben. Ich schenke mir gerade ein Glas Wasser ein, als sich die Badezimmertür quietschend öffnet. Espen entdeckt mich in der Küche und bleibt überrascht stehen. Sein Blick spiegelt eine seltsame Mischung aus Nervosität und Sehnsucht wider. Irgendetwas an ihm ist verändert. Nicht nur sein Blick, auch seine Gesten sind distanziert. Was kann das nur für ein ominöser Auftrag sein? War es überhaupt ein Auftrag?

»Ist alles okay?«, frage ich ihn besorgt.

»Ja klar. Alles bestens. Ich muss nur los. Das Bad ist frei und du kannst später die Tür einfach hinter dir zuziehen«, erklärt er mir abwesend und blickt an mir vorbei.

Ich kneife irritiert die Augen zusammen. Der Espen, der vor mir steht, ist nicht mehr der Espen von vor zehn Minuten. So können wir nicht auseinandergehen. Zögerlich gehe ich zu ihm. Er geht nicht auf Distanz und kommt auf mich zu.

»Sehen wir uns heute Abend?« Ich strecke vorsichtig meine Hand nach seinem Gesicht aus.

Durch meine Berührung wird er wieder zu dem Espen, der er vor dem Telefonat gewesen ist und den ich will. »Natürlich sehen wir uns. Aber es wird spät werden. Ich melde mich bei dir. Aiden wollte morgen erst wiederkommen«, sagt er mit einem sanften Lächeln.

»Das hört sich gut an.« Erleichtert atme ich aus. Bestimmt bin ich nur überempfindlich und es ist alles gut.

Espen mustert mich, wie ich in dem Laken eingehüllt vor ihm stehe, so als würde er sich das Bild genau einprägen. Kurzerhand nimmt er meinen Kopf zwischen seine Hände und küsst mich voller Leidenschaft. Abrupt stoppt er sich selbst. »Tut mir leid, Oliv. Ich muss los.«

»Viel Glück«, wünsche ich ihm, ohne zu wissen, wofür er eigentlich Glück braucht. Er dreht sich noch einmal zu mir um, lächelt mich angespannt an und verschwindet im Flur.

Ich schaue ihm hinterher und gehe ins Bad. Espen hat zwar das kleine, runde Fenster geöffnet, aber im Raum steht der Wasserdampf, der nach ihm und seinem Duschgel duftet. Ich genieße die heiße Dusche, beeile mich aber, um Espen noch zu sehen, bevor er losfährt. Ich schlinge ein Badehandtuch um den Körper und verlasse rasch das Badezimmer, aber Espen ist bereits losgefahren. Enttäuscht rufe ich dennoch kurz seinen Namen, in der Hoffnung, er ist noch da, aber ich bin allein auf dem Hausboot. Im Schlafzimmer ziehe ich aus meiner durchwühlten Reisetasche meine graue Jeans heraus und kombiniere sie mit einem weißen Shirt. Zum Glück habe ich etliche Outfits mit nach Portland genommen. Das Hausboot wirkt seltsam fremd ohne die Brüder. Ich beruhige mich selbst und wiederhole in meinen Gedanken wie ein Mantra, dass Espen nur einen wichtigen Auftrag hat und alles in Ordnung ist. Ich könnte dies noch weitere hundert Male zu mir sagen, aber insgeheim weiß ich: Das stimmt nicht. Irgendetwas ist nicht in Ordnung. Ich packe mein Geburtstagsgeschenk ein und verlasse schnellstmöglich das Hausboot, um mit dem Van zur Agentur zu fahren.

Kapitel 56

Mein Arbeitstag in der Agentur schreitet nur schleppend voran. Owen muss mit dem Van einige Besorgungen machen und ist den Rest des Tages unterwegs. Steven hängt ausnahmslos am Telefon, während ich staubtrockene, schriftliche Konzepte erstelle. Die Zeilen verschwimmen vor meinen Augen und ich kann mich auf nichts konzentrieren. Den ganzen Tag habe ich nichts von Espen gehört und meine Nachrichten sind bisher nicht bei ihm angekommen. Entweder ist er in einem Funkloch oder das Telefon ist ausgeschaltet. Am Nachmittag verabschiede ich mich von Steven und fahre nach Hause, da Espen mit Sicherheit nicht wieder zurück ist. Als ich in die Küche komme, sehe ich Rosie und Lucas am Tisch über seinen Hausaufgaben brüten.

»Hey.« Mehr kann ich nicht hervorbringen.

»Endlich bist du mal wieder hier«, begrüßt sie mich euphorisch und sieht mich mit strahlenden Augen an.

»Lasst euch nicht stören. Ich gehe erst einmal hoch«, erwidere ich so normal wie möglich. Ich möchte keine Aufmerksamkeit. Das Auf und Ab der letzten Wochen stört mich selbst und ich möchte Rosie damit nicht auf die Nerven gehen.

Sie zuckt mit den Schultern. »Wir sind leider noch ganz vertieft in den Unabhängigkeitskrieg und danach folgen Mathe und Physik. Aber wir machen gleich eine kurze Pause. Ich habe ungefähr eine bis tausend Fragen an dich.« Sie grinst mich an.

Ich lächle zurück und verschwinde in mein Zimmer.

Deprimiert setze ich mich auf die Sitzbank vor meinem Fenster und starre wie hypnotisiert nach draußen. Die große Eiche wiegt sanft ihre grünen Blätter im Wind, was ein beruhigendes Rauschen erzeugt. Ich brauche eine Ablenkung und nehme den Liebesroman von meinem Schreibtisch, in dem ich zuletzt auf dem Flug in die USA gelesen habe. Mit der Konzentration einer Fliege schaffe ich es nicht, einen kompletten Satz zu Ende zu lesen. Ich entscheide mich, durch Instagram zu swipen. Beim Entsperren des Handys entdecke ich erleichtert die kleine Eins in der oberen rechten Ecke meiner Messenger-App. Die Nachricht muss von Espen sein. Sie ist von ihm! Nervös öffne ich unseren Chat.

»*Tut mir leid, dass ich so überstürzt weggefahren bin.*
Ich bin in Seattle. Oliv, mir ist alles klar geworden.
Die Nacht hat alles verändert und ich muss jetzt genau hier sein.
Ich melde mich bei dir. Espen«

Entgeistert lese ich seine Nachricht. Was soll dieser kryptische Text? Und warum ist er in Seattle? Gibt es keinen Auftrag? Ich verstehe überhaupt nichts mehr und stelle verärgert fest, dass Nachrichten zu schreiben, nicht seine Stärke ist. Ich rufe ihn sofort an, doch nur die Mailbox springt an. Dann schreibe ich ihm eine kurze Nachricht, in der ich frage, ob wir telefonieren können und ob alles gut bei ihm ist. Unter der Nachricht wird wie heute Morgen wieder nur ein Haken angezeigt. Während ich dieses Häkchen anstarre, macht mich Instagram darauf aufmerksam, dass Aiden eine neue Story hochgeladen hat. Ich öffne diese und höre, wie er über sein neues Video spricht. In den anderen Sequenzen sitzen er und Bodie in einem Restaurant und essen gigantische Burger. Ich habe eine Idee. Ich öffne die Suche und tippe Espens Namen dort ein. Wir sind immer noch keine Instagramfreunde. Ich lächle, als mir bewusst wird, wie leicht es jetzt ist, auf »Folgen« zu klicken. Auf seinem Profil, das ausschließlich Landschaftsaufnahmen oder Videos zeigt, kann ich keine Hinweise erkennen. In meiner Historie entdecke ich Samiras Profil, das ich aus Neugier öffne. Der neuste Beitrag ist von heute und schon allein der Anblick des Fotos schnürt mir den Hals fest zu. Das Bild ähnelt den anderen, die Espen und sie zusammen zeigen. Auf dem Foto ist sie komplett zu sehen … zusammen mit einem Männerarm. Sie läuft rückwärts durch eine Stadt und zieht mit beiden Armen lachend einen Mann hinter sich her. Samira hat mehrere Filter über das Foto gelegt. Mir ist es unmöglich, zu sagen, ob das Espens Arm ist oder der eines anderen Mannes. Mir wird schwindelig, als ich den dazugehörigen Text lese: »Richtiger Ort, richtige Zeit und richtige Person.« Und die Hashtags setzen mich schachmatt: #Seattle, #Seattleweekend, #Seattlelove.

Wie paralysiert starre ich den Post an, in der Hoffnung, aus dem Nichts würde sich eine Erklärung auftun. Von Espen fehlt jede Reaktion. Mein Magen krampft sich zusammen und unangenehm stechende Schauer laufen über meinen Rücken und an der Wirbelsäule entlang. Das kann und das darf nicht sein. Ich fasse den Entschluss, nicht nur rumzusitzen und zu leiden, sondern zum Hausboot zu fahren. Mir ist klar, wie paradox meine Aktion ist, da Espen eindeutig in Seattle ist. Ich verspüre den Drang, nur einmal an die Tür zu klopfen, um zu sehen, was passiert. Ich muss irgendetwas tun, bevor ich hier verrückt werde.

Ich stürme aus meinem Zimmer und renne die Treppe hinunter.

In der Küche sitzen Rosie und Lucas noch über den Hausaufgaben.

»Rosie. Kann ich mir dein Fahrrad leihen?«, frage ich sie, während ich meine Jacke anziehe.

»Sicher. Warum willst du schon wieder los? Ich wollte gerade eine Pause machen.« Meine Cousine schaut mich mit ihren großen Augen misstrauisch an.

»Ich muss noch einmal zum Hausboot. Nachher erzähle ich dir alles. Versprochen.« Ich versuche, das Beben in meiner Stimme zu unterdrücken.

Lucas sieht mich missmutig an. Er ahnt, Rosie würde die Pause erneut verschieben und die Hausaufgaben bis zum Ende durchziehen.

»Fahr vorsichtig«, ruft sie mir laut hinterher und ich höre in ihrer Stimme, dass sie meine Unsicherheit bemerkt hat.

Ich springe auf Rosies Fahrrad und trete kräftig in die Pedale. Je schneller ich trete, umso eher bin ich beim Hausboot, und die Bewegung lenkt mich von meinen Gedanken ab.

Verschwitzt und zerzaust von dem Fahrtwind komme ich in Rekordzeit am Anleger an. Ich lehne das Rad an den Briefkasten und klopfe zaghaft an die Holztür. Niemand öffnet. Beim nächsten Mal klopfe ich kräftiger dagegen und bin kaum überrascht, als die Tür sich nicht öffnet. Niedergeschlagen schlage ich mit der Faust gegen das Holz und bereue es sofort wieder, da meine Hand von dem Aufschlag schmerzt. Tränen sammeln sich in meinen Augen. Nicht wegen der schmerzenden Hand, sondern weil Espen wirklich in Seattle ist und nicht hier bei mir. Ich lehne mich erschöpft an die Tür und überprüfe mein Handy. Bei Espen ist meine Nachricht immer noch nicht angekommen. Er ist dort mit Samira zusammen. Hat sie heute Morgen bei ihm angerufen? Er hat mir nie erzählt, worüber die beiden in ihren Gesprächen geredet haben. Zu meiner Verzweiflung gesellt sich Wut. Ich entschließe mich, spontan nach Seattle zu fahren. Mir ist völlig klar, wie groß die Stadt ist und dass ich nicht die geringste Ahnung habe, wo die beiden sein könnten. Aber ich muss da hinfahren. Laut Google Maps sind es mit dem Auto ungefähr drei Stunden und mit dem Fahrrad knapp siebzehn. Auch wenn ich verzweifelt bin, kann ich mir ein Grinsen nicht verkneifen. Selbst wenn ich es so viele Stunden schaffen würde, mit dem Fahrrad zu fahren, würde ich eher in Montana landen, als den Weg nach Seattle zu finden. Für die Zukunft nehme ich mir fest vor, mir ein eigenes Fahrrad, ein Auto und meinetwegen auch einen Helikopter zu kaufen, damit ich nicht auf andere angewiesen bin und hinfahren kann, wohin ich möchte. Mir bleibt wohl nichts anderes übrig, als Rosie zu fragen, ich muss mich aber vorher ihren Fragen stellen. Frustriert donnere ich noch einmal kräftig mit meinem Fuß gegen die Tür.

»Hey. Habt die Tür und du eine Meinungsverschiedenheit oder magst du sie einfach nur nicht?«, höre ich hinter mir eine fröhliche Stimme.

Ich hebe meinen Kopf und sehe Aiden den Steg entlanglaufen. Entgeistert blinzle ich ihn an, als wäre er eine Erscheinung.

»Alles gut?« Er grinst und blickt sich um. Er fragt sich bestimmt, ob ich ihn so anstarre oder ob er vielleicht verfolgt wird.

»Hi«, stammle ich. »Ich dachte, du kommst erst morgen wieder?«

»Bodie wollte heute schon zurück, da er morgen eine neue Tour über Nacht hat. War mir auch ganz recht.« Aufmerksam betrachtet er mich und kommt auf das Boot.

Ich nickte kurz.

Aiden kneift ernst die Augen zusammen, da ihm mein glasiger Blick bestimmt nicht entgangen ist, und fragt: »Olivia, wo ist Espen?«

Mir hat es die Sprache verschlagen. Mein Herz macht kleine Hüpfer angesichts seiner Rückkehr, aber es ist mir unangenehm, ihn mit meiner Herzenssache zu belästigen. Ausweichend zucke ich mit den Schultern.

»Sag mir nicht, dass mein Bruder es verbockt hat«, presst er ärgerlich hervor.

»Nein … doch … Ach, ich weiß es nicht. Ich muss jetzt nach Seattle.«

»Seattle? Warum jetzt?« Aiden zieht irritiert eine Grimasse.

Ich habe eine Idee. »Kann ich mir dein Auto leihen?«

Er hebt belustigt einen Mundwinkel nach oben. »Jetzt? Drei Stunden brauchst du auf jeden Fall dahin. Wenn du ankommst, ist es dort schon spät.«

»Bitte!« Ich sehe ihn flehend an. »Morgen hast du dein Auto wieder. Versprochen.« Ich komme mir aufdringlich vor und rudere wieder zurück. »Rosie braucht ihr Auto morgen bestimmt. Ich kann mir auch einen Mietwagen nehmen. Das ist kein Problem.«

Aiden kommt näher. »Livy. Mein Auto ist mir egal. Das kannst du haben. Es geht mir nur um dich. Was ist los? Ohne Antwort lasse ich dich nicht drei Stunden über den Highway nach Seattle fahren.«

Ich atme tief ein. »Espen ist in Seattle und ich weiß nicht, warum. Oder vielleicht doch. Samira ist auch dort. Der Rest dauert zu lange, um ihn zu erklären.«

Er rollt genervt mit den Augen. »Selbst wenn ihr einen Freifahrtschein bekommt, klappt es nicht. Komm, ich fahre und du erzählst mir während der Fahrt die ganze Geschichte.«

Kapitel 57

Auf dem Weg nach Seattle erzähle ich Aiden die ganze Geschichte, lasse aber Details zu Espen und mir aus. Es ist ein befremdliches Gefühl, mit ihm über Espen zu sprechen, obwohl er sein Bruder ist. Ihn zu verletzten, ist das Letzte, was ich möchte. Die Autofahrt zieht sich und ich wippe nervös auf meinem Sitz herum.

»Meinst du wirklich, dass er mit Samira dort ist? Er hat doch mit ihr Schluss gemacht. Das Instagrambild muss ich mir später mal ansehen«, überlegt er laut und schaut mich kritisch an.

»Das wäre ein ziemlich schlechter Zufall, oder?« Ich suche Samiras Foto heraus und drehe mein Handy zu ihm.

Aiden blickt kurz von der Straße auf mein Display, um das Bild anzusehen. »Keine Ahnung. Von diesen Fotos gibt es Tausende. Warte mal. Mir fällt etwas ein.« Aiden bricht abrupt seinen Satz ab.

Ich sehe ihn mit gerunzelter Stirn an.

Resigniert verzieht er das Gesicht. »Auf dem Ball hat Samiras Familie einen Kurztrip nach Seattle gewonnen und Samira wollte mit Espen dort hinfahren. Erinnerst du dich noch?«

Ich lasse die Schultern sinken. »Natürlich. Bei der Tombola. Daran habe ich überhaupt nicht mehr gedacht.« Mittlerweile habe ich keinen Zweifel mehr daran, dass die beiden zusammen in Seattle sind.

»Aber das ist nur eine Idee.« Er relativiert seine Vermutung wieder.

»Eine sehr plausible Idee.« Deprimiert sinke ich in den bequemen Autositz des Pick-ups zurück.

Ich öffne erneut die Nachricht, die immer noch nicht zugestellt worden ist, und aktiviere verärgert den Flugmodus. Später würde ich ihn wieder ausschalten, aber so komme ich nicht in die Verlegenheit, alle paar Minuten meine Nachrichten zu überprüfen.

»Wie waren denn die Partys?« Ich wechsle das Thema, um mich von meinen Gedanken abzulenken.

Aiden wirft mir einen Blick zu, der sagt: *»Willst du das wirklich wissen?«*, und antwortet nur: »Feuchtfröhlich.«

»Das hört sich nach Spaß an.«

»So kann man es auch nennen.« Er grinst mich zermürbt an. »Und wie waren deine letzten Tage?«

»Die Messe war gut.«

»Die Messe meinte ich eigentlich nicht. Aber so gerne ich dich ausfragen möchte, ich lasse es lieber. Ich habe zwar keine Ahnung, was Espens Problem ist, aber ich würde jeden Moment mit ihm tauschen.« Seine Augen haben den gleichen betrübten Ausdruck wie vorgestern, als ich mich auf dem Hausboot von ihm verabschiedet habe. Die sonst herausfordernd funkelnden Augen sind dunkel umrandet.

Oh, Aiden!

Ich atme tief ein und verziehe schuldbewusst meine Lippen zu einem freudlosen Lächeln. »Tut mir leid. Jetzt ziehe ich dich auch noch in diese Geschichte hinein.«

»Keine Entschuldigungen mehr, Livy«, sagt er rau und schiebt nuschelnd nach: »Höchstens von Espen.« Missmutig schaut er mich an. Für ihn ist es doppelt so schwer. Ich habe mich für seinen Bruder entschieden und er ist wiederum mit diesem zerstritten.

»Ich weiß von eurem Streit im Café. Es ging um mich.«

Aiden blickt mich stumm an und zögert endlose Sekunden lang seine Antwort hinaus. »Ich war so wütend und bin es noch. Ich wollte mir von ihm nicht vorschreiben lassen, was ich zu fühlen habe. So als könnte ich meine Gefühle für dich per Knopfdruck abstellen. Mir kommt alles so absurd vor. Jahrelang hat er nichts gemacht und plötzlich …«

Sein Blick durchbohrt mich und ich kann ihm ansehen, wie schwer ihm das Weitersprechen fällt.

»Espen wollte das nur, weil er dich so sehr liebt. Wie er es schon immer getan hat.«

Ich nicke unmerklich.

»Olivia, du geisterst noch ziemlich oft in meinem Kopf herum und vermutlich muss ich etwas auf Abstand gehen, damit ich wieder klarer denken kann. Aber du weißt, was zwischen uns ist, bleibt etwas Besonderes. Auch wenn wir vermutlich niemals ein Paar werden.« Er blickt mich eindringlich an und in seinen Augen sehe ich Wärme und Enttäuschung zugleich.

»Du bist mir auch sehr wichtig«, flüstere ich und lege behutsam meine Hand auf seinen Arm.

Er blickt auf meine Hand und zieht eine Augenbraue hoch. »Und schließlich bist du die Freundin meines Bruders.«

Ich zucke mit den Schultern und flüstere: »Das wird sich bald zeigen.«

»Wehe, wenn nicht. Dann kann Espen etwas erleben, wenn wir ihn finden. «Neben seinem Ärger höre ich einen besorgten Unterton in seiner Stimme mitschwingen. Auch der gelassene Aiden macht sich um seinen Bruder Sorgen.

»Wir finden ihn.« Muntere ich mich oder ihn damit auf? Ich denke, uns beide.

Während der restlichen Fahrt schaltet Aiden das Radio an und wir spielen Songraten. Die Ablenkung funktioniert nicht nur, sondern macht sogar Spaß. So viel Spaß, dass wir mehrmals laut lachen müssen.

Wir erreichen Seattle am späten Abend und die Stadt leuchtet uns entgegen.

Zweifelnd fragt er mich: »Und, Livy, hast du irgendeine Idee, wo wir suchen sollen? Hier leben nur so ungefähr siebenhunderttausend Einwohner.«

»Nein. Keine Ahnung. Ich war das letzte Mal vor zehn Jahren in Seattle. Ich hoffe, er liest irgendwann doch seine Nachrichten.«

»Ich habe eine Idee. Er könnte an der Waterfront sein. Wir

waren früher viel da und haben vor ein paar Jahren ein Video dort gedreht. Vielleicht ist er dort.«

»Wir sollten es versuchen«, stimme ich zu.

»Und wenn wir kein Glück haben, dann bekommen wir da wenigstens etwas zu essen.«

»Das hört sich noch besser an.« Ich kann es kaum abwarten, Espen wiederzusehen, aber die Angst, ihn mit Samira zu entdecken, überwiegt. Ich bin froh, nicht allein hier zu sein, sondern Aiden an meiner Seite zu haben.

Wir steuern die Seattle Waterfront an und parken etwas entfernt, da dies ein Touristenmagnet ist. Die lange Uferpromenade erstreckt sich über mehrere Piers und von dort haben die Besucher einen atemberaubenden Blick auf die beleuchtete Skyline. An den verschiedenen Piers gibt es Restaurants, Bars, Galerien und tagsüber ist es möglich, Bootstouren von hier aus zu starten. Mir steigt die frische und salzige Meeresluft in die Nase und ich lasse meinen Blick über die angelegten Schiffe gleiten. Wir laufen lange an der Promenade entlang und stoppen bei einem großen Riesenrad, das in bunten Farben leuchtet.

»Livy, wir finden ihn hier nicht. Komm, wir holen uns etwas zu essen«, schlägt Aiden müde vor und zeigt auf einen Stand, an dem Fish and Chips verkauft werden. Ich kaufe zwei Tüten und wir lehnen uns an die Brüstung.

Der frittierte Fisch schmeckt fantastisch. »Das war eine gute Idee von dir. Im Gegensatz zu meiner idiotischen Idee hierherzufahren. Du hattest bestimmt heute auch andere Dinge vor, als deinen Abend in Seattle zu verbringen. Vielleicht ist Espen auch auf dem Rückweg oder …« Ich unterbreche meinen Satz und flüstere: »Oder er ist mit Samira schon in diesem schicken Hotel.«

»Ich bin gerne mit dir hier. Die Ausgangslage könnte nur eine andere sein. Nur du und ich. Alleine in Seattle. Aber auch ich möchte Espen finden. Mach dich nicht verrückt. Spätestens in Wild Mallow Lake werden wir ihn wiedersehen. Er liebt dich. Das weiß ich«, tröstet mich Aiden und legt mir einen Arm um die Schultern.

Reflexartig lege ich meinen Kopf an seine Schulter und möchte unbedingt seinen Worten glauben. Ich betrachte die vorbeigehenden Besucher: viele Touristen, Menschengruppen, die die nächste Bar suchen, oder verliebte Pärchen, die nach einem Restaurantbesuch am Pier entlangschlendern. Aus dem japanischen Restaurant gegenüber kommen gerade laut lachende Frauen um die vierzig, die offensichtlich allesamt nicht mehr ganz nüchtern sind. In meine Gedanken versunken beobachte ich die gackernde Gruppe und entdecke unmittelbar hinter ihnen eine Person, die nicht zu der ausgelassenen Stimmung passt. Espen steht wie eine Wachsfigur vor dem Restaurant und starrt uns mit reglosen Augen entgeistert an. Ich bin mir tatsächlich nicht sicher, ob er in Wirklichkeit dort steht oder ob ich mir so sehr wünsche, ihn zu sehen, dass ich ihn mir nur einbilde. Erstaunlich langsam kommt die Wachsfigur auf uns zu. Aiden löst seinen Arm und hat ihn auch entdeckt. Das ist der Beweis. Er ist wirklich da. So wie Espen uns ansieht, kann er ebenfalls nicht glauben, dass wir beide Arm in Arm und mit Fish and Chips in den Händen an der Brüstung hier in Seattle stehen.

»Oliv«, sagt er. Sein Blick wechselt rastlos zwischen Aiden und mir hin und her, bis er seinen Bruder fragt: »Aiden, was macht ihr hier?«

»Ich glaube eher, dass Olivia wissen möchte, was du hier machst«, kontert dieser.

»Espen, ist alles gut bei dir?«, frage ich, als ich meine Worte wieder vernünftig zusammensetzen kann.

»Ja, mehr als das.« Espen strahlt mich überglücklich an. Warum sieht er so glücklich aus?

»Wo ist denn Samira? Oder hast du sie gleich wieder abserviert«, fragt Aiden bissig.

»Samira? Wieso Samira?« Espen blickt mich irritiert mit seinen warmen Augen an.

»Warum verschwindest du einfach? Und warum schickst du mir so eine kryptische Nachricht? Und warum antwortest du nicht?« Ich kneife die Augen zusammen und konzentriere mich stark darauf, die brennenden Tränen zurückzuhalten.

»Ich habe vorhin mehrmals probiert, bei dir anzurufen. Du hast nicht abgenommen. Ich habe deine ganze Mailbox vollgesprochen und Rosie konnte ich auch nicht erreichen. Ich habe mir Sorgen gemacht und wollte dir sagen, dass ich in Seattle übernachten muss«, erklärt er mir, ohne seinen Blick von mir zu lösen.

»Mein Handy hat nicht geklingelt«, protestiere ich und ziehe mein Smartphone zum Beweis aus der Tasche. Siedendheiß fällt mir der aktivierte Flugmodus wieder ein. Ich schalte den Modus aus und auf meinem Display ploppen vier Anrufversuche, zwei Mailboxnachrichten und fünf neue Nachrichten auf. »Mein Flugmodus war an«, erkläre ich kleinlaut und widerstehe dem Versuch, mich in seine Arme zu stürzen.

»Aiden, kann ich mit Olivia kurz alleine reden?«

Aiden zieht die Augenbrauen hoch und antwortet resigniert: »Na gut. Ich kaufe mir noch einen Nachtisch. Ich bin zwar ebenfalls neugierig, aber ihr werdet mich später bestimmt aufklären. Ich bestehe jedenfalls darauf.« Er schaut mich an und mischt sich unter die Menschenmenge am Pier.

Espen kommt näher und nimmt Aidens Platz ein.

»Wo warst du heute?«, frage ich ihn verzweifelt. »Ich dachte, wir hätten alle Zweifel ausgeräumt.«

»Wieso stehst du von Aiden umarmt hier am Pier?« Seine Stimme bebt, aber er kommt näher an mich heran und streift sanft meine Arme.

»Ich wollte dich suchen und Aiden ist mit mir nach Seattle gefahren. Er hat sich auch Sorgen gemacht. Natürlich hat er nichts gesagt, aber ich habe es bemerkt.« Ich kann mich nicht zurückhalten und nehme seine Hände. Ich muss dieses vertraute Kribbeln spüren.

»Ich hätte mich früher melden müssen. Es tut mir leid. Aber es ging nicht.«

»Bist du mit Samira hier?« Als ich ihren Namen ausspreche, umschließe ich seine Finger fester.

»Nein, bin ich nicht. Aber es stimmt: Sie ist auch in Seattle. Warum denkst du, dass wir zusammen hier wären?«, fragt er verwundert.

»Warum nicht? Sie hat ein eindeutiges Foto gepostet. Ich war mir so sicher, dass du das bist. Und ihr habt auf dem Ball das Wochenende hier gewonnen.«

»Nein. Oliv, nein. So nicht. Aber es stimmt, ich habe sie heute

Morgen, bevor ich nach Seattle gefahren bin, besucht«, gesteht er. Ich erstarre bei seinen Worten und ziehe meine Hände zurück.

Ein liebevolles Lächeln umspielt seinen Mund und er umfasst erneut meine Hände. »Ich habe ihr erzählt, dass ich mit dir zusammen bin. Ich musste das klären. Sie weiß jetzt Bescheid und weiß, dass es für uns keine zweite Chance gibt.« Er löst eine Hand und streicht federleicht über meine Wange. »Sie ist mit ihrem älteren Bruder hier und nicht mit mir.«

Es ist unmöglich, meine Tränen zu kontrollieren, und einzelne Tropfen rollen meine Wangen hinunter. »Aber wo warst du heute? Was war plötzlich so wichtig? Bestimmt kein Auftrag!«

Er atmet tief ein. »Ich wurde heute Morgen von der Filmhochschule in Seattle angerufen. Ein Platz für das nächste Semester ist spontan frei geworden. Die Einschreibefrist ist schon längst vorbei und ich bin mit meiner spontanen Bewerbung auf die Warteliste gerutscht. Meine Videos kamen wohl sehr gut an. Ich musste heute persönlich dahin, um mich und weitere Aufnahmen vorzustellen. Das hat gefühlt den ganzen Tag gedauert und mein Handy habe ich ausgeschaltet.«

»Wow, das ist toll. Warum hast du das nicht erzählt?«, rufe ich begeistert und ich merke, wie die tonnenschwere Last, die auf meinen Schultern sitzt, stückchenweise abfällt.

»Ich war so aufgeregt und hatte Angst, nicht genommen zu werden. Ich konnte heute Morgen nicht klar denken.«

»Und? Was haben sie gesagt?«

Espen blickt mich breit grinsend an und erklärt begeistert: »Vor dir steht ein zukünftiger Filmstudent der Filmhochschule in Seattle.« Er umschließt mit seinen Händen mein Gesicht und küsst mich zärtlich.

»Ich bin so stolz auf dich.« Ich sehe ihm fest in seine glänzenden Augen.

»Seit ich weiß, dass du mich liebst, weiß ich auch, ich muss mich nicht mehr mit einem Plan B arrangieren, sondern ich kann den Plan A haben. Weil ich den Plan A liebe.«

»Und ich liebe dich auch! So sehr«, hauche ich und stelle mich auf die Zehenspitzen. Meine Lippen liebkosen seine und er erwidert fordernd meinen Kuss. Eine vertraute Wärme breitet sich in jeder Faser meines Körpers aus.

Ich bedaure, dass Espen sich zaghaft von mir löst. »Jetzt muss ich nur noch meinem Bruder berichten, dass ich ganz bald nicht mehr sein Sidekick sein werde und seine Videos nicht mehr drehen werde. Und dir, dass ich ab Herbst während der Woche in Seattle sein werde.«

»Seattle ist so eine tolle Stadt und schließlich muss ich hier noch sehr viel kennenlernen. Das bekommen wir hin und dann bist du bald Espen Hays, der Dokumentarfilmer.« Ich umarme ihn fest und lege meinen Kopf an seine warme Brust.

Espen küsst liebevoll meinen Scheitel und wir genießen unsere Nähe.

Ich könnte ewig mit ihm umarmt am Pier stehen. Samira ist nicht mit Espen hier und sie weiß über alles Bescheid. Vielleicht ist dies der perfekte Moment, um ein neues Kapitel aufzuschlagen. Unser Kapitel. Das Kapitel wird zwar ohne Samira geschrieben, aber nicht ohne Aiden.

»Wollen wir zu Aiden gehen? Ich denke, du hast einiges zu erzählen«, schlage ich vor.

Espen nickt, umfasst meine Hand und wir gehen auf die Suche nach ihm.

Wir finden ihn einen Pier weiter eisessend auf einer Mauer sitzend. Wir kaufen uns ebenfalls jeweils ein Eis und setzen uns zu ihm. Espen berichtet ihm von seinem langjährigen Traum, Dokumentarfilmer zu werden, und von der Annahme an der Filmhochschule. Beide Brüder reden seit langer Zeit wieder offen miteinander und Espen erzählt von sich, ohne es seinem Bruder recht machen zu wollen. Die Stimmung hellt sich weiter auf und beide wirken erleichtert über ihre Annäherung. Die Angst, Aiden würde enttäuscht sein oder Espens Bedürfnisse nicht verstehen, ist unbegründet. Vielmehr wird die unsichtbare Barriere zwischen ihnen gesprengt, die sich über die Jahre klammheimlich aufgebaut hat. Auch wenn sie sich als Zwillinge so nah sind, versteht Aiden erst jetzt, dass Espen viele Entscheidungen in seinem Leben für ihn und gegen sich getroffen hat. Ich halte mich die ganze Zeit im Hintergrund und beruhige Rosie am Handy, die vor Neugier fast verrückt wird. Ich verspreche ihr hoch und heilig, morgen jede einzelne ihrer Fragen zu beantworten. Ich wünschte, sie wäre ebenfalls in Seattle, als wir beschließen, Espens Zusage in einer Bar namens *Flamingo Pie* zu feiern. Während Espen und Aiden zwei Pitcher Bier bestellen, versorgen sie mich mit Shantys, die aber mehr aus Zitronenlimonade als aus Bier bestehen.

»Sicher ist sicher. Heute wollen wir kein Risiko eingehen«, raunt Espen in mein Ohr.

Nachdem der zweite Pitcher leer getrunken ist, gehen wir zu Espens Hotel. Aiden lässt sich von seinem Bruder nicht dazu überreden, ein Zimmer zu nehmen, und besteht darauf, in seinem Auto zu übernachten.

»Das Hotelzimmer lohnt sich für mich nicht. Ich muss morgen ganz früh los nach Wild Mallow Lake. Ich muss noch Besorgungen machen«, redet sich Aiden heraus.

Sein trüber Blick verrät mir: Auch wenn er und Espen sich wieder vertragen haben, ist er froh, nicht den nächsten Morgen mit uns verbringen zu müssen. Ich kann ihn mehr als verstehen und frage mich, wie es sein wird, wenn wir alle drei zusammen auf dem Hausboot sind.

»Außerdem, Olivia, habe ich mir unsere erste Nacht zusammen in einem Hotel anders vorgestellt. Eher in einem gemeinsamen Zimmer und nicht mit meinem Bruder zusammen.« Er stichelt so, als wäre nichts gewesen.

»Aiden. Was soll das?«, ermahnt Espen ihn.

»Ach, Bruder. Krieg dich wieder ein. Du hast Olivia neben dir liegen. Nicht ich.« Aiden zuckt mit den Schultern und zieht seine Augenbrauen herausfordernd hoch.

Espen rollt nur grimmig mit den Augen und verkneift sich eine Antwort.

»Gute Nacht, Aiden. Und fahr morgen vorsichtig«, sage ich zu ihm und bin innerlich froh, den alten Aiden vor mir zu sehen.

»Wir sehen uns in Wild Mallow Lake.« Er verabschiedet sich und geht, die Hände tief in die Hosentaschen vergraben, zurück zu seinem Auto.

Espen und ich schlendern in die entgegengesetzte Richtung zu seinem Hotel in der Nähe der Waterfront.

Eine Viertelstunde später liegen wir hellwach auf dem großen Bett. Wir sehen uns nur an und halten unsere Hände fest umklammert.

»An die Konstellation mit uns dreien muss ich mich erst einmal gewöhnen.« Espen zieht mich an der Hüfte noch näher an sich heran.

»Er ist dein Bruder und ihm geht es genauso«, flüstere ich.

»Das kann ich nicht abstreiten. Aber ich muss wohl akzeptieren, dass du und Aiden einen besonderen Draht zueinander habt. Ich sehe es aber als großes Glück. Ihr seid die wichtigsten Menschen in meinem Leben.«

Statt zu antworten, streiche ich behutsam mit meinen Fingern durch seine Haare und streife wie in Zeitlupe mit meinen Lippen über seine. Ich will mehr und er will mehr. Unsere Lippen finden ihren Rhythmus und verschmelzen miteinander. Wir kosten jeden Moment zusammen aus und unsere Körper lösen sich erst voneinander, als wir Arm in Arm in der Nacht einschlafen.

Kapitel 58

Der fast volle Mond spiegelt sich auf der glatten, glänzenden Wasseroberfläche des Sees. Wie kleine, schwimmende Glühwürmchen tanzen die glitzernden Punkte auf der Oberfläche. Vom anderen Seeufer schalt ein kräftiger Bass von einer Party zu uns herüber. Gedankenverloren spielen meine Finger mit den Lämpchen der Lichterkette an der Reling und ich denke an den Ausflug nach Seattle zurück. Vielleicht war unser Abend zu dritt in Seattle das Beste, was hätte passieren können. Espens Entscheidung, keine Youtube-Videos mehr zu drehen und an die Filmakademie zu gehen, wird von Aiden unterstützt und bereits heute Nachmittag überlegten beide, wie es für den Youtube-Kanal weitergehen könnte. Aiden weiß, sein Bruder wird immer für ihn da sein, wie er für ihn da ist. Auch an unsere Dreier-Konstellation werden wir uns mit der Zeit gewöhnen. Aiden läuft jedenfalls wieder auf Hochtouren und ist heute Abend mit Bodie und Rosie auf einer Party am See. Die Party mit dem lauten Bass. Ich freue mich für die drei, aber ehrlicherweise freue ich mich auch für uns, da wir das Hausboot für uns haben. Wäre Rosie nicht auf die Party gegangen, würde ich noch auf ihrer Anklagebank sitzen und müsste den drei Meilen langen Fragenkatalog mithilfe eines Lügendetektors beantworten.

Aus den Bluetooth-Lautsprechern beginnt leise *»Ride«* von Lana del Rey zu spielen. Espen kommt mit zwei Gläsern auf die Terrasse und ich drehe mich zu ihm um.

Er reicht mir eine Weinschorle. »Für dich. Stark verdünnter Wein.«

Ich ziehe die Nase kraus, lasse mich aber nicht ärgern, trinke einen Schluck von der eiskalten Schorle und gebe ihm einen Kuss auf die Wange.

»Wärst du auch gerne auf die Party gegangen?«, fragt er mich und lehnt sich an die Reling.

»Mmmhhh …« Ich überlege extra lange. »Nein. Eindeutig nein.«

Er dreht sich zu mir, streicht mit seinen vom Getränk abgekühlten Händen über mein Gesicht und küsst meine Stirn. »Wir müssen jetzt jede Minute ausnutzen, bevor ich nach Seattle gehe.«

Ich sehe zu ihm hoch und lege meine freie Hand an seinen Rücken. »Wir haben noch einen ganzen Sommer.«

»Nein, wir haben ein ganzes Leben.«

Seine Hände streifen über meine Schulter bis zu meiner Hüfte. Mit Hingabe blickt er mich an und zieht mich mit seinen tiefbraunen Augen in seinen Bann. Wie voneinander angezogen treffen sich unsere Lippen erst zart, dann fordernd und setzen unsere Körper leidenschaftlich unter Strom. Ohne den Kuss zu unterbrechen, nimmt er mir das Glas aus der Hand und stellt es auf dem Tisch ab. Ich schlinge fest meine Arme um seinen Körper, um ihn zu halten, zu groß ist die Angst, ihn wieder zu verlieren. Dies wird aber nicht passieren.

Spotify wählt als nächstes Lied »My Own Night« von den Willow Hunters aus. Das Lied wird nicht zufällig auf die Playlist gerutscht sein. Erstickt löst sich Espen und fragt mich mit rauer Stimme: »Oliv, wollen wir unseren gestohlenen Tanz nachholen?«

»Ja. Heute gehören alle Tänze nur dir«, hauche ich.

»Ich lass dich nie wieder los.«

Ohne unsere Umarmung zu lockern, bewegen wir uns in langsamen Bewegungen über die Terrasse des Hausboots. Ich lege meinen Kopf an seine Brust und genieße mit jeder Faser meines Körpers seinen frischen Duft und seine Nähe, das Gefühl von Geborgenheit und Verbundenheit. Ich höre den schnellen Schlag seines Herzens und weiß: Er fühlt genauso wie ich. In diesem Moment existieren nur wir zwei.

»Ohne dich hätte ich nie den Schritt an die Filmakademie gewagt. Niemals hätte ich diesen Reset in meinem Leben gemacht. Du weißt: einmal stehen bleiben, neu ordnen und weitergehen«, murmelt er warm in meine Haare und erzeugt einen wohligen Schauer auf meiner Haut.

»Dein Plan A. Zum Glück hast du auch mich als Plan A gewählt.« Meine Hände pressen sich fest an seinen Rücken. Ich will ihn nie wieder hergeben.

»Dich zu wählen, war eigentlich keine Option«, gesteht er.

Ich sehe fragend zu ihm hoch.

Ein sanftes Lächeln huscht über sein Gesicht. »Neben dir gibt es keine weiteren Optionen. Ich habe dich schon vor vielen Jahren gewählt. Nur dich. Auf dem Ball habe ich dir gesagt, dass es mir egal ist, ob du mich zurückliebst oder nicht. Ich werde dich immer lieben. Aber das stimmt nicht. Es macht einen großen Unterschied. Es macht alles unendlich schöner und leichter. Es verändert alles.«

Ich stelle mich auf meine Zehenspitzen und küsse ihn leidenschaftlich. Ein Kuss, der alles verblassen lässt: die Musik, den wummernden Bass von der Party und die Angst, sich auf jemanden einzulassen. Alles, was vorher in unseren Leben geschehen ist, hat sein müssen, damit wir genau hier stehen, uns lieben und bedingungslos vertrauen können.

»Espen, ich liebe dich für diesen Frühling und für jeden kommenden Frühling. Du bist für immer.«

Die sanften letzten Töne des Songs erklingen. »Broke the nightwaves and we are ready.«

Wir sind bereit für alles, was kommen wird.

Ende

Epilog

Rosie stürmt mit Verspätung in das Café. Es ist Anfang Juni und wir feiern die Verlobung von Julie und Owen. Vor einer Woche hat er meiner Tante während eines Kurztrips nach New York die Frage aller Fragen gestellt und sie hat den Antrag selbstverständlich angenommen. Die Planung für die Hochzeit, die im August stattfinden soll, läuft bereits in meinem Kopf auf Hochtouren. Owen bat Steven, Victoria und mich, die Hochzeit zu organisieren. Rosie protestierte lautstark, da sie auf jeden Fall in alle Partyplanungen involviert werden möchte.

Julie, Owen, Lucas und Tante Anne, die wieder zurück in Wild Mallow Lake ist, sitzen am Tisch neben uns und telefonieren mit meinen Großeltern in Florida, die in zwei Wochen zurückkommen. Ich warte mit den Zwillingen und Bodie in unserer Lieblingsnische im *Seasons* auf Rosie, die mit wippenden Haaren angelaufen kommt.

Sie umarmt Julie stürmisch, drückt ihrer Mutter einen Kuss auf die Wange und lässt sich auf das Sitzpolster fallen.

»Wisst ihr was?«, beginnt sie laut zu erzählen. »Ich habe auf dem Weg hierher Radio gehört. Genaugenommen *Portland Now*. Sie verlosen Kitchen Sessions, also Küchenkonzerte, an ihre Hörer. Es gibt vier verschiedene Künstler, die Privatkonzerte bei einem zu Hause geben. Und ratet mal! Ich habe mich gerade auf die Gewinnerliste setzen lassen.«

»Cool. Wer ist mit dabei? Kennt man überhaupt jemanden?«, fragt Aiden zweifelnd.

Rosie erklärt uns alles haargenau, als ob wir keine Ahnung von Musik hätten, »Also, ich kenne fast alle. Shannon Anderson, das ist eine Singer- und Songwriterin aus Florida. The Moores ist ein Country-Duo, aber ich habe keine Ahnung, wo die herkommen. Am wichtigsten sind die Dingo Sharks. Das ist eine Rockband aus San Diego. Ich bin schon einmal auf einem Konzert von ihnen gewesen. Und ich bin mir ganz sicher: Die Dingo Sharks werden bei uns in der Küche spielen. Ich weiß, dass ich Glück haben werde.«

»Natürlich wirst du Glück haben«, bestätige ich ihr, ohne einen Zweifel daran zu haben. Meine Cousine hat ihren Platz auf der Sonnenseite des Lebens fest gebucht und Corey ist nur ein kurzer, bedauernswerter Schlenker auf die andere Seite gewesen.

»Wer sonst?«, fragt Aiden belustigt und schaut mich an.

Ich lächle ihn an und freue mich darüber, dass wir wie selbstverständlich Zeit zu dritt miteinander verbringen können. Aiden ist nicht nur der Bruder meines Freundes, nein. Er ist auch mein Freund. Ein guter Freund. Wenn wir uns sehen, sind wir vertraut miteinander, aber die flirtende Ebene ist gänzlich verschwunden. Ich nehme an, Aiden hat es überwunden, dass ich mich für seinen Bruder entschieden habe. Seit Seattle habe ich ihn nicht mehr darauf angesprochen und er mich ebenfalls nicht. Das Hausboot haben Espen und ich an den Wochenenden fast ausschließlich für uns, da Aiden sich keine Party entgehen lässt und viel in Sachen Youtube unterwegs ist. Auch von dem Streit der Brüder ist nichts mehr zu bemerken, es gibt nur noch ihre kleinen Zankereien, die an der Tagesordnung sind. Sie haben in den letzten Wochen die aufgebauten Hindernisse aus dem Weg geräumt, auch wenn Aiden der Wegfall seines Kameramannes bis heute zu schaffen macht. Während Espen ihm so schnell wie möglich alles über die Videoproduktion zeigen möchte, zögert Aiden die Einarbeitung extra lange hinaus. Espen ist über viele Jahre eine konstante Stütze für ihn gewesen und er steht nun vor der Herausforderung, den Weg allein gehen zu müssen oder einen passenden Nachfolger zu finden. Doch sein Zwillingsbruder verlässt nicht den Kontinent. Er wird ab dem Herbst nur unter der Woche im angrenzenden Bundesstaat wohnen.

Espen ermahnt seinen Bruder grinsend: »Aiden, wir müssen später noch dein Video fertig schneiden.«

Dieser rollt nur mit den Augen und wendet sich augenzwinkernd an mich. »Kannst du ihn nicht mit etwas anderem beschäftigen? Ihr habt doch bestimmt wichtigere Dinge zu tun?«

Espen kontert sofort. »Mehr als genug. Aber da musst du durch.«

Ich lehne mich an Espen und unterdrücke ein Lachen.

Aiden verdreht die Augen.

»Mein Bruder versucht, sich mit allen Mitteln vor der Nachbearbeitung zu drücken, aber ich muss ihm das alles zeigen, bevor ich nach Seattle gehe«, erklärt Espen den anderen.

Resigniert beißt Aiden in seinen Erdbeercupcake, lehnt sich zu mir und flüstert: »Hilf mir.«

»Ich denke, Espen hat recht. Außerdem fahren Rosie und ich gleich nach Portland. Wir gehen heute Abend auf ein kleines Rockfestival«, antworte ich.

»Ganz genau. Livy muss mit. Ich brauche moralische Unterstützung, falls mir Corey da über den Weg läuft«, ergänzt Rosie.

»Siehst du, Bruderherz, mich musst du heute nicht teilen und ich habe nur Zeit für dich«, witzelt Espen.

»Ich Glücklicher.« Er zieht einen Mundwinkel hoch und fragt Rosie: »Wie geht es dir? Hast du Corey schon einmal wiedergesehen?«

»Nein. Definitiv nein. Und um den Musikladen werde ich weiterhin einen riesigen Bogen machen. Zumindest kaufe ich jetzt keine unnötigen CDs mehr, sondern streame wieder meine Musik.« Rosie knabbert an ihrer Lippe, wie sie es immer macht, wenn sie unsicher wird. Das Thema Corey ist für sie noch lange nicht abgeschlossen.

»Das gesparte Geld kannst du jetzt für andere Dinge ausgeben«, überlegt Bodie laut.

»Zum Beispiel für Getränke für das Küchenkonzert.« Rosie grinst uns an.

»Apropos. Das waren nur drei Künstler, die du uns aufgezählt hast«, merkt Espen lächelnd an.

»Ja, wer ist denn der vierte?«, will ich wissen.

»Ach. Das ist so ein Techno-DJ. Wie heißt der noch mal …« Rosie überlegt kurz und verzieht ihr Gesicht. »Alen Ricks oder so.«

»Nicht so deine Musik, oder?«, fragt Bodie lachend.

»Ich würde eher sagen, das ist gar keine Musik. Drückt mir die Daumen, dass es nicht der DJ wird. Aber das regelt schon mein Glück. Da bin ich mir sicher.«

Rosie meckert noch weiter über den DJ und erzählt euphorisch weitere Details über die Dingo Sharks. Ich höre ihr aber nicht mehr zu, sondern betrachte meine Freunde am Tisch. Mir kommt es so vor, als würde ich schon seit Jahren in Wild Mallow Lake leben, obwohl ich erst knapp drei Monate in der Stadt bin. Ich denke an die Olivia zurück, die aus dem Flugzeug gestiegen ist und sich nichts mehr als einen Neuanfang gewünscht hat. Jetzt sitze ich hier, fühle mich komplett angekommen und lebe diesen ersehnten Neustart. Meinen Neustart. Leider ohne meine Eltern und meine Brüder, aber mit meiner amerikanischen Familie, mit Rosie, mit Aiden und mit Espen. Meinem Espen. Ich blicke zu ihm, gleite behutsam mit meinen Fingern über den tätowierten Olivenzweig und umschließe sanft seine Hand unter dem Tisch. Prickelnde, kleine Funken durchfluten meinen Körper bis zu meinen Herzen und ich hoffe, diese werden niemals verschwinden. Espens sinnlicher Blick fängt meinen ein und ich verliere mich in seiner Tiefe. Ich bin mir sicher, er fühlt wie ich. Erst als er mir zärtlich eine Strähne aus dem Gesicht streicht, löse ich den Blick und kuschle mich an seine Seite. Als ich seine Wärme spüre, weiß ich: Jetzt bin ich ganz. Wir sind ganz.

Fortsetzung folgt …

Danksagung

Manchmal ist die Angst eine Chance. Eine Chance auf Veränderung. Eine Chance darauf mutig zu sein und an sich zu glauben. Der Traum von einem eigenen Buch begleitet mich schon fast mein ganzes Leben und ich kann es immer noch nicht glauben, dass dieser nun wahr wird. Mit Ehrfurcht und Aufregung schreibe ich diese Worte und kann es gleichzeitig kaum erwarten meinen Debütroman Cherry Blossom Waves in die Welt hinauszutragen.

Für mich ist Wild Mallow Lake nicht nur eine fiktive Kleinstadt, in der ausgedachte Menschen leben. Die Welt in meinem Buch ist für mich ein gedanklicher Wohlfühlort, ein Rückzugsort, in dem sich meine Ideen frei entfalten können. Olivia, Espen, Rosie, Aiden und alle anderen Bewohner der Stadt sind so fest mit mir verankert und mir so ans Herz gewachsen, dass sie mich mein Leben lang begleiten werden.

Auf dem Weg von der groben Idee bis zum fertigen Buch gab es so viele tolle Menschen, die mich begleitet und an mich geglaubt haben.

Als erstes möchte ich mich bei meiner Familie bedanken. Ohne euch könnte ich nicht die sein, die ich bin und könnte nicht das tun, was ich mache. Ihr seid mein Anker, mein Hafen und das Netz mit doppeltem Boden. Mama, Papa, meine Schwester, natürlich mein Mann & Partner-in-crime und meine beiden wundervollen Töchter. Ihr hattet immer ein offenes Ohr für mich und habt mich mit meiner Buchidee ernst genommen. Besonders intensiv haben mich meine Töchter begleitet. Sie sind Feuer und Flamme für meine Geschichten und konnten mir in vielen Situationen helfen – eine als Buchbuddy und die andere als Video-Creator-Beraterin. Für das nächste Buch seid ihr schon fest mit eingeplant!

Ein riesengroßes Dankeschön geht an meine tolle Lektorin Stephanie. Ich bin so glücklich dich gefunden zu haben, über jeden deiner Ratschläge und über deine tolle Begleitung. Du warst die erste die Cherry Blossom Waves komplett gelesen hat und das war ein ganz besonderer Moment für mich.

Ich möchte mich auch bei Sandra bedanken. Für das wunderschöne Cover, die tollen Grafiken und die treffenden Charakterbilder. Ich liebe alles davon und freue mich schon auf weitere Projekte. Durch einen Workshop bei Sandra habe ich auch gelernt die Prozesse in der Autorenwelt besser zu verstehen und konnte alle meine Fragen stellen.

Vielen Dank an dich, Acelya. Für den tollen Buchsatz und dass du alle meine Fragen so geduldig beantwortet hast.

Ich möchte mich auch bei meinen Testleserinnen bedanken: Yasmin, Melina und Ann Katrin. Toll, dass ihr euch die Zeit genommen habt. Vielen lieben Dank! Claudia, bald laufen wir zusammen über die Buchmessen und viel Erfolg bei deinem Podcast. Stefanie ich freue mich sehr, dass du dabei warst und mich weiter auf dem Weg begleitest. Ines, danke für deine tollen Ideen, deine Begeisterung und wir gründen wirklich bald eine Schreibgruppe. Soraya, danke für deine Rückmeldungen, dein Mitfiebern und ich liebe immer noch deine Live-Reaktionen beim Lesen.

Mein Dank geht auch an den Club der Selfpublisher. Für die Möglichkeit Mitglied bei euch zu sein, um sich nicht so alleine auf dem großen Buchmarkt zu fühlen. Vielen lieben Dank!

Ich möchte auch Xenia-Luise danken. Ich glaube du weißt wofür. Für deine ermutigenden Worte, die Anstupser und dass ich erkannt habe, dass jetzt der richtige Zeitpunkt für mein Buch ist.

Ein liebes Dankeschön geht auch an meine Freundinnen. Ich bin froh, dass es euch gibt. Ich muss immer wieder an unseren gemeinsamen Abend und an Aiden denken. Ich bin gespannt, wie euch mein Buch gefällt.

Bedanken möchte ich mich auch bei den tollen Menschen in der Buch-Community. Ich bin immer noch begeistert von der Freundlichkeit und Unterstützung anderer Autor*innen, Blogger*innen und Leser*innen. Als „Neuling“ fühlte ich mich von Anfang an gut aufgehoben und hoffe ich treffe viele von euch bald persönlich auf einer Buchmesse.

Last but not least möchte ich mich bei dir bedanken. Mir bedeutet es die Welt, dass du mein Buch gelesen hast und ich hoffe, du hast dich in Wild Mallow Lake genauso wohl gefühlt wie ich und möchtest irgendwann wieder zurückkehren.

MY OWN NIGHT

Breaking the night waves
be ready
be ready.

You are in my thoughts,
in the endless nights,
over all these years,
caught in the raging storm,
and cannot escape.

I see you, in my own night.
I feel you, in my own night.
I notice you, in my own night.
I touch you, in my own night.
Breaking the night waves and be ready.

They can hide their compassion,
in the endless nights,
over all these years,
I don't need it,
and I don't want to escape.

I see you, in my own night.
I feel you, in my own night.
I notice you, in my own night.
I touch you, in my own night.
Breaking the night waves and be ready.

How I desire you,
in the endless nights,
over all these years,
we don't need them,
and we will never go away.

We see us, in our own night.
We feel us, in our own night.
We notice us, in our own night.
We touch us, in our own night.
Broke the night waves and we are ready.
Broke the night waves
we are ready
we are ready.

Vita

Mari Rudolph liebt es seit ihrer Kindheit, sich Geschichten auszudenken und in fremde Welten abzutauchen. Neben Gedichten schrieb sie in ihrer Jugend vorwiegend gruselige Kurzgeschichten. Jane Austen entfachte ihre Leidenschaft für Liebesromane und inspiriert sie noch heute für neue Geschichten. Sie lebt mit ihrem Mann und zwei Töchtern in Bremen. Der New Adult Roman „Cherry Blossom Waves" in der fiktiven Kleinstadt Wild Mallow Lake ist ihr Debütroman. Wenn sie nicht schreibt, verbringt Mari viel Zeit mit ihrer Familie, reist leidenschaftlich gerne und entdeckt neue Serien oder Filme.

Mari findet ihr bei Instagram und TikTok unter **@mari.rudolph_autorin** oder unter ihrer Webseite **www.mari-rudolph.de.**